汪曾祺全集

主 编／季红真

汪曾祺
全集

4

散文 卷

散文卷主编／徐 强

人民文学出版社

1946 年　时年 26 岁

1949 年春北京　与夫人施松卿

1958 年　在张家口农业科学研究所
下放劳动，右为汪曾祺

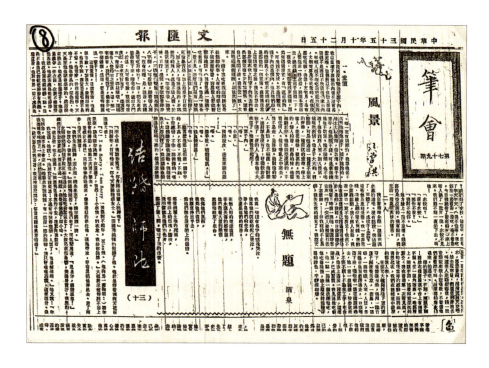

散文《风景》原载报纸

# 散文卷说明

　　此三卷收入作者自 1941 年创作的散文 292 篇。谈艺类文章收入另卷。

人民文学出版社编辑部

# 目　　录

# 1941 年

# 私　生　活[①]

## 图象与教训

在浮着虹的影子的水里（一切物质在这里开始领取生命）投下一块酥松的泥砖，跳上去，快，再投下一块，跳上去，快！在手□的错误的铺设下前进。从起点通过过渡过渡的过度，跳吧，带一点惊慌，同量的镇定。一切运动的目的无非在求疲倦，直到你投下最后一块泥砖，你用复仇的眼睛看它消溶如一块未经压制的吸墨纸，一块看过许多雨天的方糖。

## 作客的摹想

我租一座房子安放自己。很久以前我知道这房子式样很平凡，但也不少其别致处，我知道那房子有数不清的窗子，像海绵的孔。

连我的居停都未有机缘一见，我差不多一直就被一个偶然安排在墨绿而银灰的线条的四壁之中，用一种奇异的纸糊住一切可以伸一根牵牛的触须的缝隙，一切光用多坚诚的朝山的苦心来我的眼睛里沉沦呵。

我并非不知道我有很多邻舍，他们无声无息的嚣闹着，令我莫明其妙，如落进一个漩涡里，我有时大声咳嗽，打喷嚏，想要他们知道我，但是他们似乎全不注意。一天我忽然走出房门，像一个大病新瘥的那么虚晕。我与邻舍——见过。

一片早安与晚安的声音如早潮与晚潮一时涌向了我。我的眼球转遍了数字以外的度数。

外面的空气与里面的完全不同。

我很虚怀若谷的逐一叩问他们的姓名。

您？——您？——您？——

天，他们的答复像一个图章上印出来的。

于是我不得不问问自己。


## 蛊


中年人的游戏大都在没人看见的时候。

（我在中年人前显然比不上他们，在年青人里面则比谁都老一点。）

我有一个回廊，用平滑的大理石砌成，发着透明的热铁投入冷水里后发出蓝色光泽，有郁囗的虞美人囗瓣子的浮游的图案，这图案是大理石上生就的，决非画上去的，浮游着，如反映在桥的洞里的波浪的光。是无数穹门连缀起来的。深和空弥漫在里面，因为是圆的，所以和天一样高。

我散步在里面，当我把自己完全还给自己以后。（平常我把自己不计价出租给人家）我可以随意划分昼和夜了，因为回廊内有无数不同光度的灯，如清明时节大苗圃里点种树秧的小潭，整整齐齐的排开，有许多开关，像舞台上用的电闸板一样，一伸手即可调节它们，配合成心的需要。

一天，我跨进回廊，开了第一盏灯，最暗与最近的，一只蛾子飞进来了，差不多由我的头发里飞了出来。——后来我发现它觉得和肺病一样，我觉得头上有一个影子的重量。

出于本能，我开了第二盏灯，（第二个距离与第二个强度的）它立刻飞进一点，更清楚了一点。

我又赶快灭这盏灯,灭那盏灯,蛾子总是在最强的光的圆心上飞。

我不知道它落了多少粉在我的回廊里了。

永远辞别暗,追逐光,它是旅程是一支颠来倒去的插在严冰与沸水之间的温度计的水银柱。

我还能散甚么步呢。

**注　释**

① 本篇原载 1941 年 12 月 9 日成都《国民公报》。

# 1943 年

# 小　贝　编[①]

### 一，小贝编

窗前这片雨是那朵山头的轻云。
胭脂果重新开出漫山鲜亮的花。
花在你百折的裙裥里等待风信：
昨天花朵下我有我的瓶。
今天我瓶里开了满瓶花。
舀一瓢水也舀一瓢影子：
珊瑚的红完成了绿的海。
珊瑚有港，港有灯塔，有雾。
洞庭多落叶，树依然是树；

### 二，小贝杂录

小时候我有一方樱红的水晶，
里头有个小小虫儿，记不得是
金妈妈是碧螗螗，整整二十年
了，我才真想起它一回。

鸽子和钟声，好太阳，开窗，金银花香里我有我的小学校。我记得小学校里许多事情，其中最切的两件，姓詹的胖斋夫剪冬青树和我们的书，书大都有字也有画，长大了我颇为它们胡涂过，这些画是解释字的呢，还是字解释画？不知我曾否喜欢过那些字，但至今还是喜欢画的。

并且,我的爱画与字无干。起先,画多字少,漫漫的画比较少了,我们自己仿佛也写在那些字里,画在那些画里,和在里头变。因此即使觉得,也不说出;直至说出,才真算觉得。我说"少了",恐怕那是日后的事,是看惯了没有画的书时的经验了。詹胖子都老了;一排一排的冬青树头蓊平了又长圆了,而我们似乎不断的比冬青树矮,冬青树上留名,故事里头没有,但青梧绿竹随处皆有,你看看那些题刻,心下如何?"画少了呢。"这句话太吓人,我从来没听过有人敢大胆说过,倒是有一次放学回来,玩了半天,我忽然想起来告诉姐姐:"我的画也没有颜色了。"姐姐不响,拿过我的书翻了翻,灯下她有个很好思想:"这是多么一个得意;没有颜色可以自己填。"青制服,红帽子,小猫是黄的,小狗也是黄的,所惜者,我们的色牒有限,所幸者,则颜色先有而后有颜色名称;我们常用了我们不知道的颜色。

我想回去,回去看看那些书,那些画,看看填的颜色,也看看有没有还白着的,如果有,刚才我想:我填;现在,我已经想不那么做了,因为我不会那么做的,并且我知道。我想,街上我会碰到詹老头子。

犹之百花丛中你看见一朵花,那是一朵花,等一瓣一瓣描给自己时,便非像适才所见,且恐怕就不是一朵花了。

人在梦里是个疯子,疯人想必不作梦,我有一个梦,梦成一句话:"秋天是一节被删的文章。"梦时不甚了了,当然也就仿佛懂得,知道梦了多少时候,那实在是一个奇妙的结构,没有人,没有声音,灯上取一点,花上取一点,虹上取一点向百物提来一个概念像合成一片红,这片红又赋得一个形式而成了我的梦:天地奄参:当中一条大路,干而且白。路上甚么也没有。有风,但风透明无物。不多近,不多远,他们,——我说是那些命定的标点,一个个站着,高高翻起衣领。这边看看,又看看那边,我笑出来又觉得真不该,我有点难受,半天我没跟人说一句话,寂寞。

另一次,另一个梦,我甚么也不为的兴奋得出奇。白天我劳顿得像行军时拖在后头的矮兵,可是我没有他一样的睡眠:一二一,左右左,这样简单而永无绝断(连环小数一般的)事物挂着我如挂一个摆。七天，整整的七天，我瘦了。你在太阳下烧过纸或是草之类的东西么，你该看见过火上的空气。那跳动的样子，也许像几张糯子纸叠在一处。我那七天常有的感觉便是那样，偶然阖眼，我便做起喝水的梦，我喝得非常舒服，水的冷暖甜咸各有不同。尤其是难以分辨的是那一次一不同的舒服，可是我当时的确非常明白。一句老话，真是"如人饮水"了。(那种舒服，实几近于快乐了)第七夜，我严肃而固执的(不知向谁)说：

"所有的东边都是西边的东边。"

我念着念着，梦里心想莫又忘了，醒来果然竟没有忘。我想起优钵的花。

一个仙谷开满艳红的大花，一条黑蛇采食百花，酿成毒，想毒死自己。结果蛇是没有了，花尽了，谷中有一蛇长长的毒。所有的东边都是西边的东边。

假若，世上甚么也没有，除了镜子，这些镜子是甚么，它有甚么？

## 窗子里的窗子

一天，我独自去一个市郊公园去看孔雀。人真少，野渡无人舟自横，我在一个桥上坐了半天，大风里我把一整盒火柴都划亮了，抽烟的欲望还不能满足。孔雀前面我本身是个太古时代。想，检两根孔雀毛回去做个见证，可他偏不落。不落便不落吧，能怨怪谁去。孔雀使我想起向日葵：影转高梧月初出，向日葵不歇的转，虽然谁能说："你看，它在转呢。"于是它无时不有个正面的影子。(或许是背影。但地上的正背原是一样，亦要不是侧影就成。)一片广场上植满向日葵，那图案是孔雀的翎。我们小学校中做手工时，先生教用铅笔刨花贴在纸上做蒨秋罗，其实若做向日葵的影子才真合适。孔雀有蛇一样的颈子，可是它依然不能回头看自己开屏。第一只孔雀把它的悲哀留在水里给我。

然而，一切光荣归诸神！

是的。这是装饰的意义和价值。每天早上，我醒来。好春天，我醒得如此从容，好像未醒之前就知道要醒了，我一切都在醒之前准备好了。我满足而宁静。"幸福"，我听见一个声音。窗前鸟唱，我明白那唱的不是鸟。枕上嗅到的，不是香，宁是花。莫问我花为甚么开，花不开在我眼睛里，而我满心喜悦，满心感谢。

有人喜欢花开在瓶里比开在枝上更甚，那是他把他自己开在花里了。一样最美的事物是完整的，因为完整，便是唯一的。一首乐曲使乐曲之外的都消失了。

我信仰"一切不灭"，但因此我尊重插花的人。

插花须插向，鬓边斜。你想起甚么呢，创造？

我有一个故事。一个精于卜卦的窑工，造了一只瓶，并卜了一卦。两件事都做得非常秘密。几年之后，这只瓶为一个阀阅豪家买去，供在厅事的几案上。这窑工乔装了一个古董商，常往豪家走动。某天，他很早便叫醒自己，结束停当，去拜见豪家主人，他有那么丰富的知识，字画，器玩。花鸟虫鱼，烟酒歌吹，无一不精；故能把主人留在厅上整整半天。炉香细细，帷幕沉沉，静得像一个闭关的花园，灰尘轻轻地落下来。主人看那窑工（我只能如此称呼他）直视壁上的钟，脸上越来越紧张，越来越严肃，正要叫他，他一摆手，噤住主人的声音，一切全凝固了。忽然，他抖了一下，那要求的事情终于求了：丁，瓶碎了。"呵！"他满眼泪光，走过去，在碎片中寻出一片，细致的凹面上读出一行工整的蓝字："某年月日时刻分，鼠斗□朽钉毁此瓶！"两声啁啾，使主客都寒噤。

这窑工会从此不造他的瓶了，不卜他的卦了呢，你想？

每一朵花都是两朵，一朵是花；一朵，作为比喻。

可以互相比喻的事物原是很多的，我们的世界是那么大。

我有过一把檀木镂刻的折扇，我早就知道它会散的。

我整天带着它，打开又合拢，我让风从空花中过去，

于是从来便是旧了的丝带断了。

我想起"自己"。

一天，我去看一个朋友。他正要出去一会，教我先坐一会。我挑了

一张椅子，自己倒了一杯茶。"××来了一封信，在这里"，我的信才看了一半时，一个风尘满面的人敲敲门进来了。"是了，"我仿佛听见他心里的话。他一定从街这边看到街那边，（那他一定看到墙上的标点，屋檐下的鸽子，一朵云，一枝花。）才找到他要找的号数。他一只手提了皮箱，另一只手在皮箱上摸来摸去。（他想：总不免的，一开头有点窘，唉，我总是这么局促：但是不妨事，就会好的。）我放下信，觉得该站起来招呼。在他看到那个信封而脸上有点笑意时，我接过他的箱子。这个人是常出门的，他的箱子上嵌有一张名片。我还没看进名片上的字，那人恳切的握了我的手，接着便说起他在路上大略想过一遍的话来。

"令兄的信大概前两天到了。我们，唉，我与令兄是老朋友。

"他的病全好了。现在还住在老地方。

"现在还须要休养休养，一时不会做甚么事。他想整理一点旧稿子。你这里如果有，就给寄出。

"都希望你暑假出玩玩呢。快了，还有不到两个月了。

"车子，嗨，就是车子难找。不过，总有办法，总有办法。"

我一面含含胡胡应答，一面狐疑，这个人是怎么回事呢？一直等他说个尽兴，我给他倒了杯茶，自己也把那杯没有喝的茶端起。嘴里说"一路辛苦了，路不平。"心想怎么应付。忽然，那个信封在我眼前清楚起来，我笑了。

"请坐一坐，他一会儿就回来。"

我细细的喝茶，让茶从我的齿缝间进去。瞟了瞟这位客人的鞋子，想看看他那名片依然没有看清。我那朋友就要来了。他会不会老拿问我的话问这位先生："来了多少时候了？"那可糟，他一定回答不出，有多少人会先看看表坐下来再来等人的。他一直没看表。


你大概都住过旅馆。当茶房把钥匙交给你，你在壁上那面照过无数人的镜子里看一看，你要出去了。门口账房旁边一面大牌子等着你，×××，你会看到自己的名字。我喜欢那一个发见，一个遇合，不啻被人亲切的叫了一声。一个主人,一个客人,多么奇特的身分! 我想以后不再在登录册上随便写两个或三个字,虽然事实上我以前也不常这么做。那位先生在皮箱上嵌个名片,他实在可爱得很。

每一个字是故事里算卦人的水晶球,每一个字范围于无穷。我们不能穿在句子里像穿在衣服里,真是!"记得绿罗裙,处处怜芳草"?"马为仰天鸣,风为自萧萧"? 不早了,水纹映到柳丝上了。

一九四三年三月十日

**注 释**

① 本篇原载 1943 年 4 月 28 日、5 月 1 日昆明《大国民报》;又载《人民文学》2010 年第七期。

# 论"世故"①

"人生在世……"

"时代的巨轮……"

我们在一堆充满符箓性质的文字催眠中长大了。从穿了童子军装在草地上打滚直到插一朵白康乃馨去参加一个夜宴。能够摆脱这一堆文字与其影响(尤其是那些暧暗到自己不肯承认)的实在很少。起先,我们强不知为知,以为这些道理在生活中,一定至少与吃饭穿衣一样重要。其后强知以为不知,服从于既成的习惯,不想到怀疑这些。于是,终于,我们必然的在课卷上写下

"万恶的社会……"

一个带国文教员的最头疼的事,大概不是学生文理不通顺或错字太多,而是这些拂不散的蚁虫推不开的蛙叫一样的滥调。一个青年人存储在喉头附近最多的词汇应是

黑暗,危险,阴谋。

一想到这些字,他们大都立刻拥有一种颤栗的愉快,一种被迫害的光荣,一种自痛的骄傲,说实话,这一类抽象字眼,真不太容易懂得。一个聪明正常的老年人,在炉火的最后三个火焰前,也许会想想字典上是否有这类字眼存在的必要,消灭这类字眼,或比消灭字眼所代表的事实更重要些。因为这个老年人的脊背可能是教这些字时弯的。因为有了这些字,人必须得又创造一个新的词汇:

"世故"。就是这两个字,在我们额上刻下无数难看的皱纹了:

"少年老成"是一句很普通也很难得的称赞。"他,小孩子吗,丝毫不懂得世故!"这会令被菲薄人的父母寒心,于是其结果,是大家学"世故"。

社会上有一种人,大都事业或事业方向已都确定(不如说是注定)。为公务员,做官,读书,成学者。大都不□有一点名气,一点□□,起居生活规矩如火车时刻表,不会脱节误点。□□□□有一定单位,一定数量。约略与历书相似,自己以为安命顺天,其实是偷生懒惰。在吃饭生孩子满足一个生物的本能之余,则把生命耗在"世故"上。

他们在某个年龄上,只要不是"断桥",便会留起胡子,看一点佛经,读太上老君阴骘文,乃至坑□人禅要研究,研究柏拉图。这种人见到人照例点头鞠躬,呵腰摆手。常常助人,但助人由于满足礼佛心理而非由于爱人。不大责人,责人则是表示崇超,并不真细心体贴。同座有人评述一件事,一个人,他总是不动声色,貌似胸有城府而实在是,漆黑一团,无法可说。有人拉他从事一件较有关系运动工作,一字嘿然不声,用超然态度掩饰其□□踟蹰。如其被大家声势所迫,不愿表示自己"落伍","保守",必须在一张宣言草案之类纸张上签名,那他的笔在手中,一定轻抖,心里也许正想如何故意写得不像自己笔迹,以便日后圆赖,够了,这便已经够了。有这些,自然,"成功"永远是他的。

这种人是世界上最多的,他们的一套传统思想,便是"世故"。

"世故"是甚么? 是

不向高处飞,不向远处走,也不向深处掘发。守定在一个小圈子内过日子。但是世故的人可太多了:而地球却并未年年增加其面积;这些人各想占据一个地位,那怎么办呢?

"世故"是甚么? 是

守在一个小圈子里过日子,并用最简便的方法过日子。最简便的方法当是占别人便宜,剽窃别人劳力,偷卖别人权利。大家都想如此怎么办?

怎么办呢? 他们的解决办法,还是"世故"。于是"世故"中包含许多算计,倾轧,陷害,本来是可厌的更加上了可恨。本来可弃,现在加上可杀了。

总算"世故"的人懂"世故",不好意思只许自己此如。他们到留了胡子时候,也跟年青人说:社会充满了黑暗,危险,阴谋,社会是万恶的,你们必须"世故"。这个"世故"的意思是"退让","任人剥削"。等这般年青的长大了,多年的媳妇熬成了婆,又如法炮制用这两个字送给下一辈子。"世故"会存在到世界的末日,而世界的末日也就是这两个字造成的。

　　世界并不黑暗,也不危险,因为世界是我们的。世界上没有阴谋,因为我们没有阴谋。所以,我们用不着"世故",社会并不是万恶的,因为我们不"世故"。

**注　释**

　　①　本篇原载 1943 年 5 月 30 日《春秋导报》,署名"余疾"。

# 家　信①

## （一）

小孩子知道自己已经能走了,该是多么惊喜。从两只盛满爱意的手中解放出来,得到地的经验感觉了□□,那一刻,他实在是一个小狂人,看他笑得那么尽情。到真能离开手时,他认为平坦已经熟知,更来一些新的,他要。于是门槛、台阶,这些世界的边界来接近他,引诱他了。他不知这手脚分工原则,短短的,肥肥的,有环节有涡的,凡可着力处都着了力。莫笑,莫让他为努力与成功含羞。而且只须偷偷的看看就行了,不要露出准备帮忙的样子。好母亲,他跟你一样的敏感呢。为了更加深你的爱,你压制住一点。嘘,你的花,花落在地毯上了:我要提醒你移开你的眼睛了。

## （二）

家里很静。但这种静与小学校课堂里的不同。昨天送孩子去上学,我想起我们从前小心藏住自己的声音,就像藏住口袋里一只黄嘴麻雀一样。好在这是有限度的。先生说,你们一齐读吧:

"亚洲的东部……"

"纪元前四百七十一年……"

声音里有共同的欢喜。一面读,一面听:下课铃是世间最响的声音。到了家,孩子是你的了。我只想现在我们是属于静的,静不为我们所有。一种没有起始也没有结果的静,那么温和,那么精致,那么忧郁。

我心里背着各种花名,看能背得多少。

注　释

① 　本篇原载 1943 年 6 月 10 日《春秋导报》。

# 家　书<sup>①</sup>

"又是花园去了，不弄得一身绿不回来。……"

我仿佛躲在窗台下，咬着舌头听过这些话，然后轻轻的蹑足走进房间里，用一个笑等待被发现。忽然从背后抽出一支花。我喜欢红花，但是抽的一枝玉色的，我的头发乱了，我得去梳，头发软软的，说明一切感觉。

我想我开始留意呵，应是在我们那个花园里。我记不起甚么时候我第一次走到花园里去。但我觉得我那一身绿。我到花园里去，并非想去得到些甚么，好像我就只为了到那里面去。我知道那是我们的家的一部分，而那边却不住人，我就得去，像许多以过程为完成的探险家一样。我也不知道我在里面做些甚么，可是一进去，就是半天。我们所玩的事物无非还是在家里玩的，但是在家里玩就不会需要那么些时候。

——一身绿，一身绿，那是千真万确的。小孩子对于草的兴趣远比对于花的大得多。草是床，是凳子，可以从心所欲作为一切的东西。我的肘弯膝盖，凡是衣服容易破的地方，沾染草汁尤其甚多。巴根草带红色的茎很顽强，把我的鞋底磨得很滑，还发青黑色的光，我老怀疑巴根草里有铁。但他们不会注视我的鞋底。

我们家里很静。我很能分辨这种静与我们小学校课堂里的静不同，我们小心藏住自己的声音，就像藏住口袋里一个黄嘴的麻雀一样。好在这是有限度的。先生说，你们一齐读罢："亚洲的东边……""纪元前四百七十一年……"我们的声音里有共同的欢喜，一面读，一面听。听下课铃就要响了。可是家里和学校里不同，静不为我们所有，我们是属于静的，一种没有起始也不会结束的静。我是喜欢这种静的，它那么温和，那么精致，又那么忧郁。

甚么都很好。我喜欢父亲翻书的声音,从那声音里,我觉得书页极薄,而且像微干的鸡蛋壳里的那层膜子那么白。青铠子鸟在青玉池里洗澡了,一团小雾在阳光里,阳光里有一道浅虹。这些,只如水面上的一个水纹,消失与产生一样自然。而晚上,灯光把帘子的影子铺在地上,我常想我在帘影里。似乎我便不在其他之中了。后来我想我至少还在静的里面。

但是我分不出花园里的静与家里的静有甚么不同。虽然我知道,很确信不移,那是不同的。我想找一个理由解释这个不同,可是除了那里面没有人之外,我找不出更好的解释了。

围墙外面是一个狭长的天井。天井两端种了一棵桂花和一棵玉兰。风吹在两棵树的叶子上发出不同的声音,曾经想移到园里去,免得寒天不住掉叶子。祖父说,"老了不行了",不知哪一年上竟毫无预备的死了。既在生前,也似乎很少开过花。

这个天井是"站砖"铺的,颜色比别处深得多。因为狭长风少,夏天我们不到这里乘凉。用人在这里洗衣服,故终年有肥皂气味。

总之我不喜欢这个地方。不会在这里连缱而把到花园去的念头消化了。有一阵我在这里捉到好些好些黑芦蜂,但我愿把这个记忆放在园里。

注　释

①　本篇原载 1943 年 7 月 24 日《春秋导报》。

# 烧 花 集[①]


一叶落而天下知秋。秋与知是否邈不相关？二而一？管它！落下一片叶子是真的。普天下决不能有两片叶子同时落，然而普天下并是那一个风也。只要是吹的，不管甚么风。风不可捕，我拾起这片叶子。红的么？


我的欢情，那一枝……

一片寂静的树枝中，有一枝动了，颤巍巍的；韵律与生命合成一体，如钟声。于是我想起，一只小鸟，蹬一蹬，才从这里飞去。静是常，动是变，然而任何一刻是永远。

"有笑的一刻，就有忆笑的一刻"，一笑是无穷。


没有人能够在看到之后才认识。你是跟我的生命一齐来的。"美的定义是引起惊讶与感到舒适"；后者是已经熟悉的，前者是将会熟悉的：希望的眼睛与回忆的眼睛有同样的光，因为它们本来是一个。回忆未来的风雨晴晦，你看，天上的云，多真实。


水至清则无鱼，然而历历可数岂非极可喜境界？

——历历可数么？不可能的。一尾，两尾，三，四，虎皮石边，白萍动了，一个水花儿，银鳞翻闪，喏，红蓼花边的眼睛映一点夕阳如珠，多少了？忘了。单是数本身就是件弄不清的事。"我还没有到能静静分析自己的年龄"，永远也到不了。

"想到你的爱特别是一种头脑的爱，一种温情与忠诚的美而智的执著"。芥龙为这句话激恼了。

一枝西番莲以绿象牙的嫩枝自陶缶中吮收水分。一只满载花粉的蜜蜂触动花瓣,垂着细足飞出窗外。幸福可见如十指。

## 附　　烧花集题记

终朝采豆蔻,双目为之香。一切到此成了一个比喻,切实处在其无定无边。虽说了许多话,则与相对嘿无一语差不多少,于是甚好。我本有志学说故事,不知甚么时候想起可以用这样文体作故事引子,一时怕不会放弃。去年雨季写了一点,集为《昆虫书简》,今年雨季又写了《雨季书简》及《蒲桃与钵》,这《烧花集》则不是在淅沥声中写的了。□是一个不同耳,故记之。"烧花"是甚么意思,说法各听尊便可也。谁说过"花如灯,亮了",我喜欢这句话,然于"烧花"亦自是无可不可。

卅二年十二月二日

**注　释**

① 本篇原载 1943 年《建国导报》第一卷第一期。

# 1944 年

## 灌园日记[①]

### 朱砂梅与百合

朱砂梅一半开在树上，一半开在瓶里。第一个原因是花的性格，其次才由于人性。这种花每一朵至少有三个星期可见生命，自然谢落之后是不计算在内的，只要一点点水，不把香，红，动，静，总之，它的蕊盛开了，决不肯死，而且它把所有力量倾注于盛开，能多久就多久。

有一种百合花呢，插下来时是一朵蕾儿，裹得那么紧，含着羞，于自己的美；随便搁在哪儿吧，也许出于怜惜，也许出于疏忽的偶然，你，在鬓边，过两天，你已经忘了这回事，但你的眼睛终会忽然在镜里为惊异注满光和黑。——它开了，开得那么好！

### 荔　　枝

荔枝有鲜红的壳，招呼飞鸣的鸟，而鸟以为那一串串红只宜远处看看，颜色是吃不得的。它不知道那层壳是多么薄，它简直忘了它的嘴是尖的唉，于是果实转因此而自喜。孤宁和密合都是本能。而神又于万物身内分配得那么势均力敌，只要那一方稍弱些，能够看到的便只一面：荔枝壳转黑了，它自己酿成一种隽永的酒味。来，再不来就晚了。

一枝荔枝剥了壳，放在画着收获的盘子里。一直，一直放着。

## 蝴　蝶

我有两位朋友,各有嗜好,一位毕生搜集各色蝴蝶,另一位则搜集蝴蝶的卷须。每年春天,他们旅行一次。一位自西向东,一位自东向西,某天,他们同时在我的画室里休息。春天真好,我的花在我的园里作我的画室的城。但他们在我这里完全是一个旅客,怎么来,还是怎么走,不带去甚么。

## 蒲公英和蜜蜂

蒲公英的纤絮扬起,它飞,混和忧愁与快乐,一首歌,一个沉默。从自然领得我所需,我应有的,以我所有的给愿意接受的,于是我把自己又归还自然,于是没有不瞑目的死。

一夜醒来,我的园子成了荒冷的邱地。太多的太阳,太多的月亮,园墙显得一步一步向外移去,我呆了,只不住抚摸异常光滑的锄柄,我长久的想着,实在并未想着甚么,直到一只蜜蜂嘤然唤我如回忆,我醒了。

我起来,(虽然我一直木立)虽然那么费力,我在看看我的井,我重新找到我的,和花的,饮和渴。

　　　　　　　卅三年二月四日夜　鸡鸣月落　疏星在极高远处明昧

**注　释**

① 本篇原载 1944 年 2 月 22 日、29 日昆明《扫荡报·现代文艺》;又载 1944 年
　　3 月 20 日桂林《扫荡报·现代文艺》,有改动。

# 1945 年

## 花　园①
### ——茱萸小集二

　　在任何情形之下,那座小花园是我们家最亮的地方。虽然它的动人处不是,至少不仅在于这点。

　　每当家像一个概念一样浮现于我的记忆之上,它的颜色是深沉的。

　　祖父年青时建造的几进,是灰青色与褐色的。我自小养育于这种安定与寂寞里。报春花开放在这种背景前是好的。它不至被晒得那么多粉,固然报春花在我们那儿很少见,也许没有,不像昆明。

　　曾祖留下的则几乎是黑色的,一种类似眼圈上的黑色,(不要说它是青的)里面充满了影子。这些影子足以使供在神龛前的花消失。晚间点上灯,我们常觉那些布灰布漆的大柱子一直伸拔到无穷高处。神堂屋里总挂一只鸟笼,我相信即是现在也挂一只的。那只青裆子永远眯着眼假寐,(我想它做个哲学家,似乎身子太小了。)只有巳时将尽,它唱一会,洗个澡,抖下一团小雾在伸展到廊内片刻的夕阳光影里。

　　一下雨,甚么颜色都重郁起来,屋顶,墙,壁上花纸的图案,甚至鸽子:铁青子,瓦灰,点子,霞白。宝石眼的好处这时才显出来。于是我们,等斑鸠叫单声,在我们那个园里叫。等着一棵榆梅稍经一触,落下碎碎的瓣子,等着重新着色后的草。

　　我的脸上若有从童年带来的红色,它的来源是那座花园。

　　我的记忆有菖蒲的味道。然而我们的园里可没有菖蒲呵?它是哪儿来的,是那些草?这是一个无法解决的问题。但是我此刻把它们没有理由的纠在一起。

"巴根草，绿阴阴，唱个唱，把狗听。"每个小孩子都这么唱过吧。有时甚么也不做，我躺着，用手指绕住它的根，用一种不露锋芒的力量拉，听顽强的根胡一处一处断了。这种声音只有拔草的人自己才听得见。当然我嘴里是含着一根草了。草根的甜味和它的似有若无的水红色是一种自然的巧合。

草被压倒了。有时我的头动一动，倒下的草又慢慢站起来。我静静的注视它，很久很久，看它的努力快要成功时，又把头枕上去，嘴里叫一声"嗯！"有时，不在意，怜惜它的苦心，就算了。这种性格呀！那些草有时会吓我一跳的，它在我的耳根伸起腰来了，当我看天上的云。

我的鞋底是滑的，草磨得它发了光。

莫碰臭芝麻，沾惹一身，嗜，难闻死人。沾上身了，不要用手指去拈，用刷子刷。这种籽儿有带钩儿的毛，讨嫌死了。至今我不能忘记它：因为我急于要捉住那个"都溜"（一种蝉，叫得最好听），我举着我的网，蹑手蹑脚，抄近路过去，循它的声音找着时，拍，得了。可是回去，我一身都是那种臭玩意。想想我捉过多少"都溜"！

我觉得虎耳草有一种腥味。

紫苏的叶子上的红色呵，暑假快过去了。


那棵大垂柳上常常有天牛，有时一个，两个的时候更多。它们总像有一桩事情要做，六只脚不停的运动，有时停下来，那动着的便是两根有节的触须了。我们以为天牛触须有一节它就有一岁。捉天牛用手，不是如何困难工作，即使它在树枝上转来转去，你等一个合适地点动手，常把脖子弄累了，但是失望的时候很少。这小小生物完全如一个有教养惜身份的绅士，行动从容不迫，虽有翅膀可从不想到飞；即是飞，也不远。一捉住，它便吱吱纽纽的叫，表示不同意，然而行为依然是温文尔雅的。黑地白斑的天牛最多，也有极瑰丽颜色的。有一种还似乎带点玫瑰香味。天牛的玩法是用线扣在颈子上看它走。令人想起……不说也好。

蟋蟀已经变成大人玩意了。但是大人的兴趣在斗，而我们对于捉蟋蟀的兴趣恐怕要更大些。我看过一本秋虫谱，上面除了苏东坡米南宫，还有许多济颠和尚说的话，都神乎其神的不大好懂。捉到一个蟋蟀，我不能看出它颈子上的细毛是瓦青还是朱砂，它的牙是米牙还是菜牙，但我仍然是那么欢喜。听，瞿瞿瞿瞿，哪里？这儿是的，这儿了！用草掏，手扒，水灌，嚯，蹦出来了。顾不得螺螺藤拉了手，扑，追着扑。有时正在外面玩得很好，忽然想起我的蟋蟀还没喂呐，于是赶紧回家。我每吃一个梨，一段藕，吃石榴吃菱，都要分给它一点。正吃着晚饭，我的蟋蟀叫了。我会举着筷子听半天，听完了对父亲笑笑，得意极了。一捉蟋蟀，那就整个园子都得翻个身。我最怕翻出那种软软的鼻涕虫。可是堂弟有的是办法，撒一点盐，立刻它就化成一滩水了。

　　有的蝉不会叫，我们称之为哑巴。捉到哑巴比捉到"红娘"更坏。但哑巴也有一种玩法。用两个马齿苋的瓣子套起它的眼睛，那是刚刚合适的，仿佛马齿苋的瓣子天生就为了这种用处才长成那么个小口袋样子，一放手，哑巴就一直向上飞，决不偏斜转弯。

　　蜻蜓一个个选定地方息下，天就快晚了。有一种通身铁色的蜻蜓，翅膀较窄，称"鬼蜻蜓"。看它款款的飞在墙角花阴，不知甚么道理，心里有一种说不出来的难过。

　　好些年看不到土蜂了。这种蠢头蠢脑的家伙，我觉得它也在花朵上把屁股撅来撅去的，有点不配，因此常常愚弄它。土蜂是在泥地上掘洞当作窠的。看它从洞里把个有绒毛的小脑袋钻出来（那神气像个东张西望的近视眼），嗡，飞出去了，我便用一点点湿泥把那个洞封好，在原来的旁边给它重掘一个，等着，一会儿，它拖着肚子回来了，找呀找，找到我掘的那个洞，钻进去，看看，不对，于是在四近大找一气。我会看着它那副急像笑个半天。或者，干脆看它进了洞，用一根树枝塞起来，看它从别处开了洞再出来。好容易，可重见天日了，它老先生于是坐在新大门旁边息息，吹吹风。神情中似乎是生了一点气，因为到这时已一声不响了。

　　祖母叫我们不要玩螳螂，说是它吃了土谷蛇的脑了，肚里会生一种铁线蛇,缠到马脚脚就断,甚么东西一穿就过去了,穿到皮肉里怎么办?

她的眼睛如金甲虫,飞在花丛里五月的夜。


故乡的鸟呵。

我每天醒在鸟声里。我从梦里就听到鸟叫,直到我醒来。我听得出几种极熟悉的叫声,那是每天都叫的,似乎每天都在那个固定的枝头。

有时一只鸟冒冒失失飞进那个花厅里,于是大家赶紧关门,关窗子,吆喝,拍手,用书扔,竹竿打,甚把自己帽子向空中摔去。可怜的东西这一来完全没了主意,只横冲直撞的乱飞,碰在玻璃上,弄得一身蜘蛛网,最后大概都是从两椽之间空隙脱走。

园子里时时晒米粉,晒灶饭,晒碗儿糕。怕鸟来吃,都放一片红纸。为了这个警告,鸟儿照例就不来,我有时把红纸拿掉让它们大吃一阵,到觉得它们太不知足时,便大喝一声赶去。

我为一只鸟哭过一次。那是一只麻雀或是癞花。也不知从甚么人得来的,欢喜的了不得,把父亲不用的细篾笼子挑出一个最好的来给它住,配一个最好的雀碗,在插架上放了一个荸荠,安了两根风藤跳棍,整整忙了一半天。第二天起得格外早,把它挂在紫藤架下。正是花开的时候,我想是那全园最好的地方了。一切弄得妥妥当当后,独自还欣赏了好半天,我上学去了。一放学,急急回来,带着书便去看我的鸟。笼子掉在地下,碎了,雀碗里还有半碗水,"我的鸟,我的鸟呐!"父亲正在给碧桃花接枝,听见我的声音,忙走过来,把笼子拿起来看看,说:"你挂得太低了,鸟在大伯的玳瑁猫肚子里了。"哇的一声,我哭了。父亲推着我的头回去,一面说"不害羞,这么大人了"。

有一年,园里忽然来了许多夜哇子。这是一种鹭鸶属的鸟,灰白色,据说它们头上那根毛能破天风。所以有那么一种名,大概是因为它的叫声如此吧。故乡古话说这种鸟常带来幸运。我见它们吃吃喳喳做窠了,我去告诉祖母,祖母去看了看,没有说甚么话。我想起它们来了,也有一天会像来了一样又去了的。我尽想,从来处来,从去处去,一路走,一路望着祖母的脸。

园里甚么花开了,常常是我第一个发现。祖母的佛堂里那个铜瓶里的花常常是我换新。对于这个孝心的报酬是有须掐花供奉时总让我去,父亲一醒来,一股香气透进帐子,知道桂花开了,他常是坐起来,抽支烟,看着花,很深远的想着甚么。冬天,下雪的冬天,一早上,家里谁也还没有起来,我常去园里摘一些冰心腊梅的朵子,再掺着鲜红的天竺果,用花丝穿成几柄,清水养在白磁碟子里放在妈(我的第一个继母)和二伯母妆台上,再去上学。我穿花时,服伺我的女佣人小莲子,常拿着掸帚在旁边看,她头上也常戴着我的花。

我们那里有这么个风俗,谁拿着掐来的花在街上走,是可以抢的,表姐姐们每带了花回去,必是坐车。她们一来,都得上园里看看,有甚么花开的正好,有时竟是特地为花来的。掐花的自然又是我。我乐于干这项差事。爬在海棠树上,梅树上,碧桃树上,丁香树上,听她们在下面说"这枝,唉,这枝这枝,再过来一点,弯过去的,喏,唉,对了,对了!"冒一点险,用一点力,总给办到。有时我也贡献一点意见,以为某枝已经盛开,不两天就全落在台布上了,某枝花虽不多,样子却好。有时我陪花跟她们一道回去,路上看见有人看过这些花一眼,心里非常高兴。碰到熟人同学,路上也会分一点给她们。

想起绣球花,必连带想起一双白缎子绣花的小拖鞋,这是一个小姑姑房中东西。那时候我们在一处玩,从来只叫名字,不叫姑姑。只有时写字条时如此称呼,而且写到这两个字时心里颇有种近于滑稽的感觉。我轻轻揭开门帘,她自己若是不在,我便看到这两样东西了。太阳照进来,令人明白感觉到花在吸着水,仿佛自己真分享到吸水的快乐。我可以坐在她常坐的椅子上,随便找一本书看看,找一张纸写点甚么,或有心无意的画一个枕头花样,把一切再恢复原来样子不留甚么痕迹,又自去了。但她大都能发觉谁过来过了。那第二天碰到,必指着手说"还当我不知道呢。你在我绷子上戳了两针,我要拆下重来了!"那自然是吓人的话。那些绣球花,我差不多看见它们一点一点的开,在我看书作事时,它会无声的落两片在花梨木桌上。绣球花可由人工着色。在瓶里加一点颜色,它便会吸到花瓣里。除了大红的之外,别种颜色看上去都极自然。我们常以骗人说是新得的异种。这只是一种游戏,姑姑房里常供的仍是白的。为甚么我把花跟拖鞋画在一起呢?真不可解。——姑姑已经嫁了,听说日子极不如意。绣球快开花了,昆明渐渐暖起来。

花园里旧有一间花房,由一个花匠管理。那个花匠仿佛姓夏。关于他的机伶促狭,和女人方面的恩怨,有些故事常为旧日佣仆谈起,但我只看到他常来要钱,样子十分狼狈,局局促促,躲避人的眼睛,尤其是说他的故事的人的。花匠离去后,花房也跟着改造园内房屋而拆掉了。那时我认识花名极少,只记得黄昏时,夹竹桃特别红,我忽然又害怕起来,急急走回去。

我爱逗弄含羞草。触遍所有叶子,看都合起来了,我自低头看我的书,偷眼瞧它一片片的开张了,再猝然又来一下。他们都说这是不好的,有甚么不好呢。

荷花像是清明栽种。我们吃吃螺蛳,抹抹柳球,便可看佃户把马粪倒在几口大缸里盘上藕秧,再盖上河泥。我们在泥里找蚬子,小虾,觉得这些东西搬了这么一次家,是非常奇怪有趣的事。缸里泥晒干了,便加点水,一次又一次,有一天,紫红色的小觜子冒出来了水面,夏天就来了。赞美第一朵花。荷叶上花拉花响了,母亲便把雨伞寻出来,小莲子会给我送去。


大雨忽然来了。一个青色的闪照在枫树上,我赶紧跑到柴草房里去。那是距我所在处最近的房屋。我爬上堆近屋顶的芦柴上,听水从高处流下来,响极了,訇——,空心的老桑树倒了,葡萄架塌了,我的四近越来越黑了,雨点在我头上乱跳。忽然一转身,墙角两个碧绿的东西在发光!哦,那是我常看见的老猫。老猫又生了一群小猫了。原来它每次生养都在这里。我看它们攒着吃奶,听着雨,雨慢慢小了。

那棵龙爪槐是我一个人的。我熟悉它的一切好处，知道哪个枝子适合哪种姿势。云从树叶间过去。壁虎在葡萄上爬。杏子熟了。何首乌的藤爬上石笋了，石笋那么黑。蜘蛛网上一只苍蝇。蜘蛛呢？花天牛半天吃了一片叶子，这叶子有点甜么，那么嫩。金雀花那儿好热闹，多少蜜蜂！波——，金鱼吐出一个泡，破了，下午我们去捞金鱼虫。香橼花蒂的黄色仿佛有点忧郁，别的花是飘下，香橼花是掉下的，花落在草叶上，草稍微低头又弹起。大伯母掐了枝珠兰戴上，回去了。大伯母的女儿，堂姐姐看金鱼，看见了自己。石榴花开，玉兰花开，祖母来了，"莫掐了，回去看看，瓶里是甚么？""我下来了，下来扶您。"

　　槐树种在土山上，坐在树上可看见隔壁佛院。看不见房子，看到的是关着的那两扇门，关在门外的一片菜园。门里是甚么岁月呢？钟鼓整日敲，那么悠徐，那么单调，门开时，小尼姑来抱一捆草，打两桶水，随即又关上了。水东东的滴回井里。那边有人看我，我忙把书放在眼前。


　　家里宴客，晚上小方厅和花厅有人吃酒打牌。（我记得有个人吹得极好的笛子。）灯光照到花上，树上，令人极欢喜也十分忧愁。点一个纱灯，从家里到园里，又从园里到家里，我一晚上总不知走了无数趟。有亲戚来去，多是我照路，说哪里高，哪里低，哪里上阶，哪里下坎。若是姑妈舅母，则多是扶着我肩膀走。人影人声都如在梦中。但这样的时候并不多。平日夜晚园子是锁上的。

　　小时候胆小害怕，黑魆魆的，树影风声，令人却步。而且相信园里有个"白胡子老头子"，一个土地花神，晚上会出来，在那个土山后面，花树下，冉冉的转圈子，见人也不避让。

　　有一年夏天，我已经像个大人了，天气郁闷，心上另外又有一点小事使我睡不着，半夜到园里去。一进门，我就停住了。我看见一个火星。咳嗽一声，招我前去。原来是我的父亲。他也正因为睡不着觉在园中徘徊。他让我抽一支烟，（我刚会抽烟）我搬了一张藤椅坐下，我们一直没有说话。那一次，我感觉我跟父亲靠得近极了。

四月二日。月光清极,夜气大凉。似乎该再写一段作为收尾,但又似无须了。便这样吧,日后再说。逝者如斯。

**注　释**

① 本篇原载昆明《文聚》1945 年第二卷第三期;初收《汪曾祺全集》第三卷,北京师范大学出版社,1998 年 8 月。

# 花·果子·旅行[①]

## ——日记抄

我想有一个瓶,一个土陶蛋青色厚釉小坛子。

木香附萼的瓣子有一点青色。木香野,不宜插瓶,我今天更觉得,然而我怕也要插一回,知其不可而为,这里没有别的花。

（山上野生牛月菊只有铜钱大,出奇的瘦瘠,不会有人插到草帽上去的。而直到今天我才看见一棵勿忘侬草是真正蓝的,可是只有那么一棵。矢车菊和一种黄色菊科花都如吃杂粮长大的脏孩子,要经过很大的努力与克制才能喜欢它。）

过王家桥,桥头花如雪,在一片墨绿色上。我忽然很难过,不喜欢。我要颜色,这跟我旺盛的食欲是同源的。

我要水果。水果！梨,苹果,我不怀念你们。黄熟的香蕉,紫赤的杨梅,蒲桃,呵蒲桃,最好是蒲桃,新摘的,雨后,白亮的磁盘。黄果和橘子,都干瘪了,我只记得皮里的辛味。

精美的食物本身就是欲望。浓厚的酒,深沉的颜色。我要用重重的杯子喝。沉醉是一点也不粗暴的,沉醉极其自然。

我渴望更丰腴的东西,香的,甜的,肉感的。

纪德的书总是那么多骨。我忘不了他的像。

《葛莱齐拉》里有些青的果子,而且是成串的。

（七日）

把梅得赛斯的"银行家和他的太太"和哈尔司法朗司的"吉普赛"嵌在墙上。

说法朗司是最了解人类的笑的,不错。他画的那么准确, ·个吉普赛,一个吉普赛的笑。好像这是一个随时可变的笑。不可测的笑。不可测的波希米人。她笑得那么真,那么熟。(狡滑么,多真的狡滑。)

把那个银行家的太太和她放在一起,多滑稽的事!

我把书摊在阳光下,一个极小极小的虫子,比蚜虫还小,珊瑚色的在书叶上疾旋,画碗口大的圈子。我以最大速度用手指画,还是跟不上它,它不停的旋,一个认真的小疯子,我只有望着它摇摇头。

(八日)

我满有夏天的感情。像一个果子渍透了蜜酒。这一种昏晕是醉。我如一只苍蝇在熟透的葡萄上,半天,我不动。我并不望一片叶子遮荫我。

苍蝇在我砚池中吃墨呢,伸长它的嘴,头一点一点的。

我想起海港,金色和绿色的海港,和怀念西方人所描写的东方,盐味和腐烂的果子气味。如果必要,给他一点褐色作为影子吧。

我只坐过一次海船,那时我一切情绪尚未成熟。我不像个旅客,我没有一个烟斗。旅客的袋里有各种果子的余味。一个最穷的旅客袋里必有买三个果子的钱。果汁滴在他襟袖上,不同的斑点。

我想学游泳,下午三点钟。

气压太低,我把门窗都打开。

(九日)

我如一个人在不知名小镇上旅馆中住了几天,意外的逗留,极其忧愁。黄昏时天空作葡萄灰色,如同未干的水彩画。麦田显得深郁得多,暗得多。山色蓝灰。有一个人独立在山巅,轮廓整齐,如同剪出。我并不想爬上去,因为他已经在那里了。

念 N 不已。我不知道这一生中还能跟她散步一次否?

把头放在这本册子上,假如我就这么睡着了,死了,坐在椅子里……

携手跑下山坡,山坡碧绿,坡下花如盛宴……回去,喝瓶里甘凉的水。我们同感到那个凉，彼此了解同样的慰安……风吹着我们，吹着长发向后飘，她的头扬起。……

水从壶里倒出来乃是一种欢悦，杯子很快就满了；满了，是好的。倒水的声音比酒瓶塞子飞出去另是一种感动。

我喝水。把一个绿色小虫子喝下去还不知道，他从我舌头上跳出来。

醒得并不晚，只是不想起来。有甚么唤我呢，没有！一切不再新鲜。叫一个人整天看一片麦田，一片绿，是何等的惩罚！当然不两天，我又会惊异于它的改观，可是这两天它似乎睡了绿，如一个人睡着了老。天仍是极暗闷，不艳丽，也不庄严，病态的沉默。我需要一点花。

我需要花。

抽烟过多，关了门，关了窗。我恨透了这个牌子，一种毫无道理的苦味。

醒来，仍睡，昏昏沉沉的，这在精神上生理上都无好处。

下午出去走了走，空气清润，若经微雨，村前槐花盛开，我忽然蹦蹦跳跳起来。一种解放的快乐。风似乎一经接触我身体即融化了。

听司忒老司音乐，并未专心。

我还没有笑，一整天。只是我无病的身体与好空气造出的愉快，这愉快一时虽贴近我，但没有一种明亮的欢情从我身里透出来。

每天如此，自然会浸入我体内的，但愿。

对于旅行的欲望如是之强烈。

草屋顶上树的影子，太阳是好的。

（十日）

三十四年记。在黄土坡<br>三十五年抄。在白马庙

**注　释**

①　本篇原载 1946 年 7 月 12 日《文汇报》。

# 干 荔 枝 [①]

给"绝无仅有的美好的,不懂事的。"

## 一、恶作剧

每个人都可以说一段很得意的故事,关于自己从前的恶作剧。这些故事常常本来很平淡,为了说得尽兴,听来入神,不惜化零为整,从别人身上挪借许多材料来。或者干脆改头换面的抄一段书;即使同座有人觉察,露出不耐烦样子,也并不大在意,半秒钟的不自然,马上过去了,又淋漓洒落,顾盼生姿的说下去了;当然,更常常,他说的事根本在这个世界上没有发生过。人为甚么易为春无知的感动成狂傲的姑妄听之神情所怂恿呵。这是为甚么,生活太不出奇了,憋了那么股子劲,得挥发出来;还是无处售脱你的一肚子鬼聪明?

曾经那么爱说点无关大体的谎,爱荒诞和夸张。我说过我有一条黑的,绿的,金的,和一点点紫红色的披风,你也许笑过一阵已经忘记了,我可还记得。然而我告诉你,昨天我们在街上看见的那个大学生给那个瞎子帽子上插了一朵碗大的大红蜀葵花,引得一街人那么愚蠢的笑了半天,我告诉你,我可实在不发生兴趣。给那个大学生狠狠的两个耳光多好呵。

你说我老了?也罢,我是老了。年青人的愤怒不会有那么深刻的。——甚么!小鬼,你说如果真打了那个东西,(打了那一街的人)倒是很有趣的事,而你一边说着一边整理你方才大笑时摇动得披下来的头发,把一根夹针咬在嘴里!

## 二、波斯菊

问我为甚么忽然悄然笑起来,这个笑来得极快,消逝得可怜:我想起一个先生戏称我为"审美家",想起波斯菊。

你喜欢这个名字么?我知道你在心里念了一次,你的嘴唇动了一下。"波斯——菊",这唤起你眼睛里的浪漫情趣。我就因为其"名佳",去掐了一把。花一大片,远望如一个女子中学,或如你们的甚么游园会,总而言之,像梦。(这个字我有四年不用了。)因为早晨太阳晒着,闲得快乐,下点雨,就有点愁,又都处处有点无可奈何,难以捉摸。因为很单纯,很温软。(别跳你的眉毛!)当时我看到甚么都比后来美些,看到甚么都联想到一个人。一个老实认真的写实主义小说家一定在他的大作里写:他掐了一把他的联想和爱情回去了。掐花回去,一插在个绿陶壶里,靠一个小小剔红盒子旁边。我抽了一根烟,不时拨弄一朵两朵花,让它攒三聚五的成一格局。到都成了"一瓶",都安适妥帖了,我已抽了三根烟了。小院子静得很,听见那条卷毛小狗出出进进走了几次,蜜蜂在檐前唱,垂丝海棠瓣子落在蛛网上。等着,来了。

"刚才有人看见你?"

"去掐花的。"

花含笑,十分调皮,绯红色。

"可一点都不好看。"

让波斯菊一瓣一瓣的落罢。就这么轻描淡写的过去了。现在又到了暑假的时候,下起雨来了,我简直不想出去,很希望有人写信给我,有人送点好吃东西。门前有人乱七八糟的洒下许多花种,走了半月,又回来看了一次,花出了好多。自然,你算聪明,知道了:他指着一果花苗,问我是甚么,那是波斯菊。

好了,我编了一篇故事,你不三天就可以来,来看波斯菊了,哈哈。

## 三、遗憾

　　我和一个朋友对坐,共一根蜡烛,各看一本书,有时谈一两句话,以不影响看书为限度。我们服从于此不成文法,因为它给我们许多方便。我笑了笑,他问"怎么了?"我想起一首旧诗。(未想起诗的音节,想起那诗的趣味。)

　　我说,一个不穿衣服的脏孩子,浑身都脏,成鼻烟色,极匀均,发光,大眼睛,红嘴唇,这孩子用一枝盛开的梨花退着打一条狗(我失去给狗一个颜色的胆子了),梨花纷纷舞落。这是多么好的画题。我用这幅画写,一首诗。诗题"春天",结尾是

　　　　看人放风筝放也放不上,

　　　　独自玩弄着比喻和牙疼。

　　谁也不欣赏。

七月八日

**注　释**

　　①　本篇原载 1945 年 7 月 14 日、16 日《观察报》。

# 1946 年

## 街上的孩子[①]

### 一

街上看见小儿祈雨,二十多个孩子,大的十来岁,最小的才四五岁,抬着两顶柏枝扎成的亭子轿子之类东西,里面烧香,香烟从密密的柏叶之间袅袅透出,气味极浓。前面几个敲糖锣小鼓,多半徒手。敲小鼓的两个,他们很想敲出一个调子,可是老有参差。看他们眼睛,他们为此苦恼。一心努力于维持凑合那个节奏,似已忘却一切。到别人同声高唱那支求雨的歌谣时,便赶紧煞住鼓声和着一起唱。当大人一说"求雨去",这声音熏沐他们,让他们结晶。这使他们快乐,一种难得的不凡的经验,一种享受。而从享受,从忘记一切的沉酣状态正可以引出热诚。他们念"小小儿童哭哀哀,撒下秧苗不得栽",是倾全部感情而叫出来的,他们全身肌肉都颤动。这些孩子脸上都有一种怪样的严肃,一种悲剧的严肃,好像正做着一件了不起的事。这些香烟,柏枝,哑哑的锣鼓,这支简单的歌,这穿在纷乱喧闹中的一股为一种"神圣"所聚的力,像大海中一股暗流,这在他们身上产生一种近似疯狂的情绪。

### 二

自从一个学生物的朋友告诉我,蝗虫有五只眼睛,两只复眼,(复眼,想想我第一次知道这个东西的时候!)三只单眼,我就 直很想告诉一个孩子。

我们在大街上,在武成路,晚上八点钟,正是最热闹的时候,我们一路走过来,一路东张西望。我们发现许多很有趣的事情。我们同时驻足了:两个孩子,在八点多钟的武成路,在汽车,无线电,电灯,在黄色显得是纯白,红色发了一点紫的武成路边上,两个孩子蹲着。他们蹲在那里,正像蹲在一棵大树的阴影底下,在一边潺潺的溪水旁边一样。他们干甚么?嘿,他们在找石缝里的土狗子哩!

## 三

我们在小西门外一个小酒馆的檐外看见一个卖种子的。他有不少种子,扁豆,油菜,葫芦,丝瓜,包谷,甜椒,茄子,还有那种开美丽蓝色单瓣小花,结了籽儿乡下人放在粑粑里吃的东西,许多不知名,不认识的东西,每一样都极其干净漂亮,有乡下人来买,用手点点这个抓抓那个,卖的人就跟着看看这,看看那,彼此细细的谈着。这些种子把他们沟通起来。他们正在合作,共同完成一个爱情,爱那些种子。他们依照他们习惯,都蹲着,都抽金堂叶子烟。你正说,总觉得卖种子的比一般乡下人要"高",一种令人感动的职业,而我们一回头,我们看见另外一件事。

一个大约十四五岁孩子,坐在他家米铺子门前堆积的米包上,他面前四五尺人行道上有一张对折的关金券。从那孩子的脸上蹊跷表情,你发现那张票子拴了一根黑线,线牵在那孩子藏在背后的手里。我们看了半天,并未有人去捡,有几个人经过,都没看见。那孩子(孩子!)始终挂一脸那种古怪表情,他等待胜利,一个狂喜就要炸出来,不大禁压得住,他用力闭他的嘴,嘴角刻纹,他额下肌肉都紧张了。他的自满(自满于杰作的发明?)比谲秘多。这孩子!无疑有一种魔鬼的聪明。我简直不知对他怎么好。我想刷他一个耳光么?没有,我没有。真是,见你的鬼,我走了!

六月十八日 昆明

① 本篇原载 1946 年 9 月 30 日《文汇报》。

# 风　景①

## 一、堂倌

　　我从来没有吃过好坛子肉，我以为坛子里烧的肉根本没有甚么道理。但我所以不喜欢上东福居倒不是因为不欣赏他们家的肉。年轻人而不能吃点肥肥的东西，大概要算是不正常的。在学校里吃包饭，过个十天半月，都有人要拖出一件衣服，挟两本书出去，换成钱。上馆子里补一下。一商量，大家都赞成东福居，因为东福居便宜，有"真正的肉"。可是我不赞成。不是闹别扭，坛子肉总是个肉，而且他们那儿的馒头真不小。我不赞成的原因是那儿的一个堂倌。自从我注意上这个堂倌之后，我就不想去。也许现在我之对坛子肉失去兴趣与那个堂倌多少有点关系。这我自己也闹不清。我那么一说，大家知道颇能体谅，以后就换了一家。

　　在馆子里吃东西而闹脾气是最无聊的事。人在吃的时候本已不能怎么好看，容易教人想起野兽和地狱。（我曾见过一个瞎子吃东西，可怕极了。他是"完全"看不见。幸好我们还有一双眼睛！）再加上吼啸，加上粗脖子红脸暴青筋，加上拍桌子打板凳，加上骂人，毫无学问的，不讲技巧的骂人，真是不堪入画。于是堂倌来了，"你啦你啦"陪笑脸。不行，赶紧，掌柜挪着碎步子（可怜他那双包在脚布里的八字脚），呵着腰，跟着客人骂，"岂有此理，是，混蛋，花钱是要吃对味的！"得，把先生武装带取下来，拧毛巾，送出大门，于是，大家做鬼脸，说两句俏皮话，泔水缸冒泡子，菜里没有"青香"了，聊以解嘲。这种种令人觉得生之悲哀。这，那一家都有，我们见惯了，最多少吃半个馒头，然而，要是在饭馆里混一辈子？……

　　这个堂倌，他是个方脸，下颚很大，像削出来的。他剪平头，头发老是那么不长不短。他老穿一件白布短衫。天冷了，他也穿长的，深色的，冬天甚至他也穿得厚厚的。然而换来换去，他总是那个样子。他像是总穿一件衣裳，衣裳不能改变他甚么。他衣裳总是干干净净。——我真希望他能够脏一点。他决不是自己对干干净净有兴趣。简直说，他对世界一切不感兴趣。他一定有个家的，我想他从不高兴抱抱他孩子。孩子他抱的，他太太让他抱，他就抱。馆子生意好，他进账不错。可是拿到钱他也不欢喜。他不抽烟，也不喝酒！他看到别人笑，别人丧气，他毫无表情。他身子大大的，肩膀阔，可是他透出一种说不出来的疲倦，一种深沉的疲倦。座上客人，花花绿绿，发亮的，闪光的，醉人的香，刺鼻的味，他都无动于中。他眼睛空漠漠的，不看任何人。他在嘈乱之中来去，他不是走，是移动。他对他的客人，不是恨，也不轻蔑，他讨厌。连讨厌也没有了，好像教许多蚊子围了一夜的人，根本他不大在意了。他让我想起死！

　　"坛子肉，"

　　"唔。"

　　"小肚，"

　　"唔。"

　　"鸡丝拉皮，花生米辣白菜，……"

　　"唔。"

　　"爆羊肚，糖醋里肌，——"

　　"唔。"

　　"鸡血酸辣汤！"

　　"唔。"

　　说甚么他都是那么一个平平的，不高，不低，不粗，不细，不带感情，不作一点装饰的"唔"。这个声音让我激动。我相信我不大忍的住了，我那个鸡血酸辣汤是狂叫出来的。结果怎么样？我们叫了水饺，他也唔，而等了半天（我不怕等，我吃饭常一边看书一边吃，毫不着急，今日我就带了书来的）。座上客人换了一批又一批，水饺不见来。我们总不能一直坐下去，叫他！

"水饺呢？"

"没有水饺。"

"那你不说？"

"我对不起你。"

他方脸上一点不走样，眼睛里仍是空漠漠的。我有点抖，我充满一种莫明其妙的痛苦。

# 二、人

我在香港时全像一根落在泥水里的鸡毛。没有话说，我沾湿了，弄脏了，不成样子。忧郁，一种毫无意义的忧郁。我一定非常丑，我脸上线条零乱芜杂，我动作委靡鄙陋，我不跟人说话，我若一开口一定不知所云！我真不知道我怎么把自己糟塌到这种地步。是的，我穷，我口袋里钱少得我要不时摸一摸它，我随时害怕万一摔了一交把人家橱窗打破了怎么办，……但我穷的不止是钱，我失去我的圆光了。我整天蹲在一家老旧的栈房里，感情麻木，思想昏钝，揩揩这个天空吧，抽去电车轨，把这些招牌摘去，叫这些人走路从容些，请一批音乐家来教小贩唱歌，不要尽他们直着脖子叫。而浑浊的海水拍过来，拍过来。

绿的叶子，芋头，两颗芋头！居然在栈房屋顶平台上有两颗芋头。在一个角落里，一堆煤屑上，两颗芋头，摇着厚重深沉的叶子，我在香港第一次看见风。你知道我当时的感动。而因此，我想起，我们在德辅道中发现的那个人来。

在邮局大楼侧面地下室的窗穷下，他盘膝而坐，他用一点竹篾子编几只玩意，一只鸟，一个虾，一头蛤蟆。人来，人往，各种腿在他面前跨过去，一口痰唾落下来，嘎啦啦一个空罐头踢过去，他一根一根编缀，按步就班，不疾不缓。不论在工作，在休息，他脸上透出一种深思，这种深思，已成习惯。我见过他吃饭，他一点一点摘一个淡面包吃，他吃得极慢,脸上还保持那种深思的神色,平静而和穆。

## 三、理发师

我有个长辈,每剪一次指甲,总好好的保存起来。我于是总怕他死。人死了,留下一堆指甲,多恶心的事! 这种心理真是难于了解。人为甚么对自己身上长出来的东西那么爱惜呢? 也真是怪,说起鬼物来,尤其是书上,都有极长的指甲。这大概中外都差不多。同样也是长的,是头发。头发指甲之所以可怕,大概正因为是表示生命的(有人告诉我,死了之后指甲头发都还能长)。人大概隐隐中有一种对生命的恐惧。于是我想起自己的不爱理发。我一觉察我的思想要引到一个方向去,且将得到一个甚么不通的结论,我就赶紧把它叫回来。没有那个事,我之不理发与生啊死的都无关系。

也不知是谁给理发店订了那么个特别标记,一根圆柱上画出红蓝白三色相间的旋纹。这给人一种眩晕感觉。若是通上电,不歇的转,那就更教人不舒服。这自然让你想起生活的纷扰来。但有一次我真教这东西给了我欢喜。一天晚上,铺子都关了,街上已断行人,路灯照着空荡荡的马路,而远远的一个理发店标记,在冷静之中孤伶伶地动。这一下子把你跟世界拉得很近,犹如大漠孤烟。理发店的标记与理发店是一个巧合。这个东西的来源如何,与其问一个社会人类学专家,不如请一个诗人把他的想像告诉我们。这个东西很能说明理发店的意义,不论那一方面的。我大概不能住在木桶里晒太阳,我不想建议把天下理发店都取消。

理发这一行,大概由来颇久,是一种很古的职业。我颇欲知道他们的祖师是谁,打听迄今,尚未明白。他们的社会地位,本来似乎不大高。凡理发师,多世代相承,很少改业出头的。这是一种注定的卑微了。所以一到过年,他们门楣上多贴"顶上生涯"四字,这是一种消极反抗,也正宣说出他们的委曲。别的地方怎样的,我不清楚,我们那里理发师大都兼做吹鼓手。凡剃头人家子弟必先练习敲铜锣手鼓,跟在喜丧阵仗中走个几年，到会吹唢呐笛子时，剃头手艺也同时学成了。吹鼓手呢，更是一种供驱走人物了，是姑娘们所不愿嫁的。故乡童谣唱道：

> 姑娘姑娘真不丑，
>
> 一嫁嫁个吹鼓手：
>
> 吃人家饭，喝人家酒，
>
> 坐人家大门口！

其中"吃人家饭，喝人家酒"，也有唱为"吃冷饭，吃冷酒"的，我无从辨订到底该怎样的。且刻划各有尖刻辛酸，亦难以评其优劣，自然理发师（即吹鼓手）老婆总会娶到一个的，而且常常年轻好看。原因是理发师都干干净净，会打扮收拾；知音识曲，懂得风情；且因生活磨练，脾性柔和；谨谨慎慎的，穿吃不会成大问题，聪明的女孩子愿意嫁这么一个男人的也有。并多能敬重丈夫，不以坐人家大门口为意。若在大街上听着他在队仗中滴溜溜吹得精熟出色，心里可能还极感激快慰。事实上这个职业被目为低贱，全是一个错误制度所产生的荒谬看法。一个职业，都有它的高贵。理发店的春联"走进来乌纱宰相，摇出去白面书生"，文雅一点的则是"不教白发催人老，更喜春风满面生"，说得切当。小时候我极高兴到一个理发店里坐坐，他们忙碌时我还为拉那种纸糊的风扇。小时候我对理发店是喜欢的。

　　等我岁数稍大，世界变了，各种行业也跟着变。社会已不复是原来的社会。差异虽不太大，亦不为小。其间有些行业升腾了，有些低落下来。有些名目虽一般，性质却已改换。始终依父兄门风、师傅传授，照老法子工作，老法子生活的，大概已颇不多。一个内地小城中也只有铜匠的、锡匠的特别响器，瞎子的铛，阉鸡阉猪人的糖锣，带给人一分悠远从容感觉。走在路上，间或也能见一个钉碗的，之故之故拉他的金钢钻；一个补锅的，用一个布卷在灰上一揉，托起一小勺殷红的熔铁，嗤的一声焊在一口三眼灶大衾锅上；一个皮匠，把刀在他的脑后头发桩子上光一光，这可以让你看半天。你看他们工作，也看他们人。他们是一种"遗民"，永远固执而沉默的慢慢的走，让你觉得许多事情值得深思。

这好像扯得有点嫌远了。我只是想变动得失于调节,是不是一个问题。自然医治失调症的药,也只有继续听他变。这问题不简单,不是我们这个常识脑子弄得清楚的。遗憾的是,卷在那个波浪里,似乎所有理发师都变了气质,即使在小城里,理发师早已不是那种谦抑的,带一点悲哀的人物了。理发店也不复是笼布温和的,在黄昏中照着一块阳光的地方了。这见仁见智,不妨各有看法。而我私人有时是颇为不甘心的。

现在的理发师,虽仍是老理发师后代,但这个职业已经"革新"过了。现在的理发业,跟那个特别标记一样是外国来的。这些理发店与"摩登"这个名词不可分,且俨然是构成"摩登"的一部分,是"摩登"本身。在一个都市里,他们的势力很大,他们可以随便教整个都市改观,只要在那里多绕一个圈子,把那里的一卷翻得更高些。嘻,理发店里玩意儿真多,日新月异,愈出愈奇。这些东西,不但形状不凡,发出来的声音也十分复杂,营营扎扎,呜呜拉拉。前前后后,镜子一层又一层反射,愈益加重其紧张与一种恐怖。许多摩登人坐在里面,或搔首弄姿,顾盼自怜,越看越美;或小不如意,怒形于色,脸色铁青;焦躁,疲倦,不安,装模作样。理发师呢,把两个嘴角向上拉,拉,唉,不行,又落下去了!他四处找剪子,找呀找,剪子明明在手边小几上,他可茫茫然,已经忘记他找的是甚么东西了,这时他不像个理发师。而忽然醒来了,操起剪子克叉克叉动作起来。他面前一个一个头,这个头有几根白发,那个秃了一块,嗨,这光得像个枣核儿,那一个,怎么回事,他像是才理了出去的?克叉克叉,他耍着剪子,忽然,他停住了,他努目而看着那个头,且用手拨弄拨弄,仿佛那个头上有个大蚂蚁窝,成千成万蚂蚁爬出来!

于是我总不大愿意上理发店。但还不是真正原因。怕上理发店是"逃避现实",逃避现实不好。我相信我神经还不衰落,很可以"面对"。而且你不见我还能在理发店里看风景么?我至少比那些理发师耐得住。不想理发的最大原因,真正原因,是他们不会理发,理得不好。我有时落落拓拓,容易为人误认为是一个不爱惜自己形容的人,实在我可比许多人更讲究。这些理发师既不能发挥自己才能,运巧思;也不善利用材料,不爱我的头。他们只是一种器具使用者,而我们的头便不论生张熟李,弄成一式一样,完全机器出品。一经理发,回来照照镜子,我已不复是我,认不得自己了,镜子里是一个浮滑恶俗的人。每一次,我都愤恼十分,心里充满诅咒,到稍稍平息时,觉得我当初实在应当学理发去,我可以做得很好,至少比我写文章有把握得多。不过假使我真是理发师……会有人来理发,我会为他们理发?

人不可以太倔强,活在世界上,一方面须要认真,有时候只能无所谓。悲哉。所以我常常妥协,随便一个什么理发店,钻进去就是。理发师问我这个那个,我只说"随你!"忍心把一个头交给他了。

我一生有一次理了一个极好的发。在昆明一个小理发店。店里有五个座位,师傅只有一个。不是时候,别的出去了。这师傅相貌极好。他的手艺与任何人相似,也与任何人有不同处:每一剪子都有说不出来的好处,不夸张(这是一般理发师习气),不苟且(这是一般理发师根性),真是奏刀骤然,音节轻快悦耳。他自己也流溢一种得意快乐。我心想,这是个天才。那是一个秋天,理发店窗前一盆蟹爪菊花,黄灿灿的。好天气。

卅五年十月十四日写成,上海。

注　释

① 本篇原载 1946 年 10 月 25 日、26 日《文汇报》;初收《汪曾祺全集》第三卷,北京师范大学出版社,1998 年 8 月。

# "膝行的人"引[①]

　　……我还是一直常常想起"移植"。纪德与巴雷士打了那么一场笔墨官司,实在是很有意思的事。他们这回好像非把对方摔倒了不可,像第一次大战威廉皇帝所说,"德国统治欧洲,或崩溃,"认了真,到短兵相接的时候了。若在中国,这时该走出一个在旁边看了半天的,如晁天王与赤发鬼打得正上劲时在当中用一根甚么链条那么一隔的吴学究,一两句话排了难,解了纷:大家都是好汉,不必伤了和气,前面是个茶铺,坐下细谈细谈,有一宗没本钱生意,正要齐心合作。在中国,真是,为了这么一个毫不相干的抽象观念而费这么多唇舌,谁都觉得,何苦来呢。纪德与巴雷士的距离并不远,他们之间比他们与我们近得多。我对纪德的话一向没有表示过反对,但有些说法与我们日常经验渺不相及,觉得生疏。他口口声声叫人忘了他的书,去生活。真的,只有生活过来,才会了解许多看来完全是轻飘飘趁笔而书的抒情词句中的辨证。别的不说,他这回提到的"迁根",没有问题,应当注定了要胜利。我是种过一点花的,可以给他找出几个例证;虽然从那一方面说,我都好像是个安土重迁,不好活动的人。但是……

　　生于淮北则为枳的那棵树还算得是橘么?人烟寒橘柚,秋色老梧桐,回到你看来全不是的故乡有无天涯之感?那么我们回顾一下。

　　白马庙的稻子在我们离去时已经秀过了。长得那么高,晚上从城里回来,看包围着自己摇动的一大阵黑影,真有点怕噢?现在想必都割下来了吧。收获的时候总是高兴的,摆在田头碗里的菜一定更多油水。几个月的辛苦,几个月的等待,真不容易。我们看他们浸种,下池,小秧子小鹅似的一片,拔起来,再插下去,然后是除草,车水,每清晨夜半可隔墙听到他们工作谈话声音。你还记得?——该记得的,我们那回在门前路上拾回来的一个秧把？他们从秧池中把小秧子拔出来，扎成一个一个的把，由富有经验的、熟悉田土的一把一把扔到田里，再分开插下。每一块田大都有一定的，可以插多少把。扔，偶尔有时扔多了一半把。按种田人规矩，这块田里的把不兴带到另一块田里去。用不完，照例只有拉起来掼到路边。接不到水，大太阳晒，很快就呈粉绿色，死了。我们检回来的那把，虽放在磁盆中，沃以清水，没多少日子也不行了。你当初还直想书桌上结出一穗金黄色的稻子玩玩呢！"爬着一条壁虎"的那个粉定盆子还是只宜养野菊花，款式配；花也顽强，一朵一朵开得那么有精神，那么不在乎，教人毫不觉得抱歉。

话说至此，本已够了，但还有说一件事，印象极深，不能忘去。新校舍南区外头城墙缺口下当年是护城河，后来不知怎么一滴水也没有了？颇不窄呀，横着摆，一排不少个花盆呢。你大概没有下河底看过，拐弯的地方有个小木头牌子，云南农林试验场第十七号苗圃。这里种的全是尤加利。夏天傍晚在那一带散步的一定全都闻到这种树蒸出来的奇怪气味，有点像万金油。每年，清明边上，那个住在城头上小木屋里的人要忙几天，带着他那条狗。这些树苗要拔起来，离别，分散，到我们逃过警报的山上的风里摇。我注意那个园工每掘一棵树，总带起树根四围的一块土，不把它抖得很干净。这些树苗也许还不觉得换了环境吧。在离开苗圃未到山上之间，那一两天它们生活在带在根上的那一小块土之中。

D，我不能确实的感到我底下是不是地呢，虽然我落脚在这个大地方已经近一个月了。你怎么样，会不会要到仓前山却说成了五华山？……

三十五年十月，上海

**注　释**

① 本篇原载 1947 年 5 月 10 日《益世报》；初收《汪曾祺全集》第三卷，北京师范大学出版社，1998 年 8 月。

# 他眼睛里有些东西,决非天空<sup>①</sup>

## 一

我差不多每天都可以看到他们。下午五六点钟,他们回来了。回来,在院里井边洗他们添了一层黑泥的腿。有的坐在阶石上,总有几个在井栏上坐的。黑泥洗去,腿上的肉显得很白,灰白灰白的。院子里铺的红沙方石,是云南特有的。他们正在"劳动服务",挑挖附近一口渐渐淤浅的湖。雨季,常常湖中无一游人。桥是空的,堤也是空的。草长得高高的。堤上柳树如乱发,树皮的颜色则为雨水泡得完全是黑的了。天色冥冥漠漠。荷叶多已枯残,水鸟也不飞,也不叫。湖水淡淡,悠悠的飘着小浪。他们各人戴了个笠子,灰色衣裳,一个一个离得远远的,一锹一锹把湖底乌郁郁的膏泥挖上来,抛在岸上。一切做来好像全无声息。他们不说一句话。只有时累了,把锹插在水里,两手扶在锹把顶上,头搁在手背上,看相邻的另一个的动作。脸上全无表情,木木的。看来他们眼角口边的肌肉只会永远维持,这个样子,很少有牵扭跳动。早晚两顿饭大概是送到湖边吃的。六点多钟,天也差不多黑了,该睡了。大家横到一堆稻草上去,用军毯盖好。雨下了整三个月!这个破院落每一块砖头都已经回潮发湿。那堆稻草没有一根脆的了。昆明下雨天凉起来真凉。云沉沉的压在屋脊上。

"妹子的,耳屎都是稀烂的!"我这一次听见他们笑,看见这些脸上有亮光。他们今天没有去。十点多了,还都在家里。而且大家活泼得多,走来走去,很兴奋的样子。好些人的头都刮得光光的,白白的。有两个正坐在凳子上,由同伙中别人用剃刀嚓拉嚓拉的刮。旁边有人拧他耳朵,呵他腰。"小兔子,我亲亲你,呋唷,好嫩!""莫闹莫闹,你等一下不剃?"已剃好的则抢着看一面不到两寸长的小鹅蛋镜子。镜子背面一个摩登大姑娘。走到旁边一个狭狭的过道中一看,伙,有肉哩。这个煮肉办法真是第一次看见。一个大地堂锅,白水里几块肉,肉都是一尺来长三四寸宽,咕噜咕噜直翻泡儿。这是他们挑湖的酬劳了?我想了想,半月前有人来收了浚湖捐,这个捐该能买多少肉。不管这个,"肉"是好的,你看他们吃。他们用的碗真特别,是一截竹筒。这竹筒日晒风吹,多已裂缝。汤一倒进去,四面射出来,于是他们抢着喝,手忙脚乱,急切慌张。

不两天,他们就走了。也不知是哪个部队的。

## 二

我们到学校旁边凤翥街小茶馆喝茶。天太干,整天刮风,脸上皮肤发紧,嘴唇开裂,每天都得喝茶。凤翥街是一条凌乱肮脏的小街。街上铺石板。一街的猪尿马粪烂草鞋。

这天凤翥街特别闹热,开来许多兵。他们刚到,尚无约束。在街上走来走去,看看这,看看那,样子蠢头蠢脑。凤翥街上有甚么可看的?全是小铺子,烟纸店,杂货店,豆腐店,羊肉馆子,羊肉摊子,卖花生葵花子儿的掮了个篮子,卖针卖棉线卖破旧衣衫的老太婆脖子下一个大瘿带,纸扎店里老头子戴一副铜边老花眼镜画金童玉女的粉白大团脸。在荒凉的长途跋涉之后对于这些人的活动会格外感到兴趣,觉得亲切么。然而似乎又不是。他们就是要这么走来走去的走走吧,因为现在还不知道上头要让他们干甚么。

小茶馆靠门是一张白木方桌。我们坐下喝茶。一会儿对面马店(马店是一种小栈房,供山里来的"马驮子"住宿,住人也住马)里走出一个排长模样的人。一路唠叨着进了茶馆。没头没脑,听不明白。似乎埋怨一个不解事的小兵。"教不要来,不要来。定要来,定要来!来干啥呢,来害病找死。当兵是好玩的?这一路倒了十二个……"他一嘴河南话,脸上红红的,身子方方的。他来,是办公来了。这人看来是排长,实是个连长。一个文书上士和特务长也来了。他一面分排那两个做事,一面唠叨,手上一个烧饼。忽然大声向对面喊,"叫××来,拿点钱去隔壁买一碗白米饭,看他想不想吃?"这时正有一大桶饭从街心向北抬过去,米好红!这我们才知道"白米饭"的意义。过了半天,门里走出一个病兵家,是那个××,即他所埋怨的人了。病得不轻,瘦得青篙篙的,扶墙摸壁的走过来。白米饭买来了,他对着饭瞪了半天。那个红脸连长重叹了口气,拳头用力的捶在桌上。

我们沿街向北走。一片空场子上,他们吃饭。十一个一桌,(桌?)站好队,报了数,即可以去吃。有一队正在报数。一!二!三!五!排在第五的急于想吃,没等四报出来即抢出一个五来。"五!五!五!"值星官扑过去在五的头上打了三巴掌。五的帽子打在地下。五是个瘌痢花头,头上头发有一块没一块的。"重来!"一!二!三!四!——五……十一个人围着一碗菜蹲下来。甚么菜?盐拌萝卜,上头是一层辣椒粉。第一碗饭,他们不吃菜,吃干饭。十一个人全吃完了,排队去添饭。饭不得自己动手添,由值星官一个一个添。大家一样多少。第二碗饭,他们还是不吃菜。风吹起尘土,呜——过来,呜——过去。空场上计有十二桌。一直到第三碗饭,也就是最后一碗饭了,才开始吃那一碗辣椒盐拌萝卜。

走出凤翥街我们都说不出话,互相看看。

<br>

## 三

<br>

黄昏时候,从图书馆里出来。走到学校门口,我们看见一个兵。

他躺在那里。

他就要死了。

他的同伴看他实在不行,把他丢了下来。

他上身一件棉军服,头上还有顶帽子,下身甚么都没有。他很瘦,瘦得出奇。膝骨突出来。腿上的皮挂下来,仿佛已与骨头不相连附。

他躺在公路旁边一条浅沟里。浅沟里是松松的土。他已不能再在土上印出第二个印子。他所有的力量都消耗完了。他不能再有痛苦。也没有抵抗。甚么都快消逝,他就要完了。他平平静静仰面躺着。不是"躺着",是平平静静"在"那里。

他意识已淡得透明,他没有意志了。他大概已不能构成一个思想,他不能想这是蓝的,这是地,这是我。

他的头为甚么慢慢慢慢的向两边转过来,转过去呢?他要借此知道他还活着?

他的眼睛好大,大而暗淡。他的眼白作鸭蛋青色。我从来没有见过这样的眼睛。他还看甚么呢?对于这个就要失去的世界看甚么呢?

公路上人走过来,走过去。上头是天,宝石一样的蓝天。

卅五年十一月

注　释

① 本篇原载 1946 年 11 月 13 日《文汇报·笔会》。

# 昆 明 草 木①

## 序

    昆明一住七年,始终未离开一步,有人问起,都要说一声"佩服佩服"。虽然让我再去住个几年,也仍然是愿意的,但若问昆明究竟有甚么,却是说不上来。也许是一草一木,无不相关,拆下来不成片段,无由拈出,更可能是本来没有甚么,地方是普通地方,生活是平凡生活,有时提起是未能遣比而已。不见大家箱桄中几全是新置的东西。翻遍所带几册旧书中也找不出一片残叶碎瓣了么。独坐无聊,想跟人谈谈,而没有人可以谈谈,写不出东西却偏要写一点。时方近午,小室之中已经暮气沉沉。雨下得连天连地是一个阴暗,是一种教拜伦脾气变坏的气候,我这里又无一分积蓄的阳光,只好随便抓一个题目扯一顿,算是对付外面呜呜拉拉焦急的汽车,吱吱咽咽不安的无线电罢了。我倒宁愿找这样一本书或一篇文章看看,自己来写是全无资格的。

十二月十三日记

## 一、草

    到昆明,正是雨季。在家里关不住,天雨之下各处乱跑。但回来脱了湿透的鞋袜,坐下不久,即觉得不知闷了多少时候了,只有袖了手到廊下看院子里的雨脚。一抬头,看见对面黑黑的瓦屋顶上全是草,长得很深,凄凄的绿。这真是个古怪地方,屋顶上长草!不止一家如此,家家如此。荒宫废庙,入秋以后,屋顶白蒙蒙一片。因为托根高,受风多,叶子细长如发,在暗淡的金碧之上萧萧的飘动,上头的天极高极蓝。

## 二、仙人掌

昆明人家门。有几件带巫术性的玩意。门坎上贴红纸剪成的剪刀,锁。门上一个大木瓢,画一个青面鬼脸。一对未漆羊角生在羊头上似的生在门头上。角底下多悬仙人掌一片。不知这究竟是甚么意思,也问过几个本地人,说不出所以然,若是乡下人家则在炊烟薰得黑沉沉的土墙上还要挂一长串通红通红的辣椒,是家常吃的,与厌胜辟邪无关,但越显出仙人掌的绿,造成一种难忘的强烈印象。

仙人掌这东西真是贱,一点点水气即可以浓浓的绿下来,且苗出新的一片,即使是穿了洞又倒挂在门上。

心急的,坐怕担心费事,栽花木活,糟塌花罪过,而又喜欢自己种一点甚么出来看看的,你来插一片仙人掌吧,仙人掌有小刺毛,轻软得刺进手里还不知道,等知道时则一手都是了。一手都是你仍可以安然作事。你可以写信告诉人了,我种了一棵仙人掌,告诉人弄了一手刺。就像这个雨天,正好。你披上雨衣。

仙人掌有花,花极简单,花片如金箔,如蜡。没有花柄,直接生在掌片上,像是做假安上去的。从来没见过那么蠢那么可笑的花。它似乎一点不知道自己是个甚么样子,不怕笑。吆唷,听说还要结果子呢,叫做甚么"仙桃",能好吃么?它甚么都不管,只找个地方把多余的生命冒出来就完事,根本就没想到出果子。这是个不大可解的事,我没见过一头牛一匹羊嚼过一片仙人掌。我总以为这么又厚又长的大绿烧饼应当很对它们的胃口。它们简直连看也不看一眼!

英国领事馆花园后墙外有仙人掌一大片,上多银青色长脚蜘蛛,这种蜘蛛一定有毒,样子多可怕。墙下有路,平常一天没有两三人走过。

## 三、报春花

虽然我们那里的报春花很少，也许没有，不像昆明。

——《花园》

我不知怎么知道这是报春花的。我老告诉人"这种小花有个好名字，报春花"，也许根本是我造的谣。它该是草紫紫云英，或者紫花苜蓿，或者竟是报春花，不管它，反正就是那么一种微贱的淡紫色小花。花五六瓣，近心处晕出一点白，花心淡黄。一种野菜之类的东西，叶子大概如小青菜，有缺刻，但因为花太多，叶子全不重要了。花梗极其伶仃，怯怯的升出一丛丛细碎的花，花开得十分欢。茎上叶上花上全沁出许多茸茸的粉。塍头田边密密的一片又一片，远看如烟，如雾，如云。

我有个石鼓形小绿瓷缸子，满满的插了一缸。下午我们常去采报春花，晒太阳。搬家了，一马车，车上冯家的猫，王家的鸡，松与我轮流捧着那一缸花。我们笑。

那个缸子有时也插菜花，当报春花没有的时候。昆明冬天都有菜花。在霜里黄。菜花上有蜜蜂。

## 四、百合的遗像

想到孟处要延命菊去，延命菊已经少了，他屋里烧瓶中插了两枝百合，说是"已经好些天了。"

下着雨，没有甚么事情，纱窗外蒙蒙绿影，屋里极其静谧，坐了半天。看看烧瓶里水已黄了，问"怎么不换换水？"孟说"由它罢。"桌上有他批卷子的红钢笔，抽出一张纸画了两朵花。心里不烦躁，竟画得还好。松和孟在肩后看我画，看看画，又看看花，错错落落谈着话。

画画完了，孟收在一边，三个人各端了一杯茶谈他桌上台路易士那几句诗，"保卫那比较坏的，为了击退更坏的，"现代人的逻辑阿，正谈着,一朵花谢了,一瓣一瓣的掉下来,大家看看它落。离画好不到五分钟。

看看松腕上表,拿起笔来写了几个字:

"遗像　某月日下午某时分,一朵百合谢了。"

其后不久,孟离开昆明,便极少有机会去他屋前看没有主人的花了。又不久,松与我也同时离开昆明又分了手,隔得很远。到上海三月,孟自家乡北上,经过此地,曾来我这个暮色沉沉的破屋里住了一宿,谈了几次,我们都已经走了不少路了,真亏他,竟还把我给他写的一条字并那张画好好的带着?

这教我有了一点感慨。走了那么多路,甚么都不为的贸然来到这个大地方,我所得的是甚么,操持是甚么,凋落的,抛去的可就多了。我不能完全离开这朵百合,可自动的被迫的日益远了,而且连眺望一下都不大有时候,也想不起。孟倒是坚贞的抱着做一个"爱月亮,爱北极星的孩子"的志气,虽然也正在比较坏与更坏的选择之中。松远在南方将无法尽知我如今接受的是一种甚么教育。阿,我说这些干甚么,是寂寞了?"雨打梨花深闭门",收了吧。——这又令我想起昆明的梨花来了。


**注　释**

① 本篇原载 1946 年 12 月 27 日《文汇报》,署名"方栢臣"。

# 1947 年

## 飞　的[①]

### 鸟　粪　层

常常想起些自己不大清楚的东西,温习一次第一次接触若干名词之后引起的朦胧的响往。这两天我想鸟粪层。手边缺少可以翻检的书,也没有人可以告诉我一点关于鸟粪层的事。

书和可以叩问的人是我需要的么?

### 猎　斑　鸠

那时我们都还很小。我们在荒野上徜徉。我们从来没有那么更精致的,更深透的秋的感觉。我们用使自己永远记得的轻飘的姿势跳过小溪,听着风溜过淡白色长长的草叶的声音(真是航)过了一大片地。我们好像走到没有人来过的秘密地方,那个林子,真的,我们渴望投身到里面而消失了。而我们的眼睛同时闪过一道血红色,像听到一声出奇的高音的喊叫,我们同时驻足,身子缩后,头颈伸出一点。我们都没有见过一个猎人,猎人缠那么一道殷红的绑腿,在外面是太阳,里面影影绰绰的树林里。这个人周身收束得非常紧,瘦小,衣服也贴在身上,密闭双唇,两只眼睛苛在里面,颊部微陷,鹰钩鼻子。他头伸着,但并不十分用力,走过来,走过去。看他的腿胫,如果不提防扫他一棍子,他会随时跳起避过。上头,枝叶间,一只斑鸠,锈红色翅膀,瓦青色肚皮。猎

55

人赶斑鸠。猎人过来，斑鸠过去，猎人过去，斑鸠过来。斑鸠也不叫唤，只听得调匀的坚持的扇动翅膀声音。我们守着这一幕哑斗的边上。这样来回三五次之后，渐渐斑鸠飞得不大响了，她有点慌乱，神态声音显得跟跄参差。在我们未及看他怎么扳动枪机时，震天一声，斑鸠不见了。猎人走过去拾了死鸟，拂去沾在毛上的一片枯叶。斑鸠的颈子挂了下来，一幌一幌。我们明明看见，这就是刚才飞着的那一只，锈红色翅膀，瓦青色肚皮，小小的头。猎人把斑鸠放在身旁布袋里。袋里已经有了一只灿烂的野鸡。他周身还是那样，看不出那里松弛了一点，他重新装了一粒子弹，向北，走出这个林子。红色的绑腿到很远很远还可以看得见。秋天真是辽阔。

我们本来想到林子里拾橡栗子，看木耳，剥旧翠色的藓皮，采红叶，寻找伶仃的野菊，这猎人教我们的林子改了样子了，我们干甚么好呢？


## 蝶

大雨暂歇。坟地的野艾丛中
一只粉蝶飞


## 矫　饰

我很早很早就做假了。

八岁的时候，我一个伯母死了。我第一次（第一次么？不吧？是比较重大的一次，）开始"为了别人"而做出种种样子。我承继给那位伯母，我是"孝子"。嚇，我那个孝子可做得挺出色，像样。我那个缺少皱纹的脸上满是一种阴郁表情，这很容易被人误认为是哀伤。我守灵，在枢前烧纸，有客人来吊拜时跪在旁边芦席上，我的头低着，像是有重量压着抬不起来，而且，喝，精采之至，我的眼睛不避开烟焰，为的好薰得红红的。我捏丧棒，穿麻鞋，拖拖沓沓的毛边孝衣，一切全恰到好处。实在我也颇喜欢这些东西，我有一种快乐，一种得意，或者简直一种骄傲。我表演得非常成功，甚至自己也感动了。只有在"亲视含殓"时我心里踌躇了，叫我看穿戴凤冠霞帔的死人最后一眼，然后封钉，这我实在不大愿意。但我终于很勇敢的看了。听长钉子在大木槌下一点一点的钉进去，亲戚长辈们都围在我身后，大家都严肃十分，很少有人接耳说话，那一会儿，或者我假装挤出一点感情来的。也模糊了，记不大清。到葬下去，孝子例须兜了土在柩上洒三匝，这是我最乐意干的。因为这是最后一场，戏剧即将结束。（我差点儿全笑出来。说真的，这么扮演也是很累的事。）而且这洒土的制度是颇美的。我倒还是个爱美的人！

近几年来我一直忘不了那一次丧事。有时竟想跟我那些亲戚长辈们说明白，得了吧。别又来装模作样。

卅六年一月

注　释

① 本篇原载 1947 年 1 月 14 日《文汇报》，署名"西门鱼"；又载 1947 年 10 月 5 日《民意》半月刊第 1 卷第二期。

# 蔡 德 惠[①]

　　我与蔡德惠君说不上甚么交情，只是我很喜欢他这个人。同在联大新校舍住了几年，彼此似乎是毫无往来。他不大声说话，也没有引人注意的举动，除了他系里学术上的集会，他大概很少参加人多的场合，（我印象如此，许是错了，也未可知，）我们那个时候认得他的人恐怕不多。我只记得有一次，一个假日，人多出去了，新校舍显得空空的，树木特别的绿，他一个人在井边草地上洗衣服，一脸平静自然，样子非常的好。自此他成为我一个不能忘去的人。他仿佛一直是如此。既是一个人，照理都有忧苦激愤，感情失常的时候，蔡君短短一生之中自必也见过遇过若干足以搅乱他的事情，我与他相知甚浅，不能接触到他生活全面，无由知道。凡我历次所见，他都是那么对世界充满温情，平静而自然的样子。我相信他这样的时候最多。也不知怎么一来，彼此知道名字，路上见到也点点头。他人颇瘦小，精神还不错。

　　我离开联大到昆明乡下一个中学去教书，就不大再看到他。学校同事中也有熟识他的人，可是谈话中未听见提过他名字。想是他们以为我不认得他。再者他人极含蓄，一身也无甚"故事"可以作谈话资料，或说无甚可以作为谈话资料的故事。我就知道他在生物系书读得极好，毕业后研究植物分类学，很有希望，研究室在甚么地方，我亦熟悉，他大概经常在里面工作。有一次学校里教生物的两个先生告诉我要带学生出去看一次，问我高兴不高兴一起去走走，说："蔡德惠也来的。"果然没有几天他就来了。带了一大队学生出去，大家都围着他，随便掐一片叶子，找一朵花，问他，他都娓娓的说出这东西叫甚么，生活情形，分布情形如何，有个甚么故事与这有关，那一篇诗里提到过它。说话还是轻轻的，温和清楚。现在想起来，当时不觉得，他似乎比以前更瘦了些。是秋天，野地里开了许多红白蓼花。他好像是穿了一件灰色长衫。

后来，有一次，雨季，我到联大去。太阳一收，雨忽然来了，相当的大，当时正走过他的研究室，心想何不看看他去。一推门就进去了，我来，他毫不觉得突兀。稍为客气的接待我。仿佛谁都可以推开他的门进去的一样。一进门我就看见他墙上一只蛾子，颜色如红宝石，略有黑色斑纹。他指点给我看，说了一些关于蛾蝶的事。他四壁都是植物标本，层层叠叠，尚待整理。他说有好些都是从滇西采集来的，拿出好些东西给我看，都极其特别。他让我拣两样带回去玩，我挑了几片木瑚蝶。这几片东西一直夹在我一本达尔文的书里。到他死后，有一天还翻出来过。现在那本书丢在昆明，若有人翻出，大概会不知道它是甚么玩意，更无从想象是如何得来的了。那天他说话依然极其平和，如说家常，无一分讲堂气。但有一种隐隐的热烈，他把感情都倾注在工作上了，真是一宗爱的事业。

天晴了，我们出来，在他手营的小花圃里看了看，花圃里最亮的一块是金蝶花，正在盛开，黄闪闪的。几丛石竹，则在深深的绿叶之中郁郁的红。新雨之后，草头全是水珠。我停步于土墙上一方白色之前，他说，"是个日规"。所谓日规，是方方的涂了一块石灰，大小一手可掩，正中垂直于墙面插了一支竹丁。看那根竹丁的影子，知道是甚么时候了。不知甚么道理，这东西叫人感动，蔡君平日在室内工作，大概常常要出来看一看墙上的影子的吧。我离开那间绿阴深蔽的房子不到几步，已经听到打字机答答的响起来。

这以后我就一直没有看见过他。偶然因为一件小事，想起这么一个沈默的谦和的人品，那么庄严认真的工作，觉得人世甚不寂寞，大有意思。

忽然有一天，朋友告诉我，"蔡德惠进了医院，已经不行了，肺差不多烂完了，一点办法都没有，明天，最多是后天的事情。"

"以前没有听说他有病呀？"

"是呢。一直也没有发现。·定很久了，不知道他自己怎么没觉得。一来就吐了血,送医院一检查。……"

当时我竟未到医院里去看看他。过两天,有人通知我甚么时候在联大新校舍后面坟场上火化,我又糊里糊涂没有去参加。现在人死了已近半年,大家都离开云南,我不知道他孤坟何处,在上海这个人海之中,却又因为一件小事而想起他来,因而写了这篇短文,遥示悼念,希望他生前朋友能够见到。

我离开昆明较晚,走之前曾到联大看过几次。那间研究室锁着锁,外面藤萝密密缠满木窗,小花圃已经零落,犹有几枝残花在寂静中开放,草长得非常非常高。那个日规还好好的在,雪白,竹丁影子斜斜的落在右边。——这样的结尾,不免俗套,近乎完成一个文章格局,谁如此说,只好由他了。原说过,是想给德惠生前朋友看看的。

**注　释**

①　本篇原载 1946 年 10 月 29 日上海《大公报》;又载 1947 年 3 月 7 日天津《大公报》;初收《汪曾祺全集》第三卷,北京师范大学出版社,1998 年 8 月。

# 室 外 写 生<sup>①</sup>

## 一、白马庙

我在昆明住了好几年。在昆明,差不多每年都要上西山去次把。多多少少,并没有一定,去也多半是偶然去的,从来没有觉得非去不可;但或春或秋,得少闲逸,周围便有许多上西山去的可能漂浮起落,很容易就实现了一两次。也许有几年是根本没有去,记不清了。但这没有关系,这种事情上很可以用到"平均"的办法。在昆明住而没有上西山去过的,想必不多吧。

西山回来必经过白马庙。——去的时候自然也经过,但你不大会注意,你专心一意于西山。

从山上回来总有点累。不很累,一点点。因为爬了山,走了不少路;也因为明天你马上又将不爬山,不走路:你又"回来"了,又投回你的一成不变的生活。明天你又将坐在写字桌边,又将吃那位"毫无想象"的大师傅烧出来的饭菜,又将与那些熟脸见面,招呼,(有几个现在就在你旁边,在一条船上!)你的脚就要踏上岸,"生活"在那儿等着你。你帖然就范,不想反抗。但是,你有点惘然。这点惘然就是你的反抗了,你的一点残余的野劲。而如果有人问你为甚么靠着船篷,看着天边,抱着头,半天不说话,你只说是有点累了。是的,你有点累。你也太放不开,怎么老摸你的房门的钥匙,船上摸,甚至山上也摸。倒好像你真急于想在你那个极有个性而十分亲切的椅子上抽一根烟。于是你直惦记着白马庙。到白马庙,就快了。我们常常把期待终点的热心移注于终点前一站。火车上有人老是焦急地看着窗外,等过了某一地段,他扣好衣服,戴上帽子,松了肌肉,舒舒服服的坐下来,这比下车到家更重要,简直像火车永远不开到他也不在乎似的。就是如此,在昆明的人多知道白马庙。到白马庙,望得见城中的万家灯火。

没有想到,我后来住到白马庙来。我在白马庙住了半年多。

搬到白马庙,我很欢喜。马车载着我们的行李,载着书,载着小鸡,载着开石瓶里的一枝花,冯家迷迷在我膝上,孩子抱着她的猫。当时我是坐着,而活泼得如一头小马。这些树,这个埠头,这条路,旧围墙里一直还是长满蒲公英,这个铁门多少年没有开过,这间淡紫色的(房子)情雅,这个浅灰色的则端庄而大方,这些我们全都很熟悉。而我们将住到那座孤立在田地里的小小的房子里去,这座房子式样极其别致,像童话插图,我们在船上曾经指点过多少次。有人问搬到了甚么地方,一说起,一定全知道。这个房子将吸引朋友们来看我。我兴致冲冲,直想跟甚么人大声说一句"天气真好"——我满目含情,望着那座桥。——我们从西山回来看白马庙,实在是看那座桥。桥是个记认,没有桥,白马庙不成其为白马庙似的。每次船从桥下过,(人在桥下都有一种奇怪感觉,一种安全之感,像在母亲怀里。)我急于想在那个桥上头走一走。

注　释

① 本篇原载《少年读物》1947年第四卷第四、五期,未再续;后又以《白马庙》为题写作另一篇散文,发表在《大家》1994年第一期。

# 烟 与 寂 寞 ①

　　我去买烟,我不喜欢老是抽一个牌子,人每在抽烟上有许多意见,有人很固执很认真的保卫他抽的那个牌子,反对甚至看不起抽他以为不值得抽的牌子的人。比如抽美国烟与英国烟的简直的是世界上截然不同的两类的人。可是我喜欢常常换换口味。换换口味;或者简单的我就是要换换牌子,不是换吸,而是换买。决定了买那一种,决定而如意的买成了,(常常少不得有许多条件限制的),这给我快乐。——我很久以来即有个志愿,买一盒一种土耳其的长烟抽抽。不一定是要抽,就是买买。我要经验一下接在手里,拿回家来,拆开,拈出,拿在手里,看一看,(纸纹,标记),点火,抽,抽两口,又摸摸看看那个盒子,(装潢风格显然与他种香烟不似),这种种过程。我现在的能力要偶然买一盒自然还买得起,但我没有买那么一盒的充分感情。我想有一个机会,想到我有一次远行时买一盒带在小皮箱里;等到了,见到了,或已坐下来,跟他抽一枝,或在她的眼前抽一枝。我把这回事看得很重。——今天,我去买烟。我毫无成见。也有时候我一去即说出牌子。有时,我要看看,看来看去,找我的兴趣希望所在。今天,我连买烟丝或者烟都没有打主意。而我记起前两天路上走,看见一家新到了一批小雪茄。这种雪茄我父亲曾经抽过,那时我还小得很。(真是老牌了)。父亲很赞赏这种烟,又便宜又好。他满意于他自己的口味,满意于他的选择。一看到这种小雪茄,或心里一喜欢。而且那么多堆在一处,有一种富足大方之感。当时我为甚没有即买? 盖有待也? 现在,我一定去买。希望不要有甚么心思牵制我,教我改主意。

　　我买成了,心里有一种感动。虽然小小的,但实在是感动。

　　而,我的烟拿在手,脸上有喜悦,身后来了一个人。一个面目端正,正直而和蔼,有思想有身份的中年人;他看了看,说:"有×××,就这个。"——他说这个牌子说得很熟练而带有感情,仿佛他一直在留心,今天偶然发现了! 正是我手里的那一种。他觉得我看他,也看看我。看见我手里一札子烟了,我们极其自然的点了点头。带笑,仿佛我们很熟似的。并没有说话,好像也无须说话。

## 注　释

① 　本篇原载 1947 年 6 月 22 日上海《东南日报》;又载 1947 年 7 月 6 日《西北文化日报》、1947 年 12 月 5 日汉口《华中日报》,署名"曾祺"。

# 歌　　声①

醒来,隔壁巷子里有孩子唱歌。

现在大概九点钟光景,室中漆黑。每天吃了晚饭我睡两个钟头,一醒来总是立刻就为整个世界所围绕。在我睡着了时一切都还在进行着的。这几个孩子唱了多少时候歌了?从她们的歌声里有一点天晚了的感觉,可是多不够安定的晚上啊,多不够安定的歌。

唱的是两个女孩子,一个声音高,唱得很用力;一个比较不那么热切,不想争胜,气不大促。两个声音都很扁,仿佛唱的时候嘴都咧得很开。我想一定还有个更小的男孩子,坐在门槛上,虽然他一声不响,可是你听得出歌声里有他。大概是两个女孩之中一个(大概是那个声音高声的)的弟弟。这两个孩子必在同一小学读书,同出同归,唱歌的节拍表情也分明是同一个老师所教,错的地方一样错。那个老师(当然是个女的)对于教音乐,教这般孩子,毫无兴趣。至少这两个她没有兴趣。孩子的爸爸妈妈(尤其是妈妈)更对她们唱歌没有兴趣,冷淡,而且厌烦。这两个孩子也唱得真不好!……

她们一定穿了不合身的衣服,发红的安安蓝布,褪色的花洋纱的裙褂,补过的脏袜子,令人自卑的平凡的布鞋。两个孩子一个都不好看,瘦长的脖子,黄头发,头上汗味很重。有一个扎一个粉红蝴蝶结,但是皱得厉害!那个弟弟,一个大脑袋,傻傻的坐在那儿,不时用手搔头。他头上有个小脓疙瘩,身上黏黏的。他也很为姐姐们的歌声所激恼了,虽然有时也还漠然的听着,当他忘记一点自己身上的不快时。他没有要非哭不可的时候,但说是一点都不要哭分明不对。

两个孩子学着她们的先生装模作样的咬字,可是,不知道唱的是甚么,只有娃娃宝宝几个字还听得出,因为老是重复唱到。

现在她们会的歌都唱完了,停了一停,又把已经唱过的一个重新唱起来。这样的反复的唱,要唱到甚么时候?——这样的唱歌能使她们得到快乐么?她们为甚么要唱歌?

我起来。天真闷,气都不大透得过来。甚么地方一股抹布气味,要下雨了吧?

**注　释**

①　本篇原载 1947 年 7 月 11 日《大公报》;又载 1947 年 8 月 21 日《新疆日报》;初收《汪曾祺全集》第三卷,北京师范大学出版社,1998 年 8 月。

# 幡 与 旌[①]

## 一 大不起来的小猫

我教书,教国文,我有时极为痛苦。"国文"究竟是个甚么东西?是那一个制定了这么个名称?天底下简直没有比这更胡涂的事情!但痛苦的不是这个。我相信没有人狂妄荒谬到要来管我教了些甚么,如果我真在那儿"教"。在这个国度中生活有个最大方便,即对于制度下的甚么可以全然不理睬,因为实在无从理睬,不,根本就没有甚么制度!我痛苦,因为我孤独。走近一架琴,坐下,试按一按几个键子;拉开窗前的长帘,扣了工作衣的纽子,撩一撩头发,提起一管画笔;我是多么羡慕那种得其所哉的幸福呵。室中无一呼吸,而远方有无数眼睛耳朵向着他们。我,一个教员,一个教员是多么寒伧的东西!一走进教室,我得尽力稳住自己,不然我将回过身来,拔腿就逃。不过我的"性子"常常很好(我这一向睡得不错),我走进去,带上门(我把自己跟他们一齐关在里面),翻开书(一切做来安详从容),我讲了:

——上回我们进到二十七页,"吾妻归宁,述诸小妹语曰:'闻姊家有南阁子,——且何谓阁子也'……。"我说这句话写得很好,这在文言文,普通文言文里,不多见。"闻姊家有南阁子",忽然一折,来了"且何谓阁子也"这么一句。我们想想本来要说的话可能另是一个样子,话说了半截,忽然思想中带了一带:"南阁子是甚么?"自己问自己,说出了口,问姐姐:"且何谓南阁子也?"这写得多有神情?——所以我觉得"且何谓南阁子也"前应加一个破折号。……

底下,因势利导,我想从此出发,说说归有光(文章)的特色,他作文章态度与一般人有甚么不同。我思想活泼,嗓音也清亮;但是,看一眼下面那些脸,我心里一阵凄凉,我简直想哭。

他们全数木然。这分析得比较细,他们不大习惯?那他们至少该有点好奇,我愿意他们把我当一个印第安人看也好。可是就是木然,更无其他。一种攻不破的冷淡,绝对的不关心,我看到的是些为生活消蚀模糊的老脸,不是十来岁的孩子!我从他们脸上看到了整个的社会。我的脚下的地突然陷下去了!我无所攀泊,无所依据,我的脑子成了灰濛濛的一片,我的声音失了调节,嗓子眼干燥,脸上发热。我立这里,像一棵拙劣的匠人画出来的树。用力捏碎一支粉笔,我愤怒!

但是,我自己都奇怪,一边批削着一边恨恨的叫苦,忽然伤狗似的大吼一声,用力抓揪自己的头发,把手里红笔用力摔去,平常决不会有的粗野态度这时都来了;这样也有不少年了;(我的青春!)我仍然有耐心把一本本"作文"改了。有时就要大喜若狂,不能自禁了,当垃圾堆中忽然发现一点火星;即使只是一小段,三句,两句;我赶紧俯近它,我吹它,扇它,使它旺起来,烧起来。我捧出这本卷子,给这个看,给那个看,"不错噢?""很有希望,噢?"我狂热得不计较别人的眼睛怎么从卷子上收回去,怎么看我。自然有时我是骗我自己,闪了一下的不是火,是一种什么别的东西。这是一种嘲笑,使我的孤独愈益深厚。但一有一片小小的光,我的欢喜仍是完满的,长新的。

我又是得意非凡,一个初中二年级学生把她的草稿交来给我先看看,她文章里说到家里几只小猫,一回家她总先去看看小猫,跟它们玩半天,她说她老想小猫要是老不大起来多好啊。我想:这孩子!我好好的看了她一眼,觉得她眉目间有一种秀气,美起来了,说:"很好,拿回去抄吧。"下了班,在饭后的闲谈里我不知在谁的话后面插了一句。

"许多东西是与生俱来的,比如艺术,大概真是一种本能。"我躺在椅子里,抽着烟,对这个世界很满意的样子。

可是第二天,她把作文本子交来,关于小猫的那几句没有了。我愣了愣,我把本子还给她,我说:

"你本来有些很好的东西,你为甚么丢掉呢?你觉得,——我希望你把原来的稿子找一找。还找得到么？有些东西最好保留，如果你愿意保留，有兴趣。"

下了班，饭后照例有闲谈，我仍旧坐在那张椅子里，抽着烟，可是我没有说甚么。我愿意等，等到我的话到了时候，或者，哎，……或者甚么，没有"或者"了！

## 二 死去的字

也许是偶然，我发现几个诗人喜欢一个比喻，喜欢用飘动的旗子说出向往，期待，或其他甚么的种种感情。用旗子形容一颗心。我想这是受外国的影响，因为中国人很少看一面旗子。第一，我们没有好看的旗子，没有一面旗子能唤出任何感情，（俞平伯先生写过一句"国旗本来是猎旗"，那是很早的事情。似乎并未有人注意过。）平时能够引导人，招邀人的，或者应推乡社做会时飘在十里方圆最高的树上的长幡吧。但那毕竟是幡，不是旗了。而且即是有幡，因幡而扬头，挺胸，眼睛有光的，多半是有诗人嫌疑的人。至于喜欢船上的旗，海上的旗，在无边广漠之中的一小片颜色。那你比一般人不同，你非得是诗人不可。诗人，大家要你住到旗子上去呢，——喔，我这是胡扯，一个恶劣的小丑打诨，我只是看到两个字，"心旌"，在这两字之间徘徊了一下，想了一点东西。

"旌"我想是旗一类的东西吧。"心旌"，我觉得这两个字原来很美。可是，可是现在这两个字死了。我们通常只还有一句话："心旌摇荡"。而"智识程度很高"的人的口中大概没有这句话；若说这一句话必伴以一个嘲讽的扁嘴，一种滑稽之感。这果然滑稽，一说这个大概容易想起大鼓，蹦蹦，弹词，绍兴戏。只想到大鼓蹦蹦弹词绍兴戏，没有人想到"旌"。若干年后连那句"心旌摇荡"也会没有的，（宁愿没有了吧！）因为唱大鼓蹦蹦弹词绍兴戏的人又将唱现在的"智识程度很高"的人口中的话；至于那时的"智识程度很高"的人则不晓得说些甚么东西了。字就是这样死的。

有些字,比较活得长些,但只剩个壳子,本身已无意义。比如"清新"这两个字老出现在我认识的一个说话根本完全没有意义的人(这种人照例一天到晚说话极多)的口中,"空气很清新","头脑很清新",我不相信他感觉到"清",尤其是"新";他整个是既不"清",也从来没有"新"过的人,他没有尝到空气,也绝无头脑。字死在人的嘴唇上。

那么还是诗人来吧,给我们"造"一堆比较有光泽,有生命,比较丰富的字,像幡一样旗一样的字。因为你们比较清新。虽说,诚然,"语言是个约定俗成的东西。"

注　释

① 本篇原载 1947 年 7 月 26 日《益世报》。

# 蝴蝶:日记抄①

听斯本德聊他怎么写出一首诗,随着他的迷人的声调,有时凝集,有时飘逸开去;他既已使我新鲜活动起来,我就不能老是栖息在这儿;而到

"蝴蝶在波浪上面飘荡,把波浪当作田野,在那粉白色的景色中搜索着花朵。"

从他的字的解散,回头,对于自己陈义的抚摸,水道渠成的快感,从他的稍稍平缓的呼吸之中,我知道前头是一个停顿,他已经看到这一段的最后一句像看到一棵大树,他准备到树下休息,我就不等他按住话头,飞到另一片天地中去了。少陪了,去计划怎么继往开来吧,我知道你已经成竹在胸,很有把握,我要一个人玩一会儿去。我来不及听他嘱咐些甚么,已经为故地的气息所陶融。

蝴蝶,蝴蝶在同蒿花田上飞,同蒿花灿烂的金色。同蒿花的金色,风吹同蒿花。风搂抱花,温柔的摸着花,狂泼的穿透到花里面,脸贴着它的脸,在花的发里埋它的头,沉醉的阖起它的太不疲倦的眼睛。同蒿花,烁动,旺炽,丰满,恣酣,殚殚。狂欢的潮水!——密密层层,那么一大片的花,稠浓的泡沫,豪侈的肉感的海。同蒿花的香味极其猛壮,又夹着药气,是迫人的。我们深深的饮喝那种气味,吞吐含漱,如鱼在水。而同蒿花上是千千万万的白蝴蝶,到处都是蝴蝶,缤纷错乱,东西南北,上上下下,满头满脸。——置身于同蒿花蝴蝶之间,为金黄,香气,粉翅所淹没,"蜜饯"我们的年龄去!成熟的春天多么的迷人。

我想也想不起这块地方在我的故乡,在我读过的初级中学的那一边,从教室到那里是怎么走的呢?我常常因为一点触动,一点波漾而想起这块地,从来没有想出究竟在那里,我相信永远想不出了。我们剪留

下若干生活（的场景，或生活本身，）而它的方位消失了。这是自然的还是可惋惜的？且不管它，我曾经在那些蝴蝶同蒿花之间生存过，这将是没齿不忘的事。任何一次的酒，爱，音乐，也比不上那样的经验。

那个时候我们为甚么要疯狂的捕捉那些蝴蝶？把蝴蝶夹死在书里（压扁了肚子）实在是不愉快的事情，现在想起来还有点恶心。为甚么呢？我们并不太喜欢死蝴蝶的样子;（不飞了，）上课时翻出一个来看看不过是因为究竟比我们的教科书和教员的脸总还好玩些，却也不是真有兴趣，至少这不足以鼓励我们去捕捉杀害。我们那么热心的干这个，（一下子功夫可以三五十个，把一本书每一页都夹一个毫不费力！）完全是发泄我们初生的爱。就是我们那些女同学，那些小姐们，她们的身体、姿态、脚步、笑声给我们一种奇异的刺激，刺激我们作许多没有理由的事情。这么多的花蝴蝶、蓝天、白云、太阳、风，又挑拨我们。我们一身蓄聚蛮野的冲动，随时就会干点傻事出来。捕捉蝴蝶，这跟连衣服跳到水里去，爬到蓝楼房顶上，用力踢一只大狗，光声怪叫，奇异服装完全出于一源。不过花跟蝴蝶似乎最能疏导宣发，是一种最直接，最尽致，最完备遍到的方式。我们简直可以把那些蝴蝶一把一把的纳到嘴里，嚼得稀烂，骨笃一声咽下去的！（并不须她们任何一个在旁边看见或知道。）都是些小疯子，那个时候我们大概是十三四，十四五岁。

这一下可飘得远了。斯本德刚才说甚么来的？让我想想看。我重新把那篇《一首诗的创造》摊开，俯伏到上面去。稍微有点不顺帖，但不一会儿我就跟上他了。

八月十四日

**注　释**

①　本篇原载 1947 年 8 日 24 日《经世日报》。

# 1948 年

## 背东西的兽物[①]

毛姆描写过中国山地背运货物的伕子,从前读过,印象极为深刻,不过他称那种人为"负之兽",觉得不免夸饰,近于舞文弄墨,而且取义殊为卑浅,令人稍稍有点反感。及至后来到了内地,在云南看到那边的脚夫,虽不能确定毛姆所见即是这一种人,但这种人若加之以毛姆那个称呼是极贴当而直朴的,我那点反感没有了,而且隐然对他有了一种谢意。

人在活动行进之中如果骤然煞住,问一问我在这里到底是在干点儿甚么呢,大概不会有肯定答案的,都如毛姆所引庄子的那一段话中说的那样,疲疲役役,过了一生,但这一种人是问也用不着问,(别人不大会代他们问,他们自己当然不可能发问,)看一看就知道真是甚么"意义"都没有,除了背东西就没有生活了。用得着一个套语:从今天背到明天,从今年背到明年。但毛姆说他们是兽物还不是象征说法,是极其写实的,他们不但没有"人"的意义,而且也没有人形。

在我们学校旁边那条西风古道上时常可以看到他们,大都是一队一队的,少者三个五个,多的十个八个,沉默着,埋着头,一步一步走来。照例凡是使用气力作活的人多半要发出声音,或唱歌,或是"打号子",用以排遣单调,鼓舞精力,而这种人是一声也不出的,他们的嘴闭得很紧。说是"埋头",每令人想到"苦干",他们的埋头可不是表示发愤为雄,是他们的工作教他们不得不埋头。他们背东西都使用一个底锐、口广、深身、略呈斗斛状的竹篮。这东西或称为背篓,但有一种细竹所编,有两耳可跨套于肩臂,而且有个盖子,作得相当精致的竹篮,像昆明收旧货女人所用的那一种，也称为背篓，而他们用的是极其粗率的简陋的。背篓上高高装了货物。货物的范围很窄，虽然有时也背盐巴、松板、石块、米粮等物，大多是两样东西，柴和炭。柴，有的粗块，有的是寸径树条，也有连枝带叶的小棒子；有专背松毛的，马尾松针晒干，用以引火助燃，此地人谓之松毛，但那多是女人，且多不用背篓，捆扎成一大包而背着。炭都是横着一根一根的叠起来。柴炭都叠得很高，防它倒散，多用绳索络住。背篓上有一根棕丝所织扁带子，背即背的这一根带子。严格说不应当说是背，应当说是"顶"，他们用脑门子顶着那一根带子。这样他们不得不硬着头皮，不得不埋着头了。头稍平置，篓子即会滑脱的。柴炭从山中来，山路不便挑扛，所以才用这种特殊方法负运。他们上山下山，全身都用气力，而颈部用力尤多，所以都有极其粗壮，粗壮到变形的脖子。这样粗壮的脖子前面又多半挂了个瘿袋，累累然有如一个肉桂色的柚子。在颈子上都套着一个木板，形式如半个刑枷，毛姆似乎称之为"轭"的，这也并非故意存有暗示，真的跟耕田引车的牛头上那一个东西全无二致，而且一定是可以通互应用的。在手里，他们都提着一根杖。这根杖不知道叫甚么名堂，齐腰那么高，顶头有个月牙形的板，平着连着那根杖。这根杖用处很大，爬坂上坡，路稍陡直，用以撑杖，下雨泥滑，可防蹶倒，打站歇力时尤其用得着它，如同常说，是第三条腿。他们在路上休息时并不把背篓取下，取下时容易，再上肩费事，为养歇气力而花更大的气力，犯不着，只用那一根杖舒到后面，根着地，背篓放在月牙形手板上，自己稍为把腰伸起，两腿分开，微借着一点力而靠那么一会儿就成了。休息时要小便，也就是这么直着腰。他们一路走走歇歇，到了这儿，并没有一点载欣载奔的喜意，虽然前面马上就要到了。进了前面那个小小牌楼，就是西门，西门里就是省城了，省城是烧去他们背上的柴炭的地方，可是看不出他们对于这个日渐新兴起来的古城有甚么感情。小牌楼外有一片长长的空地，长了一点草，倒了一点垃圾，有人和狗拉的屎，他们在那里要休息相当时候。午前午后往来，都可以看得见许多这种人长长的一溜坐着，这时，他们大都把背上载着的重物卸放在墙根了，要吃饭，总不能吃饭时也顶着。

柴不知怎么卖,有没有人在路上喊住他们论价买去呢?炭则大都是交到行庄,由炭商接下来,剔选一道,整理整理,用装了石粉的布包在上面拍得一层白,漂漂亮亮的,再成斤作担卖与人家。老板卖出去的价钱跟向他们买的价钱相差多少,他们永远也无法晓得,至于这些炭怎么烧去,则更不在他们想象之内了。

他们有的科头,有的戴了一顶粗毡碗形帽子,这顶帽子吃了许多油汗,而且一定时常在吃进油汗时教他们头皮作痒。身上衣服有的是布的。但不管是甚么布衣绝对没有在他们身上新过,都是买现成的旧衣,重重补缀上身。城里有许多"收旧衣烂衫"男人女人,收了去在市集上卖,主顾里包括有这种人,虽然他们不是重要的,理想的,尤其是顶不是爽气的,只不过是最可欺骗的主顾。他们是一定买最破最烂的,而且衣服形形色色都有,他们把衣服的分类都简化了,在你是绝对不相同的,在他们是一样的。更多的是穿麻布衣服。这种麻不知是不是他们自己织的,保留最古粗的样子,印在陶器上的布纹比这还要细密些。每一经纬有铺子扎东西的索子那么粗,只是单薄一点。自然是原色,麻白色。昆明气候好,冬天也少霜雪,但天方发白的山路上总是侧侧的有风的,而有些背柴炭人还是穿一层单麻布衣服。这身衣服像一个壳子似的套在身上,仿佛跟他们的身体分不开,而又显然不是身体的一部分,跟身体离得很远,没有一处贴合,那种淡淡的白色使他们格外具有特性了。身体上不是顶要紧的地方袒露了一块,在他们不算是大事情。衣服,根本在他们就不算大事。他们的大事是吃一点东西到肚里。

他们每人都把吃的带着,结挂在腰裤间,到了,一起就取出来吃。一个一个的布口袋,口袋作成筒状,里头是一口袋红米干饭。不用碗,不用筷子,也不用手抓,以口就饭而喋接。随吃,随把口袋向外翻卷一点,饭吃完,口袋也整整翻了个个儿,抖一抖,接住几个米粒,仍旧还系于腰裤间。有的没有,有的有点菜,那是辣子面、盐,辣子面和盐,辣子面和盐和一点豆豉末,咽两口饭,以舌尖黏掠一点。看一个庄家,一个工人,一个小贩,一个劳力人,吃饭是很痛快过瘾的事,他们吃得那么香甜,那么活泼,那么醉舞,那么恣放淋漓,那么快乐,你感觉吃无论如何是人生的一点不可磨灭的真谛,而看这种人吃饭,你不会动一点食欲。他们并不厌恨食物的粗粝,可是冷淡到十分,毫不动情的,慢慢慢慢的咀嚼,就像一头牛在反刍似的! 也像牛似的,他们吃得很专心,伴以一种深厚的,然而简单的思索,不断的思索着:这是饭,这是饭,这是饭……仿佛不这么想着,他们的牙齿就要不会磨动似的——很奇怪,我想不出他们是用甚么姿态喝水的,他们喝水的次数一定很少,否则不可能我没有印象。走这么长的路而能干干的吃那么些饭,真是不可了解的事。他们生在山里,或者山里人少有喝水的习惯? ……我想起一个题目:水与文化。

老觉得这种人如何饮之以酒,不加限节,必至泥胡醉死。醉了,他们是甚么样子呢? 他们是无内外表里,无层次,无后先,无中偏,无小大,是整个的:一个整个的醉是甚么样子呢? 他们会拥抱,会砍杀,会哭会笑? 还是一声不响的各自颓倒,失去知觉存在?

他们当然是有思索的,而且很深很厚,不过思索得很少,简单,没有多少题目,所以总是那么很专心似的,很难在他们的眼睛里找出甚么东西,因为我们能够追迹的,不是情意本体,而是情意的流变,在由此状况发展引度成为另一状况,在起迄之间,人才泄漏他的心,而他们几乎是永恒的,不动的,既非明,也非暗,不是明暗之间酝酿绸缪的昧暧,是一种超乎明暗的浑沌,一种没有限界的封闭。他们一个一个的坐在那里,绝对的沉默,不是有话不说,是根本没有话,各自拢有了自己,像石块拢有了石头。你无法走进他们里面去,因为他们不看你一眼,他们没有把你收到他们的视野中去。

纪德发现刚果有一种土人,他们的语言里没有相当于"为甚么"的字。……

在一个小茶馆外头,我第一次听到这种人说话,而且是在算帐! 从他们那个还是极少表情的眼睛里,可以知道一个数字要在他的心里写完了,就像用一根钝钉子在一片又光又硬的石板上刻字一样的难。我永远记得那个数目:二百二十二,一则这个数字太巧,而且富民话(我听出他们的话带有富民口音)二字念起来很特别,再也是他一次又一

次的重复,好像一个孩子努力的想把一个跌碎了的碗拼合起来似的,
"二百——二十——二,二百,——二十,——二……"

有一次警报,解除警报发了,接着又发了紧急警报,我们才近城门
又立刻退回去,而小牌楼外面那些负运柴炭的人还不动。日本飞机来
过炸过了,那片地上落了一个炸弹,有人告诉我炸死了两个人。我忽然
心里一动,很严肃的想:炸死了两个人,我端端正正一撇一捺在心里写
了那一个"人"字。我高兴我当时没有嘲弄我自己,没有蔑笑我的那点
似乎是有心鼓励出来的戏剧的激情。

**注　释**

①　本篇原载 1948 年 2 月 1 日《大公报》;初收《汪曾祺全集》第三卷,北京师
　　范大学出版社,1998 年 8 月。

# 次　果[①]

## 一、次果

皮色晦黑小得几乎只可称为豆类的香蕉,干瘪而作古铜色的柑橘。陈旧的梨,挖去腐烂的苹果,拣剩下来的,或挑剔出来的,作一堆放着,插上一块竹板,红漆写明几个价钱多少,或多少钱几个的水果,他们行业中人该会有一种专业术语来称呼的;真想知道他们怎么说的;无法寻问,我称之为"次果"。

毕竟这些香蕉还像个香蕉,苹果还有个苹果味儿么?

有些没到时候就摘下了,就干枯得特别快;有些在装拆时砸了,碰了,受了伤;有些是里头有虫,有病;有些……原因一定很多。

这些东西销得快还是慢些?人喜欢完整而瘦弱的还是宁取虽然残缺但红熟过的?都是些甚么样的人,这些"水果"的顾客?

一定有不少生性豪奢的孩子,急急的走到那里,一手递钱,一手拿了一个就走的。(真大方。)他不把眼睛在橱上架上多涉□逡巡,虽是孩子,他也知道不好意思拣选得太久,而且对到手的那一个已经十分满意了,这正是他所希望的。——多半,他挑都不挑,他事前早就看中了那一个。看中了,再去设法弄钱。要是早就看中了,等捏着两张票子来时;理想的那个已为别人买去,没有了,那个怅惘呀!

## 二、搪瓷碗

小孩子的东西应当比大人的小,但不当比大人的坏。

为什么你们自己用瓷碗吃饭,而给小孩子用搪瓷碗?孩子手不稳又不像你们一样把吃饭太当一桩事,常常摔破了碗是真的,但一个碗值几何,你怎么那么小气?摔破了东西心里总不舒服,那是的,单单是那个声音就刺激人,也许你神精衰弱;孩子捧了个"江西瓷"碗也不相称,现在的江西瓷根本好看的就少;而且孩子当真多半有爱破坏的本性,甚么东西都爱往地下碎不,(他其实只要到看看它倒底掼掼碎)你用另外一种比较结实的碗给他吃,我不反对。可是要很漂亮,第一是大方,跟你自己的相等。必不得已,买搪瓷碗也可以,除非你自己也用搪瓷碗吃饭,你得陪着。你用过那种轻飘飘的,跌了多少次,(就因为它不碎!)碗肚子上全是瘢疤,里头一条一条神经末梢似的细纹在死白色底子上,尤其是碗口!碗口的铁皮都露出来了,舌头舔在上头那种"铁味"真难过,——你就知道给孩子用这种碗多不慈爱,多没有人心。

你打一打孩子我倒不反对,如他把碗往地下摔可是千万不要用这种方法来虐待他。——你说,当真的不都用这种碗么?那是不得已。你呢,你自己,你自己为甚么不用!

**注　释**

① 本篇原载 1948 年 3 月 7 日《当代报晚刊·当代文艺》。

# 勿 忘 侬 花[①]

我至今还不知道勿忘侬花是甚么样子,我不知道我是否曾经看见过。中国大概是有的吧,但知道这种花的名字的一定比见过这种花的人多,若是不是很美呢是不是当得起这样的名字,它的形色香味真能作为一个临诀的叮咛?——虽然有点感伤,但还不致为一个很现代的聪明人所笑罢,如果还不失为诚挚,除非诚挚也是可嘲弄的,因为这个年头根本不可能有。那我们的生活就实在难得很了,见过不见过其实本无多大关系,在诗文里或信札里说"送你勿忘侬花"而实际并没有,是尽可以的,虽然这样的人现在也都没有了。大概从此这个花要更其埋没了罢,它本身,和它的声名,这不知是花的抑是我们的不幸,或者无甚所谓,连偶尔对于这些种种思念也都应当淡然逝去了,可是有机会我还是想捡起一枝来看看。

在昆明,有一次英国政府派来一个给战地士兵演讲音乐欣赏作为慰劳的生物学家想听一点中国的乐器歌曲,在一个研究院的实验室里,开了一个小茶会,听了几个名家的琵琶笛子,那位——该叫他生物学家还是音乐家呢——也有一个节目,七弦琴独奏!他显然对这个躺着的古乐器还不顶习熟,拧弦定音,指掌太温柔了一点,——七弦琴无疑的是乐器里顶精致,顶不容易伏伺的一种,一点轻微的慌乱教他的脸上过去了又泛上来一片红,他镇静自若着,而不时低低举目看一看,看着他的人,含笑得腼腆极了。——这一笑是感谢大家关切了这半天,现在,没有问题了!他正一正身子,轻咳一声,"普庵咒",又向身旁的人笑了一笑:这三个中国字说得是不是差不多?普庵咒是常听到的琴曲,近乎描写音乐,比较容易了解。可是这一支庄严静穆的曲子我没有听,我一直看他,看他的明净的头和他的手。我好像曾经看过这样的手,但没有一双手我曾经这样的动情的看过——也许那样的手并不在做着这样的事情。矫健,灵活,敏感,热情,那当然,可是吸引我的是十个手指同时那么致意用力,那么认真,那么"到",充满精神,充满思想,——有时稍见迟疑,可是通过迟疑之后却并不是含混,少见的那么好看的一双手。也许是过于白皙了,也许是乐器的关系,抚奏的手势偏于优美,显得有一点女性,然而这不是我当时就有的感觉。……喝茶谈话的中间,他忽然起身离去,捧来一瓶,他欢欢喜喜,各种各样的花,瓶是一个实验用的烧瓶,一瓶水碧清,有些很熟,有些印象,浅花都是野花,而这么一瓶插着都似乎是新鲜极了,都是我没有见过的了,开也开得特别好,花大,颜色深,有生气,他一定是满山上出了一点愉快的汗水找来的,他得意极了,一枝一枝拈起来,稍提出一点,好些野花中国跟英国山地里都生着,有的一样,有的不大同,他看见了他知道是有的花,有些英国多,中国少,有些中国多,有些分布区域不广,现存的已经不多了,很珍贵的,但这里人似乎并不大注意。……因为在异国说着本国的语言呢还是本来就惯常如此,他慢慢的说,攥着烧瓶颈子轻轻的转动,声调委宛而亲切,他不知道看到冯承植先生赞美过的鼠白草不?我看他,等有机会问他,可是老是错过,终于在他挑出一枝紫红长穗的时候,有人进门给他一封信,他得辞谢走了,我没有能问他拿进去的瓶里那种翠蓝色的小花是不是勿忘侬,他的手指在我的勿忘侬之间移动过多少次了!

我听说是,而且很自信的告诉过不少人了,昆明不论甚么花差不多四季都开得,而这种花更是随处都见得到,只要是土较多,人较少的地方,野地里都是坟,坟头上特别多,我们逃警报的次数简直数不清了。昆明没有甚么防空壕洞,在坟冢间挖了许多坑,我们又大都并不躲进坑里,离开了城走远些,找个地方躺躺坐坐而已,或者是这种花的颜色跟坟容易联想到一起去,我们越觉得坟的寂寞跟花的寂寞了,在记忆里于是也总是分不开,老那么坐着,躺着,蓝色的小花无聊的看在我们的眼里,从来也没有采一点带回去,花实在太小。把几个微擎着的花瓣一起展平了还不到一片榆钱大，又是在叶托间附枝而生，没有花蒂，畏缩的贴着，不敢出头一步，枝子则顽韧异常，满身老气，又是那么晦绿色毛茸茸的鄙贱小叶子，——主要还是花常稀疏零落，一枝上没有多少颜色，缺少光泽的，惨恻，伶仃的翠蓝的小点，在半闭的眼睫间一点一点的向远处漂去，似乎微有摇漾，也许它自己也有点低徊，也许动着的是别的草。可是直起身子来，伸一伸胳臂，活动活动腰腿，则一俯首间而所有的小花都微小微小，隐退隐退，要消失了，临了只剩下一点点一点点渺茫的蓝意，无形无质，不太可相信了，像甚么呢？——真是一个记忆的起点，哦！……可是尽管这并不是真的勿忘侬花罢，（是一个误会，误会常常也很有意思，特别是推究怎么有这个误会，你的推究和你的发现都不会落空。）昆明那一段逃警报的日子我们总记得。比起那些有趣的穿插，吸干了整个时间的那种倦怠，酥嫩，四肢无力，头昏昏的，近乎病态的无情状态尤其教我们往往心里发甜。我们从来没有那么休息过，那么完全的离开过自己的房屋和自己的形体，那么长久，那么没有止境的抛置在地上，呼吸着泥土，晒着太阳——究竟我们还算活着，像一块洋山芋似的活着。——太阳晒得我们一次一次的褪皮，常常晚上回来用冷水一洗脸，一撕，一大片！……太平洋战事以后，城里不再有毁坏燃烧，走到浮没着蓝花的坟野里，我们认不出我们寄居过的洞穴了。那些驮马或疾或徐走着的小道令我们迷惘。我们再也不能在身上找出从前那么熟练的躺下坐匐的姿势了，我们焦渴的嘴唇，所喝的水，我们的最后一根香烟，荸荠，地瓜，豌豆粉，凉米线，流着体温的草，松叶的辛香，土黄色的蝴蝶。……

北平的天也这么蓝。我这个楼梯真是毫无道理，除了上楼下楼之外还有甚么意义么，这么四长段，又折折曲曲？好容易我才渐渐能够适应，我的肌肉骨骼有这么一个习惯，承认它，不以为是额外的支付。——我去问一个学植物分类学的朋友，他说那种昆明人叫做狗屎花的蓝花——你猜怎么着，我并不讨厌这个名字。一个东西我们原可以当着两样看。地肥些花就长得茂盛。看见狗拉了屎，又看见了花，因而拉在了一起的，这个孩子（当然是个孩子）记出了他心里的一分惊喜。——其实并不是真正的勿忘侬，不过是有点像。有点像么？……那就好。我并不失望，我满足了，因为我可以有满足的等待。

三十七年四月

**注　释**

① 本篇原载 1948 年 5 月 3 日天津《民国日报》。

# 书《寂寞》后[①]

　　深宵读《寂寞》,心情紧恻,四边一点声音都没有,想起瑞娟的许多事情,想起她的死,想起她住过的屋子,就离这里不远,渐渐有点不能自持起来。人在过度疲倦中,一切状态每有与白日不同者。骤然而来的一阵神经紧张过去,我拿起原稿,这才发现,刚才只看本文,没有注意题目,为甚么是《寂寞》呢? 全文字句的意义也消失脱散了,只有这两个字坚实的留下来,在我的头里,异常的重。

　　瑞娟的死已经证实。这一阵子常常想起来,觉得凄凉而气闷。为甚么要死呢? 我不知道她究竟因为甚么而死,而且以为根本不应当去知道。我认识瑞娟大概是三十三年顷,往来得比较多是她结婚前后。她长得瘦削而高,说话声音也高——并不是大,话说得快,走路也快。联大路上多有高过人头的树,有时看她才在这一棵树那里,一闪一下,再一看,她已经在那一头露出身子了,超过了一大截子路,我们在两条平行的路上走。她一进屋,常常是高声用一个"哎呀"作为招呼,也作为她急于要说的话的开头。她喜欢说"急煞了","等煞了","热煞了"之类短促句子,性子也许稍为有点急,但不是想象中的容易焦躁,不是那么不耐烦。大概说着这样的话的时候多半是笑,脸因为走路,也因为欢喜兴奋而发红了,而且是对很熟的人,表示她多想早点来,早点看见你们,或赶快作好了那件事。她总是有热心,有好意。而且热心与好意都是"无所谓"的,率直的,不太忖度收束,不措意,不人为的。说这是简单自然也可以。但凡跟她熟识的都无须提防警觉,可以放心把你整个人拿出来,永远不致有一点悔意。偶尔接触的,也从来没有人能挑剔她甚么。谈起她和立丰,全都是由衷的赞叹:"这——是好人,真的两个好人!"朋友中有时有点难于理绪的骚乱纠结,她没有办法——谁都没有办法!可是她真着急。她说的话,做的事或者全无意义,她自己有点恨她为甚么不能深切的明白这一切到底是怎么一回事呢,可是她尽了她的心力。她的浪漫的忧郁的气质都不太重,常是清醒而健康的。也许这点清醒和健康教那个在痛楚中的于疲倦中忽然恢复一点理智,觉得人生原来就是这样子,不必太追求意义而意义自然是有的,于是从而倒得到生活的力量与兴趣。她就会给你打洗脸水,擦擦镜子,问你穿那一件衣服,准备好陪你去吃点东西或者上那儿看电影去。

她自己当也有绊倒了的时候,因为一点挫折伤心事情弄得灰白软弱的时候,更熟的人知道那是甚么样子,我们很少看见过。是的,她有一点感伤。说老实话,她要是活着,我们也许会笑她的。她会为《红楼梦》的情节感动,为《祭妹文》心酸,她对苏曼殊还没有厌倦,她不忍心说大部分的词都是浅薄的。可是并不是很令人担忧的严重。而且只是在读书的时候,携入实际生活的似乎不多。她总是爽朗而坚强的生活下来。她甚至没有意识到自己的坚强,没有觉得这是一种美德。我们看她一直表现着坚强而从来没有说过这两个字,若有深意的,又委屈又自负的说过这两个字。她也希望生活得好一点,然而竟然如此了,也似乎本应如此。她爱她的丈夫,愿意他能安心研究,让他的聪明才智,尤其是他的谦和安静性情能尽量用于工作。她喜欢孩子。我在昆明还有时去看看他们时才生了第一个。他们住在浙江同乡会一间房里,房子实在极糟,昏暗局促荒凉而古旧,庭柱阶石都驳落缺窜,灰垩油漆早已失去,院子里砖缝中生小草,窗上铰链锈得起了鳞,木头的气味,泥土的气味,浓烈而且永久,令人消沉怅惘,不能自已。然而她能在这里活得很有劲。她一面教书,一面为同乡会做一些琐屑猥杂到不可想象的事。一天到晚看她在外面跑来跑去,与纸烟店理发店打交道,——同乡会有房子租给人住居开店,这种事她也得管!与党部保甲军队打交道,——一个"民众团体"直属或相关的机构有多少!编造名册,管理救济,跟同乡老太太谈话,听她诉苦,安慰她,而且去给她想办法,给她去跑!她一天简直不知道跑多少路。

我记得她那一阵穿了一双暗红色的鞋子,底极薄,脚步仍是一样的轻快匆忙。可是她并不疲倦,她用手掠上披下来的头发,高高兴兴的抱出孩子来给人看,看他的小床铺,小被褥,小披肩,小鞋子。提到她的生活,她作的事,语气中若有点称道,她还是用一个"哎呀"回答。这个"哎呀"不过不大同,声音低一点,呀字拖长,意思是"没有道理,别提它罢。"那种光景当然很难说是美满,但她实在是用一种力量维持了一个家庭的信心,教它不暗淡,不颓丧,在动乱中不飘摇惶恐。这也许是不足道的,有幻想的,聪明的,好看的女孩不愿或不屑做的。是的,但是这并不容易。用不着说崇高,单那点质朴实有不可及处。为了活下来,她作过许多卑微粗鄙的活计劳役,与她的身份全不相符的事,但都是正直而高贵的去做,没有在她的良心上通不过的。——当然结果都是白赔气力,不见得有好处,她为她自己的时候实在太少了。

许多陈迹我们知道得少而虚浮,时期也短暂,只是很概念的想起来,若在立丰和她更亲近人,一定一一都是悲痛的种子。她那么不矜持的想活,为甚么放得下来了呢?从前我们常讨论死,讨论死的方式,似乎极少听见她说过惊人的或沉重的话。到北平后的情形不大清楚,但这一个时候或者某一时刻会移变掖转她的素性么?人生有甚么东西是诚然足以致命的,就在那一点上,不可挽回了?……这一切都近于费词,剩下的还是一句老话,愿她的灵魂安息罢。

瑞娟平生所写文章不多。我见过的很少。她的功力才分我都不大清楚。她并无以此立身名世之意,不过那样的生活竟然没有完全摧残她的兴趣,一直都还写一点,即使对别人都说不上甚么太大意义,但这是一点都不妨害人的事情,她若还活着,也许还会写下去的。对她个人说起来,生命用这一个方式使用,无论如何,总应当有其价值。这一篇篇末所书日期是十二月,当是去年,距离现在不过五个月。地点在北大东斋,是离平之前所写。手迹犹新,人已不在世上,她的朋友熟人若能看到,应当都有感慨的。

五月二十日谨记

① 本篇原载 1948 年 5 月 29 日《益世报》,同日刊有薛瑞娟作短篇小说《寂寞》。薛瑞娟,西南联大学生。

# 昆明的叫卖缘起[①]

尝读《一岁货声》而爱之。我们的国民之中竟有人认真其事的感情的留心叫卖的声音而用不大灵便的,有限制的工具——仅用文字,——传状得那么好,那么有声有色:从字的排列自然产生起落抑扬,游转摇曳,拖长与顿逗,因而想见种种风尘辛苦和透漏出来的聪明點巧,爱美及一个尚能维持的生命在游戏中表现的欢愉,濒于饥寒代替哭泣的歌呼,那么准确,那么朴素无华而那么点动无尽的思念存惜,感怀触怅,怎么可以不涌出谢意呢。小时候我们多半都爱摹仿某一种或几种叫卖。我们在折纸船纸鸟的时候,在下河游了一会起来穿衣服的时候,在挨了骂的伤心气愤消去之后,在无所事事,无聊与兴致勃勃的时候,要是没有一两句新熟或者重温的歌占据我们的喉舌,我们常常自得其乐的哼哼起卖糖卖罗葡的调子来了。有一回从昆明坐了火车到呈贡去看一个先生,一进门,刚坐定,先生问我话,我没听进去,到发现了自己的失态,才赶紧用力追捕那些漂失的字音,我的心在他的孩子身上了,他们学火车站卖面包鸡蛋糕的学得那么神似,那么快乐。从活动里生出的声音在寂静里听起来每多感动,然而我们的市声中要是除去了吆喝还剩下多少颜色呢?那么恐怕对于货卖的腔调的喜爱许是天性,不必是始于读了《一岁货声》之后了。但对于货声的兴趣更浓一点,懒惰笨拙如旧,懒惰笨拙但不能忘情,有时颇起记述昆明的几种声音的妄想,当是读了《货声》之所赐。我要是不是我,我完全的是我,这个工作也许在昆明的时候就做好了。离开昆明之后,我对于香港的太急躁刺激,近乎恐吓劫持的叫卖发过埋怨,他们大都是冒冒失失,不加修饰的报出货品名称,接着狂吼一毫子两毫子,几门几十门,用起毛发裂的声音无情的鞭打过路的人。上海的叫卖我学到的不多,有些太透迤婀娜,男人作女人腔;有些又重浊中杂着不自然的油滑;毛里毛气,洋里洋气,恐怕大都是从苏州的,宁波的,无锡或杭州的腔调脱胎嬗化且简漏堕落而成的,真是本乡本土的本色的极少。叫卖在上海实在可怜极了,在汽车、电车、三轮车、八灯收音机和五光十色的霓虹灯的喧闹中,冲撞挤压得没有余地了。只有清晨倒马桶的,深夜卖白糖莲心粥的还能惊心动魄的,凄楚悲凉的叫。秋冬之际卖炒白果,是比较头脑清醒的时候,西风北风吹落法国梧桐,可得的温暖显得那么可爱的时候,然而里巷之间动情的听着卖白果的念叨的孩子已经渐渐的更少了。

"阿要吃糖炒熟白果。

香是香来糯是糯。

一粒白果鹅蛋大。"

底下没来由的接了一句:

"要吃白果!钱拿出来!"

甚至有的更糟:

"要吃白栗!钞票拿出来!"

这实在太不客气,太不讲交情了。上海人总是那么实际又那么爱时髦。钱就是就是了,何必一定要指明现在通行的货币。既已知道要想从你手里得到碧绿如玉,娇黄微软,香是香来糯是糯的白果一定是摸过自己的口袋而走上来的,料想掏出来的还会是一把青铜钱么? 为了达到目的,连最后一句的韵脚都不顾了么?你们叫着时不觉得别扭么?即使押韵稳当,话也说得更和气有礼,大概这一类的叫卖不久也就会失传了罢,上海大概从来没有游客对它的叫卖存过希望。北平是以货声出名的地方了,许多吆喝声我们在没有身历其境时就知道怎么叫了,然而"罗卜赛梨辣来换"极少配上不沙哑的嗓子,"硬面饽饽"在我的楼下也远不如我们外乡人在演曹禺的戏的时候所作的效果更有效果。而在揣摩着他们把"硬"字都念得开口过大成为"漾"字的时候,我想北平我们真是初来,乃不禁想起在昆明我们住了多久啊。"骄傲于被问路于自己,异乡人懂得水里的微笑",对不起,那实在不算得甚么。昆明的一条一条街,一条一条弯弯曲曲巷子,高高下下的坡,都说着就和盘托出来了,有去有来,有左有右,有光暗,有颜色,有感觉,有气味,而且,升起飘出来各种各种声音,那么丰富,那么亲切,那么自然,那么现现成成的,在我们的腹下,我们的喉头,我们的烟灰缸的上空,我们头靠着椅子的背后,教我们眼睛眯□,有光亮,我们的手指交握,搓揉,我们虚胸缩颈,舐掠唇舌,摩娑下巴,吞咽唾水,简直的不在乎自己是□态可掬了。这些声音真是入于肺腑,深在意识之中,随时与我们同在了。那么我们很有理由毫无顾忌的坚持着对于昆明的叫卖的偏爱了。——是偏爱,但世上若是除去了偏爱,剩下来的即使还有,那种爱是甚么一种不可想象的样子呢?——以后我要随时想起,随时记录下来了。其实我更希望有常识与专常的有心人,利用假期,以其余力,作这件事。如果他要,我可以把我的几则一齐送给他去。那当然不限定昆明一个地方,好!我连我的偏爱都可以捐弃。我有什么话想跟他说么?没有,除了一点,是不是可以弄得不太有条理?我的意思是说,喏,弄的好玩一点。

**注　释**

① 本篇原载 1948 年 6 月 27 日《大公报》。

# 礼拜天早晨<sup>①</sup>

## 礼拜天早晨

洗澡实在是很舒服的事。是最舒服的事。有甚么享受比它更完满，更丰盛，更精致的？——没有。酒，水果，运动，谈话，打猎，——打猎不知道怎么样，我没有打过猎……没有。没有比"浴"这个更美的字了。多好啊，这么懒洋洋的躺着，把身体交给了水，又厚又温柔，一朵星云浮在火气里。——我甚么时候来的？我已经躺了多少时候？——今天是礼拜天！我们整天匆匆忙忙的干甚么呢？有甚么了不得的事情非做不可呢？——记住送衣服去洗！再不洗不行了，这是最后一件衬衫。今天邮局关得早，我得去寄信。现在——表在口袋里，一定还不到八点吧。邮局四点才关。可是时间不知道怎么就过去了。"吃饭的时候"……"洗脸的时候"……从哪里过去了？——不，今天是礼拜天。礼拜天，杨柳，鸽子，教堂的钟声，教堂的钟声一点也不感动我，我很麻木，没有办法！——今天早晨我看见一颗凤仙花。我还是甚么时候看见凤仙花的？凤仙花感动我。早安，凤仙花！澡盆里抽烟总不大方便。烟顶容易沾水，碰一碰就潮了。最严重的失望！把一个人的烟卷浇上水是最残忍的事。很好，我的烟都很好。齐臻臻的排在盒子里，挺直，饱满，有样子，嗒，嗒，嗒，抽出来一枝，——舒服！……水是可怕的，不可抵抗，妖浊，我沉下去，散开来，融化了。阿——现在只有我的头还没有湿透，里头有许多空隙，可是与我的身体不相属，有点畸零，于是很重。我的身体呢？我的身体已经离得我很遥远了，渺茫了，一个渺茫的记忆，害过脑膜炎抽空了脊髓的痴人的，又固执又空洞。一个空壳子，枯索而生硬,没有汁水,只是一个概念了。我睡了,睡着了,垂着头,像马拉,来不及说一句话。

(……马拉的脸像青蛙。)

我的耳朵底子有点痒,阿呀痒,痒得我不由自主的一摇头。水摇在我的身体里顶秘奥的地方。是水,是——一只知了叫起来,在那棵大树上,(槐树,太阳映得叶子一半透明了,)在凤仙花上,在我的耳朵里叫起来。无限的一分钟过去了。今天是礼拜天。可怜虫亦可以休矣。都秋天了。邮局四点关门。我好像很高兴,很有精神,很新鲜。是的,虽然我似乎还不大真实。可是我得从水里走出来了。我走出来,走出来了。我的音乐呢?我的音乐还没有凝结。我不等了。

可是我站在我睡着的身上拧毛巾的时候我完全在另一个世界里了。我不知道今天怎么带上两条毛巾,我把两条毛巾裹在一起拧,毛巾很大。

你有过?……一定有过!我们都是那么大起来的,都曾经拧不动毛巾过,那该是几岁上?你的母亲呢?你母亲留给你一些甚么记忆?祝福你有好母亲。我没有,我很小就没有母亲。可是我觉得别人给我们洗脸举动都很粗暴。也许母亲不同,母亲的温柔不尽且无边。除了为了虚荣心,很少小孩子不怕洗脸的。不是怕洗脸,怕唤起遗忘的惨切经验,推翻了推翻过的对于人生的最初认识。无法推翻的呀,多么可悲的认识。每一个小孩子都是真正的厌世家。只有接受不断的现实之后他们才活得下来。我们打一开头就没有被当作一回事,于是我们只有坚强,而我们知道我们的武器是沉默。一边我们本着我们的人生观,我们恨着,一边尽让粗蠢的,野蛮的,没有教养的手在我们脸上蹂躏,把我们的鼻子搓来搓去,挖我们的鼻孔,掏我们的耳朵,在我们的皮肤上发泄他们一生的积怨,我们的颚骨在磁盆边上不停的敲击,我们的脖子拼命伸出去,伸得酸得像一把咸菜,可是我们不说话。喔,祝福你们有好母亲,我没有,我从来不给给我洗脸的人一毫感激。我高兴我没有装假。是的,我是属于那种又柔弱又倔强的性情的。在胰子水辣着我的眼睛,剧烈的摩擦之后,皮肤紧张而兴奋的时候我有一种英雄式的复仇意识，准备甚么都咽在肚里，于是，末了，总有一天，手巾往脸盆里一掼：
"你自己洗！"

我不用说那种难堪的羞辱，那种完全被击得粉碎的情形你们一定能够懂得。我当时想甚么？——死。然而我不能死。人家不让我们死，我不哭。也许我做了几个没有意义的举动，动物性的举动，我猜我当时像一个临枪毙前的人。可是从破碎的动作中，从感觉到那种破碎，我渐渐知道我正在恢复；从颤抖中我知道我要稳定，从难堪中我站起来，我重新有我的人格，经过一度熬炼的。

可是我的毛巾在手里，我刚才想的甚么呢；我跑到夹层里头去了，我只是有一点孤独，一点孤独的苦味甜蜜的泛上来，像土里沁出水分。也许因为是秋天。一点乡愁，就像那棵凤仙花。——可是洗一个脸是多么累人的事呀，你只要把洗脸盆搁得跟下巴一样高，就会记起那一个好像已经逝去的阶段了。手巾真大，手指头总是把不牢，使不上劲，挤来挤去，总不对，不是那么回事。这都不要紧。这是一个事实。事实没有要紧的。要紧的是你的不能胜任之感，你的自卑。你觉得你可怜极了。你不喜欢怜悯。——到末了，还是洗了一个半干不湿的脸，永远不痛快，不满足，窝窝囊囊。冷风来一拂，你脸上透进去一层忧愁。现在是九月，草上笼了一层红光了。手巾搭在架子上，一付悲哀的形相。水沿着毛巾边上的须须滴下来，嗒——嗒——嗒——地板上湿了一大块，渐渐的往里头沁，人生多么灰暗。

我看到那个老式的硬木洗脸桌子。形制安排得不大调和。经过这么些时候的折冲，究竟错误在那一方面已经看不出来了，只是看上去未免僵窘。后面伸起来一个屏架，似乎本是配更大一号的桌子的。几根小圆柱子支住繁重的雕饰。松鼠葡萄。我永远忘不了松鼠的太尖的嘴，身上粗略的几笔象征的毛，一个厚重的尾巴。左边的一只。一个代表。每天早晨我都看他一次。葡萄总是十粒一串，排列是四，三，二，一。每粒一样大。我清清楚楚记得那张桌子的木质，那些纹理，只要远远的让我看到不拘那里一角我就知道。有时太阳从镂空的地方透过来，斜落在地板上，被来往的人体截断，在那个白地印蓝花的窗帘拉起来的时候。我记得那个厚磁的肥皂缸,不上釉的牙口磨擦的声音;那些小抽屉上的铜页瓣,时常的的的自己敲出声音,地板有点松了;那个嵌在屏架上头的椭圆形大镜子,除了一块走了水银的灰红色云瘢之外甚么都看不见。太高了,只照见天花板。——有时爬在凳子上,我们从里头看见这间屋子里的某部分的一个特写。我仿佛又在那个坚实,平板,充满了不必要的家具的大房间里了。我在里头住了好些年,一直到我搬到学校的宿舍里去寄宿。……有一张老式的"玻璃灯"挂在天花板上。周围垂下一圈坠子,非常之高贵的颜色。琥珀色的,玫瑰红的,天蓝的。透明的。——透明也是一种颜色。蓝色很深,总是最先看到。所以我有时说及那张灯只说"垂着蓝色的玻璃坠子",而我不觉得少说了甚么。明澈,——虽然落上不少灰尘了,含蓄,不动。是的,从来没有一个时候现出一点不同的样子。有一天会被移走么?——喔,完全不可想象的事。就是这么永远的寂然的结挂在那个老地方,深藏,固定,在我童年生活过来的朦胧的房屋之中。——从来没有点过。

　　……我想到那些木格窗子了,想到窗子外的青灰墙,墙上的漏痕,青苔气味,那些未经一点剧烈的伤残,完全天然的销蚀的青灰,露着非常的古厚和不可挽救的衰索之气。我想起下雨之前。想起游丝无力的飘转。想起……可是我一定得穿衣服了。我有点腻。——我喜欢我的这件衬衫。太阳照在我的手上,好干净。今天似乎一切都会不错的样子。礼拜天?我从心里欢呼出来。我不是很快乐么?是的,在我拧手巾的时候我就知道我很快乐。我想到邮局门前的又安静又热闹的空气,非常舒服的空气,生活——而抽一根烟的欲望立刻淹没了我,像潮水淹没了沙滩。我笑了。

# 疯　　子

　　我走着走着。……树,树把我盖覆了四步。——地,地面上的天空在我的头上无穷的高。——又是树。秋天了。紫色的野茉莉,印花布。累累的枣子。三轮车鱼似的一摆尾,沉着得劲的一脚蹬下去,平滑的展出去一条路。……阿,从今以后我经常在这条路上走,算是这条路的一个经常的过客了。是的,这条路跟我有关系,我一定要把它弄得很熟的,秋天了,树叶子就快往下掉了。接着是冬天。我还没有经验北方的雪。我有点累——甚么事?

在这些伫立的脚下路停止住了。路不把我往前带。车水马龙之间,眼前突然划出了没有时间的一段。我的惰性消失了。人都没有动作,本来不同的都朝着一个方向,我看到一个一个背,服从他们前面的眼睛摆成一种姿势。几个散学的孩子。他们向后的身躯中留了一笔往前的趋势。他们的书包还没有完全跟过去,为他们的左脚反射上来的一个力量摆在他们的胯骨上。一把小刀系在练子上从中指垂下来,刚刚停止荡动。一条狗耸着耳朵,站得笔直。

"疯子。"

这一声解出了这一群雕像,各人寻回自己从底板上分离。有了中心反而失去中心了。不过仍旧凝滞,举步的意念在胫踝之间徘徊。秋天了,树叶子不那么富有弹性了。——疯子为甚么可怕呢?这种恐惧是与生俱来的还是只是一种教育?惧怕疯狂与惧怕黑暗,孤独,时间,蛇或者软体动物其原始的程度,强烈的程度有甚么不同?在某一点上是否是相通的?它们是直接又深刻的撼荡人的最初的生命意识么?——他来了!他一步一步的走过来,中等身材,衣履还干净,脸上线条圆软,左眼下有一块颇大的疤。可是不仅是这块疤,他一身有说不出来的一种东西向外头放射,像一块炭,外头看起来没有甚么,里头全着了,炙手可热,势不可当。他来了,他直着眼睛走过来,不理会任何人,手指节骨奇怪的紧张。给他让路!不要触到他的带电的锋芒呀。可是——大家移动了,松散了,而把他们的顾盼投抛过去,——指出另一个方向。有疤的人从我身边挨肩而过,我的低沉的脉跳浮升上来,腹皮上的压力一阵云似的舒散了,这个人一点也不疯,跟你,跟我一样。

疯子在那里呢?人乱了,路恢复了常态,抹去一切,继续前进。一个一个姿势在切断的那一点接上了头。

二十七年九月,午门。

95

**注　释**

① 　本篇原载《文学杂志》1948 年三卷六期;初收《汪曾祺全集》第三卷,北京师范大学出版社,1998 年 8 月。

# 蜘蛛和苍蝇[①]

甚么声音？我听到一缕极细的声音，嘤嘤的，细，可是紧，持续，从一个极深地方抽出来，一个不可知的地方。可是我马上找到它的来源，楼梯顶头窗户底下，一个墙犄角，一个蜘蛛正在吃一个苍蝇！

这房子不知那里来的那么多蜘蛛！来看房子的时候，房子空着，四堵白壁，一无所有，而到处是许多蜘蛛蛋。他们一边走来走去察看，水井，厨房，厕所，门上的锁，窗上缺不缺玻璃，……我一个人在现在我住的这一间里看着那些蜘蛛蛋。嘻噫！简直不计其数，圆圆的。像一粒绿豆，灰黑色，有细碎斑点，饱满而结实，不过用手捻捻一定有点软。看得我胃里不大舒服，颈子底下发硬起来。正在谈租价，谈合同事，我没有说甚么话。——这些蛋一个一个里面全有一个蜘蛛，不知道在里头是甚么样子？有没有眼睛，有没有脚？我觉得它们都迷迷糊糊有一点醒了似的。喷！喷！——到搬进来的时候都打扫干净了，不晓得他们如何处理那些蛋的。可是，屋子里现在还有不少蜘蛛。

蜘蛛小，一粒小麦大。苍蝇是个大苍蝇，一个金苍蝇。它完全捉住了它，已经在吃着了。它啄它的背，啄它的红颜色的头，好像从里头吸出甚么东西来。苍蝇还活着，挣扎，叫。可是它的两只后脚，一只左中脚都无可救药的胶死了。翅膀也粘住了，两只翅尖搭在一起。左前脚绊在一根蛛丝上，还完好。前脚则时而绊住，时而又脱开。右中脚虽然是自由的，但几乎毫无用处，一点着不上劲。能够活动的只有那只右前脚，似乎它全身的力量都聚集在这只脚上了。它尽它的最后的生命动弹，振得蜘蛛网全部都摇颤起来，然而这是盲目的乱动，情形越来越坏。它一直叫，一直叫，我简直不相信一只苍蝇里头有那么多的声音，无穷尽的声音，而且一直那么强，那么尖锐。——忽然塞住了，声音死了。——不，还有，不过一变而为微弱了，更细了，而且平静极了，一点都不那么紧张得要命了。蜘蛛专心的吃，而高高的翘起它一只细长的后脚，拼命的颤抖，抖得快极了。不可形容的快，一根高音的弦似的。它为甚么那么抖着呢？快乐？达到生命的狂欢的顶点了？过分强烈的感情必须从这只腿上发泄出去，否则它也许会晕厥，会死？它饱了罢，它要休息，喘一口气？它放开了苍蝇？急急的爬到一边，停了下来。它的脚，它的身体，它的嘴，都静止不动。隔了三秒钟，又换一个地方，爬得更远，又是全身不动。它干吗？回味，消化？它简直像睡着了。说不定它大概真睡着了。苍蝇还在哼哼，在动换，可是它毫无兴趣，一点都不关心的样子。……

睡了吗？嗐，不行，哪有这么舒服的事情！我用嘴吹起了一阵大风，直对它身上。它立刻醒了，用六只长脚把自己包了起来。——蜘蛛死了都是自己这么包起来的。它刚一解开，再吹，它跑了。一停，又是那么包了起来。其中有一次，包得不大严密，一只脚挂在外头。——怎么样，来两滴雨罢！这不是很容易的事，我用一个茶杯滴了好多次才恰恰的滴在它身上。夥！这一下严重了，慌了，赶紧跑，向网边上跑。再来一滴！——这一滴好极了，正着。它一直逃出它的网，在墙角里躲起来了。

看看这一位怎么样了，来。用一根火柴把它解脱出来，唉，已经差不多了。给它清理清理翅膀腿脚，它都不省人事了，就会毫无意义乱动！它一身纠纠缠缠的，弄得简直不成样子了。完了，这样的自由对它没有甚么多大意思。——还给你！我把苍蝇往它面前一掼，也许做得不大粗柔，蜘蛛略略迟疑了一下，觉得情形不妙，回过身来就跑。你跑！那非还你不可！它跑到那里，我赶在它前头把半死的苍蝇往它面前一搁。它不加思索，掉头便走。这是只甚么苍蝇呢？作了半世蜘蛛，从没有遇过这么奇怪的事情！这超乎它的经验，它得看看，它不马上就走了，站住，对着它高高的举起两只前脚，甚至有一次敢用一只脚去刁了一下。岂有此理！今天这个苍蝇要吃了你呢，当面的扑到你头上来了。一直弄得这个霸王走头无路，它变得非常激动起来，慌忙急迫，失去了理智,失去了机警和镇定,失去了尊严,我稍为感到有点满意,当然！我可没有当真的为光荣的胜利所陶醉了。

得了,我并不想做一个新的上帝,而且蹲在这儿半天,也累了,用一只纸烟罐子把蜘蛛和苍蝇都捉起来扣在里面,我要抽一根烟了。一根烟抽完,蜘蛛又是一个蜘蛛,苍蝇又是一只苍蝇了:揭开来一看,蜘蛛在吃苍蝇,甚至没有为揭开罐子的声音和由阴暗到明朗骤然的变化所惊动。而且,嘻,它在罐子里都拉了几根丝,结了个略具规模的网了！苍蝇,大概是完了事。在一阵重重的疲倦淹没了所有的苦痛之后,它觉得右前脚有点麻木起来,它一点都不知道它的漂亮的头是扭歪了的,嘴已经对着了它的肩膀。最后还有一点感觉,它的头上背上的发热的伤口来了一丝凉意,舒舒服服的浸遍它的全身,好了,一缕英魂袅袅的升了上去,阿门。

我打开了今天的报纸。

**注　释**

① 本篇原载《新路周刊》1948 年第一卷第十期。

# 道　具　树①

……西长安街。十一点。（钟在甚么地方敲。）月和雾，路灯。火车调着轨，汽笛在天边挥响，在城市之外，又长又安详。汽车缎子似的一曳，一个理想的圆弧，低低的贴着地面，再见，——消失了。三座门一个沉沉的影子，摆不开可是压不住，——一片树叶正在过桥哩。各种声音，柔细，谐和，纯熟，依依的展出一片意义，我好像是一个绝域归来的倦客，吃过了睡过了，第一次听到这个世界。充满清兴的时间，至情的夜。

（日子真不大好过啊，可是灾难这一会似乎放开我们了……）

一棵树，满含月光的轻雾里，路灯投下一圈一圈的圆光，一个一个spot，一棵矮树一半浴在光里了。一片一片浅黄色的叶子，纤秀苗条，（柳树么？）疏疏落落，微微飘动，（冬天，可是风多轻柔，）一片一片叶子如蘸水鲜明极了空中之色，藉虚而在，卓然的分别于其周遭，而指出枝干的姿势。无比的生动：真实与虚幻相合，真实即虚幻，空气极其清冽如在湖上，平坦的，辽阔的夜啊。晚归的三五成阵的行人都有极好的表情。……

我热爱舞台生活！（甚么东西叫我激动起来了。）我将永远无法让你明白那种生活的魅力啊。那是水里的酒，而我毫不犹豫用这两个字说明我的感情：醉心。你去试试看，你只要在里头泡过一阵，你就说不出来有一种瘾，这些你是都可以想象得到的：节奏的感觉，你亲身担当一个匀称和谐的杰作的一笔，你去证明一种东西。艰难的克服和艰难本身加于你的快感。紧张得要命，跟紧张作伴的镇定，和甜美的，真是甜美的啊，那种松弛，创造和被创造，甚么是真值得快乐的？——胜利，你体验"形成"，形成是一个实实在在的东西。你不能怀疑，虚空的虚空么,好,"咱们台上见!"——你说我说的是戏剧本身,赞美的是演出么?是的,那是该赞美的,凡是弄戏的都有一个当然的信念。一切为了演出,愿我们持有这个信念罢,可是你不是说的是演员?演员有演员的快乐,但今天我们暂时不提及属于个人部分的东西,整个的从一个剧本的"来到我们手里"到拆台,到最后一个戴起帽子,扣好衣服,点起一根烟,在从楼上窗户斜射到又空又大的池座中的阳光中走出来,惆怅又轻松,依依的别意,离开戏园子,这个家,为止。每一个时候你都觉得有所为,清清楚楚的知道你的存在的意义,你在一个宏壮的集合之中,像潮水,一起向前,而每个人是一个象征。我惟在戏剧圈子里见识过真正的友谊。在每个人都站在戏剧之中的时候,真是和衷共济,大家都能为别人想,都恳切。人是个甚么样的人在那种时候看得最清楚,而好多人在弄戏的时候,常跟在"外头"不一样。于是坦易,于是脱略,于是,快乐了。忙是真忙呀,手体四肢、双手大脑、一齐并用,可喜的是你觉得你早应当疲倦的时候你还有精力,于是你知道你平常的疲倦都因为烦闷,你看轻疲倦了。烟是个烟,水是杯水,一切那么"是个味儿",一切姿态都可感,一切姿态都是充分的。……

(喔,我离开那种生活日子已久了,你看……)

一直到戏"搬出来"。戏在台上演,在"完全良好"的情形下进行,你听,真静,鸦雀无声!多广大呀,多丰满呀。你直接走到戏剧里头,贴到戏剧顶内在,顶深秘的东西,戏剧的本质,一瓣花在展开,一脉泉在悸动,一缕风在轻轻运送。我爱轻手轻脚的,——说不出的小心入微,从布景后面纵横复杂的铁架子之间走过,站一站看一看从前面透过来的光一个花瓶或者别的东西印在布景上的影子,默念台上的动作,表情,然后从两句已经永不走样的剧词之间溜下来。我每天都要走这么一两趟。我的心充满了感情,怀春一样的柔软。

而我爱在杂乱的道具室里休息。爱在下一幕要搬上去的沙发里躺一躺,爱看前一幕撤下来的书架上的书。我爱这些奇异的配合,特殊的秩序,这些因为需要而凑在一起的不同。这些不同时代,不同作风,属于不同社会,不同的人的形形色色,环绕在我身旁,不但不倾扎,不矛盾,而且融会流通起来,形成一场盛宴。我爱这么搬来搬去,这种不定,这种暂时的永久。我爱这种俨然,这种认真其是,这种庄严的做作。——我爱在一棵伪装的,钉着许多木条,叶子已经半干,干子只有半爿的,不伦不类,样子滑稽的树底下坐下来,抽烟,思索。我的思想跟在任何一棵树下没有甚么不同,而且,我简直要说,不是任何一棵树下所能有的,那么清醒,那么流动,那么纯净无滓。

（喔,我需要一棵树,现在,——每一个时候……）

十一月十七日·午门

注　释

①　本篇原载 1948 年 11 月 28 日天津《大公报》;又载 1948 年 12 月 13 日《南京日报》;初收《汪曾祺全集》第三卷,北京师范大学出版社,1998 年 8 月。

# 1950 年

## 寄到永玉的展览会上[①]

我与永玉不相见，已经不少日子了。究竟多少日子，我记不上来。永玉可能是记得的。永玉的记性真好！听说今年春夏间他在北京的时候还在沈家说了许多我们从前在上海时的琐事，还向小龙小虎背诵过我在上海所写而没有在那里发表过的文章里的一些句子，"麻大叔不姓麻，脸麻……"我想来想去，这样的句子我好像是写过的，是一篇什么文章可一点想不起来了！因为永玉的特殊的精力充沛的神情和声调，他给这些句子灌注了本来没有的强烈的可笑的成分，小龙小虎后来还不时的忽然提起来，两个人大笑不止。在他们的大笑里，是也可以看出永玉的力量来的。

上海的事情我是不能像永玉那样的生动新鲜的记得了，得要静静的细细的想，才能叫一些细节活动起来。对于永玉的画，木刻，也不能一闭目而仿佛如见之。造型艺术是直接诉诸视觉的东西，不能凭"想"的。永玉上海时期的作品，大都给过我深刻的印象，如《边城》，如《跳傩》，如《鹅城》，如《生命的疲乏》……但是我是无法在纸上或是脑子里"复现"出来的。而且，士别三日，从永玉过去的作品中来拟想这回展览的盛况是完全不合适的。我听说，也相信，永玉已经有了极大的，质的进步了。

永玉后来的作品，我一共见过两次，一是漆印的《开工大吉》；一是在沈家看见的小龙和小虎□□画像，是永玉在北京画了留下来的，现在还挂在沈家墙上，昨天我还在那里看了一会。

从小龙的，特别是小虎的像上也是可以看出这种极大的，质的进步来的。

虽然只是一个小小的五寸见方的、即兴画成的头像，可以看出来，第一，比以前更准确了。线画得更稳，更坚牢，更沉着了。如果说永玉从前有一些作品某些地方下笔的时候有着犹疑和冲动，有可商量的余地和年青的悍然不顾一切的恣意。从这幅画里我看出在这两三年中不知多少次的折腾之后，永玉赢得了把握。永玉是一个更"职业的"画家了，他永远摆脱了过去面对一个创作的时候有时未可尽免的焦灼之情了。用一句极普通的话来说，就是"老练"了。其次，在作风上，也必然的要更凝练，内省，更深更厚了些。另外，永玉在这幅画里也仍然保持一贯的抒情的调子：民间的和民族的，适当的装饰意味；和他所特有的爽亮、乐观、洁净的天真，一种童话式的快乐，一种不可损伤的笑声，所有的这一切在他的精力充沛的笔墨中融成一气，流写而出，造成了不可及的生动的新鲜的，强烈的效果。永玉的画永远是永玉的画，他的画永远不是纯"职业的"画。

这个展览必将是一个生动新鲜的，强烈的展览。

永玉是有丰富的生活的，他自己从小到大的经历都是我们无法梦见的故事，他的特殊的好"记性"，他的对于事物的多情的，过目不忘的感受，是他的不竭的创作的源泉。这两三年以来中国经历了历史上所未曾有过的翻天覆地的变革，又必然的会直接对他有所影响，直接的有所影响于他的思想方法和创作方法，直接的有所影响于他的画和木刻。我不知道永玉这次展览的作品都是以什么为题材的，但是相信那怕是一幅风景或者静物，因为接受和表□上都有所改变，一定会显出新的，不同的内容和意义的。但是因为未经目睹，无从臆测，只能说说颇为"形式"的意见了。

永玉的画和木刻的方向似乎是将要向相对的，装饰和抒怀的成分减弱，或者更恰当的说是把它们变得更深厚，而在原有的优点中更浓重的发展了现实的和古典的因素，逐渐的接近了史诗的风格，更雄大，更深刻起来了。永玉的生活，永玉的爱憎分明的正义的良心都必然□使他的画带着原有的和特有的优点，作进一步的提高。他的作品的思想性会越来越强的。这是我的,和永玉的许多朋友的希望。我们相信我们的希望一定将得到满足。

我希望永玉的展览获得成功,希望永玉能带着他的画和才能,回到祖国来,更多的和更好的为这个时代,为人民服务。

十二月四日北京

**注 释**

① 本篇原载 1951 年 1 月 7 日香港《大公报》。

# 1951 年

## 一个邮件的复活①

—— 访问北京邮政管理局无着邮件股

你在家里坐着,看着报,跟朋友谈着天……可是每一个人此刻都可能有一封上面写着你的名字,将要属于你的信或是一个邮包,正在路上走着,向着你走来,你想得到吗? 你写得了一封信,轻轻的往街角的邮筒里一丢,你知道会有多少人将要为你这封信而工作,他们会日以继夜,不辞劳苦的把你的思想,你的感情传递到你所希望的地方去? ……

华侨林潭水在爪哇耶嘉达开了一个小铺子,做土产生意。林潭水有个女儿在祖国解放之后回了国,到了人民的首都北京。前些日子女儿来信,说在北京进了她一向向往的学校,一切都很好;国内各方面对侨生的照顾都很周到,请放心;只是需要一本重要的参考书,国内一时买不到,请父亲在南洋设法买一买。

林老先生立刻就去到处打听,想尽了办法,终于把这本书买到了,心里高兴极了,当时就寄了出去。

这本书从耶嘉达装上了邮船,越过重洋大海,经过香港,转到九龙、广州、上了火车,一直送到了北京。一路上下船过站,搬进搬出,不知道经过多少道手续;它身上盖满了累累的邮戳,说明了它所经历的路程的遥远和曲折。

书到了北京。是挂号邮件,转到挂号股。挂号股的同志拿起这个颇为沉重的牛皮纸包一看,很婉惜地叹了一口气:这个邮件大概要"死"!

邮件无法投递也无法退还的,邮局习惯语说它是"死"了,这种邮件常常就叫做"死件"。这个名字叫得很刺激,可是有甚么字比它更恰当,更能表达实际情形的呢,既然这个邮件对于任何人都没有了意义?要是在邮局搁上一年,没有人来认领,按照邮章,就要焚毁,那就真是名符其实的从这个世界上消失了。

这个邮件的封皮上一共写了八个大字:

北京

林爱梅小姐收

这么大一个北京,那儿去找这个林爱梅去?

可是咱们人民的邮政局找到了林爱梅,把这本书交到了林爱梅本人的手里!

一月二十六日人民日报"读者来信"栏发表了华侨学生林爱梅感谢邮政工作同志的信。看了报的人都很为这件事所感动。这也许是一件小事,但又不是一件小事。这是一个消息,它透露了许多更伟大、更不平凡的事物,它只是在我们周围流动不息的新鲜事物的一滴,它的背后是我们整个的祖国,整个的时代。正因为它不是偶然的,不是孤单的,所以我们的感动才会那么深,那么广,那么真挚。

可是我们有的同志不以为然,说如果邮政局整天净为这样的邮件去奔走,这在人力上是一个浪费,这对于更多的群众是一个损失,这不值得!

这似乎也是一个道理。可是我们为甚么不到邮局去作一次访问呢?

我到北京邮政管理局,找到了关西邨同志。我被领进了"无着股"(好个新鲜的名称!),关西邨同志是无着股的股长。

这是一间普通房间,很大,除了几张又长又大的桌子和一个里面隔成许多四方格子的白木架子之外就没有甚么陈设了,因此显得很空。房间里的东西:从纸墨笔砚,茶杯茶壶,一直到人身上的衣服,都跟这个房间本身,门窗四壁,光滑的地板,和虽然有点旧了的窗户帘,都不大相称:一个是那么朴素,一个是曾经很豪华,而现在看起来还是非常讲究的。要说这个房间跟邮局其他部门有甚么不同,那除非是它显得那么特别的安静。——一进邮局的侧门,你就会感觉到这里面洋溢着的一种特殊的兴奋和热烈,那么多大大小小的邮包,那么多你看见的和看不见的人在活动,可见到处又是那么井井有条,忙而不乱,你体会得到这个庞大和复杂的机构内部的完美的组织。而一进这一间屋子,你马上就会平静下来,你会把一路上带来的街市的烦嚣都丢在门外。这儿不像个办公的地方,倒像是个研究室。如果你闭起眼睛,你会不相信这屋里还有四个人,这四个人正在非常用心的做着一件非常细致的工作。

一见到关西邨同志,你就会觉得,这真是一个非常适合于做这个工作的人。关股长不厌其详地告诉了我们要知道的一切,他的态度那么诚恳,那么亲切,他一定是用同样的诚恳和亲切来处理这些"无着"的邮件的。

无着邮件的处理是没有一定的。

也许拿到了一封信,一分钟里头就可以有个水落石出。去年十二月二十九,退回来一封寄到上海去的私人函件,没有下款。无着股拿过来一看,信封上有个邮箱戳子,号码是×××,记得清楚,这个邮箱是挂在外交部院子里头的,断定寄信的出不了外交部。上那儿一问,果然。——每一个邮箱都有固定的号码,信从邮箱里倒出来,首先就得盖上号码戳。

可是多数邮件就不那么简单,得把信剪开,从信的里头,从字里行间,从一句半句话,一个电话号码,提到的一个人,说起的一件事,从各种各样的错综复杂的关系里头去发现线索。比如,去年六月里有一封从青岛退回来的信,信封上信里头的署名都只有一个"龚"字,信上说的事情又多是平平常常的事,研究了半天,没有结果,后来把信封翻了个面,——信封是用普通笔记纸自制的,在上面找到了几个字,是一篇日记的残页:"今天我们二女中也参加了游行"。好了,到二女中把所有的姓龚的同学都找到,终于找到其中一个是寄这封信的。北京解放后不久,处理了一封无着信,信不是交给信封上写的那个人,而是交给她的爱人的。信里提到这个女同志的爱人,说起他已经光荣的参加了中国共产党,不日就要调到北京工作,信里还附了一张两个人合拍的武装骑马照片,结果是由邮局党支部拿了这张照片到市委去对了好久才对了出来。——只有无着股有权利拆阅信件,这是法律规定的。——这个特殊的权利,我想大概不会有甚么人不同意。

也许你会觉得,这样的邮件不会太多罢?这样的邮件在全部邮件中不知道占多大一个比重,但是根据去年一年的统计,因为无法投递或退还而转到无着股来的信件,一共是一万一千二百二十六件!据一个解放以前就做无着邮件的工作的赵同志说,这已经少得多了,解放以前一季就能有这样一个数目!各种各样的信,无奇不有!有的信封上甚至于一个字都没有,邮局最近给起了个名字,叫做"白板"。关股长一下子就拿出五封这样的"白板"信给我看。也巧得很,五封都是洋纸白封,雪白雪白,连一点其他颜色的痕迹都没有!

正说着,就有邮勤员送来了一叠"无着信"。

"这都是一些生死不明的信,"关股长说,"只要有一点点蛛丝马迹,我们都要尽量叫它复活,叫它死里求生!"

怎样使死信复活呢?

靠经验,靠对于社会情况的了解熟悉,靠丰富的常识。每一种知识,都可能有用处。这种知识是怎么得来的?像一切的知识一样,靠学习。那位赵同志今年四十八了,可是我看见他抽屉里有一本朱谱萱编的"初级俄语读本"。此外,靠工作的时候细心,靠创造的智慧;更重要的,靠为人民服务的责任感。这种责任感虽然是习惯了的,职业化了的,可是是常新的,不懈的,顽强的。

林爱梅的那个邮件的处理经过是这样的:挂号股觉得无法投递,交给了社会服务股。社会服务股想登一个报,或者通过电台广播来找这个人,但考虑不一定发生效力,决定给无着股先试一试。无着股接到了,首先研究了这个邮件情况,认为:该件从爪哇寄来,封皮上写的是中国字,受信人大概是归国华侨;寄的是一本原文专门著作,可能是一个大学程度的侨生;"林爱梅"不会是个男人的名字,大概是一个归国华侨女生;照例,归国华侨,特别是侨生,必会到华侨归国联谊会登记,于是决定先向华侨归国联谊会试探。

下午,用电话向侨联联系。问有没有这样一个人,答覆是:"不知道"。

"不知道"? 这不可能! 从声音中令人对这个接电话的不能信任。他不知道,有人知道。再叫一个电话,请找负责人冯同志。

冯同志说:"有这个人。是个女生。前一些时住在三大人胡同华侨事务所宿舍。"

有这个人,"是个女生",对了! 接侨委会宿舍。

侨委会宿舍说:"林爱梅不在这儿了,上师大学习去了。"

接师大。

师大校务处翻遍了全部学生名册,答覆的非常肯定:"没有这个人!"

师大没有,问北大,问辅仁。……

"没有。"

"没有!"

可是无着股的同志并不失望,他们在工作中养成了特殊的冷静和耐心。他们又研究了一下情况,觉得侨委会宿舍的答覆可能不正确,决定再回来跟侨委会宿舍联系,找负责人,负责人是一个叫顾明的同志,这回的答覆是:

"林爱梅,有这个人,是爪哇归国侨生,曾经在这儿住过,现在在西郊清华大学学习。"

无着股的同志在说到这位顾明同志的时候充满了感激。但是他们还得再问一句:

"确是在清华?"

"确是在清华。"

"甚么时候去的?"

"三个月以前。"

好了,终于有了结果! 可是这不等于已经找到了林爱梅。像这样在最后一个环节上遇到了阻碍,白忙了半天的事不是没有有过。下午,又打了一下午电话，找到清华斋务股，找到林爱梅的同屋同学，最后才找到林爱梅本人，到找到林爱梅本人的时候已经下午六点半，下了班半天了。——当然，你可以想像的到，虽然晚下了班，肚子也有点饿了，可是无着股的同志是带了别人不能了解的笑脸走出他们的办公室的。

这样的到处去"捕风捉影"，不是很渺茫么？

也不，有相当的把握的，而且一个时期当中的复活的比率是可以估计出来的。无着股一九五一年的计划是要到复活率百分之五十到六十。第一季的计划订的是百分之五十二，根据每一周的总结，都是超额完成的。

是不是一向的复活率都是如此？

不，解放以前的复活率经常是百分之十二到十三，最高到过百分之十八。

从百分之十二到百分之五十二，解放与不解放的分别在此！当然，你可以想像，无着股的工作绝非是孤立的，突出的。这个数字是有一般性的，从这个数字上是可以看出邮局的全部工作情况的。

同志，你对于这个数字有甚么感想？

为甚么解放前跟解放后有这样的鲜明的对照呢？

解放以前这间屋子不是办公室，是宿舍，是"外国人"的宿舍，这三楼整个都是外国人的宿舍。这里头住过英国人、法国人、意大利人，最后一个时期最多的是美国人。那个大白木架子后面是一个门，从前挂着丝绒门帘，那一边是个小客室，这边是跳舞的地方，右边是卧室、厨房。一个跑街的，一个打字员，一个在本国不知道干么的，一个流氓，到了中国，就能当一个一等秘书，署副邮长衔。洋房、汽车、厨子、花匠、褓母……连草纸都是邮局供给，每一个人还有一条狗，领一个邮务生的薪水！中国职员呢，"从前人家说邮局是个铁饭碗，"赵同志整理完了一包邮件，忿忿的说，"这个铁饭碗可不好捧，早来，晚去，低三下四！在办公室里说话都不敢大声，说跟小学生坐在课堂里一样；外国人说甚么是甚么，外国人说鸡蛋是树上长的，还有个把儿，你也得听着！"

中国的自有邮政到现在有五十几年的历史，除了最近两年和原有的老解放区邮政之外，都是"客邮"，所谓"中华邮政"，是帝国主义掌握之下的殖民地化的邮政，他们的所举办的一切的业务是围绕着帝国主义的利益的。比如，他们举办"邮寄箱匣"，——"金银箱匣"，"矿产箱匣"，"土产箱匣"……我们的金银，我们的钨砂，我们的文化遗产，我们珍贵的艺术品，就叫他们装在这些"箱匣"里运出去了！……

今天，我们把帝国主义赶了出去，从每一个地方把帝国主义赶出去了，从邮政局，从这个楼上，这间屋子里把他们赶出去了！今天的邮政是"人民邮政"，跟老的"中华邮政"本质上就是不同的。人民的邮政所举办的一切业务是针对着人民的利益的。我们的邮局举办了书报发行，为了要叫书报流传得远，流传得快，为了要叫文化普及，为了广大人民今天那么迫切的需要文化；我们的邮局举办了代销代购；今天走到一个乡下的邮局里可以买得到同仁堂的药，你在乡下想要买一点北京的甚么东西，把钱交给邮局，隔不了几天，邮局就能给你捎了去！……这是从前那些铁士兰，巴立地，斯密司们想都不会往这上头想的。

"中国人民站起来了"，邮局的全体的工作同志是完全了解这句话的意义的。他们对于这句话的体会比一般人还要深刻、具体，他们从邮局的组织业务到他们自己身上，都看出现在跟过去根本的截然的分别，他们亲身参加了这种变革。现在不再有人叫投递员叫"信差"，不再有人叫邮勤员"听差"，不再有人把车站上装卸邮件的劳动人员，叫做"野鸡"了！（这是个多么岂有此理的称呼！）今天谁都可以大声说话了，谁都可以对邮局的任何一个工作提意见，而这些意见一定会被重视，会拿到全国邮政工作会议上去讨论的。今天，我们的邮政工作同志大部分都继承了五十多年邮政工作的丰富的经验，发挥了以前被压抑埋伏的群众的创造能力，并且学习了苏联邮政的先进的工作方法，（现在的平邮股的布置，那儿放一张桌子，那儿装一个架子，那儿留出过道，多是经过去年春天来的苏联专家提过意见的，这样布置以后，每个工作同志都感到工作起来非常的顺手，不知不觉中就提高了效率。）全心全意的在为人民服务；因此，你在邮局任何一个地方看得见一种新的气象；因此，无着股的复活率由百分之十二上升到百分之五十二；因此，林爱梅的邮件交到了林爱梅本人的手里,这就是全部的秘密!

你一定时常有机会经过邮政管理局,你在这座坚实巨大的石质建筑物下面走过不知多少次了。今天,还是那一个建筑,可是,在它的内部起了多大的变化!这个变化是跟我们的历史,跟每一个人的生活都息息相关的,而这个变化在一个小小的邮件上面就生动的说明出来了,这是一个多么简单又多么神奇的故事!

最后,关股长告诉我无着股工作的最高的理想。无着股不希望把死信复活率提高到百分之一百,因为那不可能;无着股不是想消极的复活死信,而是要积极消灭死信。苏联今天就几乎没有死信,——死信多,基本上是一种落后现象,解放后死信数目的锐减是一个很可喜的事,这反映了我们的各方面都有着进步,而这也证明了消灭死信是完全可能的。无着股希望没有人写死信,希望每一个人写信的时候都注意把受信人寄信人的地址都写清楚,无着股将尽一切力量使这个股本身消灭,希望把有用的人力用于其他的生产上去,希望邮局能够举办更多的"书报发行","代销代售"这样的业务。

我是非常赞成关股长的理想的,同志,我想你也是赞成的!

注　释

① 本篇原载《北京文艺》第二卷第一期,1951 年 3 月 15 日出版。

# 怀念一个朝鲜驾驶员同志[1]

一年半以前，你和你的兄弟们开着汽车把四野南下工作团的一部分人从漯河送到了汉口。开车那天是五月十九，到汉口是五月二十五，我记得很清楚。

起先我们不知道你们的来历，我们对你还颇有点不以为然。

第一天，车子开出去没多远就抛了锚，大家下了车，在荒沙田里，坐着躺着等着。有人说：司机干甚么的，开机之前不检查检查；并且嘲笑了那辆车。十个轮子甚么牌子都有，福特，固特异，老人头……还有一只日本胎！我们有个同志开过车，爬下去看了半天说：这家伙蛮干！跟他说了半天，像听不懂话似的！——怎么回事呢？——后轮少了一个螺丝，老先生从车上卸下来了一个，又没有扳子，扳子不合用，用个榔头在往上一点一点的敲呢！——扳子都不带全了！大家觉得：得！这一路，且瞧着吧，算碰上啦，又是这种路。——老公路全破坏了，这是"新"路，本来不是走汽车的；好多地方没有路，从麦田里开过去。

不过没多久马上我们就发现了我们的错误。你的驾驶技术通过了整个的车身而让我们感觉到了。车行的匀净，细致，稳当，——快，毫不觉着狂躁，轻轻易易的就赶上了并且越过了前头好多辆车。安全，舒服，轻松之感透过了我们全身，我们太放心了。我坐过公路车子很不少，很知道其中的甘苦，我不但满意，而且赞叹。而我们那位会开车子的同志用了两个字来形容你的驾驶：优美。乘坐在这样的车子上面的"乘客"对于驾驶汽车的人产生了一种共通的感情乃是非常自然的事。——这样的车子正是你这样的人开出来的。我们不能否认一个人干出来的活跟他那个人，那个人的样子是要有一种关系的。

我们也知道，一个人在甚么情形之下才愿意，也可能把他的工作干得那么好。

后来我们才知道你们是朝鲜人。你们是四连,四连全连都是朝鲜人。我们知道这一连是全汽车团最棒的一连,全团都向你们学习,向你们看齐。你们技术最好,立功最多,团里很多驾驶员都是你们训练出来的。你们里头党员最多,占绝大多数。你们参加了整个的东北解放战争,参加运输工作,也参加战斗,你们的英勇事迹在四野全军中流传,而你的手……

我们才注意到你的左手的指头全没有了。

那是在四平战斗中失去的。敌人扔下一个炸弹,掉在你车头上,车子着了火,你为了还想救住车子,救住车上的人,没往外跳,你的手把住了方向盘,汽油烧着了你的手。

你的副手,告诉我们你因为只用一只手开车,很吃亏。你伤了一只手,不健全了,开车时得在身上绑上很多带子,才坐得住。有时休息下来,我们看到他给你整理那些带子,我们看到那些怪复杂的白色的带子缚在你的现在看起来还是非常美好的肉体上,看到你有点困难的穿起你的衬衫。你那个副手到了一定的站头,就要给你整理一次,用不着你告诉他。你不说话,微微的侧过身子,似乎稍微屏住了一点呼吸,默默的让他在你身上整治。

我们很难体会你身体里的感觉,很难体会你这样的身体在驾驶汽车的时候内部是怎样运动的,你怎样把你的意志通过你的肌肉和神经传达到机器的里面去的。

而你,一直是全连最优秀的一个驾驶手,而且是最好的修械手。全连的车子都在你手里修过,许多车出了毛病,都得来问你。因此,我们这一辆跑得虽然快,到晚上的休息站的时候常常要在前头等着,你要看看大多数的车都开过去了再赶上去,你得照顾着他们。也正因此,你的扳子不齐全,你把你的给了别人了。我们不懂你们的话,但是不管是在车子相错而过的时候,或者休息站上相逢的时候,我们懂得你的兄弟们眼睛里对你的感激、告慰,这里头再混和了在异国的战斗途程中的特殊的亲密,实在叫我们在车上的人都深深的感动了。

在这辆含蓄了高度的个性化了的国际主义的忠诚和浸润着兄弟般的阶级的爱情的十轮卡车里歌唱着或者沉思着，我们就越来越不能忘情于你的身体，忘情于你的身体的美了。

你长得一付好体格，你长得颀长，挺拔，清秀而温和。

一到休息的时候，我们就要看看你。

我们看你安详的走下车来，点着一枝烟，走到路边去，站下来，这边看看，那边看看。离开狭窄的车头里和奔驶的景物，新鲜空气和空阔的安静的视野叫你觉得很舒畅，很愉快。

车过了商水，上蔡，汝南，……过了罗山。车从上面搭着一个小戏台的砖制牌坊下开过，从流着清澈见底的活水的乡下小石桥上开过，从扎着松彩的市镇街里开过……这一切，你都跟我们一样的发生兴趣，这些汉唐以上的要镇的现代的小城，处处都还保留着中古文化的馀响。过了罗山，风景就变了，再不是一些无际的广大而不免沉闷的黄土平原了，开始有水田水牛了，——我们里头有北方人还是第一次看到水牛！汽车路爬上去又爬下来，再没有那么清楚深刻和感觉过这是丘陵地带了。从平原到丘陵，截然不同，完全是两种感觉。漫山开野薇，树多椿树桑树，到处都是树，高低层叠；色调丰富多变，真是应接不暇；屋顶的坡度也大了，南方雨水多啊……我们也看到你对这个变化充满了惊奇。你从一九四六年就参加了我们的队伍，一直在东北，我相信到今天你还会清楚的记得，你在你的对于"中国"的认识上增加了一个新的经验。

我永远记得，汽车在一个乌黑的山谷间满生长浓密的乌桕树的石壁下的路边停下来加水，记得你爬上去，站在一棵大树底下向远处眺望；我记的你跨过一道小溪，蹲在梯田的埂上低着头拈弄着一株野草……

当时我就想一定有甚么东西是你所十分熟悉的，触动了你，让你那么喜悦。今天，我相信我当时的感觉，我从一些报道中证实了朝鲜很多地方属于丘陵地带，而你们的田，你们的农民分得的正多是梯田。你在东北，在华北，两三年来没有见过你的故乡风物了。你爱你的祖国的山和田，也一样的热爱着我们的啊。你把我们的祖国当作是你们的一样的爱着。你知道亚洲是整个亚洲人民的亚洲,一个国家的人民的解放是世界人民解放的一部分,因此,你和你的兄弟在我们的国土上战斗,为它流血。

可惜是你很少说话。你不大会说中国话,能听懂一些说不上来几句,"劳驾""谢谢"……不过沉默是你的性格。你跟你的兄弟们,甚至跟你的副手也说得不多。从你跟他们说话当中,我们知道你的声音不高,很平和,说得慢慢的,不过就是语言上没有隔阂。我们可以交谈的机会也很少,中途休息的时候很短促,大家忙着吃饭,喝水,——还忙着解手;开车的时候你在车头上;而晚上宿营的时候你得跟你的连队集合在一起,跟我们分开了。路上有时吃饭,拉你们,你们已经自己吃起来了。你们带着饭盒子,白饭,冷水泡一泡,就咸菜。请你抽烟你说自己有,"谢谢"。

你那个副手是个很有意思的人物,他活泼得很,人生得短短的,腿有点向外弯曲,可是动作灵活而敏捷,他似乎很"好管闲事"。一遇到有汽车抛了锚他要下去,一边帮着你,一边哇啦哇啦大声嚷嚷,手脚也不停的舞动。有一次修理一个车子,半天没有修好,他从车子底下爬出来骂了一声"他妈的!"我们都笑了,他看着我们,也笑了。在路中过去没多远,大雨中我们下来推车子,他跟我们在一起,推推挤挤,兴奋而热烈,跟我一点界限没有。我们实在很喜欢他。每回他下车来或者加水,或者帮别人修车,都是等车子开动了,然后再从后面赶上来,一跃而上。他那个因为弯腿而显得很特殊的奔跑的姿态,他的穿着褪色的草黄色的制服的宽阔背影已经为我们十分熟悉。他一定很健谈,而且说话一定非常有风趣。——我们见到他跟你说甚么事引得你轻轻的笑了。

我们在一个车上整整一个星期,二十五号晚上十一点钟,下着大雨,你把我们送到汉口孤儿院,我们匆匆忙忙的下了车,搬运行李,安排房子,准备饭,忙乱之中竟然没有好好的向你们告别。你也急于归队,在我们刚下完了车的时候立刻就开走了。我的手上至今还感到欠缺那个紧紧的一握。

我们遗憾的不仅是缺少那一握手。我们对你的好感太多,而对你知道得太少,我当时的这种感情至今仍在我的胸口蠕动。我竭力忆想着我可能记得的一切细节,我还记得些甚么?

是的,我记得你们也像我们一样的,有机会就过组织生活,我记得你们在路上学习的材料是译成朝鲜文的"新民主主义论"。我记得你们休息时读着报纸,是朝鲜文的:因为你们人数很多,参加我们的工作的有好几万,所以特为你们办了报纸。我记得在宣化店住宿的时候,那天晚上我们留了一部分行李在车上,我和另外一个同志留下来守车。记得你帮助我们支好了布篷,借给了我们一个手电棒,点点头,走到躺着很多你的兄弟的另一个车子里去,记得你们吹着口琴、唱了歌,我们听得出你的声音也在里头,我们记得,你们唱的是:

"东方红

太阳升

中国出了一个毛泽东……"

我们记得,你们在把我们送到之后,接到了新的任务,继续向南方开行。……

我知道,我究竟记住了一些东西。这些东西是我们最应该记得的。

相隔了一年半的今天,我在这儿怀念着你,我相信你一定老早回到了你们的祖国,参加了解放祖国的战斗。我仿佛看到你还是那么沉默,文雅而安静。我从李庄同志所写的报道中相信你会仍然是我的记忆中的那个样子,我仿佛觉得那个在战斗的休息当中,靠在方向盘上读着《文学与艺术》的驾驶员就是你。我也仿佛看到你会在保卫祖国,保卫和平,反对美国侵略的战斗中表现着你在四平战斗中的英勇品质。

注 释

① 本篇原载《我们的血曾流在一起》,光明日报出版社,1951 年;又载《中朝人民的战斗友谊》,人民出版社,1951 年。

# 1952 年

## 从国防战士到文艺战士[①]

### ——记王凤鸣

王凤鸣是东北辽东省海城县耿庄子人，家里原来是贫农，他从小就很爱好民间文艺。东北农村里蹦蹦戏最流行，村里的年轻人看了戏，也就学着唱。海城的农村里也兴踩高跷，也是扮了戏连做带唱，不像有些地方光是穿起衣裳来走。所唱的，也是蹦蹦小戏，如"王少安赶船"、"杜十娘怒沉百宝箱"等等。不管唱戏或踩高跷，都有王凤鸣的份。他有一条好嗓子，能唱女角。有时喊两句梆子，也非常响亮。现在他的嗓子能够那么好，就是那时打下的底子。他对于一般民间文艺比较容易领会理解，也多少与此有关。

十九岁那年他学了手艺，就不再唱戏了，但还是爱看。他学的是木匠，在海城城里学的。海城有戏园子，他有空就去听。

手艺学成了，就在鞍山钢铁厂木工间做工。

抗战胜利以后，反动派到了东北，到处抓壮丁，王凤鸣被抓了丁。离家的时候，老婆和孩子都病着，一家三口人吃了半块老倭瓜，分了手。

一九四七年，人民解放军解放了他所在的部队。他本来可以回家去，但是他说："我是吃了半块老倭瓜出来的，我不回去。我参加人民解放军，打反动派，帮穷人翻身。"

参军以后，王凤鸣进步的很快。从东北一直打到海南岛，他一直表现的很好，曾先后立过四次大功，一次小功，得过"艰苦奋斗"奖章和"勇敢"奖章，并荣获"人民功臣"光荣称号。

一次大功是平津战役时立的。他参加了打天津。上级号召要特别注意纪律，做到"寸草不动，片纸不拿"。所有的战士都表现得很好。王凤鸣的那个班，全班得到了奖状。王凤鸣则因在宣传、讲释、监督、带头等工作上起了很大作用，又因战斗勇敢、坚强，记了一大功。

平津战役后，王凤鸣光荣的参加了中国共产党。

另一次大功是在海南岛战役时立的。

海南岛战役的时候，王凤鸣已经在团的宣传队作宣传鼓动和战勤工作。都知道这次工作艰苦，任务重，宣传队绝大部分人都下了连队。王凤鸣要求参加战斗，他的决心被团部批准了，他参加了渡海作战，他准确地打击了敌人。渡海作战的战勤任务，特别危险，常常一边做工作一边要跟敌人打。但是他们把任务完成得很好。王凤鸣因为战斗的勇猛，发射准确，又因战勤工作做的好，立了一大功。

其余两大功是由行军，工作……各方面所立的小功累积起来的。

在党和上级的教育培养之下，王凤鸣早就已经全心全意地献身于人民革命的事业。在东北时，好几次经过家乡附近，因为任务紧急，他也没有回去看过，甚至立了大功，发给他喜报，他都不要，他说："我不要，没有地方寄。"他说："我离开家的时候，他们是那个样子，大人孩子都病着，谁知道现在是个什么样子呢？"一直到海南岛战役以后，上级命令：所有战士都必须往家写信，他才写。写了往那里寄呢？请村政府转吧。这才把喜报都寄了回去。去年到朝鲜去慰劳，回来时，又经过家乡附近，上级照顾，叫他回去，他才回去了一趟。他用透露着敬重和喜爱的语气说着他的爱人和孩子。

领导上对于战士的文娱生活从来就极重视。入关前后，更具体的号召兵写兵，兵演兵，战士们写出了很多快板，演出了很多小戏，王凤鸣回忆几年来的情形，说："最初的时候，有些同志不大习惯。咱们的战士，绝大多数都是翻身农民，不好意思。一说打仗，全都上前，说演戏，有人就往后溜了。现在，可不同了。经常的演。三个月练兵，都要开五六次晚会。一个月得有个一两次。比赛！先是连里表演，演好了，挑到营里比；营里演完了，搁团里演……。可热闹了。现在你要是有个题材，大家就鼓动你：'搞啊！'一说演戏，不再有人往后溜了。这回戏才演完,就有人来说:'哎,下回演戏可有我一个!'搞个什么节目,也容易。你一个人出节目,大伙看成是大伙的事,你提一个意见,他提一个意见,人多计谋多,反复修改,就弄好了,这样,大家的文艺水平也逐渐提高了。……"

王凤鸣当战士时就编了很多快板,因为他对于民间文艺素来留心,所编的快板,比较生动活泼,响亮动听,特别受战士的欢迎。在宣传队的时候,他除了演戏,唱歌,数快板,还搞了一个特别名堂——影子戏。行了一天军,天黑了,别的节目表演起来不方便,他们就把战士的当天的事情,剪几个纸人,弄一张白布,一盏灯,表演起来。王凤鸣管唱,唱临时编出来的词。

战士们喜爱快板。但是听多了,弄熟了,觉得太简单,就要求提高一下,怎么提高呢?跟快板最接近的东西,就是曲艺,但是王凤鸣不会,他甚至很少听过,因为战士们需要,他就决心去学习。

团里原来有个会唱鼓词的同志,他唱的很冲,但是老是不搭调,没法配弦子,只能一个人干唱。就这样一个人唱,他还能吸引住人。王凤鸣说:"他一个人能把全团一千多人都抓住,大家在一个广场子上听他搞个二三十分钟,动都不动,这个东西不简单!"于是王凤鸣就跟着他学。

老是一个人唱,没有弦子,也不够意思,于是王凤鸣就自己琢磨。"卢湘云打兵舰"就是这样创作出来的。

一九五〇年初,部队为了要渡海解放海南岛,展开"海练"。海练当中,出了卢湘云用木船打击敌人兵舰的事。王凤鸣想:试试看,用鼓词把它表现出来,他自己是跟战士们一齐苦练的,过去在机枪连当射手时又常跟卢湘云配合作战,很熟(这时他已经在团宣传队了)。人物,生活,都不成问题,加上对于所做的工作的政治热情,这个段子就弄出来了。

连里唱到营里,营里唱到团里,本单位唱到别的单位,到处唱开了,战士非常喜爱听,就对海练起了很大的推动作用。海南岛解放后,师里开庆功会,这个节目仍旧受到大伙的欢迎。 一九五一年,中南军区首届剧音观摩会上,被选为战士的优秀节目,引起普遍重视,并且引起很多人对于曲艺的兴趣。

王凤鸣被留在中南部队艺术剧院歌舞队工作。从此,王凤鸣就由一个战士变为一个专业的文艺工作者了。

他在"部艺"参加演歌剧,一面继续钻研曲艺,不断地写出新词。在广州一带下连队宣传的时候,他写了"学文化"。文化教员都很感激他,因为他一唱,就提高了战士的学习情绪。战士们写信给他,跟他要词儿。去年他随一部分部队文艺工作者到朝鲜慰问,一夜工夫写成"押运英雄刘永泰",连搜集材料,写词,配腔调;第二天就演出了。他说:"表演一点他们自己的事,他们有兴趣,尽管这个东西多么简单。"今年四月,他跟其他同志一齐到荆江分洪地区去表演。时间很短,不能搜集具体的材料,通过人物、故事,写出这个伟大的建设,只能各处看了看,把工程人格化,写成了"蓄洪区说话"。但是它比一般的庸俗的拟人法的作品要深刻得多,一点都不俗气、贫气;它比一般的报道又生动得多,不是翻版,而是真正的经过艺术创作的东西。它高出一般的概念化、公式化的作品,因为它有思想性。在中南军区"七一"晚会上演出时,这个节目受到同志们普遍的欢迎,因此被选为这次来北京参加全军"八一"运动大会文艺竞赛的节目。

王凤鸣在旧社会只读过三年书,开始写作的时候,很困难。他用的也是高玉宝式的办法,遇到不会写的字就画上个记号,再去问人。后来字认得多些的时候,遇到不会写的字,就先用同音的字代替,自己注上一个记号,记明这不是本字,等问了人再改正,到学了注音符号以后,就把不会写的字用符号先标上。全篇写好了,最后请人抄出来。现在,他眼面前的字都够用了。

他学曲艺,并没有很好的条件。在写"蓄洪区说话"之前,他甚至根本没有听说过"单弦"这个名称。"部艺"有一些曲艺唱片,他就跟着片子学。汉口有个"民众乐团",有少数几个艺人在里面唱曲艺,他去听。一面听,一面用心记。他说:"甚么内容,就需要一个甚么调子。'蓄洪区说话'要是用'卢湘云打兵舰'的形式就不行。"蓄洪区那个题材适合用单弦表现,于是他就挑了几个唱片,一句一句的学牌子。然后,再一句一句的来写。他有决心把所有的曲艺形式都学会。他说:"部队文艺就是要多种多样,战士们要这样。"

他写作、演唱,都已经达到相当的熟练。在听他表演的时候,不会有人感觉到这是一个"外行"。他打鼓,打八角鼓,都显得很有功夫。他的身段、步法,也都很好看——虽然这跟一般艺人有所不同,谁能知道这是经过怎样苦练的结果?

他并不是死抱住旧形式不放。唱腔上有许多地方是他自己改过的。一般艺人在演唱战斗故事时所用的"刀枪架式"他都没有用。他所表演的战士是我们人民解放军的战士,不是古代的将官。为甚么要改?因为战士要那样。他的创作、表演,事实上就是战士们反复提意见修改,才得到完美的结果。他的全部谈话,他的作品,演出都贯串着这样的精神:"从战士的需要出发,跟战士学习。"为甚么能这样?因为他本身是战士。

我们曾经问他:从一个战士变成一个文艺工作者,当初在思想上是不是有甚么搞不通的地方?他说:"也没有甚么搞不通的,就是老惦记着那座六〇炮,怕新来的射手对它不熟悉,多少还愿意过战斗生活……"后来怎么解决的呢?他说:"一工作,就解决了!"

"一工作,就解决了!"这是一句朴实的话。一工作,他就具体的认识了工作的作用。谈到八角鼓的拿法、敲法,他谈得起劲,说:"我把这玩意拿来!"立刻就跑出拿来了。他非常热衷地问艺人的鼓是甚么样子,怎么拿法。知道了艺人的鼓里面是一根铁梁子,手指头抠在里面拿住,这样打得脆,但是难受得很,拿半个钟头,手指头就像要断了似的时候,他很郑重地说:"这要学。学甚么都有'难受'的时候。不能随便改。等学好了,再改。"他给他的八角鼓做了一个盒子。他一边说话,一边用手掌抚摸着鼓面的蛇皮,谁都可以看出来,八角鼓是他心爱的东西,正如同从前的六〇炮一样。他把文艺工作看得跟战斗任务一样,一样是人民革命事业的一部分;同时,他正是用战斗精神从事文艺工作的。因此,他才能有这样的成绩。

像王凤鸣这样的人,我们的部队里现在很多。文工团、队里有很多是从战士上来的,唱歌、演戏、搞器乐、搞创作的都有。我们的战士是文化的保卫者,因为他们自己就是热爱文化者。今天,谁还能说我们的军队不是有高度文化素养的军队?

**注　释**

① 　本篇原载《说说唱唱》1952 年八月号(总第三十二期)。

# 1956 年

## 冬 天 的 树①

### 冬 天 的 树

冬天的树,伸出细细的枝子,像一阵淡紫色的烟雾。

冬天的树,像一些铜板蚀刻。

冬天的树,简练,清楚。

冬天的树,现出了它的全身。

冬天的树,落尽了所有的叶子,为了不受风的摇撼。

冬天的树,轻轻地,轻轻地呼吸着,树梢隐隐地起伏。

冬天的树在静静地思索。

(这是冬天了,今年真不算冷。空气有点潮湿起来,怕是要下一场小雨了吧。)

冬天的树,已经出了一些比米粒还小的芽苞,裹在黑色的鞘壳里,偷偷地露出一点娇红。

冬天的树,很快就会吐出一朵一朵透明的,嫩绿的新叶,像一朵一朵火焰,飘动在天空中。

很快,就会满树都是繁华的,丰盛的浓密的绿叶,在丽日和风之中,兴高采烈,大声地喧哗。

# 标　　语

游行过去了。已经有多少天了？……

下午一点钟游行，现在，可以走了。把墨水瓶盖起来，椅子推到桌子底下，摸一摸钥匙，走。立刻，这个城市变了样子。人走到街上来，变成了队伍。沉静、平稳的，然而凝炼的，湍急的队伍。人们从自己身上感觉到别人的紧张的肌肉和饱满的肺，从别人的眼睛里看到自己的发光的眼睛。于是，队伍密集起来，汇总起来，成了一片海。海的力量，海的声音，震动着全城的扩音器和收音机的喇叭，哗啦，哗啦……

一直到晚上，人们才回来，在暮色中，在每天在一定的时候亮起来的路灯底下，一群一群，一阵一阵，走在马路边上，带着没有消散的兴奋和卷得整整齐齐的旗子……

游行过去了……

现在，这里是日常生活。人来，人往。公共汽车斜驶过来，轻巧地进了站。冰糖葫芦。邮筒。鲜花厂的玻璃上结着水气，一朵红花清晰地突现出来，从恍惚的绿影的后面。狐皮大衣，铜鼓。炒栗子的香气。十二月上午的阳光……

但是有标语。标语留下来，标语贴在墙上，贴在日常生活里面。标语一天一天地变得更加切实，更加深刻：

我们坚决支援埃及人民。


# 公　共　汽　车

去年，在公共汽车上，我的孩子问我："小驴子有舅舅吗？"他在路上看到一只小驴子；他自己的舅舅前两天刚从桂林来，开了几天会，又走了。

今年，在公共汽车上，我的孩子告诉我："这是洒水车，这是载重汽车，这是老雕车……我会画大卡车。我们托儿所有个小朋友，他画得棒极了,他什么都会画,他……"

我的孩子跟我说了不止一次了:"我长大了开公共汽车!"我想了一想,我没有意见。不过,这一来,每次上公共汽车,我就只好更得顺着他了。从前,一上公共汽车,我总是向后面看看,要是有座位,能坐一会也好嘛。他可不,一上来就往前面钻。钻到前面干什么呢?站在那里看司机叔叔开汽车。起先他问我为什么前面那个表旁边有两个扣子大的小灯,一个红的,一个黄的?为什么亮了——又慢慢地灭了?我以为他发生兴趣的也就是这两个小灯;后来,我发现并不是的,他对那两个小灯已经颇为冷淡了,但还是一样一上车就急忙往前面钻,站在那里看。我知道吸引住他的早就已经不是小红灯小黄灯,是人开汽车。我们曾经因为意见不同而发生过不愉快。有一两次因为我不很了解,没有尊重他的愿望,一上车就抱着他到后面去坐下了,及至发觉,则已经来不及了,前面已经堵得严严的,怎么也挤不过去了。于是他跟我吵了一路。"我说上前面,你定要到后面来!"——"你没有说呀!"——"我说了!我说了!"——他是没有说,不过他在心里是说了。"现在去也不行啦,这么多人!"——"刚才没有人!刚才没有人!"这以后,我就尊重他了,甭想再坐了。但是我"从思想里明确起来",则还在他宣布了他的志愿以后。从此,一上车,我就立刻往右拐,几乎已经成了本能,简直比他还积极。有时前面人多,我也带着他往前挤:"劳驾,劳驾,我们这孩子,唉!要看开汽车,咳……"

开公共汽车,这实在也不坏。

开公共汽车,这是一桩复杂的,艰巨的工作。开公共汽车,这不是开普通的汽车。你知道,北京的公共汽车有多挤。在公共汽车上工作,这是对付人的工作,不是对付机器。

在北京的公共汽车上工作的,开车的,售票的,绝大部分是一些有本事的,精干的人。我看过很多司机,很多售票员。有一些,确乎是不好的。我看过一个面色苍白的,萎弱的售票员,他几乎一早上出车时就打不起精神来。他含含糊糊地,口齿不清地报着站名,吃力地点着钱,划着票;眼睛看也不看,带着淡淡的怨气呻吟着:"不下车的往后面走走，下面等车的人很多……"也有的司机，在车子到站，上客下客的时候就休息起来，或者看他手上的表，驾驶台后面的事他满不关心。但是我看过很多精力旺盛的，机敏灵活的，不疲倦的售票员。我看到过一个长着浅浅的兜腮胡子和一对乌黑的大眼睛的角色，他在最挤的一趟车快要到达终点站的时候还是声若洪钟。一付配在最大的演出会上报幕的真正漂亮的嗓子。大声地说了那么多话而能一点不声嘶力竭，气急败坏，这不只是个嗓子的问题。我看到过一个家伙，他每次都能在一定的地方，用一定的速度报告下车之后到什么地方该换乘什么车，他的声音是比较固定的，但是保持着自然的语调高低，咬字准确清楚，没有像有些售票员一样把许多字音吃了，并且因为把两个字音搭起来变成一种特殊的声调，没有变成一种过分职业化的有点油气的说白，没有把这个工作变成一种仅具形式的玩弄——而且，每一次他都是恰好把最后一句话说完，车也就到了站，他就在最后一个字的尾音里拉开了车门，顺势弹跳下车。我看见过一个总是高高兴兴而又精细认真的小伙子。那是夏天，他穿一件背心，已经完全汗湿了而且弄得颇有点污脏了，但是他还是笑嘻嘻的。我看见他很亲切地请一位乘客起来，让一位怀孕的女同志坐，而那位女同志不坐，说她再有两站就下车了。"坐两站也好嘛！"她竟然坚持不坐，于是他只好无可奈何地笑一笑；车上的人也都很同情他的笑，包括那位刚刚站起来的乘客，这个座位终于只是空着，尽管车上并不是不挤。车上的人这时想到的不是自己要不要坐下，而是想的另外一类的事情。有那样的售票员，在看见有孕妇、老人、孩子上车的时候也说一声："劳驾来，给孕妇、抱小孩的让个座吧！"说完了他就不管了。甚至有的说过了还急忙离孕妇老人远一点，躲开抱着孩子的母亲向他看着的眼睛，他怕真给找起座位来麻烦，怕遇到蛮横的乘客惹起争吵，他没有诚心，在困难面前退却了。他不。对于他所提出的给孕妇、老人、孩子让座的请求是不会有人拒绝，不会不乐意的，因为他确是在关心着老人、孕妇和孩子，不只是履行职务，他是要想尽办法使他们安全，使他们比较舒适的，不只是说两句话。他找起座位来总是比较顺利，用不了多少时候，所以耽误不了别的事。这不是很奇怪么？

是的，了解一个人的品德并不很难，只要看看他的眼睛。我看见，在车里人比较少一点的时候，在他把票都卖完了的时候，他和一个学生模样的女孩子在闲谈，好像谈她的姨妈怎么怎么的，看起来，这女孩子是他一个邻居。而，当车快到站的时候，他立刻很自然地结束了谈话，扬声报告所到的站名和转乘车辆的路线，打开车门，稳健而灵活地跳下去。我看见，他的背心上印着字：一九五五年北京市公共汽车公司模范售票员；底下还有一个号码，很抱歉，我把它忘了。当时我是记住的，我以为我不会忘，可是我把它忘了。我对记数目字太没有本领了——是225？是不是？现在是六点一刻，他就要交班了。他到了家，洗一个澡，一定会换一身干干净净的，雪白的衬衫，还会去看一场电影。会的，他很愉快，他不感到十分疲倦。是和谁呢？是刚才车上那个女孩子么？这小伙子有一副招人喜欢的体态：文雅。多么漂亮，多有出息的小伙子！祝你幸福……

我看到过一个司机。就是跟那个苍白的，疲乏的售票员在一辆车上的司机。这是一个沉默寡言的，冷静的人，有四十多岁，一张瘦瘦的黑黑的脸，脸上没有什么表情。这个人，车是开得好的；在路上遇到什么人乱跑或者前面的自行车把不住方向，情况颇为紧急时，从不大惊小怪，不使得一车的人都急忙伸出头来往外看，也不大声呵斥骑车行路的人。这个人，一到站，就站起来，转身向后，偶尔也伸出手来指点一下："那位穿蓝制服的，你要到西单才下车，请你往后走走。拿皮包的那位同志，请你偏过身子来，让这位老太太下车。车下有一个孕妇，坐专座的同志，请你站起来。往后走，往后走，后面还有地方，还可以再往后走。"很奇怪，车上的人就在他的这样的简单的，平淡的话的指挥之下，变得服服贴贴，很有秩序。他从来不呼吁，不请求，不道"劳驾"，不说"上下班的时候，人多，大家挤挤！""大礼拜六的，谁不想早点回家呀，挤挤，挤挤，多上一个好一个！""外边下着雨，互相多照顾照顾吧，都上来了最好！""上不来了！后边车就来啦！我不愿意多上几个呀！我愿意都上来才好哩，也得挤得下呀！"他不说这些！这个人身上有一种奇特的东西，那就是：坚定、自信。我看了看车上钉着的"公共汽车司机售票员守则",有一条,是"负责疏导乘客","疏导",这两个字是谁想出来的?这实在很好,这用在他身上是再恰当也没有了。于此可见,语言,是得要从生活里来的。我再看看"公约","公约"的第一条是:"热爱乘客。"我想了想,像他这样,是"热爱"么?我想,是的,是热爱,这样的冷静,坚定,也是热爱,正如同那 225 号的小伙子的开朗的笑容是热爱一样……

人,是有各色各样的人的。

……我的孩子长大了要开公共汽车,我没有意见。

一九五六年十二月

## 注　释

① 本篇原载《人民文学》1957 年第三期;初收《汪曾祺全集》第三卷,北京师范大学出版社,1998 年 8 月。

# 下水道和孩子[①]

修下水道了。最初,孩子们不知道是怎么一回事,只看见一辆一辆的大汽车开过来,卸下一车一车的石子,鸡蛋大的石子,杏核大的石子,还有沙,温柔的,干净的沙。堆起来,堆起来,堆成一座一座山,把原来的一个空场子变得完全不认得了。(他们曾经在这里踢毽子,放风筝,在草窝里找那么尖头的绿蚱蜢——飞起来露出桃红色的翅膜,格格格地响,北京人叫做"卦大扁"……)原来挺立在场子中间的一棵小枣树只露出了一个头,像是掉到地底下去了。最后,来了一个一个巨大的,大得简直可以当做房子住的水泥筒子。这些水泥筒子有多重啊,它是那么滚圆的,可是放在地下一动都不动。孩子最初只是怯生生地,远远地看着。他们只好走一条新的,弯弯曲曲的小路进出了,不能从场子里的任何方向横穿过去了。没有几天,他们就习惯了。他们觉得这样很好。他们有时要故意到沙堆的边上去踩一脚,在滚落下来的石子上站一站。后来,从有一天起,他们就跑到这些山上去玩起来。这倒不只是因为在这些山旁边只有一个老是披着一件黄布面子的羊皮大衣的人在那里看着,并且总是很温和地微笑着看着他们,问他姓什么,住在哪一个门里,而是因为他们对这些石子和沙都熟悉了。他们知道这是可以上去玩的,这一点不会有什么妨碍。哦,他们站得多高呀,许多东西看起来都是另外一个样子了。他们看见了许多肩膀和头顶,看见头顶上那些旋。他们看见马拉着车子的时候脖子上的鬃毛怎样一耸一耸地动。他们看见王国俊家的房顶上的瓦楞里嵌着一个皮球。(王国俊跟他爸爸搬到新北京去了,前天他们在东安市场还看见过的哩。)他们隔着墙看见他们的妈妈往绳子上晒衣服,看见妈妈的手,看见……终于,有一天,他们跑到这些大圆筒里来玩了。他们在里面穿来穿去,发现、寻找着各种不同的路径。这是桥孔啊，涵洞啊，隧道啊，是地道战啊……他们有时伸出一个黑黑的脑袋来，喊叫一声，又隐没了。他们从薄暗中爬出来，爬到圆筒的顶上来奔跳。最初，他们从一个圆筒上跳到一个圆筒上，要等两只脚一齐站稳，然后再往另一个上面跳，现在，他们连续地跳着，他们的脚和身体已经习惯了这样的弧形的坡面，习惯了这样的运动的节拍，他们在上面飞一般地跳跃着……

（多给孩子们写一点神奇的，惊险的故事吧。）

他们跑着，跳着，他们的心开张着。他们也常常跑到那条已经掘得很深的大沟旁边，挨着木栏，看那些奇奇怪怪的木架子，看在黑洞洞的沟底活动着的工人，看他们穿着长过膝盖的胶皮靴子从里面爬上来，看他们吃东西，吃得那样一大口一大口的，吃得那样香。夜晚，他们看见沟边点起一盏一盏斜角形的红灯。他们知道，这些灯要一直在那里亮着，一直到很深很深的夜里，发着红红的光。他们会很久很久都记得这些灯……

孩子们跑着，跳着，在圆筒上面，在圆筒里面。忽然，有一个孩子在心里惊呼起来："我已经顶到筒子顶了，我没有踮脚！"啊，不知不觉的，这些孩子都长高了！真快呀，孩子！而，这些大圆筒子也一个一个地安到深深的沟里去了，孩子们还来得及看到它们的浅灰色的脊背，整整齐齐地，长长地连成了一串，工人叔叔正往沟里填土。

现在，场子里又空了，又是一个新的场子，还是那棵小枣树，挺立着，摇动着枝条。

不久，沟填平了，又是平平的，宽广的，特别平，特别宽的路。但是，孩子们确定地知道，这下面，是下水道。

注　释

① 本篇原载《诗刊》1957 年第三期；初收《汪曾祺自选集》，漓江出版社，1987 年 10 月。

# 1957 年

## 国　子　监①

《北京文艺》叫我写一写国子监。我到国子监去逛了一趟,不得要领。从首都图书馆抱了几十本书回来,看了几天,看得眼花气闷,而所得不多。后来,我去找了一个"老"朋友聊了两个晚上,倒像是明白了不少事情。我这朋友世代在国子监当差,"侍候"过翁同龢、陆润庠、王垿等祭酒②,给新科状元打过"状元及第"的旗,国子监生人,今年七十三岁,姓董。

国子监,就是从前的大学。

这个地方原先是什么样子,没法知道了(也许是一片荒郊)。立为国子监,是在元代迁都北城以后,至元二十四年(一二八八),距今约已近七百年。

元代的遗迹,已经难于查考。给这段时间作证的,有两棵老树,一棵槐树,一棵柏树,一在彝伦堂前,一在大成殿阶下。据说,这都是元朝的第一任国立大学校长——国子监祭酒许衡手植的。柏树至今仍颇顽健,老干横枝,婆娑弄碧,看样子还能再活个几百年。那棵槐树,约有北方常用二号洗衣绿盆粗细,稀稀疏疏的披着几根细瘦的枝条,干枯僵直,全无一点血气,已经老得不成样子了,很难断定它是否还活着。——它老早就已经死过一回,死了几十年,有一年不知道怎么又活了。这是乾隆年间的事,这年正赶上是慈宁太后的六十"万寿",嗬,这是大喜事! 于是皇上、大臣,赋诗作记,还给老槐树画了像,全都刻在石头上,着实地热闹了一通。这些石碑,至今犹在。

国子监是学校，除了一些大树，和石碑之外，主要的是一些作为大学校舍的建筑。这些建筑的规模大概是明朝的永乐所创建的（大体依据洪武帝在南京所创立的国子监，而规模似不如原来之大），清朝又改建或修改过。就中修建最多的，是那位站在大清帝国极盛的峰顶，喜武功亦好文事的乾隆。

　　一进国子监的大门——集贤门，是一个黄色琉璃牌楼。牌楼之里是一座十分庞大华丽的建筑，这就是辟雍。这是国子监最中心，最突出的一个建筑。这就是乾隆所创建的。辟雍者，天子之学也。天子之学，到底该是个什么样子，从汉朝以来就众说纷纭，谁也闹不清楚。照现在看起来，是在平地上开出一个正圆的池子，当中留出一块四方的陆地，上面盖起一座十分宏大的四方的大殿，重檐，有两层廊柱，盖黄色琉璃瓦，安一个巨大的镏金顶子，梁柱檐饰，皆朱漆描金，透刻敷彩，看起来像一顶大花轿子似的。辟雍殿四面开门，可以洞启。池上围以白石栏杆，四面有石桥通达。这样的格局是有许多讲究的，这里不必说它。辟雍，是乾隆以前的皇帝就想到要建筑一个的，但都因为没有水而作罢了。（据说天子之学必得有水！）到了乾隆，气魄果然是要大些，认为"北京为天下都会，教化所先也，大典缺如，非所以崇儒重道，古与稽而今与居也"（《御制国学新建辟雍园水工成碑记》）。没有水，那有什么关系？下令打了四口井，从井里把水汲上来，从暗道里注入，通过四个龙头（螭首），喷到白石砌就的水池里，于是石池中涵空照镜，泛着潋滟的波光了。二八月里，祀孔释奠之后，他来了，前面钟楼里撞钟，鼓楼里播鼓，殿前四个大香炉里烧着檀香，他走入讲台，坐上宝座，讲《大学》或《孝经》一章，叫王公大臣和国子监的学生跪在石池的桥边听着，这个盛典，叫做"临雍"。

　　这"临雍"的盛典，道光嘉庆年间，似乎还举行过，到了光绪，据我那朋友老董说，就根本没有这档子事了。大殿里一年难得打扫两回，月牙河（老董管辟雍殿四边的池子叫做四个"月牙河"）里整年是干的，只有在夏天大雨之后，各处的雨水一齐奔到这里面来。这水是死水，那光景是不难想像的。

然而辟雍殿确实是个美丽的,独特的建筑。北京的有名的建筑,除了天安门、天坛祈年殿那个蓝色的圆顶、九梁十八柱的角楼,应该数到这顶四方的大花轿。

辟雍之后,正面一间大厅,是彝伦堂,是校长——监酒和教务长——司业办公的地方。此外有"四厅六堂",敬一亭,东厢西厢。四厅是教职员办公室。六堂本来应该是教室,但清朝另于国子监斜对门盖了一些房子作为学生住宿进修之所,叫做"南学"(北方戏文动辄说"一到南学去攻书",指的即是这个地方),六堂作为考场时似更多些。学生的月考、季考在此举行,每科的乡会试也要先在这里考一天,然后才能到贡院下场。

六堂之中原来排列着一套世界上最重的书,这书一页有三四尺宽,七八尺长,一尺许厚,重不知几千斤。这是一套石刻的十三经,是一个老书生蒋衡一手写出来的。据老董说,这是他默出来的!他把这套书献给皇帝,皇帝接受了,刻在国子监中,作为重要的装点。这皇帝,就是高宗纯皇帝乾隆陛下。

国子监碑刻甚多。数量最多的,便是蒋衡所写的经。著名的,旧称有赵松雪临写的"黄庭"、"乐毅","兰亭定武本",颜鲁公"争座位",这几块碑不晓得现在还在不在,我这回未暇查考。不过我觉得最有意思,最值得一看的,是明太祖训示太学生的一通敕谕,这是值得写在胡适的《白话文学史》里面去的杰作:

恁学生每听着:先前那宋讷做祭酒呵,学规好生严肃,秀才每循规蹈矩,都肯向学,所以教出来的个个中用,朝廷好生得人。后来他善终了,以礼送他回乡安葬,沿路上著有司官祭他。

近年著那老秀才每做祭酒呵,他每都怀著异心,不肯教诲,把宋讷的学规都改坏了,所以生徒全不务学,用著他呵,好生坏事。

如今著那年纪小的秀才官人每来署学事,他定的学规,恁每当依著行。敢有抗拒不服,撒泼皮,违犯学规的,若祭酒来奏著恁呵,都不饶!全家发向烟瘴地面去,或充军,或充吏,或做首领官。

今后学规严紧,若有无籍之徒,敢有似前贴没头帖子,诽谤师长的，许诺人出首，或绑缚将来，赏大银两个。若先前贴了票子，有知道的，或出首，或绑缚将来呵，也一般赏他大银两个。将那犯人凌迟了，枭令在监前，全家抄没，人口发往烟瘴地面。钦此！

这里面有一个血淋淋的故事：明太祖为了要"人才"，对于办学校非常热心。他的办学的政策只有一个字：严。他所委任的第一任国子监祭酒宋讷，就秉承他的意旨，订出许多规条。待学生非常的残酷，学生可有饿死吊死的。学生受不了这样的迫害和饥饿，曾经闹过两次学潮。第二次学潮起事的是学生赵麟，出了一张壁报（没头贴子）。太祖闻知，龙颜大怒，把赵麟杀了，并在国子监立一长竿，把他的脑袋挂在上面示众（照明太祖的语言，是"枭令"）。隔了十年，他还忘不了这件事，有一天又召集全体教职员和学生训话。碑上所刻，就是训话的原文。

这些本来是发生在南京国子监的事，怎么北京的国子监也有这么一块碑呢？想必是永乐皇帝觉得他老大人的这通话训得十分精采，应该垂之久远，所以特在北京又刻了一个复本。是的，这值得一看。他的这篇白话训词比其历朝皇帝的"崇儒重道"之类的话都要真实得多，有力得多。

这块碑在国子监仪门外侧右手，很容易找到。碑分上下两截，下截是对工役膳夫的规矩，那更不得了："打五十竹篦"！"处斩"！"割了脚筋"！……


历代皇帝虽然都似乎颇为重视国子监，不断地订立了许多学规，但是不知道为什么，国子监出的人才并不是那样的多。

《戴斗夜谈》一书中已说北京人把国子监打入"十可笑"之列：

> 京师相传有十可笑：光禄寺茶汤，太医院药方，神乐观祈禳，武库司刀枪，营缮司作场，养济院衣粮，教坊司婆娘，都察院宪纲，国子监学堂，翰林院文章。

国子监的课业历来似颇为稀松。学生主要的功课是读书、写字、作文。国子监学生——监生的肄业、待遇情况各时期都有变革。到清朝末叶,据老董说,是每隔六日作一次文,每一年转堂(升级)一次,六年毕业,学生每月领助学金(膏火)八两。学生毕业之后,大都分发作为县级干部,或为县长(知县)副县长(县丞),或为教育科长(训导)。另外还有一种特殊的用途,是调到中央去写字。(清朝有一个时期光禄寺的面袋都是国子监学生的仿纸做的!)从明朝起就有调国子监善书学生去抄录"实录"的例。明朝的一部大丛书《永乐大典》,清朝的一部更大的丛书《四库全书》的底稿,那里面的端正严谨(也毫无个性)的馆阁体楷书,原来有些就是国子监的高材生的手笔。这种工作,叫做"在誊桌上行走"。

国子监监生的身分不十分为人所看重。从明景帝开生员纳粟纳马入监之例以后,国子监的门槛就低了。迄后捐监之风大开,监生就更不值钱了。

国子监是个清高的学府,国子监祭酒是个清贵的官员——京官中,四品而掌印的,只有这么一个。作祭酒的,生活实在颇为清闲,每月只逢六逢一上班,去了之后,当差的在门口喝一声短道,沏上一碗盖碗茶,他到彝伦堂上坐了一阵,给学生出出题目,看看卷子;初一、十五带着学生上大成殿磕头,此外简直没有什么事情。清朝时他们还有两桩特殊任务,一是每年十月初一,率领属官到午门去祗领来年的黄历;一是遇到日蚀、月蚀,穿了素服到礼部和太常寺去"救护",但领黄历一年只一次,日蚀、月蚀,更是难得碰到的事。戴璐《藤阴杂记》说此官"清简恬静",这几个字是下得很恰当的。

但是一般作官的似乎都对这个差事不大发生兴趣。朝廷似乎也知道这种心理,所以除了特殊例外,监酒不上三年就会迁调。这是为什么?因为这个差事没有油水。

查清朝的旧例,祭酒每月的俸银是一百零五两,一年一千二百六十两;外加办公费每月三两,一年三十六两,加在一起,实在不算多。国子监一没人打官司告状,二没有盐税河工可以承揽,没有什么外快。但是毕竟能够养住上上下下的堂官皂役的,赖有一宗相当稳定的银子,这就是每年捐监的手续费——

据朋友老董说,纳监的监生除了要向吏部交一笔钱,领取一张"护照"外,还需向国子监交钱领"监照"——就是大学毕业证书。照例一张监照,交银一两七钱。国子监旧例,积银二百八十两,算一个"字",按"千字文"数,有一个字算一个字,平均每年约收入五百字上下。我算了算,每年国子监收入的监照银约有十四万两,即每年有八十二三万不经过入学和考试只花钱向国家买证书而取得大学毕业资格——监生的人。这就怪不得《玉堂春》里春锦丫头私通的是一位监生,"定县秧歌"《借女吊孝》里的舅舅也是一位监生,原来这是一种比乌鸦还要多的东西!这十四万两银子照国家规定是不上缴的,由国子监官吏皂役按份摊分。祭酒每一"字"分十两,那么一年约可收入五千银子,比他的正薪要多得多。其余司业以下各有差。据老董说,连他一个"字"也分五钱八分,一年也从这一项上收入二百八九十两银子!

老董说,国子监还有许多定例。比如,像他,是典籍厅的刷印匠,管给学生"做卷"——印制作文用的红格本子,这事包给了他,每月例领十三两银子。他父亲在时还会这宗手艺,到他时则根本没有学过,只是到大栅栏口买一刀毛边纸,拿到琉璃厂找铺子去印,成本共花三两,剩下十两,是他的。所以,老董说,那年头,手里的钱花不清——烩鸭条才一吊四百钱一卖!至于那几位"堂皂",就更不得了了!单是每科给应考的举子包"枪手"(这事值得专写一文),就是一笔大财。那时候,当差的都兴喝黄酒,街头巷尾都是黄酒馆,跟茶馆似的,就是专为当差的预备着的。所以,像国子监的差事也都是世袭。这是一宗产业,可以卖,也可以顶出去!

老董的记性极好,我的复述倘无错误,这实在是一宗未见载录的珍贵史料。我所以不惮其烦的缕写出来,用意是在告诉比我更年轻的人,封建时代的经济、财政、人事制度,是一个多么古怪的东西!


国子监的隔壁,是孔庙——先师庙,这叫做"左庙右学",是历来的制度。其实这不能说是隔壁,因为当中是通着的。

孔庙主要的建筑是大成殿。大成殿里供着一些牌位,最大的一个是"至圣先师"，另外还有"四配"——颜（回）、曾（参）、（子）思、孟（轲），殿下的两庑则供着七十二贤和经过皇上批准的历代的儒臣。

大成殿经常是空闲着的，除了初一十五祭酒率领员生来跪拜一趟之外，一年只春秋大祭热闹两回。老董说：到时候（二八月第一个逢丁的日子的前一日），太常寺发来三十头牛，三十二口猪，一对鹿，四个小兔子，点验之后，洗剥了，先入库——旧例，由大兴县供应几十担冰，把汤猪汤牛全都冰在库房里，到了夜里十二点，喝令一声"上牲"！这就供起来。孔夫子面前有一头整牛，一口整猪，都放在一个大木槽子里。七十二贤面前则是几个碟子，供点子牛肉片、猪肉片、鹿肉兔肉片，还有点子芹菜、榛子……到了后半夜，都上齐了，皇上照例要派一个人来检查一下，叫做"视笾豆"。他这一走，庙里的庙户（看孔庙的工役叫庙户）马上就拿刀，整块的拉牛肉，整块的拉猪油。到了第二天清早，皇上来祭祀了，那整猪、整牛就剩下一张空皮了，当中弄点子筷子什么的支着。皇上来了，奏乐，磕头！他哪儿会瞧得出来，猪啦牛啦的都是个空架子啊！

听说当贤人圣人，常常得吃冷猪肉。若照老董说起来，原来冷猪肉也是吃不着的，只有猪肉皮可以啃！从前不管多么庄重隆重的礼节，背后原来都是一塌胡涂。

关于孔庙，我知道的，只这些。

国子监，现在已经作为首都图书馆的馆址。全部房屋，包括辟雍，都已经修饰一新。原来的六堂，是阅览室和书库（蒋衡写的十三经只好请到馆右夹道中落脚），原来的四厅大都作为图书馆的办公室，彝伦堂则是一个相当理想的展览馆。图书馆大体已经筹措就绪，专题研究室已经开放，几排长桌上已经坐了不少同志在安静地用功；其余各室，只等暖气装齐或气候稍暖，即可开放——首都图书馆的老底子是头发胡同的北京市图书馆，即原先的通俗图书馆——由于鲁迅先生的倡议而成立，鲁迅先生曾经襄赞其事、并捐赠过书籍的图书馆；前曾移在天坛，因为天坛地点逼仄，又挪到这里了。首都图书馆藏书除原头发胡同的和解放后新买的之外，主要为原来孔德学校和法文图书馆的藏书。

就中最具特色,在国内搜藏较富的,是鼓词俗曲。

辟雍,那个华丽宏伟的大花轿,据图书馆馆长刘德元同志告诉我,将作为群众活动的场所,四边的台阶石桥上准备卖茶。月牙河内要放上水,水里置盆栽荷花,养金鱼,安水泵,使成活水。现在是冬天,但是我完全同意刘馆长的话,这在夏天是个十分清凉舒适的地方。茶馆如果开了,我一定来坐上半天,一边把我看过的几十本关于国子监的书和老董的话再温习一次,一边看看在槐树柏树之下来往行走的我的同一代的人。我要想想历史,想想我的亲爱的国家。

**注　释**

① 本篇原载《北京文艺》1957 年三月号;初收《汪曾祺自选集》,漓江出版社,1987 年 10 月,有删改。

② 汪曾祺后致信《北京文艺》编辑部,此说失实。

# 战　争①

　　如果你懂得外国文,我希望你把这首佤佤族的民歌翻译出来。佤佤族是居住在我国西南边境大山里的一个少数民族,那里的气候大概很冷,他们用木杵舂着米吃;他们有许多悲哀的、美丽的传说和故事,有一首歌歌唱一对青年生前不能相爱,死后变成了天上的一对星星,这首歌据说有一万多行……除此之外我还知道什么呢? 我不知道什么了。然而我知道这一首一共只有两句的歌,我非常想把它告诉每一个人,我希望你把它翻译出来,翻译出来叫全世界都看一看:

　　　　斧头砍过的再生树,

　　　　战争丢下的孤儿。

**注　释**

① 本篇原载 1957 年 4 月 1 日《文汇报》。

# 马　莲[①]

你唱你的三，
我对你的三，
马莲开花在路边……

　　　　　　——儿歌

你看见过马莲吗？

马莲是一种很动人的植物。马莲的叶子可以穿鱼，揭开鱼的鳃，穿过去，打一个疙瘩，拎着——这会断吗？不会！马莲的根可以做刷子，洗衣服用的刷子，炊帚、擦痰桶、擦抽水马桶用的……这样洁净的、坚韧的、美丽的根！

我真想看看马莲，看看它在浅水的旁边，在微风里，一丛一丛的，轻轻地摇动着，摇动着细长的叶子。

我没有看见过马莲。

**注　释**

① 本篇原载 1957 年 4 月 1 日《文汇报》。

# 星　期　天[①]

## 海 绵 球 拍

郊区公共汽车站是热闹的。因为这里的乘客是怀着更明确、更热切的目的的,所以比市区车站更充满着生气。

什么时候盖起了这样的候车的回廊?这真好。这样乘客可以不受雨淋日晒,而且这设计得真有巧思,这不太像是个候车的地方,倒更像是个游览的地方,这可以减少或冲淡乘客的焦急,使他们觉得生活更为轻快。感谢这位通达人情的工程师。

在回廊的短栏上坐着一个小伙子,他手里握着一个全新的海绵球拍。他不看别的候车的人,也不打算买一份报。他的眼睛里有点恍惚,他的握着球拍的手指轻微地但是强烈的在拨动,甚至他的肢体也在隐约地展缩着。(他的坐定的身躯里透露出无穷的姿态)很显然,他完全浸沉在乒乓球的音乐和诗意里了,幸福的年轻人!

现在是九点半钟。你一定是一清早就爬起来,带好了钱,跳上公共汽车,一进城,马上奔到百货大楼:"要一个海绵球拍!"你拿到球拍,心里剧烈地跳着,出了门,撕下包拍子的纸,你急切地要用你的手抓住这个拍子,一转身,立刻又赶到汽车站——你今天将要跟谁赛一场呢?你要怎样来试用你这只崭新的拍子呢?

我问你,你赞成王传耀还是赞成姜永宁?我还是喜欢姜永宁,因为……

# 竹壳热水壶

这是一个可以入画的鞋匠。

我有一次拿了一只孩子的鞋去找他。他不在,可是他的摊子在。他的摊子设在街道凹进去的一小块平地的南墙之下,旁边有一个自来水站——有时,他代管水站的龙头。他不在。他的摊子后面的墙上一边挂着一只鸟笼,一只黄雀正在里面剔羽;一边挂着一个小木牌,黄纸黑字,干净鲜明:"××制鞋生产合作社第×服务站"。这个小木牌一定是他亲手粘好,亲手挂上去的,否则不会这样的平妥端正,这样挂得是地方。丰子恺先生曾经画过一幅画,画的正是这样一个鞋匠,挑了一付担子,担子的一头是一个鸟笼,题目是:"他的家属"。这是一幅人道主义的,看了使人悲哀的画。这个鞋匠叫人想起这幅画。但是这个鞋匠跟那个鞋匠不同,他是欢快的,他没有排解不去的忧愁。他没有在,他的摊子在。他的摊子,前面一箱子修好的鞋,放得整整齐齐的,后面一个马扎子。箱子上面压着一张字条:

> 鞋匠回家吃饭去了,
> 取鞋同志请自己捡出拿走。

他不在,我坐在他的马扎子上掏出一根烟来抽——今天是星期天,请容许我有这点悠闲。

过了一会,他来了。我把鞋拿给他看:

"前面绽了线。"

"踢球踢的! 明天取。"

"哎,不行,今天下午我要送他回托儿所!"

他想了一想,说:

"下午四点钟——过了四点我就不在了。"

这双鞋现在还穿在我儿子的脚上。

每次经过这里时我总要向他那里看看。

我从电车里看出去。他正在忙碌着,带着他那有条有理,从容不迫的神态。他放下手里的工作,欠起身来,从箱子旁边拿起一个竹壳热水壶,非常欣慰地,满足地,把水沏在一把瓷壶里。感谢你啊,制造竹壳热水壶的同志,感谢你造出这样轻便,经济,而且越来越精致好看的日用品,你不知道你给了人多少快乐,你给了他的,同时又给了我的。感谢我们这个充满温情的社会。

## 托儿所的星期天

托儿所的星期天,充满了阳光和安静。秋千索子静静地垂着,跷跷板停留在半空中,一对白蝴蝶在攀登架上绕来绕去。大妈把孩子们的衣裳洗出来了,晾满了一条一条长长的绳子。刚晾上去不大一会儿,绳子上分量挺沉——真热闹,多少种颜色呀!远远听见一声一声摔打和破裂的声音,炊事员老王在伙房门前劈劈柴。小桥旁边的桃花开了……

小二班隔离室里,李淑琴阿姨正在守着二玲。二玲病了。李淑琴阿姨一早上就守在这里了。窗纱掩着,屋里光线暗暗的,一个捷克小闹钟唧唧地走着。李淑琴阿姨一边看着二玲,一边轻手轻脚地做着事情。李淑琴阿姨觉得,二玲的烧大概是退了。李淑琴阿姨看看二玲,二玲平平地贴在床上,深深深深地呼吸着,睡得又累又舒服。李淑琴阿姨轻轻地走过去,轻轻地但是实在地按了按二玲的额头:没问题,完全退尽了。李淑琴阿姨直起身来(她也像二玲那样呼吸着),轻轻地走出房门。一看到满地鲜亮、强烈的阳光,她忽然非常想洗一个头。

**注 释**

① 本篇原载《人民文学》1957 年第七期;初收《汪曾祺全集》第三卷,北京师范大学出版社,1998 年 8 月。

# 1958 年

## 关于"路永修快板抄"①

　　路永修,河南林县合涧乡豆村人,今年五十七岁,农民出身。林县西临太行山,农民长年与石头打交道,多半兼会泥瓦石匠手艺。路永修十三岁上即学会作泥瓦匠,农闲时到新乡、郑州等地盖房,农忙时回乡耕作。林县兴修英雄渠,老路投身其中,担任施工员。他同时又是一个出色的宣传鼓动家。在修渠工程中,他作了许多快板,鼓舞了民工的劳动热情,在工地上很出名。

　　老路很有诗人气质,坦率、热情、质朴,精神极其健旺。我们在林县城里就听说过他的名字,四月二十九日,在参观英雄渠工程时,遇见了他。他跟我们谈着英雄渠的工程,没有谈一会儿,在我们还毫无准备的时候,他骤然兴奋起来,大声地念了好几段快板。他的眼睛发着光,有力地做着手势。有的时候,他停下来,指点着险要的地形,作了一点解释,接着又兴奋、激动地数起来。后来我们知道,他给我们念的是他近来常念的几首快板,但是完全不像复述一个旧稿,他浸沉在一种全新的感情之中,用的是全身的力量。他不是要向我们介绍他的快板,而是按捺不住要向外地的来人歌颂这条英雄的渠道,歌颂这条由他们的双手开凿出来的伟大的工程。

　　　"河交沟,
　　　真丰富,
　　　万民英雄修水库!……"
　　　"放大炮,
　　　不简单。

一炮能崩半架山……”

　　“英雄楼，

　英雄房，

　玉石柱子玉石梁……”

　　他的坚实有力的声音在太行山上，在蓝天底下，在新劈开的岩壁之前，在满地纵横的石料之间迸跳着。他留给我们很深刻的印象。

　　我们请他让我们为他拍一张像，他严肃起来，在一块石头上站着。然后，很天真地呵呵地笑了。

　　当天晚上，我们又约他在合涧乡金星合作社的俱乐部谈了一阵。起先，在别人说话的时候，他很谦逊，很安静地坐着。到他发言的时候，又是一样兴奋激动起来。他说的话不多，还是念他的快板。他念完了一段，总是说：“工人们反映：‘这多得劲啊！’”“这多得劲啊”，这真正是对老路的快板的最恰当的评语。老路的快板的作用在此，他的快板的优点也在此，看起来，这也就是老路创作快板的目的。老路在听到这样的反映时，心里当然是快慰的。作为一个诗人，他一点也不掩饰他的这种快慰。“这多得劲啊”，这说明了老路的快板能够使人在艰苦中明确地看到远景，奋发鼓舞，信心坚定，这说明了他的快板中的革命的浪漫主义的质素。

　　老路的快板不只是他自己说，别人也说。我们曾遇到两个别的社里的宣传员同志，问他们知道不知道路永修，他们说知道，并且当时就念了他的两首快板，证明他的快板已经流传开来了。那两位宣传员念的词句和老路的“原作”有些出入，在流传中产生变异，这本是民间文学中的自然的现象。

　　据说，老路过去创作的快板不很多，他的出名是在这些修渠工程之中。

　　听说老路会说鼓词，现在还有一面小鼓，两块板，在休息时还常常为民工们说书。他的快板的风格是受了一些鼓词的影响的，他从鼓词中吸收了不少东西。

　　老路现在已经认得一千五百字以上，但是他的快板是说出来的，不是写出来的,就是说,是用嘴创作的,不是用笔创作的。他的这种创作方式对于他的作品的艺术特点,当然是有决定的影响的。这一点对照着一些用笔写出来的年轻同志的快板来看,尤其明显。

路永修的快板也有缺点。因为是口头即兴地创作,不能作周密的构思,在没有经过较长时期的集体琢磨之前有些地方是显得粗糙和杂乱的。

张生一等同志在编印"林县英雄渠诗歌快板集"(油印本)的时候,把路永修历次所创作、改作的作品都收录在里面,这样做是很好的。为了提供对民间文学有兴趣的同志研究一些问题,我们从"林县英雄渠诗歌快板集"第一集、第二集中把我们所知道的路永修快板的作品抄集在一起。我们看,路永修有时把一些词句在不同题目的快板中都用上了;他在不同的时间里,又把一首快板在增删改变着……这些雷同和变异,是很值得注意的迹象。研究民间文学,应该留心这些问题。我们希望从事纪录民间文学的同志尽可能地把工作做得细致一些。一首歌谣或者一个故事,如果听到几次,就记它几次,即便是同一个人说的。并且,要注明某次记录稿是何时记的,可能的话,还要说明他某一次改变他的说法是在什么时候,他为什么要这样改变……

我们听路永修的快板,在个别词句上和"林县英雄渠诗歌快板集"所载略有不同,已在各首之后说明。张生一同志写了一篇"向路永修学习"。所引的快板有些地方又不大一样。请读者仔细参看。据说他每次说的时候都有些变动。至于路永修快板的艺术特点,这篇短文很难说清,请大家自己分析评断吧。

**注　释**

① 本篇原载《民间文学》1958 年六月号;初收《汪曾祺全集》第八卷,北京师范大学出版社,1998 年 8 月。

# 1980 年

## 果 园 杂 记[①]

### 涂　　白

一个孩子问我：干嘛把树涂白了？

我从前也非常反对把树涂白了，以为很难看。

后来我到果园干了两年活，知道这是为了保护树木过冬。

把牛油、石灰在一个大铁锅里熬得稠稠的，这就是涂白剂。我们拿了棕刷，担了一桶一桶的涂白剂，给果树涂白。要涂得很仔细，特别是树皮有伤损的地方、坑坑洼洼的地方，要涂到，而且要涂得厚厚的，免得来年存留雨水，窝藏虫蚁。

涂白都是在冬日的晴天。男的、女的，穿了各种颜色的棉衣，在脱尽了树叶的果林里劳动着。大家的心情都很开朗，很高兴。

涂白是果园一年最后的农活了。涂完白，我们就很少到果园里来了。这以后，雪就落下来了。果园一冬天埋在雪里。

从此，我就不反对涂白了。

### 粉　　蝶

我曾经做梦一样在一片盛开的茼蒿花上看见成千上万的粉蝶——在我童年的时候。那么多的粉蝶，在深绿的蒿叶和金黄的花瓣上乱纷纷地飞着，看得我想叫，想把这些粉蝶放在嘴里嚼，我醉了。

后来我知道这是一场灾难。

我知道粉蝶是菜青虫变的。

菜青虫吃我们的圆白菜。那么多的菜青虫！而且它们的胃口那么好，食量那么大。它们贪婪地、迫不及待地、不停地吃，吃得菜地里沙沙地响。一上午的工夫，一地的圆白菜就叫它们咬得全是窟窿。

我们用DDT喷它们，使劲地喷它们。DDT的激流猛烈地射在菜青虫身上，它们滚了几滚，僵直了，扑的一声掉在了地上，我们的心里痛快极了。我们是很残忍的，充满了杀机。

但是粉蝶还是挺好看的。在散步的时候，草丛里飞着两个粉蝶，我现在还时常要停下来看它们半天。我也不反对国画家用它们来点缀画面。

## 波 尔 多 液

喷了一夏天的波尔多液，我的所有的衬衫都变成浅蓝色的了。

硫酸铜、石灰，加一定比例的水，这就是波尔多液。波尔多液是很好看的，呈天蓝色。过去有一种浅蓝的阴丹士林布，就是那种颜色。这是一个果园的看家的农药，一年不知道要喷多少次。不喷波尔多液，就不成其为果园。波尔多液防病，能保证水果的丰收。果农都知道，喷波尔多液虽然费钱，却是划得来的。

这是个细致的活。把喷头绑在竹竿上，把药水压上去，喷在梨树叶子上、苹果树叶子上、葡萄叶子上。要喷得很均匀，不多，也不少。喷多了，药水的水珠糊成一片，挂不住，流了；喷少了，不管用。树叶的正面、反面都要喷到。这活不重，但是干完了，眼睛、脖颈，都是酸的。

我是个喷波尔多液的能手。大家叫我总结经验。我说：一、我干不了重活，这活我能胜任；二、我觉得这活有诗意。

为什么叫个"波尔多液"呢？——中国的老果农说这个外国名字已经说得很顺口了。这有个故事。

波尔多是法国的一个小城，出马铃薯。有一年，法国的马铃薯都得了晚疫病，——晚疫病很厉害，得了病的薯地像火烧过一样，只有波尔多的马铃薯却安然无恙。大伙捉摸，这是什么道理呢？原来波尔多城外有一个铜矿，有一条小河从矿里流出来，河床是石灰石的。这水蓝蓝的，是不能吃的，农民用它来浇地。莫非就是这条河，使波尔多的马铃薯不得疫病？

于是世界上就有了波尔多液。

中国的老农现在说这个法国名字也说得很顺口了。

去年，有一个朋友到法国去，我问他到过什么地方，他很得意地说：波尔多！

我也到过波尔多，在中国。

**注　释**

①　本篇原载《新观察》1980 年第五期；初收《汪曾祺自选集》，漓江出版社，1987 年 10 月。

# 裴盛戎二三事[①]

我与裴盛戎未及深交，真是憾事。

和盛戎合作，是很愉快的。他对人，对艺术，都很诚恳。他的虚心是真正的虚心。他读剧本是很仔细的。我在武昌，常看见他一个字一个字慢慢地看剧本，盘腿坐在床上，戴着花镜。他对剧本不挑剔，不为自己在台上"合适"而提出一些难予照办的意见。跟他合作，不会因为缺乏共同语言而痛苦。

盛戎不挑辙口。一个演员，十三道辙都响，很不容易。有一个戏里有个"灭"字，正在要紧的地方。这个字是很不好发声的。盛戎把它唱得很响，很突出，很好听。在搞《雪花飘》之前，我跟他商量用辙，说这个戏想用"一七"辙。他放了一会傻，说："哎呀，花脸唱闭口音……"我说："你那个《铡美案》是怎么唱的？"他冲着我点点手，笑了。

盛戎花了很多功夫研究唱法，晚年用力尤勤。他曾跟我说："花脸唱一出戏要用多少'气'呀！我现在这个岁数，不能像年轻时那样唱。"他常在家里听录音。不仅是花脸，旦角、老生，他都听，都琢磨。他说："《智取威虎山》里，'支委会上同志们语重心长'这一句的腔最好。'心……长！'的'长'字就搁在这儿了，真好！"他对气口的处理有独到之处。《智取》里李勇奇的"扫平那威虎山我一马当先"，按照花脸的一般唱法，都是在"一马"之后换气。盛戎说："叫我唱，我不这样。"他给我唱了一遍。他在唱到"一马"的矫矢回旋的唱腔之后，倾全力唱出"先"字。他说"一马"之后，不缓气，随即把"当"字吐出，然后吸足一口气，倾全力唱出"先"字。他说"一马"之后缓气，到"先"字就没有劲了。"一马当先"的气势出不来。

盛戎会拉胡琴，会打鼓。这对他的唱很有帮助。会拉胡琴，故能使声乐器乐互相"给劲",相得益彰。会打鼓,故能在节奏上走出必然王国,运用自如。

**注　释**

① 　本篇原载《京剧艺术》1980 年第四期。1993 年又写同题文,内容差别大。

# 1981 年

## 我的老师沈从文<sup>①</sup>

一九三七年，日本人占领了江南各地，我不能回原来的中学读书，在家闲居了两年。除了一些旧课本和从祖父的书架上翻出来的《岭表录异》之类的杂书，身边的"新文学"只有一本屠格涅夫的《猎人日记》和一本上海一家野鸡书店盗印的《沈从文小说选》。两年中，我反反复复地看着的，就是这两本书。所以反复地看，一方面是因为没有别的好书看，一方面也因为这两本书和我的气质比较接近。我觉得这两本书某些地方很相似。这两本书甚至形成了我对文学，对小说的概念。我的父亲见我反复地看这两本书，就也拿去看。他是看过《三国》、《水浒》、《红楼梦》的。看了这两本书，问我："这也是小说吗？"我看过林琴南翻译的《说部丛刊》，看过张恨水的《啼笑因缘》，也看过巴金、郁达夫的小说，看了《猎人日记》和沈先生的小说，发现：哦，原来小说是可以这样的，是写这样一些人和事，是可以这样写的。我在中学时并未有志于文学。在昆明参加大学联合招生，在报名书上填写"志愿"时，提笔写下了"西南联大中国文学系"，是和读了《沈从文小说选》有关系的。当时许多学生报考西南联大都是慕名而来。这里有朱自清、闻一多、沈从文。——其他的教授是入学后才知道的。

沈先生在联大开过三门课："各体文习作"、"创作实习"和"中国小说史"。"各体文习作"是本系必修课，其余两门是选修，我是都选了的。因此一九四一、四二、四三年，我都上过沈先生的课。

"各体文习作"这门课的名称有点奇怪，但倒是名副其实的，教学生习作各体文章。有时也出题目。我记得沈先生在我的上一班曾出过

"我们小庭院有什么"这样的题目,要求学生写景物兼及人事。有几位老同学用这题目写出了很清丽的散文,在报刊上发表了,我都读过。据沈先生自己回忆,他曾给我的下几班同学出过一个题目,要求他们写一间屋子里的空气。我那一班出过什么题目,我倒都忘了。为什么出这样一些题目呢?沈先生说:先得学会做部件,然后才谈得上组装。大部分时候,是不出题目的,由学生自由选择,想写什么就写什么。这课每周一次。学生在下面把车好、刨好的文字的零件交上去。下一周,沈先生就就这些作业来讲课。

　　说实在话,沈先生真不大会讲课。看了《八骏图》,那位教创作的达士先生好像对上课很在行,学期开始之前,就已经定好了十二次演讲的内容,你会以为沈先生也是这样。事实上全不是那回事。他不像闻先生那样:长髯垂胸,双目炯炯,富于表情,语言的节奏性很强,有很大的感染力;也不像朱先生那样:讲解很系统,要求很严格,上课带着卡片,语言朴素无华,然而扎扎实实。沈先生的讲课可以说是毫无系统,——因为就学生的文章来谈问题,也很难有系统,大都是随意而谈,声音不大,也不好懂。不好懂,是因为他的湘西口音一直未变,——他能听懂很多地方的方言,也能学说得很像,可是自己讲话仍然是一口凤凰话;也因为他的讲话内容不好捉摸。沈先生是个思想很流动跳跃的人,常常是才说东,忽而又说西。甚至他写文章时也是这样,有时真会离题万里,不知说到哪里去了,用他自己的话说,是"管不住手里的笔"。他的许多小说,结构很均匀缜密,那是用力"管"住了笔的结果。他的思想的跳动,给他的小说带来了文体上的灵活,对讲课可不利。沈先生真不是个长于逻辑思维的人,他从来不讲什么理论。他讲的都是自己从刻苦的实践中摸索出来的经验之谈,没有一句从书本上抄来的话。——很多教授只会抄书。这些经验之谈,如果理解了,是会终身受益的。遗憾的是,很不好理解。比如,他经常讲的一句话是:"要贴到人物来写。"这句话是什么意思呢?你可以作各种深浅不同的理解。这句话是有很丰富的内容的。照我的理解是:作者对所写的人物不能用俯视或旁观的态度。作者要和人物很亲近。作者的思想感情,作者的心要和人物贴得很紧,和人物一同哀乐,一同感觉周围的一切(沈先生很喜欢用"感觉"这个词,他老是要学生训练自己的感觉)。什么时候你"捉"不住人物,和人物离得远了,你就只好写一些似是而非的空话。一切从属于人物。写景、叙事都不能和人物游离。景物,得是人物所能感受得到的景物。得用人物的眼睛来看景物,用人物的耳朵来听,人物的鼻子来闻嗅。《丈夫》里所写的河上的晚景,是丈夫所看到的晚景。《贵生》里描写的秋天,是贵生感到的秋天。写景和叙事的语言和人物的语言(对话)要相协调。这样,才能使通篇小说都渗透了人物,使读者在字里行间都感觉到人物,——同时也就感觉到作者的风格。风格,是作者对人物的感受。离开了人物,风格就不存在。这些,是要和沈先生相处较久,读了他许多作品之后,才能理解得到的。单是一句"要贴到人物来写",谁知道是什么意思呢?又如,他曾经批评过我的一篇小说,说:"你这是两个聪明脑袋在打架!"让一个第三者来听,他会说:"这是什么意思?"我是明白的。我这篇小说用了大量的对话,我尽量想把对话写得深一点,美一点,有诗意,有哲理。事实上,没有人会这样的说话,就是两个诗人,也不会这样的交谈。沈先生这句话等于说:这是不真实的。沈先生自己小说里的对话,大都是平平常常的话,但是一样还是使人感到人物,觉得美。从此,我就尽量把对话写得朴素一点,真切一点。

沈先生是那种"用手来思索"的人②。他用笔写下的东西比用口讲出的要清楚得多,也深刻得多。使学生受惠的,不是他的讲话,而是他在学生的文章后面所写的评语。沈先生对学生的文章也改的,但改得不多,但是评语却写得很长,有时会比本文还长。这些评语有的是就那篇习作来谈的,也有的是由此说开去,谈到创作上某个问题。这实在是一些文学随笔。往往有独到的见解,文笔也很讲究。老一辈作家大都是"执笔则为文",不论写什么,哪怕是写一个便条,都是当一个"作品"来写的。——这样才能随时锻炼文笔。沈先生历年写下的这种评语,为数是很不少的,可惜没有一篇留下来。否则,对今天的文学青年会是很有用处的。

除了评语，沈先生还就学生这篇习作，挑一些与之相近的作品，他自己的，别人的，——中国的外国的，带来给学生看。因此，他来上课时都抱了一大堆书。我记得我有一次写了一篇描写一家小店铺在上板之前各色各样人的活动，完全没有故事的小说，他就介绍我看他自己写的《腐烂》（这篇东西我过去未看过）。看看自己的习作，再看看别人的作品，比较吸收，收效很好。沈先生把他自己的小说总集叫做《沈从文小说习作选》，说这都是为了给上创作课的学生示范，有意地试验各种方法而写的，这是实情，并非故示谦虚。

沈先生这种教写作的方法，到现在我还认为是一种很好的方法，甚至是唯一可行的方法。我倒希望现在的大学中文系教创作的老师也来试试这种方法。可惜愿意这样教的人不多；能够这样教的，也很少。

"创作实习"上课和"各体文习作"也差不多，只是有时较有系统地讲讲作家论。"小说史"使我读了不少中国古代小说。那时小说史资料不易得，沈先生就自己用毛笔小行书抄录在昆明所产的竹纸上，分给学生去看。这种竹纸高可一尺，长约半丈，折起来像一个经卷。这些资料，包括沈先生自己辑录的罕见的资料，辗转流传，全都散失了。

沈先生是我见到的一个少有的勤奋的人。他对闲散是几乎不能容忍的。联大有些学生，穿着很"摩登"的西服，头上涂了厚厚的发蜡，走路模仿克拉克·盖博③，一天喝咖啡、参加舞会，无所事事。沈先生管这种学生叫"火奴鲁鲁"——"哎，这是个火奴鲁鲁！④"他最反对打扑克，以为把生命这样的浪费掉，实在不可思议。他曾和几个作家在井冈山住了一些时候，对他们成天打扑克很不满意，"一天打扑克，——在井冈山这种地方！哎！"除了陪客人谈天，我看到沈先生，都是坐在桌子前面，写。他这辈子写了多少字呀。有一次，我和他到一个图书馆去，在一排一排的书架前面，他说："看到有那么多人写了那么多的书，我真是什么也不想写了。"这句话与其说是悲哀的感慨，不如说是对自己的鞭策。他的文笔很流畅，有一个时期且被称为多产作家，三十年代到四十年代，十年中他出了四十个集子，你会以为他写起来很轻易。事实不是那样。除了《从文自传》是一挥而就，写成之后，连看一遍也没有，就交出去付印之外，其余的作品都写得很艰苦。他的《边城》不过六七万字，写了半年。据他自己告诉我，那时住在北京的达子营，巴金住在他家。他那时还有个"客厅"。巴金在客厅里写，沈先生在院子里写。半年之间，巴金写了一个长篇，沈先生却只写了一个《边城》。我曾经看过沈先生的原稿（大概是《长河》），他不用稿纸，写在一个硬面的练习本上，把横格竖过来写。他不用自来水笔，用蘸水钢笔（他执钢笔的手势有点像执毛笔，执毛笔的手势却又有点像拿钢笔）。这原稿真是"一塌糊涂"，勾来划去，改了又改。他真干过这样的事：把原稿一条一条地剪开，一句一句地重新拼合。他说他自己的作品是"一个字一个字地雕出来的"，这不是夸张的话。他早年常流鼻血。大概是因为血小板少，血液不易凝固，流起来很难止住。有时夜里写作，鼻血流了一大摊，邻居发现他伏在血里，以为他已经完了。我就亲见过他的沁着血的手稿。

因为日本飞机经常到昆明来轰炸，很多教授都"疏散"到了乡下。沈先生也把家搬到了呈贡附近的桃源新村。他每个星期到城里来住几天，住在文林街教员宿舍楼上把角临街的一间屋子里，房屋很简陋。昆明的房子，大都不盖望板，瓦片直接搭在椽子上，晚上从瓦缝中可见星光、月光。下雨时，漏了，可以用竹竿把瓦片顶一顶，移密就疏，办法倒也简便。沈先生一进城，他这间屋子里就不断有客人。来客是各色各样的，有校外的，也有校内的教授和学生。学生也不限于中文系的，文、法、理、工学院的都有。不论是哪个系的学生都对文学有兴趣，都看文学书，有很多理工科同学能写很漂亮的文章，这大概可算是西南联大的一种学风。这种学风，我以为今天应该大力的提倡。沈先生只要进城，我是一定去的。去还书，借书。

沈先生的知识面很广，他每天都看书。现在也还是这样。去年，他七十八岁了，我上他家去，沈师母还说："他一天到晚看书，——还都记得！"他看的书真是五花八门，他叫这是"杂知识"。他的藏书也真是兼收并蓄。文学书、哲学书、道教史、马林诺斯基的人类学、亨利·詹姆斯、弗洛伊德、陶瓷、髹漆、糖霜、观赏植物……大概除了《相对论》，在他的书架上都能找到。我每次去，就随便挑几本，看一个星期（我在西南联大几年，所得到的一点"学问"，大部分是从沈先生的书里取来的）。他的书除了自己看，买了来，就是准备借人的。联大很多学生手里都有一两本扉页上写着"上官碧"的名字的书。沈先生看过的书大都做了批注。看一本陶瓷史，铺天盖地，全都批满了，又还粘了许多纸条，密密地写着字。这些批注比正文的字数还要多。很多书上，做了题记。题记有时与本书无关，或记往事，或抒感慨。有些题记有着只有本人知道的"本事"，别人不懂。比如，有一本书后写着："雨季已过，无虹可看矣。"有一本后面题着："某月日，见一大胖女人从桥上过，心中十分难过。"前一条我可以约略知道，后一条则不知所谓了。为什么这个大胖女人使沈先生心中十分难过呢？我对这些题记很感兴趣，觉得很有意思，而且自成一种文体，所以到现在还记得。他的藏书几经散失。去年我去看他，书架上的书大都是近年买的，我所熟识的，似只有一函《少室山房全集》了。

沈先生对美有一种特殊的敏感。他对美的东西有着一种炽热的、生理的、近乎是肉欲的感情。美使他惊奇，使他悲哀，使他沉醉。他搜罗过各种美术品。在北京，他好几年搜罗瓷器。待客的茶杯经常变换，也许是一套康熙青花，也许是鹧鸪斑的浅盏，也许是日本的九谷瓷。吃饭的时候，客人会放下筷子，欣赏起他的雍正粉彩大盘，把盘里的韭黄炒鸡蛋都搁凉了。在昆明，他不知怎么发现了一种竹胎的缅漆的圆盒，黑红两色的居多，间或有描金的，盒盖周围有极繁复的花纹，大概是用竹笔刮绘出来的，有云龙花草，偶尔也有画了一圈跌坐着的小人的。这东西原是食具，不知是什么年代的，带有汉代漆器的风格而又有点少数民族的色彩。他每回进城，除了置买杂物，就是到处寻找这东西（很便宜的，一只圆盒比一个粗竹篮贵不了多少）。他大概前后搜集了有几百，而且鉴赏越来越精，到后来，稍一般的，就不要了。我常常随着他满城乱跑，去衰货摊上觅宝。有一次买到一个直径一尺二的大漆盒，他爱不释手，说："这可以做一个《红黑》的封面！"有一阵又不知从哪里找到大批苗族的挑花。白色的土布，用色线（蓝线或黑线）挑出精致而天真的图案。有客人来，就摊在一张琴案上，大家围着看，一人手里捧着一杯茶，不断发出惊叹的声音。抗战后，回到北京，他又买了很多旧绣货：扇子套、眼镜套、槟榔荷包、枕头顶，乃至帐檐、飘带……（最初也很便宜，后来就十分昂贵了）后来又搞丝绸，搞服装。他搜罗工艺品，是最不功利，最不自私的。他花了大量的钱买这些东西，不是以为奇货可居，也不是为了装点风雅，他是为了使别人也能分尝到美的享受，真是"与朋友共，敝之而无憾"。他的许多藏品都不声不响地捐献给国家了。北京大学博物馆初成立的时候，玻璃柜里的不少展品就是从中老胡同沈家的架上搬去的。昆明的熟人的案上几乎都有一个两个沈从文送的缅漆圆盒，用来装芙蓉糕、萨其马或邮票、印泥之类杂物。他的那些名贵的瓷器，我近二年去看，已经所剩无几了，就像那些扉页上写着"上官碧"名字的书一样，都到了别人的手里。

沈从文欣赏的美，也可以换一个字，是"人"。他不把这些工艺品只看成是"物"，他总是把它和人联系在一起的。他总是透过"物"看到"人"。对美的惊奇，也是对人的赞叹。这是人的劳绩，人的智慧，人的无穷的想象，人的天才的、精力弥满的双手所创造出来的呀！他在称赞一个美的作品时所用的语言是充满感情的，也颇特别，比如："那样准确，准确得可怕！"他常常对着一幅织锦缎或者一个"七色晕"的绣片惊呼："真是了不得！""真不可想象！"他到了杭州，才知道故宫龙袍上的金线，是瞎子在一个极薄的金箔上凭手的感觉割出来的，"真不可想象！"有一次他和我到故宫去看瓷器，有几个莲子盅造型极美，我还在流连赏玩，他在我耳边轻轻地说："这是按照一个女人的奶子做出来的。"

沈从文从一个小说家变成一个文物专家，国内国外许多人都觉得难以置信。这在世界文学史上似乎尚无先例。对我说起来，倒并不认为不可理解。这在沈先生，与其说是改弦更张，不如说是轻车熟路。这有客观的原因，也有主观原因。但是五十岁改行，总是件冒险的事。我以为沈先生思想缺乏条理，又没有受过"科学方法"的训练，他对文物只是一个热情的欣赏者，不长于冷静的分析，现在正式"下海"，以此作为专业,究竟能搞出多大成就,最初我是持怀疑态度的。直到前二年,我听他谈了一些文物方面的问题,看到他编纂的《中国服装史资料》的极小一部分图片,我才觉得,他钻了二十年,真把中国的文物钻通了。他不但钻得很深,而且,用他自己的说法:解决了一个问题,其他问题也就"顷刻"解决了。服装史是个拓荒工作。他说现在还是试验,成不成还不知道。但是我觉得:填补了中国文化史研究的一个重要的空白,对历史、戏剧等方面将发生很大作用,一个人一辈子做出这样一件事,也值了!《服装史》终于将要出版了,这对于沈先生的熟人,都是很大的安慰。因为治服装史,他又搞了许多副产品。他搞了扇子的发展,马戏的发展(沈从文这个名字和"马戏"联在一起,真是谁也没有想到的)。他从人物服装,断定号称故宫藏画最早的一幅展子虔《游春图》不是隋代的而是晚唐的东西。他现在在手的研究专题就有四十个。其中有一些已经完成了(如陶瓷史),有一些正在做。他在去年写的一篇散文《忆翔鹤》的最后说"一息尚存,即有责任待尽",不是一句空话。沈先生是一个不知老之将至的人,另一方面又有"时不我与"之感,所以他现在工作加倍地勤奋。沈师母说他常常一坐下来就是十几个小时。沈先生是从来没有休息的。他的休息只是写写字。是一股什么力量催着一个年近八十的老人这样孜孜矻矻,不知疲倦地工作着的呢?我以为:是炽热而深沉的爱国主义。

沈从文从一个小说家变成了文物专家,对国家来说,孰得孰失,且容历史去做结论吧。许多人对他放下创作的笔感到惋惜,希望他还能继续写文学作品。我对此事已不抱希望了。人老了,驾驭文字的能力就会衰退。他自己也说他越来越"管不住手里的笔"了。但是看了《忆翔鹤》,改变了我的看法。这篇文章还是写得那样流转自如,毫不枯涩,旧日文风犹在,而且更加炉火纯青了。他的诗情没有枯竭,他对人事的感受还是那样精细锐敏,他的抒情才分因为世界观的成熟变得更明净了。那么,沈老师,在您的身体条件许可下,兴之所至,您也还是写一点吧。

朱光潜先生在一篇谈沈从文的短文中,说沈先生交游很广,但朱先生知道,他是一个寂寞的人。吴祖光有一次跟我说:"你们老师不但文章写得好,为人也是那样好。"他们的话都是对的。沈先生的客人很多,但都是君子之交,言不及利。他总是用一种含蓄的热情对人,用一种欣赏的、抒情的眼睛看一切人。对前辈、朋友、学生、家人、保姆,都是这样。他是把生活里的人都当成一个作品中的人物去看的。他津津乐道的熟人的一些细节,都是小说化了的细节。大概他的熟人也都感觉到这一点,他们在沈先生的客座(有时是一张破椅子,一个小板凳)上也就不大好意思谈出过于庸俗无聊的话,大都是上下古今,天南地北地闲谈一阵,喝一盏清茶,抽几枝烟,借几本书和他所需要的资料(沈先生对来借资料的,都是有求必应),就走了。客人一走,沈先生就坐到桌子跟前拿起笔来了。

沈先生对曾经帮助过他的前辈是念念不忘的,如林宰平先生、杨今甫(振声)先生、徐志摩。林老先生我未见过,只在沈先生处见过他所写的字。杨先生也是我的老师,这是个非常爱才的人。沈先生在几个大学教书,大概都是出于杨先生的安排。他是中篇小说《玉君》的作者。我在昆明时曾在我们的系主任罗莘田先生的案上见过他写的一篇游戏文章《释鳏》,是写联大的光棍教授的生活的。杨先生多年过着独身生活。他当过好几个大学的文学院长,衬衫都是自己洗烫,然而衣履精整,窗明几净,左图右史,自得其乐,生活得很潇洒。他对后进青年的作品是很关心的。他曾经托沈先生带话,叫我去看看他。我去了,他亲自洗壶涤器,为我煮了咖啡,让我看了沈尹默给他写的字,说:"尹默的字超过明朝人";又让我看了他的藏画,其中有一套姚茫父的册页,每一开的画芯只有一个火柴盒大,却都十分苍翠雄浑,是姚画的难得的精品。坐了一个多小时,我就告辞出来了。他让我去,似乎只是想跟我随便聊聊,看看字画。沈先生夫妇是常去看杨先生的,想来情形亦当如此。徐志摩是最初发现沈从文的才能的人。沈先生说过,如果没有徐志摩,他就不会成为作家,他也许会去当警察,或者随便在哪条街上倒下来,胡里胡涂地死掉了。沈先生曾和我说过许多这位诗人的佚事。诗人,总是有些倜傥不羁的。沈先生说他有一次上课,讲英国诗,从口袋里摸出一个大烟台苹果,一边咬着,说:"中国是有好东西的!"

沈先生常谈起的三个朋友是梁思成、林徽因、金岳霖。梁思成后来我在北京见过,林徽因一直没有见着。他们都是学建筑的。我因为沈先生的介绍,曾看过《营造法式》之类的书,知道什么叫"一斗三升",对赵州桥、定州塔发生很大的兴趣。沈先生的好多册《营造学报》一直在我手里,直到"文化大革命",才被"处理"了。从沈先生口中,我知道梁思成有一次为了从一个较远的距离观测一座古塔内部的结构,一直往后退,差一点从塔上掉了下去。林徽因对文学艺术的见解是为徐志摩、杨今甫、沈从文等一代名流所倾倒的。这是一个真正的中国的"沙龙女性",一个中国的弗吉尼亚·沃尔芙。她写的小说如《窗子以外》、《九十九度中》,别具一格,和废名的《桃园》、《竹林的故事》一样,都是现代中国文学里的不可忽视的作品。现在很多人在谈论"意识流",看看林徽因的小说,就知道不但外国有,中国也早就有了。她很会谈话,发着三十九度以上的高烧,还半躺在客厅里,和客人剧谈文学艺术问题。

金岳霖是个通人情、有学问的妙人,也是一个怪人。他是我的老师,大学一年级时,教"逻辑",这是文法学院的共同必修课。教室很大,学生很多。他的眼睛有病,有一个时期戴的眼镜一边的镜片是黑的,一边是白的。头上整年戴一顶旧呢帽。每学期上第一课都要首先声明:"对不起,我的眼睛有病,不能摘下帽子,不是对你们不礼貌。""逻辑"课有点近似数学,是有习题的。他常常当堂提问,叫学生回答。那指名的方式却颇为特别。"今天,所有穿红毛衣的女士回答。"他闭着眼睛用手一指,一个女士就站了起来。"今天,梳两条辫子的回答。"因为"逻辑"这玩意对乍从中学出来的女士和先生都很新鲜,学生也常提出问题来问他。有一个归侨学生叫林国达,最爱提问,他的问题往往很奇怪。金先生叫他问得没有办法,就反过来问他:"林国达,我问你一个问题:'林国达先生是垂直于黑板的',这是什么意思?"——林国达后来在一次游泳中淹死了。金先生教逻辑,看的小说却很多,从乔依思的《尤利西斯》到平江不肖生的《江湖奇侠传》,无所不看。沈先生有一次拉他来做了一次演讲。有一阵,沈先生曾给联大的一些写写小说、写写诗的学生组织过讲座,地点在巴金的夫人萧珊的住处,与座者只有十来个人。金先生讲的题目很吸引人,大概是沈先生出的:"小说和哲学"。他的结论却是:小说和哲学没有关系,《红楼梦》里所讲的哲学也不是哲学。那次演讲给我留下印象最深的是,讲着讲着,他忽然停了下来,说:"对不起,我身上好像有个小动物。"随即把手伸进脖领,擒住了这只小动物,并当场处死了。我们曾问过他,为什么研究哲学,——在我们看来,哲学很枯燥,尤其是符号哲学。金先生想了一想,说:"我觉得它很好玩。"他一个人生活。在昆明曾养过一只大斗鸡。这只斗鸡极其高大,经常把脖子伸到桌上来,和金先生一同吃饭。他又曾到处去买大苹果、大梨、大石榴,并鼓励别的教授的孩子也去买,拿来和他的比赛。谁的比他的大,他就照价收买,并把原来较小的一个奉送。他和沈先生的友谊是淡而持久的,直到金先生八十多岁了,还时常坐了平板三轮到沈先生的住处来谈谈。——因为毛主席告他要接触社会,他就和一个蹬平板三轮的约好,每天坐着平板车到王府井一带各处去转一圈。

和沈先生不多见面,但多年往还不绝的,还有一个张奚若先生、一个丁西林先生。张先生是个老同盟会员,曾拒绝参加蒋介石召开的参议会,人矮矮的,上唇留着短髭,风度如一个日本的大藏相,不知道为什么和沈先生很谈得来。丁西林曾说,要不是沈先生的鼓励,他这个写过《一只马蜂》的物理研究所所长,就不会再写出一个《等太太回来的时候》。

沈先生对于后进的帮助是不遗余力的。他曾自己出资给初露头角的青年诗人印过诗集。曹禺的《雷雨》发表后,是沈先生建议《大公报》给他发一笔奖金的。他的学生的作品,很多是经他的润饰后,写了热情揄扬的信,寄到他所熟识的报刊上发表的。单是他代付的邮资,就是一个不小的数目。前年他收到一封现在在解放军的知名作家的信,说起他当年丧父,无力葬埋,是沈先生为他写了好多字,开了一个书法展览,卖了钱给他,才能回乡办了丧事的。此事沈先生久已忘记,看了信想想,才记起仿佛有这样一回事。

沈先生待人,有一显著特点,是平等。这种平等,不是政治信念,也不是宗教教条,而是由于对人的尊重而产生的一种极其自然的生活的风格。他在昆明和北京都请过保姆。这两个保姆和沈家一家都相处得极好。昆明的一个,人胖胖的,沈先生常和她闲谈。沈先生曾把她的一生琐事写成了一篇亲切动人的小说。北京的一个,被称为王嫂。她离开多年,一直还和沈家来往。她去年在家和儿子怄了一点气,到沈家来住了几天,沈师母陪着她出出进进,像陪着一个老姐姐。

沈先生的家庭是我所见到的一个最和谐安静,最富于抒情气氛的家庭。这个家庭一切民主,完全没有封建意味,不存在任何家长制。沈先生、沈师母和儿子、儿媳、孙女是和睦而平等的。从他的儿子把板凳当马骑的时候,沈先生就不对他们的兴趣加以干涉,一切听便。他像欣赏一幅名画似的欣赏他的儿子、孙女,对他们的"耐烦"表示赞赏。"耐烦"是沈先生爱用的一个词藻。儿子小时候用一个小钉锤乒乒乓乓敲打一件木器,半天不歇手,沈先生就说:"要算耐烦。"孙女做功课,半天不抬脑袋,他也说:"要算耐烦。""耐烦"是在沈先生影响下形成的一种家风。他本人不论在创作或从事文物研究,就是由于"耐烦"才取得成绩的。有一阵,儿子、儿媳不在身边,孙女跟着奶奶过。这位祖母对孙女全不像是一个祖母,倒像是一个大姐姐带着最小的妹妹,对她的一切情绪都尊重。她读中学了,对政治问题有她自己的看法,祖母就提醒客人,不要在她的面前谈教她听起来不舒服的话。去年春节,孙女要搞猜谜活动,祖母就帮着选择、抄写,在屋里拉了几条线绳,把谜语一条一条粘挂在线绳上。有客人来,不论是谁,都得受孙女的约束:猜中一条,发糖一块。有一位爷爷,一条也没猜着,就只好喝清茶。沈先生对这种约法不但不呵斥,反而热情赞助,十分欣赏。他说他的孙女"最会管我,一到吃饭,就下命令:'洗手!'"这个家庭自然也会有痛苦悲哀,油盐柴米,风风雨雨,别别扭扭,然而这一切都无妨于它和谐安静抒情的气氛。

看了沈先生对周围的人的态度,你就明白为什么沈先生能写出《湘行散记》里那些栩栩如生的角色,为什么能在小说里塑造出那样多的人物,并且也就明白为什么沈先生不老,因为他的心不老。

去年沈先生编他的选集，我又一次比较集中地看了他的作品。有一个中年作家一再催促我写一点关于沈先生的小说的文章。谈作品总不可避免要谈思想，我曾去问过沈先生："你的思想到底是什么？属于什么体系？"我说："你是一个抒情的人道主义者。"

沈先生微笑着，没有否认。

一九八一年一月十四日

注　释

① 本篇原载《收获》2009 年第三期。

② 巴甫连科说作家是用手来思索的。

③ 克拉克·盖博是三十到四十年代的美国电影明星。

④ 火奴鲁鲁即檀香山。至于沈先生为什么把这样的学生叫做"火奴鲁鲁"，我到现在还不明白。

# 艺坛逸事①

## 萧　长　华

　　萧先生八十多岁时身体还很好,腿脚利落,腰板不塌。他的长寿之道有三:饮食清淡,经常步行,问心无愧。

　　萧先生从不坐车。上哪儿去,都是地下走。早年在宫里"当差",上颐和园去唱戏,也都是走着去,走着回来。从城里到颐和园,少说也有三十里。北京人说:走为百练之祖,是一点不错的。

　　萧老自奉甚薄。他到天津去演戏,自备伙食。一棵白菜,两刀切四爿,一顿吃四分之一。餐餐如此:窝头,熬白菜。他上女婿家去看女儿,问:"今儿吃什么呀?"——"芝麻酱拌面,炸点花椒油。""芝麻酱拌面,还浇花椒油呀?!"

　　萧先生偶尔吃一顿好的:包饺子。他吃饺子还不蘸醋。四十个饺子,装在一个盘子里,浇一点醋,特喽特喽,就给"开"了。

　　萧先生不是不懂得吃。有人看见,在酒席上,清汤鱼翅上来了,他照样扁着筷子挟了一大块往嘴里送。

　　懂得吃而不吃,这是真的节俭。

　　萧先生一辈子挣的钱不少,都为别人花了。他买了几处"义地",是专为死后没有葬身之所的穷苦的同行预备的。有唱戏的"苦哈哈",死了老人,办不了事,到萧先生那儿,磕一个头报丧,萧先生问,"你估摸着,大概其得多少钱,才能把事办了哇?"一面就开箱子取钱。

　　三、五反的时候,一个演员被打成了"老虎",在台上挨斗,斗到热火燎辣的时候,萧先生在台下喊:

"××,你承认得了,这钱,我给你拿!"

赞曰:窝头白菜,寡欲步行,

　　　问心无愧,人间寿星。

# 姜　妙　香

姜先生真是温柔敦厚到了家了。

他的学生上他家去,他总是站起来,双手当胸捏着扇子,微微躬着身子:"您来啦!"临走时,一定送出大门。

他从不生气。有一回陪梅兰芳唱《奇双会》,他的赵宠。穿好了靴子,总觉得不大得劲。"唔,今儿是怎样搞的,怎么总觉得一脚高一脚低的? 我的腿有毛病啦?"伸出脚来看看,两只靴子的厚底一只厚二寸,一只二寸二。他的跟包叫申四。他把申四叫过来:"老四哎,咱们今儿的靴子拿错了吧?"你猜申四说什么? ——"你凑合着穿吧!"

姜先生从不争戏。向来梅先生演《奇双会》,都是他的赵宠。偶尔俞振飞也陪梅先生唱,赵宠就是俞的。管事的说:"姜先生,您来个保童。"——"哎好好好。"有时叶盛兰也陪梅先生唱。"姜先生,您来个保童。"——"哎好好好。"

姜先生有一次遇见了劫道的。就是琉璃厂西边北柳巷那儿。那是敌伪的时候。姜先生拿了"戏份儿"回家。那会唱戏都是当天开份儿。戏打住了,管事的就把份儿分好了。姜先生这天赶了两"包",华乐和长安。冬天,他坐在洋车里,前面挂着棉车帘。"站住! 把身上的钱都拿出来!"——他也不知道里面是谁。姜先生不慌不忙地下了车,从左边口袋里掏出一沓(钞票),从右边又掏出了一沓。"这是我今儿的戏份儿。这是华乐的,这是长安的。都在这儿,一个不少。您点点。"

那位不知点了没有。想来大概是没有。

在上海也遇见过那么一回。"站住,把身浪厢值钿(钱)格物事(东西)才(都)拿出来!"此公把姜先生身上搜刮一空,扬长而去。姜先生在后面喊:

"回来,回来!我这还有一块表哪,您要不要?"

事后,熟人问姜先生:"您真是!他走都走了,您干嘛还叫他回来?他把您什么都抄走了,您还问'我这还有一块表哪,您要不要?'"

姜妙香答道:"他也不容易。"

姜先生有一次似乎是生气了。"文化大革命",红卫兵上姜先生家去抄家,抄出一双尖头皮鞋,当场把鞋尖给他剁了。姜先生把这双剁了尖、张着大嘴的鞋放在一个显眼的地方。有人来的时候,就指指,摇头。

赞曰:温柔敦厚,有何不好?

文革英雄,愧对此老。

# 贯 盛 吉

在京剧丑角里,贯盛吉的格调是比较高的。他的表演,自成一格,人称"贯派"。他的念白很特别,每一句话都是高起低收,好象一个孩子在被逼着去做他不情愿做的事情时的嘟囔。他是个"冷面小丑",北京人所谓"绷着脸逗"。他并不存心逗人乐。他的"哏"是淡淡的,不是北京人所谓"胳支人",上海人所谓"硬滑稽"。他的笑料,在使人哄然一笑之后,还能想想,还能回味。有人问他:"你怎么这么逗呀?"他说:"我没有逗呀,我说的都是实话。""说实话"是丑角艺术的不二法门。说实话而使人笑,才是一个真正的丑角。喜剧的灵魂,是生活,是真实。

不但在台上,在生活里,贯盛吉也是那么逗。临死了,还逗。

他死的时候,才四十岁,太可惜了。

他死于心脏病,病了很长时间。

家里人知道他的病不治了,已经为他准备了后事,买了"装裹"——即寿衣。他有一天叫家里人给他穿戴起来。都穿齐全了,说:"给我拿个镜子来。"

他照照镜子:"唔,就这德行呀!"

有一天,他让家里给他请一台和尚,在他的面前给他放一台焰口。

他跟朋友说:"活着,听焰口,有谁这么干过没有?——没有。"

有一天,他很不好了,家里忙着,怕他今天过不去。他嗡声嗡气地说:"你们别忙。今儿我不走。今儿外面下雨,我没有伞。"

一个人能够病危的时候还能保持生气盎然的幽默感,能够拿死来"开逗",真是不容易。这是一个真正的丑角,一生一世都是丑角。

赞曰:拿死开逗,滑稽之雄。

虽东方朔,无此优容。

# 郝 寿 臣

郝老受聘为北京市戏校校长。就职的那天,对学生讲话。他拿着秘书替他写好的稿子,讲了一气。讲到要知道旧社会的苦,才知道新社会的甜。旧社会的梨园行,不养小,不养老。多少艺人,唱了一辈子戏,临了是倒卧街头,冻饿而死。说到这里,郝校长非常激动,一手高举讲稿,一手指着讲稿,说:

"同学们!他说得真对呀!"

这件事,大家都当笑话传。细想一下,这有什么可笑呢?本来嘛,讲稿是秘书捉刀,这是明摆着的事。自己戳穿,有什么丢人?倒是"他说得真对呀",才真是本人说出的一句实话。这没有什么可笑。这正是前辈的不可及处:老老实实,不装门面。

许多大干部作大报告,在台上手舞足蹈,口若悬河,其实都应该学学郝老,在适当的时候,用手指指秘书所拟讲稿,说:

"同志们!他说得真对呀!"

赞曰:人为立言,己不居功。

老老实实,古道可风。

注 释

① 本篇原载《文汇月刊》1981 年第二期。

# 关 于 葡 萄[①]

## 葡萄和爬山虎

一个学农业的同志告诉我:谷子是从狗尾巴草变来的,葡萄是从爬山虎变来的。我听了,觉得很有意思。谷子和狗尾巴草,葡萄和爬山虎,长得是很像。

另一个学农业的同志说:这没有科学根据,这是想象。

就算是想象吧,我还是觉得这想象得很有意思。我觉得不是没有这种可能。世界上的东西,总是由别的什么东西变来的。我们现在有了这么多品种的葡萄,有玫瑰香、马奶、金铃、秋紫、黑罕、白拿破仑、巴勒斯坦、虎眼、牛心、大粒白、柔丁香、白香蕉……颜色、形状、果粒大小、酸甜、香味,各不相同。它们是从来就有的么? 不会的。最初一定只有一种果粒只有胡椒那样大,颜色半青半紫,味道酸涩的那么一种东西。是什么东西呢? 大概就是爬山虎。

从狗尾巴草到谷子,从爬山虎到葡萄,是一个很漫长的过程。这种变化,是在人的参与之下完成的。人说:要大穗,要香甜多汁,于是谷子和葡萄就成了现在这样。

葡萄是人创造出来的。

## 葡萄的来历

至少玫瑰香不是张骞从西域带回来的。玫瑰香的家谱是可以查考的。它的故乡,是英国。

中国的葡萄是什么时候有的，从哪里来的，自来有不同的说法。

最流行的说法是：张骞从西域带回来的，在汉武帝的时候，即公元前130年左右。《图经》："张骞使西域，得其种而还，种之，中国始有。"《齐民要术》："汉武帝使张骞至大宛，取葡萄实，于离宫别馆旁尽种之。"人们很愿意相信这种说法，因为可以发思古之幽情。"空见葡萄入汉家"，让人感到历史的寥廓。说张骞带回葡萄，是有根据的。现在还大量存在的夸耀汉朝的国力和武功的"葡萄海马镜"，可以证明。新疆不是现在还出很好的葡萄么？

但是是不是张骞之前，中国就没有葡萄？有人是怀疑过的。魏文帝曹丕《与吴监书》，是专谈葡萄的，他只说："中国珍果甚多，且复为说葡萄"。安邑是个出葡萄的地方。《安邑县志》载："《蒙泉杂言》、《酉阳杂俎》与《六帖》皆载：葡萄由张骞自大宛移植汉宫。按《本草》已具神农九种，当涂熄火，去骞未远；而魏文之诏，实称中国名果，不言西来。是唐以前无此论。"（《植物名实图考长编》引）《县志》的作者以为中国本来就有。他还以为中国本土的葡萄和张骞带回来的葡萄"别是一种"。

魏晋时葡萄还不多见，所以曹丕才专门写了一篇文章；庾信和尉瑾才对它"体"了半天"物"，一个说"有类软枣"，一个说"似生荔枝"。唐宋以后，就比较普遍，不是那样珍贵难得了。宋朝有一个和尚画家温日观就专门画葡萄。

张骞带回的葡萄是什么品种的呢？从"葡萄海马镜"上看不出。从拓片上看，只是黑的一串，果粒是圆的。

魏文帝吃的是什么葡萄？不知道。他只说是这种葡萄很好吃："当其夏末涉秋，尚有余暑、醉酒宿醒，掩露而食，甘而不饴，脆而不酸，冷而不寒，味长汁多，除烦解倦"，没有说是什么颜色，什么形状，——他吃的葡萄是"脆"的，这是什么葡萄？……

温日观所画的葡萄，我所见到的都是淡墨的，没有著色。从墨色看，是深紫的。果粒都作正圆，有点像是秋紫或是金铃。

反正，张骞带回来的，曹丕吃的，温日观画的，都不是玫瑰香。

中国现在的葡萄以玫瑰香为大宗。以玫瑰香为其大宗的现在的中国葡萄是从山东传开来的。其时最早不超过明代。

山东的葡萄是外国的传教士带进来的。

他们最先带来的是葡萄酒。——这种葡萄酒是洋酒,和"葡萄美酒夜光杯"的葡萄酒是两码事。这是传教必不可少的东西。在做礼拜领圣餐的时候,都要让信徒们喝一口葡萄酒,这是耶稣的血。传教士们漂洋过海地到中国来,船上总要带着一桶一桶的葡萄酒。

从本国带酒来很不方便,于是有的教士就想起带了葡萄苗来,到中国来种。收了葡萄,就地酿酒。

他们把葡萄种在教堂墙内的花园里。

中国的农民留神看他们种葡萄。哦,是这样的! 这个农民撅了几根葡萄藤,插在土里。葡萄出芽了,长大了,结了很多葡萄。

这就传开了。

现在,中国到处都是玫瑰香。

这故事是一个种葡萄的果农告诉我的。他说:中国的农民是很能干的。什么事都瞒不过中国人。中国人一看就会。

# 葡 萄 月 令

一月,下大雪。

雪静静地下着。果园一片白。听不到一点声音。

葡萄睡在铺着白雪的窖里。


二月里刮春风。

立春后,要刮四十八天"摆条风"。风摆动树的枝条,树醒了,忙忙地把汁液送到全身。树枝软了。树绿了。

雪化了,土地是黑的。

黑色的土地里,长出了茵陈蒿。碧绿。

葡萄出窖。

把葡萄窖一锹一锹挖开。挖下的土,堆在四面。葡萄藤露出来了,乌黑的。有的梢头已经绽开了芽苞,吐出指甲大的苍白的小叶。它已经等不及了。

把葡萄藤拉出来,放在松松的湿土上。

不大一会,小叶就变了颜色,叶边发红;——又不大一会,绿了。


三月,葡萄上架。

先得备料。把立柱、横梁、小棍,槐木的、柳木的、杨木的、桦木的,按照树棵大小,分别堆放在旁边。立柱有汤碗口粗的、饭碗口粗的、茶杯口粗的。一棵大葡萄得用八根,十根,乃至十二根立柱。中等的,六根、四根。

先刨坑,竖柱。然后搭横梁,用粗铁丝摽紧。然后搭小棍,用细铁丝缚住。

然后,请葡萄上架。把在土里趴了一冬的老藤扛起来,得费一点劲。大的,得四五个人一起来。"起!——起!"哎,它起来了。把它放在葡萄架上,把枝条向三面伸开,像五个指头一样的伸开,扇面似的伸开。然后,用麻筋在小棍上固定住。葡萄藤舒舒展展,凉凉快快地在上面呆着。

上了架,就施肥。在葡萄根的后面,距主干一尺,挖一道半月形的沟,把大粪倒在里面。葡萄上大粪,不用稀释,就这样把原汁大粪倒下去。大棵的,得三四桶。小葡萄,一桶也就够了。


四月,浇水。

挖窖挖出的土,堆在四面,筑成垄,就成一个池子。池里放满了水。葡萄园里水气泱泱,沁人心肺。

葡萄喝起水来是惊人的。它真是在喝哎!葡萄藤的组织跟别的果树不一样,它里面是一根一根细小的导管。这一点,中国的古人早就发现了。《图经》云:"根苗中空相通。圃人将货之,欲得厚利,暮溉其根,而晨朝水浸子中矣,故俗呼其苗为木通。""暮溉其根,而晨朝水浸子中矣"，是不对的。葡萄成熟了，就不能再浇水了。再浇，果粒就会涨破。"中空相通"却是很准确的。浇了水，不大一会，它就从根直吸到梢，简直是小孩嘬奶似的拼命往上嘬。浇过了水，你再回来看看吧：梢头切断过的破口，就嗒嗒地往下滴水了。

是一种什么力量使葡萄拼命地往上吸水呢？

施了肥，浇了水，葡萄就使劲抽条、长叶子。真快！原来是几根根枯藤，几天功夫，就变成青枝绿叶的一大片。

五月，浇水，喷药，打梢，掐须。

葡萄一年不知道要喝多少水，别的果树都不这样。别的果树都是刨一个"树碗"，往里浇几担水就得了，没有像它这样的："漫灌"，整池子的喝。

喷波尔多液。从抽条长叶，一直到坐果成熟，不知道要喷多少次。喷了波尔多液，太阳一晒，葡萄叶子就都变成蓝的了。

葡萄抽条，丝毫不知节制，它简直是瞎长！几天功夫，就抽出好长的一节的新条。这样长法还行呀，还结不结果呀？因此，过几天就得给它打一次条。葡萄打条，也用不着什么技巧，是个人就能干，拿起树剪，劈劈啪啪，把新抽出来的一截都给它铰了就得了。一铰，一地的长着新叶的条。

葡萄的卷须，在它还是野生的时候是有用的，好攀附在别的什么树木上。现在，已经有人给它好好地固定在架上了，就一点用也没有了。卷须这东西最耗养分，——凡是作物，都是优先把养分输送到顶端，因此，长出来就给它掐了，长出来就给它掐了。

葡萄的卷须有一点淡淡的甜味。这东西如果腌成咸菜，大概不难吃。

五月中下旬，果树开花了。果园，美极了。梨树开花了，苹果树开花了，葡萄也开花了。

都说梨花像雪，其实苹果花才像雪。雪是厚重的，不是透明的。梨花像什么呢？——梨花的瓣子是月亮做的。

有人说葡萄不开花,哪能呢？只是葡萄花很小,颜色淡黄微绿,不钻进葡萄架是看不出的。而且它开花期很短。很快,就结出了绿豆大的葡萄粒。

六月,浇水、喷药、打条、掐须。

葡萄粒长了一点了,一颗一颗,像绿玻璃料做的纽子。硬的。

葡萄不招虫。葡萄会生病,所以要经常喷波尔多液。但是它不像桃,桃有桃食心虫;梨,梨有梨食心虫。葡萄不用疏虫果。——果园每年疏虫果是要费很多工的。虫果没有用,黑黑的一个半干的球,可是它耗养分呀！所以,要把它"疏"掉。

七月,葡萄"膨大"了。

掐须、打条、喷药,大大地浇一水。

追一次肥。追硫铵。在原来施粪肥的沟里撒上硫铵。然后,就把沟填平了,把硫铵封在里面。

汉朝是不会追这次肥的。汉朝没有硫铵。

八月,葡萄"著色"。

你别以为我这里是把画家的术语借用来了。不是的。这是果农的语言,他们就叫"著色"。

下过大雨,你来看看葡萄园吧,那叫好看！白的像白玛瑙,红的像红宝石,紫的像紫水晶,黑的像黑玉。一串一串,饱满、磁棒、挺括,璀璨琳琅。你就把《说文解字》里的玉字偏旁的字都搬了来吧,那也不够用呀！

可是你得快来！明天,对不起,你全看不到了。我们要喷波尔多液了。一喷波尔多液,它们的晶莹鲜艳全都没有了,它们蒙上一层蓝兮兮、白糊糊的东西,成了磨砂玻璃。我们不得不这样干。葡萄是吃的,不是看的。我们得保护它。

过不两天,就下葡萄了。

一串一串剪下来，把病果、瘪果去掉，妥妥地放在果筐里。果筐满了，盖上盖，要一个棒小伙子跳上去蹦两下、用麻筋缝的筐盖。——新下的果子，不怕压，它很结实，压不坏。倒怕是装不紧，逛里逛当的。那，来回一晃悠，全得烂！

葡萄装上车，走了。

去吧，葡萄，让人们吃去吧！

九月的果园像一个生过孩子的少妇，宁静、幸福，而慵懒。

我们还给葡萄喷一次波尔多液。哦，下了果子，就不管了？人，总不能这样无情无义吧。

十月，我们有别的农活。我们要去割稻子。葡萄，你愿意怎么长，就怎么长着吧。

十一月，葡萄下架。

把葡萄架拆下来。检查一下，还能再用的，搁在一边。糟朽了的，只好烧火。立柱、横梁、小棍，分别堆垛起来。

剪葡萄条。干脆得很，除了老条，一概剪光。葡萄又成了一个大秃子。

剪下的葡萄条，挑有三个芽眼的，剪成二尺多长的一截，捆起来，放在屋里，准备明春插条。

其余的，连枝带叶，都用竹箒帚扫成一堆，装走了。

葡萄园光秃秃。

十一月下旬，十二月上旬，葡萄入窖。

这是个重活。把老本放倒，挖土把它埋起来。要埋得很厚实。外面要用铁锹拍平。这个活不能马虎。都要经过验收，才给记工。

葡萄窖，一个一个长方形的土墩墩。一行一行，整整齐齐的排列着。风一吹，土色发了白。

这真是一年的冬景了。热热闹闹的果园，现在什么颜色都没有了。眼界空阔，一览无余，只剩下发白的黄土。

下雪了。我们踏着碎玻璃碴似的雪，检查葡萄窖，扛着铁锹。

一冬天，要检查几次。不是怕别的。怕老鼠打了洞。葡萄窖里很暖和，老鼠爱往这里面钻。它倒是暖和了，咱们的葡萄可就受了冷啦！

**注　释**

① 本篇原载《安徽文学》1981 年第十二期；初收《汪曾祺自选集》，题为"葡萄月令"，漓江出版社，1987 年 10 月。

# 名 优 之 死①

## ——纪念裘盛戎

裘盛戎真是京剧界的一代才人!

再有些天就是盛戎的十周年忌辰了。他要是活着,今年也才六十六岁。

我是很少去看演员的病的。盛戎病笃的时候,我和唐在炘、熊承旭到肿瘤医院去看他。他的学生方荣翔引我们到他的床前。盛戎因为烤电,一边的脸已经焦糊了,正在昏睡。荣翔轻轻地叫醒了他,他睁开了眼。荣翔指指我,问他"您还认识吗?"盛戎在枕上微点了点头,说了一个字:"汪。"随即从眼角流出了一大滴眼泪。

盛戎的病原来以为是肺气肿,后来诊断为肺癌,最后转到了脑子里,终于不治了。当中一度好转,曾经出院回家,且能走动。他的病他是有些知道的,但不相信就治不好,曾对我说:"有病咱们治病,甭管它是什么!"他是很乐观的。他还想演戏,想重排《杜鹃山》,曾为此请和他合作的在炘、承旭和我到他家吃了一次饭。那天他精神还好,也有说话的兴致,只是看起来很疲倦。他是能喝一点酒的,那天倒了半杯啤酒,喝了两口就放下了。菜也吃得很少,只挑了几根掐菜,放在嘴里慢慢地咀嚼。

然而他念念不忘《杜鹃山》。请我们吃饭的前一阵,他搬到东屋一个人住,床头随时放着一个《杜鹃山》剧本。

这次一见到我们,他想到和我们合作的计划实现不了了。那一大滴眼泪里有着多大的悲痛啊!

盛戎的身体一直不大好。他是喜欢体育运动的,年轻时也唱过武戏。他有时不免技痒,跃跃欲试。年轻的演员练功,他也随着翻了两个

"虎跳"。到他们练"甯扑虎"时，他也走了一个"趋步"，但是最后只走了一个"空范儿"，自己摇摇头，笑了。我跟他说："你的身体还不错"，他说："外表还好，这里面——都娄了！"然而他到了台上，还是生龙活虎。我和他曾合作搞过一个小戏《雪花飘》（据浩然同志小说改编），他还是兴致勃勃地和我们一同去挤公共汽车，去走路，去电话局搞调查，去访问了一个七十岁的送公用电话的老人。他年纪不大，正是"好岁数"，他没有想到过什么时候会死。然而，这回他知道没有希望了。

听盛戎的亲属说，盛戎在有一点精力时，不停地捉摸《杜鹃山》，看剧本，有时看到深夜。他的床头灯的灯罩曾经烤着过两次。他病得已经昏迷了，还用手在枕边乱摸。他的夫人知道他在找剧本，剧本一时不在手边，就只好用报纸卷了一个筒子放在他手里。他攥着这一筒报纸，以为是剧本，脸上平静下来了。他一直惦着《杜鹃山》的第三场。能说话的时候，剧团有人去看他，他总是问第三场改得怎么样了。后来不能说话了，见人伸出三个指头，还是问第三场。直到最后，他还是伸着三个指头死的。

盛戎死于癌症，但致癌的原因是因为心情不舒畅，因为不让他演戏。他自己说："我是憋死的"。这个人，有戏演的时候，能捉摸戏里的事，表演，唱腔……就高高兴兴；没戏演的时候，就整天一句话不说，老是一个人闷着。一个艺术家离开了艺术，是会死的。十年动乱，折损了多少人才！ 有的是身体上受了摧残，更多的是死于精神上的压抑。

《裘盛戎》剧本的最后有一场《告别》。盛戎自己病将不起，录了一段音，向观众告别。他唱道：

> 唱戏四十年，
>
> 知音满天下。
>
> 梦里高歌气犹酣，
>
> 醒来僵卧在床榻。
>
> 树已老，春又寒，
>
> 枯枝难再发。
>
> 不恨树老难再发，

但愿新树长新芽。

挥手告别情何限，

漫山开遍杜鹃花。

但愿盛戎的艺术和他的对于艺术的忠贞、执着和挚爱能够传下去。

（一九八一年）

## 注 释

① 本篇原载《汪曾祺全集》第三卷，北京师范大学出版社，1998 年 8 月。

# 1982 年

## 听遛鸟人谈戏①

近来我每天早晨绕着玉渊潭遛一圈。遛完了,常找一个地方坐下听人聊天。这可以增长知识,了解生活。还有些人不聊天。钓鱼的、练气功的,都不说话。游泳的闹闹嚷嚷,听不见他们嚷什么。读外语的学生,读日语的、英语的、俄语的,都不说话,专心致意把莎士比亚和屠格涅夫印进他们的大脑皮层里去。

比较爱聊天的是那些遛鸟的。他们聊的多是关于鸟的事,但常常联系到戏。遛鸟与听戏,性质上本相接近。他们之中不少是既爱养鸟,也爱听戏,或曾经也爱听戏的。遛鸟的起得早,遛鸟的地方常常也是演员喊嗓子的地方,故他们往往有当演员的朋友,知道不少梨园掌故。有的自己就能唱两口。有一个遛鸟的,大家都叫他"老包",他其实不姓包,因为他把鸟笼一挂,自己就唱开了:"包龙图打坐在开封府⋯⋯"就这一句。唱完了,自己听着不好,摇摇头,接着再唱:"包龙图打坐⋯⋯"

因为常听他们聊,我多少知道一点关于鸟的常识。知道画眉的眉子齐不齐,身材胖瘦,头大头小,是不是"原毛",有"口"没有,能叫什么玩意儿:伏天、喜鹊——大喜鹊、山喜鹊、苇咋子、猫、家雀打架、鸡下蛋⋯⋯知道画眉的行市,哪只鸟值多少"张"。——一"张",是一张拾圆的钞票。他们的行话不说几十块钱,而说多少张。有一个七十八岁的老头,原先本是勤行,他的一只画眉,人称鸟王。有人问他出不出手,要多少钱,他说:"二百"。遛鸟的都说:"值!"

我有些奇怪了,忍不住问:

"一只鸟值多少钱,是不是公认的? 你们都瞧得出来?"

几个人同时叫起来:"那是! 老头的值二百,那只生鸟值七块。梅兰芳唱戏卖两块四,戏校的学生现在卖三毛。老包,倒找我两块钱! 那能错了?"

"全北京一共有多少画眉? 能统计出来么?"

"亨是不少!"

"'文化大革命'那阵没有了吧?"

"那会儿谁还养鸟哇! 不过,这玩意禁不了。就跟那京剧里的老戏似的'四人帮'压着不让唱,压得住吗? 一开了禁,您瞧,呼啦——全出来了。不管是谁,禁不了老戏,也就禁不了养鸟。我把话说在这儿:多会有画眉,多会他就得唱老戏! 报上说京剧有什么危机,瞎掰的事!"

这位对画眉和京剧的前途都非常乐观。

一个六十多岁的退休银行职员说:"养画眉的历史大概和京剧的历史差不多长,有四大徽班那会就有画眉。"

他这个考证可不大对。画眉的历史可要比京剧长得多,宋徽宗就画过画眉。

"养鸟有什么好处呢?"我问。

"嗐,遛人!"七十八岁的老厨师说:"没有个鸟,有时早上一醒,觉着还困,就懒得起了;有个鸟,多困也得起!"

"这是个乐儿!"一个还不到五十岁的扁平脸、双眼皮很深、络腮胡子的工人——他穿着厂里的工作服,说。

"是个乐儿! 钓鱼的、游泳的,都是个乐儿!"说话的是退休银行职员。

"一个画眉,不就是叫么? 怎么会有那么大的差别?"

一个戴白边眼镜的穿着没有领子的酱色衬衫的中等老头儿,他老给他的四只画眉洗澡——把鸟笼放在浅水里让画眉抖擞毛羽,说:

"叫跟叫不一样! 跟唱戏一样,有的嗓子宽,有的窄,有的有膛音,有的干冲! 不但要声音,还得要'样',得有'做派',有神气。您瞧我这只画眉,叫得多好! 像谁?"

像谁?

"像马连良!"

像马连良?!

我细瞧一下,还真有点像! 它周身干净利索,挺拔精神,叫的时候略偏一点身子,还微微摇动脑袋。

"潇洒!"

我只得承认:潇洒!

不过我立刻不免替京剧演员感到一点悲哀,原来在这些人的心目中,对一个演员的品鉴,就跟对一只画眉一样。

"一只画眉,能叫多少年?"

勤行老师傅说:"十来年没问题!"

老包说:"也就是七八年。就跟唱京剧一样:李万春现在也只能看一招一势;高盛麟也不似当年了。"

他说起有一年听《四郎探母》,甭说四郎、公主,佘太君是李多奎,那嗓子,冲! 他慨叹说:

"那样的好角儿,现在没有了! 现在的京剧没有人看,——看的人少,那是啊,没有那么多好角儿了嘛! 你再有杨小楼,再有梅兰芳,再有金少山,试试! 照样满! 两块四? 四块八也有人看! ——我就看! 卖了画眉也看!"

他说出了京剧不景气的原因:老成凋谢,后继无人。这与一部分戏曲理论家的意见不谋而合。

戴白边眼镜的中等老头儿不以为然:

"不行! 王师傅的鸟值二百(哦,原来老人姓王),可是你叫个外行来听听:听不出好来! 就是梅兰芳、杨小楼再活回来,你叫那边那几个念洋话的学生来听听,他也听不出好来。不懂! 现而今这年轻人不懂的事太多。他们不懂京剧,那戏园子的座儿就能好了哇?"

好几个人附和:"那是! 那是!"

他们以为京剧的危机是不懂京剧的学生造成的。如果现在的学生都像老舍所写的赵子曰,或者都像老包,像这些懂京剧的遛鸟的人,京剧就得救了。这跟一些戏剧理论家的意见也很相似。

然而京剧的老观众,比如这些遛鸟的人,都已经老了,他们大部分已经退休。他们跟我闲聊中最常问的一句话是:"退了没有?"那么,京剧的新观众在哪里呢?

哦,在那里:就是那些念屠格涅夫、念莎士比亚的学生。

也没准儿将来改造京剧的也是他们。

谁知道呢!

注　释

① 本篇原载《北京艺术》1982 年第二期;初收《晚翠文谈》,浙江文艺出版社,1988 年 3 月。

# 看《小翠》,忆老薛①

薛恩厚同志年轻时就和《聊斋》有不解缘。他的街坊有一个说评书的,说《聊斋》。此人并无师授,只是在家里看一篇,第二天就去说。老薛常听他说书,也看过他的《聊斋》原本。老薛参军后,曾得几本残缺的石印本《聊斋》,打在背包里,行军休息时便拿出来看。从事戏曲工作后,早有改写《聊斋》故事为戏的想法。他选中的题材,第一个便是《小翠》,第二个是《婴宁》。

老薛想写《小翠》并不只是为了使戏曲舞台上增添一个戏,他是想恢复、尝试、提倡一种戏曲的"样式"——玩笑戏。玩笑戏本是戏曲一枝花,但解放后很少演,新写的玩笑戏更是几乎没有。在满台都是正剧的时刻,老薛有此想法,更愿身体力行,这是需要一点勇气的。

这个戏的许多设想都是老薛提出来的,比如让小翠扮演淮南王,皇帝用丑扮,最后结束在辨诬闹朝,小翠成人之美以后,飘然而去(删去原著中小翠因打坏花瓶受责,愤然出走等情节)。这些设想决定了这个戏现在的面目。

和老薛合作是非常愉快的。老薛的谦虚是真正的谦虚。我和老薛合作过几个戏。他是领导,但在写戏时他就是一个普通的创作人员。往往是他写初稿,用他的说法是"糨头遍"。别人修改时,容许人家放笔直干,任意驰骋。他在复看改稿时,有些地方要坚持,但态度却是心平气和,一同商量;并不居高临下,以势压人。这种平等待人的作风使人难忘。这说明他在艺术上的私有观念很淡薄。

《小翠》上演了,薛恩厚同志已经离开了我们,人琴之感,岂能或免。但是戏曲舞台上终于试演了一出新的玩笑戏,也许这可以告慰老薛的在天之灵罢。

**注　释**

①　本篇原载 1982 年 4 月 4 日《戏剧电影报》。

# 旅　途　杂　记[①]

## 半坡人的骨针

我这是第二次参观半坡，不像二十年前第一次参观时那样激动了。但我还是相当细致地看了一遍。房屋的遗址、防御野兽的深沟、烧制陶器的残窑、埋葬儿童的瓮棺……我在心里重复了二十年前的感慨——平平常常的、陈旧的感慨：我们的祖先就是这样生活下来的，他们生活得很艰难——也许他们也有快乐。人就是这样生活过来的。生活是悲壮的。

在文物陈列室里我看到石锛。我们的祖先就是用这种完全没有锋刃，几乎是浑圆的石锛劈开了大树。

我看到两根骨针。长短如现在常用的牙签，微扁，而极光滑。这两根针大概用过不少次，缝制过不少件衣裳——那种仅能蔽体的、粗劣的短褐。磨制这种骨针一定是很不容易的。针都有鼻。一根的针鼻是圆的；一根的略长，和现在用的针很相似。大概略长的针鼻更好使些。

针是怎样发明的呢？谁想出在针上刻出个针鼻来的呢？这个人真是一个大发明家，一个了不起的聪明人。

在招待所听几个青年谈论生活有没有意义，我想，半坡人是不会谈论这种问题的。

生活的意义在哪里？就在于磨制一根骨针，想出在骨针上刻个针鼻。

# 兵马俑的个性

头一个搞兵马俑的并不是秦始皇。在他以前,就有别的王者,制造过铜的或是瓦的一群武士,用来保卫自己的陵墓。不过规模都没有这样大。搞了整整一师人,都与真人等大,密匝匝地排成四个方阵,这样的事,只有完成了"六王毕,四海一"的大业的始皇帝才干得出来。兵马俑确实很壮观。

面对着这样一个瓦俑的大军,我简直不知道对秦始皇应该抱什么感情。是惊叹于他的气魄之大?还是对他的愚蠢的壮举加以嘲笑?

俑之上,原来据说是有建筑的,被项羽的兵烧掉了。很自然的,人们会慨叹:"楚人一炬,可怜焦土"。

有人说始皇陵兵马俑是世界第八奇迹。

单个地看,兵马俑的艺术价值并不是很高。它的历史价值、文物价值,要比艺术价值高得多。当初造俑的人,原来就没有把它当作艺术作品,目的不在使人感动。造出后,就埋起来了,当时看到这些俑的人也不会多。最初的印象,这些俑,大都只有共性,即使是一个兵,没有很鲜明的个性。其实就是对于活着的士卒,从秦始皇到下面的百夫长,也不要求他们有什么个性,有他们的个人的思想、情绪。不但不要求,甚至是不允许的。他们只是兵,或者可供驱使来厮杀,或者被"坑"掉。另外,造一个师的俑,要来逐一地刻划其性格,使之互相区别,也很难。即或是把米盖朗琪罗请来,恐怕也难于措手。

我很怀疑这些俑的身体是用若干套模子扣出来的。他们几乎都是一般高矮。穿的服装虽有区别(大概是标明等级的),但多大同小异。大部分是短褐,披甲,著裤,下面是一色的方履。除了屈一膝跪着的射手外,全都直立着,两脚微微分开,和后来的"立正"不同。大概那时还没有发明立正。如果这些俑都是绷直地维持立正的姿势,他们会累得多。

但是他们的头部好像不是用模子扣出来的。这些脑袋是"活"的,是烧出来后安上去的。当初发掘时,很多俑已经身首异处;现在仍然可以很方便地从颈腔里取下头来。乍一看,这些脑袋都大体相似,脸以长圆形的居多,都梳着偏髻,年龄率为二十多岁,两眼平视,并不木然,但也完全说不上是英武,大都是平静的,甚至是平淡的,看不出有什么痛苦或哀愁——自然也说不上高兴。总而言之,除了服装,这些人的脸上寻不出兵的特征,像一些普通老百姓,"黔首",农民。

但是细看一下,就可以发现他们并不完全一样。

有一个长了络腮胡子的,方方的下颏,阔阔的嘴微闭着,双目沉静而仁慈,看来是个老于行伍的下级军官。他大概很会带兵,而且善于驭下,宽严得中。

有一个胖子,他的脑袋和身体都是圆滚滚的(他的身体也许是特制的,不是用模子扣出来的),脸上浮着憨厚而有点狡猾的微笑。他的胃口和脾气一定都很好,而且随时会说出一些稍带粗野的笑话。

有一个的双颊很瘦削,是一个尖脸,有一撮山羊胡子。据说这样的脸在现在关中一带的农民中还很容易发现。他也微微笑着,但从眼神里看他在深思着一件什么事情。

有人说,兵马俑的形象就是造俑者的形象,他们或是把自己,或是把同伴的模样塑成俑了。这当然是推测。但这种推测很合理。

听说太原晋祠宋塑宫女的形象即晋祠附近少女的形象,现在晋祠附近还能看到和宋塑形态仿佛的女孩子。

我于是生出两种感想。

塑像总是要有个性的。即便是塑造兵马俑,不需要,不要求有个性,但是造俑者还是自觉、不自觉地,多多少少地赋予了他们一些个性。因为他塑造的是人,人总有个性。

塑像总是有模特儿的。他塑造的只能是他见过的人,或是熟人,或是他自己。凭空设想,是不可能的。

任何艺术,想要完全摆脱现实主义,是几乎不可能的事。

# 三　苏　祠

三次游杜甫草堂,都没有留下多少印象。

这是一个公园,不是一个祠堂。

杜甫的遗迹,一样也没有。

有很多竹木盆景,很多建筑。到处是对联、题咏,时贤的字画。字多很奔放;画多大写意,著色很浓重。

好像有很多人一齐大声地谈论着杜甫,但是看不到杜甫本人,感觉不到他的行动气息、声音笑貌。

眉山的三苏祠要好一些。

三苏祠以宅为祠。苏东坡文云:"家有五亩之园",今略广,占地约八亩。房屋当然是后来重盖了的,但是当日的布局,依稀可见。有一口井,据说还是苏氏的旧物。井栏是这一带常见的红砂石的。井里现在还能打上水来。一侧有一棵荔枝树。传说苏东坡离家的时候,乡人种了一棵荔枝,约好等东坡回来时一同摘食。东坡远谪,一直没有吃上家乡的荔枝。当年的那棵荔枝早已死了,现存的据说是明朝人补栽的,也已经枯萎了,正在抢救。这些都是有纪念意义的。

东边有一个版本陈列室,搜罗了自元版至现在的铅字排印的东坡集的各种版本,虽然并不齐全,但是这种陈列思想,有足取者。

由眉山往乐山的汽车中,"想"了一首旧体诗:

> 当日家园有五亩,
> 至今文字重三苏。
> 红栏旧井犹堪汲,
> 丹荔重栽第几株?

## 伏小六、伏小八

大足的唐宋摩崖石刻是惊人的。

十二圆觉,刻得极细致。袈裟衣带静静地垂着,但是你感觉得到其间有一丝微风在轻轻地流动。不像一般的群像(比如罗汉)强调其间的异,这十二尊像强调的是同。他们的年貌、衣着、坐态都差不多。他们都在沉思默念。但是从其眼梢嘴角,看得出其会心处不尽相同。不怕其相同,能于同中见异,十二尊像造成一个既生动又和谐的整体,自是大手笔。

我看过很多千手观音。除了承德的木雕大佛,总觉得不大自然。那么多的细长的手臂长在一个"人"的肩背上,违反常理,使人很不舒服。大足的千手观音另辟蹊径。他的背上也伸出好几只手,但是看来是负担得起的。这几只手之外,又伸出好多只手。据说某年装金时曾一只一只的编过号,一共有一千零七只(不知道为什么是一个单数)。手具各种姿态,或正、或侧、或反,或似召唤,或似慰抚,都很像人的手,很自然,很好看。一千零七只手,造成一个很大的手的佛光。这些手是怎样伸出来的,全不交待。但是你又觉得这都是观音的手,是和观音都有联系的,其联系处不在形,而在意。构思非常巧妙。

释迦涅槃像,即通常所说的卧佛。释迦面部极为平静,目微睁,显出无爱无欲,无生亦无死。像长三十余米,但只刻了释迦的头和胸。肩手无交待。下肢伸入岩石,不知所终。释迦前,刻了佛弟子,有的冠服似中土产,有一个科头鬈发似西方人。他们都在合十赞诵,眉尖微蹙,稍露愁容。这些子弟并不是整齐地排成一列,而是有正面的,有反面的,有朝左的,有朝右的,距离也不相等。他们也只露出半身,腹部以下,在石头里,也不知所终。于有限的空间造无限的境界,形有尽,意无穷,雕刻这一组佛像的是一个气魄雄伟的匠师!他想必在这一壁岩石之前徘徊坐卧了好多个日夜!普贤像被人称为东方的维纳斯。

数珠手观音被称为媚态观音,全身的线条都非常柔软。

佛教的像原来也是取形于人的,但是后来高度升华起来了。仅修得阿罗汉果的自了汉还一个一个都有人的性格,菩萨以上,就不复再是"人"了。他们不但抛弃了人的性格,连性别也分不清了。菩萨和佛,都有点女性的美。

大足石刻是了不起的艺术。

中国的造像人大都无姓名可查。值得庆幸的是大足石刻有一些石壁上刻下了造像的匠师的姓名。他们大都姓伏。他们的名字是卑微的:伏小六、伏小八……他们的事迹都无可考了,然而中国美术史上无疑地将会写出这样一篇,题目是:《伏小六、伏小八》。

看了大足石刻,我想起一路上看到一些纪念性的现代塑像李冰父子、屈原、杜甫、苏东坡、杨升庵……好像都差不多。这些塑像塑的都不太像古人。为什么我们的雕塑家不能从大足石刻得到一点启发呢?

注 释

① 本篇原载《新观察》1982 年第十四期;初收《蒲桥集》,作家出版社,1989 年
3 月。

# 天 山 行 色①

行色匆匆

——常语

## 南 山 塔 松

所谓南山者,是一片塔松林。

乌鲁木齐附近,可游之处有二,一为南山,一为天池。凡到乌鲁木齐者,无不往。

南山是天山的边缘,还不是腹地。南山是牧区。汽车渐入南山境,已经看到牧区景象。两旁的山起伏连绵,山势皆平缓,望之浑然,遍山长着茸茸的细草。去年雪不大,草很短。老远的就看到山间错错落落,一丛一丛的塔松,黑黑的。

汽车路尽,舍车从山涧两边的石径向上走,进入松林深处。

塔松极干净,叶片片如新拭,无一枯枝,颜色蓝绿。空气也极干净。我们藉草倚树吃西瓜,起身时衣裤上都沾了松脂。

新疆雨量很少,空气很干燥,南山雨稍多,本地人说:"一块帽子大的云也能下一阵雨。"然而也不过只是帽子大的云的那么一点雨耳,南山也还是干燥的。然而一棵一棵塔松密密地长起来了,就靠了去年的雪和那么一点雨。塔松林中草很丰盛,花很多,树下可以捡到蘑菇。蘑菇大如掌,洁白细嫩。

塔松带来了湿润,带来了一片雨意。

树是雨。

南山之胜处为杨树沟、菊花台,皆未往。

# 天 池 雪 水

一位维吾尔族的青年油画家(他看来很有才气)告诉我:天池是不能画的,太蓝,太绿,画出来像是假的。

天池在博格达雪山下。博格达山终年用它的晶莹洁白吸引着乌鲁木齐人的眼睛。博格达是乌鲁木齐的标志,乌鲁木齐的许多轻工业产品都用博格达山做商标。

汽车出乌鲁木齐,驰过荒凉苍茫的戈壁滩,驰向天池。我恍惚觉得不是身在新疆,而是在南方的什么地方。庄稼长得非常壮大茁实,油绿油绿的,看了教人身心舒畅。路旁的房屋也都干净整齐。行人的气色也很好,全都显出欣慰而满足。黄发垂髫,并怡然自得。有一个地方,一片极大的坪场,长了一片极大的榆树林。榆树皆数百年物,有些得两三个人才抱得过来。树皆健旺,无衰老态。树下悠然地走着牛犊。新疆山风化层厚,少露石骨。有一处,悬崖壁立,石骨尽露,石质坚硬而有光泽,黑如精铁,石缝间长出大树,树荫下覆,纤藤细草,蒙翳披纷,石壁下是一条湍急而清亮的河水……这不像是新疆,好像是四川的峨眉山。

到小天池(谁编出来的,说这是王母娘娘洗脚的地方,真是煞风景!)少憩,在崖下池边站了一会,赶快就上来了:水边凉气逼人。

到了天池,嗬!那位维族画家说得真是不错。有人脱口说了一句:"春水碧于蓝"。

天池的水,碧蓝碧蓝的。上面,稍远处,是雪白的雪山。对面的山上密密匝匝地布满了塔松,——塔松即云杉。长得非常整齐,一排一排地,一棵一棵挨着,依山而上,显得是人工布置的。池水极平静,塔松、雪山和天上的云影倒映在池水当中,一丝不爽。我觉得这不像在中国,好像是在瑞士的风景明信片上见过的景色。

或说天池是火山口,——中国的好些天池都是火山口,自春至夏,博格达山积雪溶化,流注其中,终年盈满,水深不可测。天池雪水流下山,流域颇广。凡雪水流经处,皆草木华滋,人畜两旺。

## 作《天池雪水歌》

明月照天山，
雪峰淡淡蓝。

春暖雪化水流渐，
流入深谷为天池。

天池水如孔雀绿，
水中森森万松覆。

有时倒映雪山影，
雪山倒影明如玉。

天池雪水下山来，
快笑高歌不复回。

下山水如蓝玛瑙，
卷沫喷花斗奇巧。

雪水流处长榆树，
风吹白杨绿火炬。

雪水流处有人家，
白白红红大丽花。

雪水流处小麦熟，
新面打馕烤羊肉。

雪水流经山北麓，
长宜子孙聚国族。

天池雪水深几许？
储量恰当一年雨。

我从燕山向天山，
曾度苍茫戈壁滩。

万里西来终不悔，
待饮天池一杯水。

# 天　山

天山大气磅礴，大刀阔斧。

一个国画家到新疆来画天山，可以说是毫无办法。所有一切皴法，大小斧劈、披麻、解索、牛毛、豆瓣，统统用不上。天山风化层很厚，石骨深藏在砂砾泥土之中，表面平平浑浑，不见棱角。一个大山头，只有阴阳明暗几个面，没有任何琐碎的笔触。

天山无奇峰，无陡壁悬崖，无流泉瀑布，无亭台楼阁，而且没有一棵树，——树都在"山里"。画国画者以树为山之目，天山无树，就是一大片一大片紫褐色的光秃秃的裸露的干山，国画家没了辙了！

自乌鲁木齐至伊犁，无处不见天山。天山绵延不绝，无尽无休，其长不知几千里也。

天山是雄伟的。

### 早发乌苏望天山

苍苍浮紫气，

天山真雄伟。

陵谷分阴阳，

不假皴擦美。

初阳照积雪，

色如胭脂水。

### 往霍尔果斯途中望天山

天山在天上，

没在白云间。

色与云相似，

微露数峰巅。

只从蓝罅褶，

遥知这是山。

# 伊犁闻鸠

到伊犁，行装甫卸，正洗着脸，听见斑鸠叫：

"鹁鸪鸪——咕，

"鹁鸪鸪——咕……"

这引动了我的一点乡情。

我有很多年没有听见斑鸠叫了。

我的家乡是有很多斑鸠的。我家的荒废的后园的一棵树上，住着一对斑鸠。"天将雨，鸠唤妇"，到了浓阴将雨的天气，就听见斑鸠叫，叫得很急切：

"鹁鸪鸪，鹁鸪鸪，鹁鸪鸪……"

斑鸠在叫他的媳妇哩。

到了积雨将晴，又听见斑鸠叫，叫得很懒散：

"鹁鸪鸪，——咕！

"鹁鸪鸪，——咕！"

单声叫雨，双声叫晴。这是双声，是斑鸠的媳妇回来啦。"——咕"，这是媳妇在应答。

是不是这样呢？我一直没有踏着挂着雨珠的青草去循声观察过。然而凭着鸠声的单双以占阴晴，似乎很灵验。我小时常常在将雨或将晴的天气里，谛听着鸣鸠，心里又快乐又忧愁，凄凄凉凉的，凄凉得那么甜美。

我的童年的鸠声啊。

昆明似乎应该有斑鸠，然而我没有听鸠的印象。

上海没有斑鸠。

我在北京住了多年，没有听过斑鸠叫。

张家口没有斑鸠。

我在伊犁，在祖国的西北边疆，听见斑鸠叫了。

"鹁鸪鸪——咕,

"鹁鸪鸪——咕……"

伊犁的鸠声似乎比我的故乡的要低沉一些,苍老一些。

有鸠声处,必多雨,且多大树。鸣鸠多藏于深树间。伊犁多雨。伊犁在全新疆是少有的雨多的地方。伊犁的树很多。我所住的伊犁宾馆,原是苏联领事馆,大树很多,青皮杨多合抱者。

伊犁很美。

洪亮吉《伊犁记事诗》云:

> 鹁鸪啼处却春风,
>
> 宛与江南气候同。

注意到伊犁的鸠声的,不是我一个人。

## 伊 犁 河

人间无水不朝东,伊犁河水向西流。

河水颜色灰白,流势不甚急,不紧不慢,汤汤泅泅,似若有所依恋。河下游,流入苏联境。

在河边小作盘桓。使我惊喜的是河边长满我所熟悉的水乡的植物。芦苇。蒲草。蒲草甚高,高过人头。洪亮吉《天山客话》记云:"惠远城关帝庙后,颇有池台之胜,池中积蒲盈顷,游鱼百尾,蛙声间之。"伊犁河岸之生长蒲草,是古已有之的事了。蒲苇旁边,摇动着一串一串殷红的水蓼花,俨然江南秋色。

蹲在伊犁河边捡小石子,起身时发觉腿上脚上有几个地方奇痒,伊犁有蚊子!乌鲁木齐没有蚊子,新疆很多地方没有蚊子,伊犁有蚊子,因为伊犁水多。水多是好事,咬两下也值得。自来新疆,我才更深切地体会到水对于人的生活的重要性。

几乎每个人看到戈壁滩,都要发出这样的感慨:这么大的地,要是有水,能长多少粮食啊!

伊犁河北岸为惠远城。这是"总统伊犁一带"的伊犁将军的驻地，也是获罪的"废员"充军的地方。充军到伊犁，具体地说，就是到惠远。伊犁是个大地名。

惠远有新老两座城。老城建于乾隆二十七年，后为伊犁河水冲溃，废。光绪八年，于旧城西北郊十五里处建新城。

我们到新城看了看。城是土城，——新疆的城都是土城，黄土版筑而成，颇简陋，想见是草草营建的。光绪年间，清廷的国力已经很不行了。将军府遗址尚在，房屋已经翻盖过，但大体规模还看得出来。照例是个大衙门的派头，大堂、二堂、花厅，还有个供将军下棋饮酒的亭子。两侧各有一溜耳房，这便是"废员"们办事的地方。将军府下设六个处，"废员"们都须分发在各处效力。现在的房屋有些地方还保留当初的材料。木料都不甚粗大。有的地方还看得到当初的彩画遗迹，都很粗率。

新城没有多少看头，使人感慨兴亡，早生华发的是老城。

旧城的规模是不小的。城墙高一丈四，城周九里。这里有将军府，有兵营，有"废员"们的寓处，街巷市里，房屋栉比。也还有茶坊酒肆，有"却卖鲜鱼饲花鸭"、"铜盘炙得花猪好"的南北名厨。也有可供登临眺望，诗酒流连的去处。"城南有望河楼，面伊江，为一方之胜"，城西有半亩宫，城北一片高大的松林。到了重阳，归家亭子的菊花开得正好，不妨开宴。惠远是个"废员"、"谪宦"、"迁客"的城市。"自巡抚以下至簿尉，亦无官不具，又可知伊犁迁客之多矣"。从上引洪亮吉的诗文，可以看到这些迁客下放到这里，倒是颇不寂寞的。

伊犁河那年发的那场大水，是很不小的。大水把整个城全扫掉了。惠远城的城基是很高的，但是城西大部分已经塌陷，变成和伊犁河岸一般平的草滩了。草滩上的草很好，碧绿的，有牛羊在随意啃啮。城西北的城基犹在，人们常常可以在废墟中捡到陶瓷碎片，辨认花纹字迹。

城的东半部的遗址还在。城里的市街都已犁为耕地，种了庄稼。东北城墙，犹余半壁。城墙虽是土筑的，但很结实，厚约三尺。稍远，右侧，有一土墩，是鼓楼残迹，那应该是城的中心。林则徐就住在附近。

据记载:鼓楼前方第二巷,又名宽巷,是林的住处。我不禁向那个地方多看了几眼。林公则徐,您就是住在那里的呀?

伊犁一带关于林则徐的传说很多。有的不一定可靠。比如现在还在使用的惠远渠,又名皇渠,传说是林所修筑,有人就认为这不可信:林则徐在伊犁只有两年,这样一条大渠,按当时的条件,两年是修不起来的。但是林则徐之致力新疆水利,是不能否定的(林则徐分发在粮饷处,工作很清闲,每月只须到职一次,本不管水利)。林有诗云:"要荒天遣作箕子,此语足壮羁臣羁",看来他虽在迁谪之中,还是壮怀激烈,毫不颓唐的。他还是想有所作为,为百姓作一点好事,并不像许多废员,成天只是"种树养花,读书静坐"(洪亮吉语)。林则徐离开伊犁时有诗云:"格登山色伊江水,回首依依勒马看",他对伊犁是有感情的。

惠远城东的一个村边,有四棵大青枫树。传说是林则徐手植的。这大概也是附会。林则徐为什么会跑到这样一个村边来种四棵树呢?不过,人们愿意相信,就让他相信吧。

这样一个人,是值得大家怀念的。

据洪亮吉《客话》云:废员例当佩长刀,穿普通士兵的制服——短后衣。林则徐在伊犁日,亦当如此。


伊犁河南岸是察布查尔。这是一个锡伯族自治县。锡伯人善射,乾隆年间,为了戍边,把他们由东北的呼伦贝尔迁调来此。来的时候,戍卒一千人,连同家属和愿意一同跟上来的亲友,共五千人,路上走了一年多。——原定三年,提前赶到了。朝廷发下的差旅银子是一总包给领队人的,提前到,领队可以白得若干。一路上,这支队伍生下了三百个孩子!

这是一支多么壮观的,富于浪漫主义色彩,充满人情气味的队伍啊。五千人,一个民族,男男女女,锅碗瓢盆,全部家当,骑着马,骑着骆驼,乘着马车、牛车,浩浩荡荡,迤迤逦逦,告别东北的大草原,朝着西北大戈壁,出发了。落日,朝雾,启明星,北斗星。搭帐篷,饮牲口,宿营。火光,炊烟,莜茶,奶子。歌声,谈笑声。哪一个帐篷或车篷里传出一声啼哭，"呱——"又一个孩子出生了，一个小锡伯人，一个未来的武士。

一年多。

三百个孩子。

锡伯人是骄傲的。他们在这里驻防二百多年，没有后退过一步。没有一个人跑过边界，也没有一个人逃回东北，他们在这片土地扎下了深根。

锡伯族到现在还是善射的民族。他们的选手还时常在各地举行的射箭比赛中夺标。

锡伯人是很聪明的，他们一般都会说几种语言，除了锡伯语，还会说维语、哈萨克语、汉语。他们不少人还能认古满文。在故宫翻译、整理满文老档的，有几个是从察布查尔调去的。

英雄的民族！

## 雨晴，自伊犁往尼勒克车中望乌孙山

> 一痕界破地天间，
> 浅绛依稀暗暗蓝。
> 夹道白杨无尽绿，
> 殷红数点女郎衫。

# 尼 勒 克

站在尼勒克街上，好像一步可登乌孙山。乌孙故国在伊犁河上游特克斯流域，尼勒克或当是其辖境。细君公主、解忧公主远嫁乌孙，不知有没有到过这里。汉代女外交家冯嫽夫人是个活跃人物，她的锦车可能是从这里走过的。

尼勒克地方很小，但是境内现有十三个民族。新疆的十三个民族，这里全有。喀什河从城外流过，水清如碧玉，流甚急。

> 山形依旧乌孙国，
> 公主琵琶尚有声。

至今团聚十三族，

不尽长河绕故城。

## 唐巴拉牧场

在乌鲁木齐，在伊犁，接待我们的同志，都劝我们到唐巴拉牧场去看看，说是唐巴拉很美。

唐巴拉果然很美。但是美在哪里，又说不出。勉强要说，只好说：这儿的草真好！

喀什河经过唐巴拉，流着一河碧玉。唐巴拉多雨。由尼勒克往唐巴拉，汽车一天到不了，在卡提布拉克种蜂场住了一夜。那一夜就下了一夜大雨。有河，雨水足，所以草好。这是一个绿色的王国，所有的山头都是碧绿的。绿山上，这里那里，有小牛在慢悠悠地吃草。唐巴拉是高山牧场，牲口都散放在山上，尽它自己漫山瞎跑，放牧人不用管它，只要隔两三天骑着马去看看，不像内蒙，牲口放在平坦的草原上。真绿，空气真新鲜，真安静，——一点声音都没有。

我们来晚了。早一个多月来，这里到处是花。种蜂场设在这里，就是因为这里花多。这里的花很多是药材，党参、贝母……蜜蜂场出的蜂蜜能治气管炎。

有的山是杉山。山很高，满山满山长了密匝匝的云杉。云杉极高大。这里的云杉据说已经砍伐了三分之二，现在看起来还很多。招待我们的一个哈萨克牧民告诉我们：林业局有规定，四百年以上的，可以砍；四百年以下的，不许砍。云杉长得很慢。他用手指比了比碗口粗细："一百年，才这个样子！"

到牧场，总要喝喝马奶子，吃吃手抓羊肉。

马奶子微酸，有点像格瓦斯，我在内蒙喝过，不难喝，但也不觉得怎么好喝。哈萨克人可是非常爱喝。他们一到夏天，就高兴了：可以喝"白的"了。大概他们冬天只能喝砖茶，是黑的。马奶子要夏天才有，要等母马下了驹子，冬天没有。一个才会走路的男娃子，老是哭闹。给他糖,给他苹果,都不要,摔了。他妈给他倒了半碗马奶子,他巴呷巴呷地喝起来,安静了。

招待我们的哈萨克牧人的孩子把一群羊赶下山了。我们看到两个男人把羊一只一只周身揣过,特别用力地揣它的屁股蛋子。我们明白,这是揣羊的肥瘦(羊们一定不明白,主人这样揣它是干什么),揣了一只,拍它一下,放掉了;又重捉过一只来,反复地揣。看得出,他们为我们选了一只最肥的羊羔。

哈萨克吃羊肉和内蒙不同,内蒙是各人攮了一大块肉,自己用刀子割了吃。哈萨克是:一个大瓷盘子,下面衬着煮烂的面条,上面覆盖着羊肉,主人用刀把肉割成碎块,大家连肉带面抓起来,送进嘴里。

好吃么?

好吃!

吃肉之前,由一个孩子提了一壶水,注水遍请客人洗手,这风俗近似阿拉伯、土耳其。

"唐巴拉"是什么意思呢?哈萨克主人说:听老人说,这是蒙古话。从前山下有一片大树林子,蒙古人每年来收购牲畜,在树上烙了好些印子(印子本是烙牲口的),作为做买卖的标志。唐巴拉是印子的意思。他说:也说不准。


## 赛里木湖·果子沟


乌鲁木齐人交口称道赛里木湖,果子沟。他们说赛里木湖水很蓝;果子沟要是春天去,满山都是野苹果花。我们从乌鲁木齐往伊犁,一路上就期待着看看这两个地方。

车出芦草沟,迎面的天色沉了下来,前面已经在下雨。到赛里木湖,雨下得正大。

赛里木湖的水不是蓝的呀。我们看到的湖水是铁灰色的。风雨交加,湖里浪很大。灰黑色的巨浪,一浪接着一浪,扑面涌来,撞碎在岸边,溅起白沫。这不像是湖,像是海。荒凉的,没有人迹的,冷酷的海。

没有船,没有飞鸟。赛里木湖使人觉得很神秘,甚至恐怖。赛里木湖是超人性的。它没有人的气息。

湖边很冷,不可久留。

林则徐一八四二年(距今整一百四十年)十一月五日,曾过赛里木湖。林则徐日记云:"土人云:海中有神物如青羊,不可见,见则雨雹。其水亦不可饮,饮则手足疲软,谅是雪水性寒故耳。"林则徐是了解赛里木湖的性格的。

到伊犁,和伊犁的同志谈起我们见到的赛里木湖,他们都有些惊讶,说:"真还很少有人在大风雨中过赛里木湖。"

赛里木湖正南,即果子沟。车到果子沟,雨停了。我们来的不是时候,没有看到满山密雪一样的林檎的繁花,但是果子沟给我留下一个非常美的印象。

吉普车在山顶的公路上慢行着,公路一侧的下面是重重复复的山头和深浅不一的山谷。山和谷都是绿的,但绿得不一样。浅黄的、浅绿的、深绿的。每一个山头和山谷多是一种绿法。大抵越是低处,颜色越浅;越往上,越深。新雨初晴,日色斜照,细草丰茸,光泽柔和,在深深浅浅的绿山绿谷中,星星点点地散牧着白羊、黄犊、枣红的马,十分悠闲安静。迎面陡峭的高山上,密密地矗立着高大的云杉。一缕一缕白云从黑色的云杉间飞出。这是一个仙境。我到过很多地方,从来没有觉得什么地方是仙境。到了这儿,我蓦然想起这两个字。我觉得这里该出现一个小小的仙女,穿着雪白的纱衣,披散着头发,手里拿一根细长的牧羊杖,赤着脚,唱着歌,歌声悠远,回绕在山谷之间……

从伊犁返回乌鲁木齐,重过果子沟。果子沟不是来时那样了。草、树、山,都有点发干,没有了那点灵气。我不复再觉得这是一个仙境了。旅游,也要碰运气。我们在大风雨中过赛里木,雨后看果子沟,皆可遇而不可求。

汽车转过一个山头,一车的人都叫了起来:"哈!"赛里木湖,真蓝!好像赛里木湖故意设置了一个山头,挡住人的视线。绕过这个山头,它就像从天上掉下来的似的,突然出现了。

真蓝!下车待了一会,我心里一直惊呼着:真蓝!

我见过不少蓝色的水。"春水碧于蓝"的西湖,"比似春䓞碧不殊"的嘉陵江,还有最近看过的博格达雪山下的天池,都不似赛里木湖这样的蓝。蓝得奇怪,蓝得不近情理。蓝得就像绘画颜料里的普鲁士蓝,而且是没有化开的。湖面无风,水纹细如鱼鳞。天容云影,倒映其中,发宝石光。湖色略有深浅,然而一望皆蓝。

上了车,车沿湖岸走了二十分钟,我心里一直重复着这一句:真蓝。远看,像一湖纯蓝墨水。

赛里木湖究竟美不美?我简直说不上来。我只是觉得:真蓝。我顾不上有别的感觉,只有一个感觉——蓝。

为什么会这样蓝?有人说是因为水太深。据说赛里木湖水深至九十公尺。赛里木湖海拔二千零七十三米,水深九十公尺,真是不可思议。

"赛里木"是突厥语,意思是祝福、平安。突厥的旅人到了这里,都要对着湖水,说一声:

"赛里木!"

为什么要说一声"赛里木"!是出于欣喜,还是出于敬畏?

赛里木湖是神秘的。

## 苏　公　塔

苏公塔在吐鲁番。吐鲁番地远,外省人很少到过,故不为人所知。苏公塔,塔也,但不是平常的塔。苏公塔是伊斯兰教的塔,不是佛塔。

据说,像苏公塔这样的结构的塔,中国共有两座,另一座在南京。

塔不分层。看不到石基木料。塔心是一砖砌的中心支柱。支柱周围有盘道,逐级盘旋而上,直至塔顶。外壳是一个巨大的圆柱,下丰上锐,拱顶。这个大圆柱是砖砌的,用结实的方砖砌出凹凸不同的中亚风格的几何图案,没有任何增饰。砖是青砖,外面涂了一层黄土,呈浅土黄色。这种黄土,本地所产,取之不尽。土质细腻,无杂质,富粘性。吐鲁番不下雨,塔上涂刷的土浆没有被冲刷的痕迹。二百余年,完好如新。塔高约相当于十层楼,朴素而不简陋,精巧而不繁琐。这样一个浅土黄色的,滚圆的巨柱,拔地而起,直向天空,安静肃穆,准确地表达了穆斯林的虔诚和信念。

塔旁为一礼拜寺,颇宏伟,大厅可容千人,但外表极朴素,土筑、平顶。这座礼拜寺的构思是费过斟酌的。不敢高,不与塔争势;不欲过卑,因为这是做礼拜的场所。整个建筑全由平行线和垂直线构成,无弧线,无波纹起伏,亦呈浅土黄色。

圆柱形的苏公塔和方正的礼拜寺造成极为鲜明的对比,而又非常协调。苏公塔追求的是单纯。

令人钦佩的是造塔的匠师把蓝天也设计了进去。单纯的,对比着而又协调着的浅土黄色的建筑,后面是吐鲁番盆地特有的明净无滓湛蓝湛蓝的天宇,真是太美了。没有蓝天,衬不出这种浅土黄色是多么美。一个有头脑的,聪明的匠师!

苏公塔亦称额敏塔。造塔的由来有两种说法。塔的进口处有一块碑,一半是汉字,一半是维文。汉字的说塔是额敏造的。额敏和硕,因助清高宗平定准噶尔有功,受封为郡王。碑文有感念清朝皇帝的意思,碑首冠以"大清乾隆",自称"皇帝旧仆"。维文的则说这是额敏的长子苏来满造,为了向安拉祈福。不知道为什么会有这样两种的不同的说法。由来不同,塔名亦异。

## 大戈壁·火焰山·葡萄沟

从乌鲁木齐到吐鲁番,要经过一片很大的戈壁滩。这是典型的大戈壁,寸草不生。没有任何生物。我经过别处的戈壁,总还有点芨芨草、梭梭、红柳,偶尔有一两棵曼陀罗开着白花,有几只像黑漆涂出来的乌鸦。这里什么都没有。没有飞鸟的影子,没有虫声,连苔藓的痕迹都没有。就是一片大平地,平极了。地面都是砾石。都差不多大,好像是筛选过的。有黑的、有白的。铺得很均匀。远看像铺了一地炉灰碴子。一望无际。真是荒凉。太古洪荒。真像是到了一个什么别的星球上。

我们的汽车以每小时八十公里的速度在平坦的柏油路上奔驰,我觉得汽车像一只快艇飞驶在海上。

戈壁上时常见到幻影。远看一片湖泊,清清楚楚。走近了,什么也没有。幻影曾经欺骗了很多干渴的旅人。幻影不难碰到,我们一路见到多次。

人怎么能通过这样的地方呢?他们为什么要通过这样的地方?他们要去干什么?

不能不想起张骞,想起班超,想起玄奘法师。这都是了不起的人……

快到吐鲁番了,已经看到坎儿井。坎儿井像一溜一溜巨大的蚁垤。下面,是暗渠,流着从天山引下来的雪水。这些大蚁垤是挖渠掏出的砾石堆。现在有了水泥管道,有些坎儿井已经废弃了,有些还在用着。总有一天,它们都会成为古迹的。但是不管到什么时候,看到这些巨大的蚁垤,想到人能够从这样的大戈壁下面,把水引了过来,还是会起历史的庄严感和悲壮感的。

到了吐鲁番,看到房屋、市街、树木,加上天气特殊的干热,人昏昏的,有点像做梦。有点不相信我们是从那样荒凉的戈壁滩上走过来的。

吐鲁番是一个著名的绿洲。绿洲是什么意思呢?我从小就在诗歌里知道绿洲,以为只是有水草树木的地方。而且既名为洲,想必很小。不对。绿洲很大。绿洲是人所居住的地方。绿洲意味着人的生活,人的勤劳,人的生老病死,喜怒哀乐,人的文明。


一出吐鲁番,南面便是火焰山。

又是戈壁。下面是苍茫的戈壁,前面是通红的火焰山。靠近火焰山时,发现戈壁上长了一丛丛翠绿翠绿的梭梭。这样一个无雨的、酷热的戈壁上怎么会长出梭梭来呢?而且是那样的绿!不知它是本来就是这样绿,还是通红的山把它衬得更绿了。大概在干旱的戈壁上,凡能发绿的植物,都罄其全生命,拼命地绿。这一丛一丛的翠绿,是一声一声胜利的呼喊。

火焰山,前人记载,都说它颜色赤红如火。不止此也。整个山像一场正在延烧的大火。凡火之颜色、形态无不具。有些地方如火方炽,火苗高窜,颜色正红。有些地方已经烧成白热,火头旋拧如波涛。有一处火头得了风,火借风势,呼啸而起,横扯成了一条很长的火带,颜色微黄。有几处,下面的小火为上面的大火所逼,带着烟沫气流,倒溢而出。有几个小山叉,褶缝间黑黑的,分明是残火将熄的烟炱……

火焰山真是一个奇观。

火焰山大概是风造成的,山的石质本是红的,表面风化,成为细细的红沙。风于是在这些疏松的沙土上雕镂搜剔,刻出了一场热热烘烘,刮刮杂杂的大火。风是个大手笔。

火焰山下极热,盛夏地表温度至七十多度。


火焰山下,大戈壁上,有一条山沟,长十余里,沟中有一条从天山流下来的河,河两岸,除了石榴、无花果、棉花、一般的庄稼,种的都是葡萄,是为葡萄沟。

葡萄沟里到处是晾葡萄干的荫房。——葡萄干是晾出来的,不是晒出来的。四方的土房子,四面都用土墼砌出透空的花墙。无核白葡萄就一长串一长串地挂在里面,尽吐鲁番特有的干燥的热风,把它吹上四十天,就成了葡萄干,运到北京、上海、外国。

吐鲁番的葡萄全国第一,各样品种无不极甜,而且皮很薄,入口即化。吐鲁番人吃葡萄都不吐皮,因为无皮可吐。——不但不吐皮,连核也一同吃下,他们认为葡萄核是好东西。北京绕口令曰:"吃葡萄不吐葡萄皮儿",未免少见多怪。

> 一九八二年九月二十二日起手写于兰州,
>
> 十月七日北京写讫。

**注　释**

① 本篇原载《北京文学》1983 年第一期；初收《汪曾祺自选集》，漓江出版社，
1987 年 10 月。

# 湘 行 二 记<sup>①</sup>

## 桃 花 源 记

汽车开进桃花源,车中一眼看见一棵桃树上还开着花,只有一枝,四五朵,通红的,如同胭脂。十一月天气,还开桃花!这四五朵红花似乎想努力地证明:这里确实是桃花源。

有一位原来也想和我们一同来看看桃花源的同志,听说这个桃花源是假的,就没有多大兴趣,不来了。这位同志真是太天真了。桃花源怎么可能是真的呢?《桃花源记》是一篇寓言。中国有几处桃花源,都是后人根据《桃花源诗并记》附会出来的。先有《桃花源记》,然后有桃花源。不过如果要在中国选举出一个桃花源,这一个应该有优先权。这个桃花源在湖南桃源县,桃源旧属武陵。而且这里有一条小溪,直通沅江。陶渊明的《桃花源记》不是这样说的么:"晋太原中,武陵人,捕鱼为业,缘溪行,忘路之远近……"

刚放下旅行包,文化局的同志就来招呼去吃擂茶。耳擂茶之名久矣,此来一半为擂茶,没想到下车后第一个节目便是吃擂茶,当然很高兴。茶叶、老姜、芝麻,加盐,放在一个擂钵里,用硬杂木做的擂棒"擂"成细末,用开水冲开,便是擂茶。吃擂茶时还要摆出十几个碟子,里面装的是炒米、炒黄豆、炒绿豆、炒包谷、炒花生、砂炒红薯片、油炸锅巴、泡菜、酸辣藠头……边喝边吃。擂茶别具风味,连喝几碗,浑身舒服。佐茶的茶食也都很好吃,藠头尤其好。我吃过的藠头多矣,江西的、湖北的、四川的……但都不如这里的又酸又甜又辣,桃源藠头滋味之浓,实为天下冠。桃源人都爱喝擂茶。有的农民家,夏天中午不吃饭,就是喝一顿擂茶。问起擂茶的来历,说是:诸葛亮带兵到这里,士兵得了瘟疫,遍请名医,医治无效,有一个老婆婆说:"我会治!"她熬了几大锅擂茶,说:"喝吧!"士兵喝了擂茶,都好了。这种说法当然也只好姑妄听之。诸葛亮有没有带兵到过桃源,无可稽考。根据印象,这一带在三国时应是吴国的地方,若说是鲁肃或周瑜的兵,还差不多。我总怀疑,这种喝茶法是宋代传下来的。《都城纪胜·茶坊》载:"冬天兼卖擂茶"。《梦粱录》"茶肆"条载:"冬月添卖七宝擂茶"。有一本书载:"杭州人一天吃三十丈木头",指的是每天消耗的"擂槌"的表层木质。"擂槌"大概就是桃源人所说的擂棒。"一天吃三十丈木头",形容杭州人口之多。

擂槌可以擂别的东西,当然也可以擂茶。"擂"这个字是从宋代沿用下来的。"擂"者,擂而细之之谓也,跟擂鼓的擂不是一个意思。茶里放姜,见于《水浒传》,王婆家就有这种茶卖,《水浒传》第二十四回写道:"便浓浓的点两盏姜茶,将来放在桌子上"。从字面看,这种茶里有茶叶,有姜,至于还放不放别的什么,只好阙闻了。反正,王婆所卖之茶与桃源擂茶有某种渊源,是可以肯定的。湖南省不少地方喝"芝麻豆子茶",即在茶里放入炒熟且碾碎的芝麻、黄豆、花生,也有放姜的,好像不加盐,茶叶则是整的,并不擂细,而且喝干了茶水还把叶子捞出来放进嘴里嚼嚼吃了,这可以说是擂茶的嫡堂兄弟。湖南人爱吃姜。十多年前在醴陵、浏阳一带旅行,公共汽车一到站,就有人托了一个磁盘,里面装的是插在牙签上的切得薄薄的姜片,一根牙签上插五六片,卖与过客。本地人掏出角把钱,买得几串,就坐在车里吃起来,像吃水果似的。大概楚地卑湿,故湘人保存了不撤姜食的习惯。生姜、茶叶可以治疗某些外感,是一般的本草书上都讲过的。北方的农村也有把茶叶、芝麻一同放在嘴里生嚼用来发汗的偏方。因此,说擂茶最初起于医治兵士的时症,不为无因。

上午在山上桃花观里看了看。进门是一正殿,往后高处是"古隐君子之堂"。两侧各有一座楼,一名"蹑风",用陶渊明"愿言蹑轻风"诗意;一名"玩月",用刘禹锡故实。楼皆三面开窗,后为墙壁,颇小巧,不俗气。观里的建筑都不甚高大，疏疏朗朗，虽为道观，却无甚道士气，既没有一气三清的坐像，也没有伸着手掌放掌心雷降妖的张天师。楹联颇多，联语多隐括《桃花源记》词句，也与道教无关。这些联匾在"文化大革命"中由一看山的老人摘下藏了起来，没有交给破四旧的红卫兵，故能完整地重新挂出来，也算万幸了。

下午下山，去钻了"秦人洞"。洞口倒是有点像《桃花源记》所写的那样，"山有小口，仿佛若有光"，"初极狭，才通人"。洞里有小小流水，深不过人脚面，然而源源不竭，蜿蜒流至山下。走了几十步，豁然开朗了，但并不是"土地平旷。屋舍俨然，有良田桑竹之属，阡陌交通，鸡犬相闻"。后面有一点平地，也有一块稻田，田中插一木牌，写着："千丘田"，实际上只有两间房子那样大，是特意开出来种了稻子应景的。有两个水池子，山上有一个擂茶馆，再后就又是山了。如此而已。因此不少人来看了，都觉得失望，说是"不像"。这些同志也真是天真。他们大概还想遇见几个避乱的秦人，请到家里，设酒杀鸡来招待他一番，这才满意。

看了秦人洞，便扶向路下山。山下有方竹亭，亭极古拙，四面有门而无窗，墙甚厚，拱顶，无梁柱，云是明代所筑，似可信。亭后旧有方竹，为国民党的兵砍尽。竹子这个东西，每隔三年，须删砍一次，不则挤死；然亦不能砍尽，砍尽则不复长。现在方竹亭后仍有一丛细竹，导游的说明牌上说：这种竹子看起来是圆的，摸起来是方的。摸了摸，似乎有点棱。但一切竹竿似皆不尽浑圆，这一丛细竹是补种来应景的，和我在成都薛涛井旁所见方竹不同，——那是真正"的角四方"的。方竹亭前原来有很多碑，"文化大革命"中都被红卫兵椎碎了，剩下一些石头乌龟昂着头空空地坐在那里。据说有一块明朝的碑，字写得很好，不知还能不能找到拓本。

旧的碑毁掉了，新的碑正在造出来。就在碎碑残骸不远处，有几个石工正在丁丁地斫治。一个小伙子在一块桃源石的巨碑上浇了水，用一块油石在慢慢地磨着。碑石绿如艾叶，很好看。桃源石很硬，磨起来很不容易。问："磨这样一块碑得用多少工？"——"好多工啊？哪晓得呢！反正磨光了算！"这回答真有点无怀氏之民的风度。

晚饭后,管理处的同志摆出了纸墨笔砚,请求写几个字,把上午吃擂茶时想出的四句诗写给了他们:

红桃曾照秦时月,
黄菊重开陶令花。
大乱十年成一梦,
与君安坐吃擂茶。

晚宿观旁的小招待所,栏杆外面,竹树萧然,极为幽静,桃花源虽无真正的方竹,但别的竹子都可看。竹子都长得很高,节子也长,竹叶细碎,姗姗可爱,真是所谓修竹。树都不粗壮,而都甚高。大概树都是从谷底长上来的,为了够得着日光,就把自己拉长了。竹叶间有小鸟穿来穿去,绿如竹叶,才一寸多长。

修竹姗姗节子长,
山中高树已经霜。
经霜竹子②皆无语,
小鸟啾啾为底忙?

晨起,至桃花观门外闲眺,下起了小雨。

山下鸡鸣相应答,
林间鸟语自高低。
芭蕉叶响知来雨,
已觉清流涨小溪。

作了一日武陵人,临去,看那个小伙子磨的石碑,似乎进展不大。门口的桃花还在开着。


# 岳 阳 楼 记


岳阳楼值得一看。

长江三胜，滕王阁、黄鹤楼都没有了，就剩下这座岳阳楼了。

岳阳楼最初是唐开元中中书令张说所建，但在一般中国人印象里，它是滕子京建的。滕子京之所以出名，是由于范仲淹的《岳阳楼记》。中国过去的读书人很少没有读过《岳阳楼记》的。《岳阳楼记》一开头就写道："庆历四年春，滕子京谪守巴陵郡。越明年，政通人和，百废俱兴……"虽然范记写得很清楚，滕子京不过是"重修岳阳楼，增其旧制"，然而大家不甚注意，总以为这是滕子京建的。岳阳楼和滕子京这个名字分不开了。滕子京一生做过什么事，大家不去理会，只知道他修建了岳阳楼，好像他这辈子就做了这一件事。滕子京因为岳阳楼而不朽，而岳阳楼又因为范仲淹的一记而不朽。若无范仲淹的《岳阳楼记》，不会有那么多人知道岳阳楼，有那么多人对它向往。《岳阳楼记》通篇写得很好，而尤其为人传诵者，是"先天下之忧而忧，后天下之乐而乐"这两句名言。可以这样说：岳阳楼是由于这两句名言而名闻天下的。这大概是滕子京始料所不及，亦为范仲淹始料所不及。这位"胸中自有数万甲兵"的范老子的事迹大家也多不甚了了，他流传后世的，除了几首词，最突出的，便是一篇《岳阳楼记》和《记》里的这两句话。这两句话哺育了很多后代人，对中国知识分子的品德的形成，产生了极其深远的影响。匹夫而为百世师，一言而为天下法，呜呼，立言的价值之重且大矣，可不慎哉！

写这篇《记》的时候，范仲淹不在岳阳，他被贬在邓州，即今延安，而且听说他根本就没有到过岳阳，《记》中对岳阳楼四周景色的描写，完全出诸想象。这真是不可思议的事。他没有到过岳阳，可是比许多久住岳阳的人看到的还要真切。岳阳的景色是想象的，但是"先天下之忧而忧，后天下之乐而乐"的思想却是久经考虑，出于胸臆的，真实的、深刻的。看来一篇文章最重要的是思想。有了独特的思想，才能调动想象，才能把在别处所得到的印象概括集中起来。范仲淹虽可能没有看到过洞庭湖，但是他看到过很多巨浸大泽。他是吴县人，太湖是一定看过的。我很怀疑他对洞庭湖的描写，有些是从太湖印象中借用过来的。

现在的岳阳楼早已不是滕子京重修的了。这座楼烧掉了几次。据《巴陵县志》载:岳阳楼在明崇祯十二年毁于火,推官陶宗孔重建。清顺治十四年又毁于火,康熙二十二年由知府李遇时、知县赵士珩捐资重建。康熙二十七年又毁于火,直到乾隆五年由总督班第集资修复。因此范记所云"刻唐贤、今人诗赋于其上",已不可见。现在楼上刻在檀木屏上的《岳阳楼记》系张照所书,楼里的大部分楹联是到处写字的"道州何绍基"写的,张、何皆乾隆间人。但是人们还相信这是滕子京修的那座楼,因为范仲淹的《岳阳楼记》实在太深入人心了。也很可能,后来两次修复,都还保存了滕楼的旧样。九百多年前的规模格局,至今犹能得其仿佛,斯可贵矣。

　　我在别处没有看见过一个像岳阳楼这样的建筑。全楼为四柱、三层、盔顶的纯木结构。主楼三层,高十五米,中间以四根楠木巨柱从地到顶承荷全楼大部分重力,再用十二根宝柱作为内围,外围绕以十二根檐柱,彼此牵制,结为整体。全楼纯用木料构成,逗缝对榫,没用一钉一铆,一块砖石。楼的结构精巧,但是看起来端庄浑厚,落落大方,没有搔首弄姿的小家气,在烟波浩淼的洞庭湖上很压得住,很有气魄。

　　岳阳楼本身很美,尤其美的是它所占的地势。"滕王高阁临江渚",看来和长江是有一段距离的。黄鹤楼在蛇山上,晴川历历,芳草萋萋,宜俯瞰,宜远眺,楼在江之上,江之外,江自江,楼自楼。岳阳楼则好像直接从洞庭湖里长出来的。楼在岳阳西门之上,城门口即是洞庭湖。伏在楼外女墙上,好像洞庭湖就在脚底,丢一个石子,就能听见水响。楼与湖是一整体。没有洞庭湖,岳阳楼不成其为岳阳楼;没有岳阳楼,洞庭湖也就不成其为洞庭湖了。站在岳阳楼上,可以清清楚楚看到湖中帆船来往,渔歌互答,可以扬声与舟中人说话;同时又可远看浩浩汤汤,横无际涯,北通巫峡,南极潇湘的湖水,远近咸宜,皆可悦目。"气吞云梦泽,波撼岳阳城",并非虚语。

　　我们登岳阳楼那天下雨,游人不多。有三四级风,洞庭湖里的浪不大,没有起白花。本地人说不起白花的是"波",起白花的是"涌"。"波"和"涌"有这样的区别,我还是第一次听到。这可以增加对于"洞庭波涌连天雪"的一点新的理解。

　　夜读《岳阳楼诗词选》。读多了，有千篇一律之感。最有气魄的还是孟浩然的那一联，和杜甫的"吴楚东南坼，乾坤日夜浮"。刘禹锡的"遥望洞庭山水翠，白银盘里一青螺"，化大境界为小景，另辟蹊径。许棠因为《洞庭》一诗，当时号称"许洞庭"，但"四顾疑无地，中流忽有山"，只是工巧而已。滕子京的《临江仙》把"气蒸云梦泽，波撼岳阳城"，"曲终人不见，江上数峰青"整句地搬了进来，未免过于省事！吕洞宾的绝句："朝游岳鄂暮苍梧，袖里青蛇胆气粗。三醉岳阳人不识，朗吟飞过洞庭湖"，很有点仙气，但我怀疑这是伪造的（清人陈玉垣《岳阳楼》诗有句云："堪惜忠魂无处奠，却教羽客踞华楹"，他主张岳阳楼上当奉屈左徒为宗主，把楼上的吕洞宾的塑像请出去，我准备投他一票）。写得最美的，还是屈大夫的"嫋嫋兮秋风，洞庭波兮木叶下。"两句话，把洞庭湖就写完了！

一九八二年十二月八日　北京

**注　释**

①　本篇原载《芙蓉》1983 年第四期；初收《汪曾祺自选集》，漓江出版社，1987年 10 月。

②　一作"树"。

# 1983 年

# 一代才人未尽才①

## ——怀念裘盛戎同志

京剧真也好像有一种"气运"。和盛戎同时,中国出现了好些好演员,如:李少春、叶盛兰……他们岁数差不多,天赋、功夫、修养都是上乘。他们都很有创造性。他们是戏曲界的一些才子,京剧界的一代才人。但都因为身心受到长期摧残,过早的凋谢了。郭沫若同志曾借别人挽夏完淳的一句诗来挽闻一多先生:"千古文章未尽才"。我在《裘盛戎》剧本中曾通过盛戎的几个挚友之口,对京剧界的一代才人表示了悼念:"昨日的故人已不在,昨日的花还在开。……问大地怎把沉冤载,有多少,有多少才人未尽才!"有才未尽,宁非恨事!

我和盛戎相知不久。我们一共只合作过两个戏,一个《杜鹃山》、一个小戏《雪花飘》,都是现代戏。

盛戎是听党的话的。党号召演现代戏,他首先欣然响应。我和盛戎最初认识就是和他(还有几个别的人)到天津去看戏,——好像就是《杜鹃山》。演员知道裘盛戎来看戏,都"卯上"了。散了戏,我们到后台给演员道辛苦,盛戎拙于言词,但是他的态度是诚恳的、朴素的,他的谦虚是由衷的谦虚。他是真心实意地来向人家学习来了。回到旅馆的路上,他买了几套煎饼馃子摊鸡蛋,有滋有味地吃起来。他咬着煎饼馃子的样子,表现了很喜悦的怀旧之情和一种天真的童心。我一下子对这个京剧大演员产生了好感。一个搞艺术的人,没有一点童心是不行的。盛戎睡得很晚。晚上他一个人盘腿坐在床上抽烟,一边好像想着什么事,有点出神,有点迷迷糊糊的。不知是为什么,我以后总觉得盛戎的许多唱腔、唱法、身段,就是在这么盘腿坐着的时候想出来的。

盛戎的身体早就不大好。他曾经跟我说过:"老汪唉,你别看我外面还好,这里面,——都娄啦!"搞《雪花飘》的时候,他那几天不舒服,但还是跟着我们一同去体验生活。《雪花飘》是根据浩然同志的小说改编的,写的是一个送公用电话的老人的事。我们去访问了政协礼堂附近的一位送电话的老人。这家只有老两口。老头子六十大几了,一脸的白胡茬,还骑着自行车到处送电话。他的老伴很得意地说:"头两个月他还骑着二八的车哪,这最近才弄了一辆二六的!"这一家房子很仄逼,但是裱糊得四白落地,墙上贴了好些字条,都是打电话来的人留下的话和各种各样备忘性质的资料,如火车的时刻表、医院地址、二十四节气……两位老人有一个共同的嗜好:养花。那是"十一"前后,满地下摆的都是九花。盛戎在这间屋里坐了好大一会,还随着老头子送了一个电话。

《雪花飘》排得很快,一个星期左右,戏就出来了。幕一打开,盛戎唱了四句带点马派味儿的〔散板〕:

> 打罢了新春六十七哟,
> 看了五年电话机。
> 传呼一千八百日,
> 舒筋活血,强似下棋!

我和导演刘雪涛一听,都觉得"真是这里的事儿!"

《杜鹃山》搞过两次。一次是六四年,一次是六九年。六九年那次我们到湘鄂赣体验了较长时期生活。我和盛戎那时都是"控制使用",他的心情自然不太好。那时强调军事化,大家穿了"价拨"的旧军大衣,背着行李,排着队。盛戎也一样,没有一点特殊。他总是默默地跟着队伍走,不大说话。但倒也不是整天愁眉苦脸的。我很能理解他的心情。虽然是"控制使用",但还能戴罪立功,可以工作,可以演戏,他在心里又是很感激的。我觉得从那时起,盛戎发生了一点变化,他变得深沉起来。盛戎平常也是个有说有笑的人,有时也爱逗个乐,但从那以后，我就很少见他有笑影了。他好像总是在想什么心事。用一句老戏词说："满怀心腹事，尽在不言中。"他的这种神气，一直到他死，还深深地留在我的印象里。

那趟体验生活，是够苦的。南方的冬天比北方更难受。不生火，墙壁屋瓦都很单薄。那年的天气也特别，我们在安源过的春节，旧历大年三十，下大雪，同时却又还打雷，下雹子，下大雨，一块儿来！这种天气我还是头一次见哩。盛戎晚上不再穷聊了，他早早就进了被窝。这老兄！他连毛窝都不脱，就这样连着毛窝睡了。但他还是坚持下来了，没有叫一句苦。

和盛戎合作，是非常愉快的。盛戎很少对剧本提意见。他不是不当一回事，没有考虑过，或者提不出意见。盛戎文化不高，他读剧本是有点吃力的。但是他反复地读，盘着腿读。我记得他那读剧本的神气。他读着，微微地摇着脑袋。他的目光有时从老花镜上面射出框外。他摇晃着脑袋，有时轻轻地发出一声："唔。"有时甚至拍着大腿，大声喊叫："唔！"戏曲界有一个很通俗、很形象的说法，把演员"入了戏"，"进入了角色"，叫做"附了体"。盛戎真是"附了体"。他对剧作者的尊重完全不是出于礼貌。他是真爱上了这个剧，也爱作者。

我和盛戎从未深谈，我们的素养、身世、经历都很不相同，但是我认为我和盛戎在艺术上是"莫逆"。我没有为任何戏曲演员哭过，但是想起盛戎，泪不能止。

盛戎的领悟、理解能力非常之高。他从来不挑"辙口"，你写什么他唱什么。写《雪花飘》时，我跟他商量，这个戏准备让他唱"一七"，他沉吟着说："哎呀，花脸唱闭口字……"我知道他这是"放傻"，就说："你那《秦香莲》是什么辙？"他笑了："'一七'，好，唱'一七'！"盛戎十三道辙都响。有一出戏里有一个"灭"字，这是"乜斜"，"乜斜"是很不好唱的，他照样唱得很响，而且很好听。一个演员十三道辙都响，是很难得的。《杜鹃山》有一场"打长工"，他看到被他当作地主奴才的长工身上的累累伤痕，唱道："他遍体伤痕都是豪绅罪证，我怎能在他的旧伤痕上再加新伤痕？"这是一段〔二六〕转〔流水〕，创腔的时候，我在旁边，说:"老兄,这两句你不能就这样'数'了过去!唱到'旧伤痕上',得有个'过程',就像你当真看到,而且想到一样!"盛戎一听,说:"对!您听听,我再给您来来!"他唱到"旧伤痕上"时唱"散"了,下面加了一个弹拨乐器的单音重复的小"垫头","登、登登……",到"再加新伤痕"再归到原来的"尺寸",而且唱得很强烈。当时参加创腔的唐在炘、熊承旭同志都说:"好极了!"六九年本的《杜鹃山》原来有一大段《烤番薯》,写雷刚被困在山上断了粮,杜小山给他送来两个番薯。他把番薯放在篝火堆里烤着,番薯烟了,烤出了香气,他拾起了番薯,唱道:"手握番薯浑身暖,勾起我多少往事到眼前……"他想起"我从小父母双亡讨米要饭,多亏了街坊邻舍问暖嘘寒",他想起"大革命,造了反,几次遇险在深山,每到有急和有难,都是乡亲接济咱。一块番薯掰两半,曾受深恩三十年!……到如今,山下来了毒蛇胆,杀人放火把父老摧残,我稳坐高山不去管,隔岸观火心怎安!……"(这剧本已经写了十三年了,我手头无打印的剧本,词句全凭记忆追写,可能不尽准确。)创腔的同志对"一块番薯掰两半"不大理解,怕观众听不懂,盛戎说:"这有什么不好理解的?!'一块番薯掰两半',有他吃的就有我吃的!"他把这两句唱得非常感动人,头一句他"虚"着一点唱,在想象,"曾受深恩","深恩"用极其深沉浑厚的胸音唱出,"三十年"一泻无余、跌宕不已。盛戎的这两句唱到现在还是绕梁三日,使我一想起就激动。这一段在后台被称为"烤白薯",板式用的是〔反二黄〕。花脸唱〔反二黄〕虽非创举,当时还是很少见。老北京京剧团的同志对这段"烤白薯"是很少有人忘记的。

后来因为种种原因,台上不"用"裘盛戎了。但他也并不闲着。有人上他家学戏,他总是很认真地说。而且是有教无类,即使那个青年演员条件差,他也还是把着手教。他不上台了,还整天琢磨唱腔。不单花脸,老生、旦角他都研究。他跟我说过:《智取威虎山》的唱腔最好的一句是"支委会上同志们语重心长!"——"心——长!"就"搁"在那儿了,真好!李勇奇唱的"这些兵急人难治病救命"是一段沉思的唱,盛戎说这要用点"程"的唱法。有一长句,当中有几处演员没有唱山,

"交"给胡琴了。他说："要我唱，我全给它唱出来。"他给我一字一板地唱了一段"程派花脸"。他晚年特别精研气口安排，说："唱花脸，得用多少气呀！我现在岁数大了，不能傻小子睡凉炕，得在气口上下功夫"。《威虎山》李勇奇唱"扫平那威虎山我一马当先"，一般气口处理都是"一马当先！"他说："我不这样唱，我把'当'字唱到'头里'：一马当——先——！'当'字唱在后面，'先'字就没有多少气了，'当'字先出，换一口大气，再唱'先'这才有力！"我从盛戎的话里悟出一个道理：演员的气口不一定要和唱词"句读"一致。——很多剧作者往往在这一点对演员提意见，其实是没有道理的。

盛戎得了病，他并不怎么悲观。他大概已经怀疑或者已经知道是癌症了，跟我说："甭管它是什么，有病咱们瞧病！"他还想唱戏。有一度他的病好了一些，能出来走走了。有一天，他特别请我和唐在炘、熊承旭到他家里吃了一顿饭。那天的菜很精致而清淡，但他简直没有吃几筷子，话也不多，精神倒还是好的。他还是想和我们把《杜鹃山》再搞出来（《杜鹃山》后来又写了一稿）。他为了清静，一个人搬到厢房里住，好看剧本。这个剧本，他简直不离手，他死后，我才听他家里的人说，他夜里躺在床上看剧本，曾经两次把床头灯的罩子烤着了。他病得很沉重了，有一次还用手在床头到处摸，他的夫人知道他要剧本。剧本不在手边，他的夫人就用报纸卷了一个筒子放在他手里，他这才平静下来，安心了。然而有志未酬，他到了没有能再演《杜鹃山》！他临死前几天，我和在炘、承旭到肿瘤医院去看他，他的学生方荣翔把我们领到他的病床前。他的癌细胞已经扩散到脑子里，烤电把半拉脸都烤煳了。他正在昏昏沉沉地半睡着，荣翔轻轻地叫了他两声，他睁开了眼睛，荣翔指指我，问："您还认得吗？"盛戎在枕上微微点了点头，说了一个字"汪"，随即从眼角流出了一大滴眼泪。这一滴眼泪，我永远也忘不了啊。

什么时候才能再出一个裘盛戎呢？

一九八三年一月

222

**注　释**

①　本篇原载《裘盛戎艺术评论集》，中国戏剧出版社，1984 年。

# 菏 泽 游 记<sup>①</sup>

## 菏 泽 牡 丹

　　菏泽的出名,一是因为历史上出过一个黄巢(今菏泽城西有冤句故城,为黄巢故里,京剧《珠帘寨》说他"家住曹州并曹县",曹州是对的,曹县不确)。一是因为出牡丹花。菏泽牡丹种植面积大,最多时曾达五千亩,一九七六年调查还有三千多亩,单是城东"曹州牡丹园"就占地一千亩;品种多,约有四百种。

　　牡丹花期短,至谷雨而花事始盛,越七八日,即阑珊欲尽,只剩一大片绿叶了。谚云:"谷雨三日看牡丹"。今年的谷雨是阳历四月二十。我们二十二日到菏泽,第二天清晨去看牡丹,正是好时候。

　　初日照临,杨柳春风,一千亩盛开的牡丹,这真是一场花的盛宴,蜜的海洋,一次官能上的过度的饱饫。漫步园中,恍恍惚惚,有如梦回酒醒。

　　牡丹的特点是花大、型多、颜色丰富。我们在李集参观了一丛浅白色的牡丹,花头之大,花瓣之多,令人骇异。大队的支部书记指着一朵花说:"昨天量了量,直径六十五公分",古人云牡丹"花大盈尺",不为过分。他叫我们用手掂掂这朵花。掂了掂,够一斤重!苏东坡诗云"头重欲人扶",得其神理。牡丹花分三大类:单瓣类、重瓣类、千瓣类;六型:葵花型、荷花型、玫瑰花型、平头型、皇冠型、绣球型;八大色:黄、红、蓝、白、黑、绿、紫、粉。通称"三类、六型、八大色"。姚黄、魏紫,这里都有。紫花甚多,却不甚贵重。古人特重姚黄,菏泽的姚黄色浅而花小,并不突出,据说是退化了。园中最出色的是绿牡丹、黑牡丹。绿牡丹品名豆绿,盛开时恰如新剥的蚕豆。挪威的别伦·别尔生说花里只有菊花有绿色的,他大概没有看到过中国的绿牡丹。黑牡丹正如墨菊一样,当然不是纯黑色的,而是紫红得发黑。菏泽用"黑花魁"与"烟笼紫玉盘"杂交而得的"冠世墨玉",近花萼处真如墨染。堪称菏泽牡丹的"代表作"的,大概还要算清代赵花园园主赵玉田培育出来的"赵粉"。粉色的牡丹不难见,但"赵粉"极娇嫩,为粉花上品。传至洛阳,称"童子面",传至西安,称"娃儿面",以婴儿笑靥状之,差能得其仿佛。

菏泽种牡丹,始于何时,难于查考。至明嘉靖年间,栽培已盛。《曹南牡丹谱》载:"至明曹南牡丹甲于海内"。牡丹,在菏泽,是一种经济作物。《菏泽县志》载:"牡丹,芍药多至百余种,土人植之,动辄数十百亩,利厚于五谷",每年秋后,"土人捆载之,南浮闽粤,北走京师,至则厚值以归"。现在全国各地名园所种牡丹,大部分都是由菏泽运去的。清代即有"菏泽牡丹甲天下"之说。凡称某处某物甲天下者,每为天下人所不服。而称"菏泽牡丹甲天下",则天下人皆无异议。

牡丹的根,经过加工,为"丹皮",为重要的药材,这是大家都知道的。菏泽丹皮,称为"曹丹",行市很俏。

菏泽盛产牡丹,大概跟气候水土有些关系。牡丹耐干旱,不能浇"明水",而菏泽春天少雨。牡丹喜轻碱性沙土,菏泽的土正是这种土。菏泽水咸涩,绿茶泡了一会就成了铁观音那样的褐红色,这样的水却偏宜浇溉牡丹。

牡丹是长寿的。菏泽赵楼村南曾有两棵树龄二百多年的脂红牡丹,主干粗如碗口,儿童常爬上去玩耍,被称为"牡丹王"。袁世凯称帝后,曹州镇守使陆朗斋把牡丹王强行买去,栽在河南彰德府袁世凯的公馆里,不久枯死。今年在菏泽开牡丹学术讨论会,安徽的代表说在山里发观一棵牡丹,已经三百多年,每年开花二百余朵,犹无衰老态。但是牡丹的栽培却是很不易的。牡丹的繁殖,或分根,或播种,皆可。一棵牡丹,每五年才能分根,结籽常需七年。一个杂交的新品种的栽培需要十五年,成种率为千分之四。看花才十日,栽花十五年,亦云劳矣。

参观了牡丹园,李集大队的支部书记早就摆好了纸墨笔砚,请与几

个字留念,写了四句:

> 造化师人意,春秋在畚锸。
>
> 曹州天下奇,红粉黄金甲。

告别的时候,支书叫我们等一等,说是要送我们一些花,一个小伙子抱来了一抱。带到招待所,养在茶缸里,每间屋里都有几缸花。菏泽的同志说,未开的骨朵可以带到北京,我们便带在吉普车上。不想到了梁山,住了一夜,全都开了,于是一齐捧着送给了梁山招待所的女服务员。正是:菏泽牡丹携不去,且留春色在梁山。

# 上 梁 山

早发菏泽,经钜野,至郓城小憩。郓城是一个新建的现代城市,老城已经看不出痕迹。城中旧有乌龙院遗址,询之一老人,说是在天主堂的旁边。他说:"您这是问俺咧,问那些小青年,他们都知不道。"按乌龙院当是后人附会,不应信。《水浒传》说宋江讨了阎婆惜,"就在县西巷内讨了一所楼房,置办些家火什物,安顿了阎婆惜娘儿两个在那里居住"(《坐楼杀惜》有几分根据),并没有说盖了什么乌龙院。宋江把安顿阎婆惜的"小公馆"命名为乌龙院也颇怪,这和风花雪月实在毫不相干。近午,抵梁山县。县是一九四九年建置的,因境内有梁山而得名。

传说中的梁山,很有可能就在这里(听说有人有不同意见)。元高文秀《黑旋风双献功》杂剧云:"寨名水浒,泊号梁山。……南通巨野、金乡,北靠青、齐、兖、郓。"按其地望,实颇相似。《双献功》是杂剧,不是信史,但高文秀距南宋不远,不会无缘无故地制造出一个谣言。现在还有一条宽约四尺,相当平整的路,从山脚直通山顶,称为"宋江马道",说是宋江当初就是从这条路骑马上山的。这条路是人修的,想来是有人在山上安寨驻扎过。否则,这里既非交通要道,山上又无什么特殊的物产,当地的乡民是不会修出这样一条"马道"来的。主峰虎头山的山腰有两道石头垒成的寨墙,一为外寨,一为内寨,这显然就是为了防御用的。墙已坍塌，只剩下正面的一截了，还有三四尺高。石块皆如斗大。余嘉锡《宋江三十六人考实》引元袁桷过梁山泊诗："飘飘愧陈人，历历见遗址。流移散空洲，崛强寻故垒"，"故垒"或当即指的是这两道寨墙。想来当初是颇为结实而雄伟的，如袁桷所云，是"崛强"的。山顶有一块平地或云有十五亩，即忠义堂所在。堂址前的一块石头上有旗杆窝，说是插杏黄旗的，小且浅，似不可信。

梁山不甚高大，山势也不险恶。以我这样的年龄（六十三岁），这样的身体（心脏欠佳），可以一口气走上山顶而不觉得怎么样。这样一座山，能做出那样大的一番事业么？清代的王培荀就说过："自今视之，山不高大，山外一望平陆"，他怀疑小说"铺张太过"（《乡园忆旧》）。曹玉珂过梁山，也发生过类似疑问，"于是进父老而问之"，对曰"险不在山而在水也"。原来如此！

梁山周围原来是一片大水，即梁山泊，累经变迁。《辞海》"梁山泊"条言之甚详："'泊'一作'泺'。在今山东梁山、郓城等县间。南部梁山以南，本系大野泽的一部分，五代时泽面北移，环梁山皆成巨浸，始称梁山泊。从五代到北宋，多次被溃决的黄河河水灌入，面积逐渐扩大，熙宁以后，周围达八百里。入金后河徙水退，渐涸为平地。元末一度为黄河决入，又成大泊，不久又涸。"历来关于梁山泊的记载，迷离扑朔，或说八百里，或说三百里，或说有水，或说没有水，《辞海》算是把它的来龙去脉理出一个头绪来了。

梁山东面的东平湖现在的面积还有三十一万亩，比微山湖略小，据说原来东平湖和梁山泊是连着的，那可是一片非常壮观的大水！前年黄河分洪，河水还曾从东平湖漫过来，直抵梁山脚下。水退了，山下仍是"一望平陆"，整整齐齐，一方块一方块麦子地。梁山遂成了一座干山，只有梁山，并无水泊了。

梁山县准备把梁山修复起来，已经成立了修复梁山规划领导小组。栽了很多树，还在本山修了断金亭。断金亭结构疏朗，斗拱甚大，像个宋代建筑。以后还将陆续修建，想要把黄河水引过来，恢复梁山旧观。不过这大概需要好多年。所谓"修复"也只能得其仿佛。《水浒传》是小说,大部分是虚构,谁知道水泊梁山到底是个什么样子呢。

在梁山住两日,餐餐食有鱼。鱼皆鲜活,是从东平湖里捞上来的。梁山人很会做鱼,糖醋、酥煮、清蒸,皆极精妙,达到理想的程度。这大概还是梁山泊时期留下来的传统。本地尤重鲤鱼,"无鱼不成席",虽鸡鸭满桌,若无一尾活鲤鱼,即非待客的敬意。东平湖水与黄河通,所以这里的鲤鱼也算黄河鲤。本地人云:辨黄河鲤鱼之法:剖开鱼肚,鱼肉雪白,即是黄河鲤;别处的鲤鱼,里面都有一层黑膜。鲤鱼要大小适中。以二斤半到三斤的为最贵,过小过大,都不值钱。办喜事,尤其要用这般大小的鱼。本地人说:"等着吃你的鱼咧!"意思即是等着吃你的喜酒。鱼必二斤半至三斤,多少钱都要,这样的鱼遂无定价,往往一桌席,一半便是这条鱼钱。我们吃的,正是这样大的鲤鱼。吃着鲤鱼不禁想起《水浒》。吴学究往碣石村说三阮撞筹,借口便是"如今在一个大财主家做门馆教学,今来要对付十数尾金色鲤鱼"。特重鲤鱼,由来久矣。不过吴用要的却是十四五斤的。十四五斤的鲤鱼,不好吃了。这是因为写《水浒》的施耐庵对吃黄河鲤不大内行,还是古今风俗有异了呢?

《水浒传》第三十八回,宋江在琵琶亭上,忽然心里想要鱼辣汤吃,"便是不才酒后,只爱口鲜鱼汤吃"。宋江是郓城人,离梁山泊不远,他是从小吃惯了鲜鱼的,难怪说腌了的鱼不中吃。

修复梁山规划小组的同志嘱写几个字,为书俚句:

> 远闻钜野泽,来上宋江山。
>
> 马道横今古,寨墙积暮烟。
>
> 旧址颇茫渺,遗规尚俨然。
>
> 何当觇杏帜,舟渡蓼花滩?

宿梁山之第二日,大雨,破晓时雨始渐住。这场雨对小麦十分有利。一老人说:"我活了七十年,没见过这时候下这样的雨的!"这真是及时雨。山东今年是个好年景。

一九八三年五月六日,北京

**注　释**

①　本篇原载《北京文学》1983 年第十期；初收《榆树村杂记》，中国华侨出版
　　社，1993 年 9 月。

# 人间幻境花果山[①]

花果山的出名，是因为据说这里是孙悟空的老家。我对这种说法一直持怀疑态度。这回到了连云港，上了趟花果山，我的看法有些改变了。

花果山是云台山的一部分。程学桓《云台诸山记游》云："河自西来，薄于淮，折而东北走，盖将入海矣。距海既近，天地于是蓄其力而隆为山，以持束之，……其最高大而横绝海上者，则为云台山。"写《西游记》的吴承恩是淮安人，淮安没有山。我曾听朱自清先生说过：淮安人是到了南阁楼就要修家书的。吴承恩平生未尝远游，没有见过多少名山大川。云台山距淮安近在咫尺，他又有一个朋友是海州人，他到过海州，上过云台山，这种可能性是存在的。如果他写《西游记》曾经从一座什么山受到过启发，那么便只有云台山较为合适。除此之外，还能有什么别的山呢？

云台山自来就有点神话色彩，有点仙气。传说这座山本来没有，是从南方徙来的（漂来的么？）。《山海经·内东经》："都州在海中，一曰郁州。"郭璞注："今在东海朐县东，世传此山自苍梧徙来，上皆有南方物也。"明顾乾《云台图识》引《三元真经》云："三元神圣，驾五色祥云，乘九气清风，云台山上，放大毫光"。这座山原来在海里。山与州之间，隔着一个渡口，风涛险恶。康熙年间，海涨沙淤，渡口忽成陆地，游人才能"骑马上云台"。这样一座"幽深秀特，常冠云气"（《江南通志》）的缥缥缈缈的海上仙山，作为一个神魔故事的产生背景，并非偶然。——吴承恩是会看到或听到过这一类的传说的。

我们上花果山，在十二月初，满眼看到的是遍山新栽的松树和不少银杏。银杏的树龄多在千年以上，老干婆娑，饶有古意。银杏虽也结果,叫做白果,但是大家都不拿它当果树看,所谓"果",通常指的是水果。然而从前山上的花果是颇多的。崔应阶云此山"多古木,杂植花树,殆以万计,实为大观。"吴承恩如果上过云台山,他虽然不一定看到《西游记》里所写的"瑶草奇花不谢,青松翠柏长春,仙桃常结果,修竹每留云"的景象,但和今天肯定是很不一样的。

坚持这是孙悟空的老家的同志认为最有说服力的证据,是山上有一个水帘洞。

水帘洞倒是在吴承恩写《西游记》之前就已经有了,并非因为有了《西游记》而附会出来的。明朝人顾乾《云台山三十六景》里的一景是"神泉普润",记云:"三元殿东上一里许有水帘洞。"刺史王同题曰"高山流水",又题曰"神泉普润"。王同题字刻石,今犹在。

水帘洞的洞口作"人"字形,像一间屋。旧记:"洞中石泉极浅小,冬夏不竭,泉甚甘美。"这口泉今犹可见。这样高的山洞里有泉水,倒是很新鲜的。至于泉水是否甘美,不知道。因为泉面落满了一层枯黄的柳叶,谁也不想捧起来尝尝。

水帘洞甚浅小,勉强可以放下一张单人床。

一个外来的旅客也许会觉得失望:"这就是水帘洞么?"他大概想看到一股瀑布飞泉,"一派白虹起,千寻雪浪飞。海风吹不断,江月照还依。冷气分青嶂,余流润翠微。潺湲石瀑布,真似挂帘帷"。他也许还想看到一道铁板桥,铁板桥后"翠藓堆蓝,白云浮玉,光摇片片烟霞。虚窗静室,滑板凳生花。乳窟龙珠倚柱,萦回满地奇葩……"还想看到石座石床,石盆石碗,"一竿两竿修竹,三点五点梅花"……那未免太天真了。世界上绝对找不出这样的地方,这只是吴承恩的想象。

想象总得有点现实根据。吴承恩的根据,大约就是云台山上的水帘洞。

往游花果山之前夕,枕上曾想了几句诗:

> 刻舟胶柱真多事,
> 传说何妨姑妄言。
> 满纸荒唐《西游记》,

人间幻境花果山。

游罢花果山,所得印象总括如此。

一九八三年十二月十二日

记于北京

注　释

① 本篇原载《连云港文学》1984 年第一期。

# 老 舍 先 生①

北京东城迺兹府丰盛胡同有一座小院。走进这座小院,就觉得特别安静、异常豁亮。这院子似乎经常布满阳光。院里有两棵不大的柿子树(现在大概已经很大了),到处是花,院里、廊下、屋里,摆得满满的。按季更换,都长得很精神,很滋润,叶子很绿,花开得很旺。这些花都是老舍先生和夫人胡絜青亲自莳弄的。天气晴和,他们把这些花一盆一盆抬到院子里,一身热汗。刮风下雨,又一盆一盆抬进屋,又是一身热汗。老舍先生曾说:"花在人养。"老舍先生爱花,真是到了爱花成性的地步,不是可有可无的了。汤显祖曾说他的词曲"俊得江山助"。老舍先生的文章也可以说是"俊得花枝助"。叶浅予曾用白描为老舍先生画像,四面都是花,老舍先生坐在百花丛中的藤椅里,微仰着头,意态悠远。这张画不是写实,意思恰好。

客人被让进了北屋当中的客厅,老舍先生就从西边的一间屋子走出来。这是老舍先生的书房兼卧室。里面陈设很简单,一桌、一椅、一榻。老舍先生腰不好,习惯睡硬床。老舍先生是文雅的、彬彬有礼的。他的握手是轻轻的,但是很亲切。茶已经沏出色了,老舍先生执壶为客人倒茶。据我的印象,老舍先生总是自己给客人倒茶的。

老舍先生爱喝茶,喝得很勤,而且很酽。他曾告诉我,到莫斯科去开会,旅馆里倒是为他特备了一只暖壶。可是他沏了茶,刚喝了几口,一转眼,服务员就给倒了。"他们不知道,中国人是一天到晚喝茶的!"

有时候,老舍先生正在工作,请客人稍候,你也不会觉得闷得慌。你可以看看花。如果是夏天,就可以闻到一阵一阵香白杏的甜香味儿。

一大盘香白杏放在条案上，那是专门为了闻香而摆设的。你还可以站起来看看西壁上挂的画。

老舍先生藏画甚富，大都是精品。所藏齐白石的画可谓"绝品"。壁上所挂的画是时常更换的。挂的时间较久的，是白石老人应老舍点题而画的四幅屏。其中一幅是很多人在文章里提到过的"蛙声十里出山泉"。"蛙声"如何画？白石老人只画了一脉活泼的流泉，两旁是乌黑的石崖，画的下端画了几只摆尾的蝌蚪。画刚刚裱起来时，我上老舍先生家去，老舍先生对白石老人的设想赞叹不止。

老舍先生极其爱重齐白石，谈起来时总是充满感情。我所知道的一点白石老人的逸事，大都是从老舍先生那里听来的。老舍先生谈这四幅里原来点的题有一句是苏曼殊的诗（是哪一句我忘记了），要求画卷心的芭蕉。老人踟蹰了很久，终于没有应命，因为他想不起芭蕉的心是左旋还是右旋的了，不能胡画。老舍先生说："老人是认真的。"老舍先生谈起过，有一次要拍齐白石的画的电影，想要他拿出几张得意的画来，老人说："没有！"后来由他的学生再三说服动员，他才从画案的隙缝中取出一卷（他是木匠出身，他的画案有他自制的"消息"），外面裹着好几层报纸，写着四个大字："此是废纸。"打开一看，都是惊人的杰作，——就是后来纪录片里所拍摄的。白石老人家里人口很多，每天煮饭的米都是老人亲自量，用一个香烟罐头。"一下、两下、三下……行了！"——"再添一点，再添一点！"——"吃那么多呀！"有人曾提出把老人接出来住，这么大岁数了，不要再操心这样的家庭琐事了。老舍先生知道了，给拦了，说："别！他这么着惯了。不叫他干这些，他就活不成了。"老舍先生的意见表现了他对人的理解，对一个人生活习惯的尊重，同时也表现了对白石老人真正的关怀。

老舍先生很好客，每天下午，来访的客人不断。作家，画家，戏曲、曲艺演员……老舍先生都是以礼相待，谈得很投机。

每年，老舍先生要把市文联的同人约到家里聚两次。一次是菊花开的时候，赏菊。一次是他的生日，——我记得是腊月二十三。酒菜丰盛，而有特点。酒是"敞开供应"，汾酒、竹叶青、伏特卡，愿意喝什么喝什么,能喝多少喝多少。有一次很郑重地拿出一瓶葡萄酒,说是毛主席送来的,让大家都喝一点。菜是老舍先生亲自掂配的。老舍先生有意叫大家尝尝地道的北京风味。我记得有次有一瓷钵芝麻酱炖黄花鱼。这道菜我从未吃过,以后也再没有吃过。老舍家的芥末墩是我吃过的最好的芥末墩!有一年,他特意订了两大盒"盒子菜"。直径三尺许的硃红扁圆漆盒,里面分开若干格,装的不过是火腿、腊鸭、小肚、口条之类的切片,但都很精致。熬白菜端上来了,老舍先生举起筷子:"来来来!这才是真正的好东西!"

老舍先生对他下面的干部很了解,也很爱护。当时市文联的干部不多,老舍先生对每个人都相当清楚。他不看干部的档案,也从不找人"个别谈话",只是从平常的谈吐中就了解一个人的水平和才气,那是比看档案要准确得多的。老舍先生爱才,对有才华的青年,常常在各种场合称道,"平生不解藏人善,到处逢人说项斯"。而且所用的语言在有些人听起来是有点过甚其词,不留余地的。老舍先生不是那种惯说模棱两可、含糊其词、温暾水一样的官话的人。我在市文联几年,始终感到领导我们的是一位作家。他和我们的关系是前辈与后辈的关系,不是上下级关系。老舍先生这样"作家领导"的作风在市文联留下很好的影响,大家都平等相处,开诚布公,说话很少顾虑,都有点书生气、书卷气。他的这种领导风格,正是我们今天很多文化单位的领导所缺少的。

老舍先生是市文联的主席,自然也要处理一些"公务",看文件,开会,做报告(也是由别人起草的)……但是作为一个北京市的文化工作的负责人,他常常想着一些别人没有想到或想不到的问题。

北京解放前有一些盲艺人,他们沿街卖艺,有时还兼带算命,生活很苦。他们的"玩意儿"和睁眼的艺人不全一样。老舍先生和一些盲艺人熟识,提议把这些盲艺人组织起来,使他们的生活有出路,别让他们的"玩意儿"绝了。为了引起各方面的重视,他把盲艺人请到市文联演唱了一次。老舍先生亲自主持,作了介绍,还特烦两位老艺人翟少平、于秀卿唱了一段《当皮箱》。这是一个喜剧性的牌子曲,里面有一个人物是当铺的掌柜,说山西话,有一个牌子叫"鹦哥调",句尾的和声用喉舌作出有点像母猪拱食的声音,很特别,很逗。这个段子和这个牌子,是睁眼艺人没有的。老舍先生那天显得很兴奋。

北京有一座智化寺,寺里的和尚作法事和别的庙里的不一样,演奏音乐。他们演奏的乐调不同凡响,很古。所用乐谱别人不能识,记谱的符号不是工尺,而是一些奇奇怪怪的笔道。乐器倒也和现在常见的差不多,但主要的乐器却是管。据说这是唐代的"燕乐"。解放后,寺里的和尚多半已经各谋生计了,但还能集拢在一起。老舍先生把他们请来,演奏了一次。音乐界的同志对这堂活着的古乐都很感兴趣。老舍先生为此也感到很兴奋。

《当皮箱》和"燕乐"的下文如何,我就不知道了。

老舍先生是历届北京市人民代表。当人民代表就要替人民说话。以前人民代表大会的文件汇编是把代表提案都印出来的。有一年老舍先生的提案是:希望政府解决芝麻酱的供应问题。那一年北京芝麻酱缺货。老舍先生说:"北京人夏天离不开芝麻酱!"不久,北京的油盐店里有芝麻酱卖了,北京人又吃上了香喷喷的麻酱面。

老舍是属于全国人民的,首先是属于北京人的。

一九五四年,我调离北京市文联,以后就很少上老舍先生家里去了。听说他有时还提到我。

一九八四年三月二十日

## 注　释

① 本篇原载《北京文学》1984 年第五期;初收《蒲桥集》,作家出版社,1989 年
3 月。

# 翠 湖 心 影[①]

有一个姑娘，牙长得好。有人问她：

"姑娘，你多大了？"

"十七。"

"住在哪里？"

"翠湖西。"

"爱吃什么？"

"辣子鸡。"

过了两天，姑娘摔了一跤，磕掉了门牙。人问她：

"姑娘多大了？"

"十五。"

"住在哪里？"

"翠湖。"

"爱吃什么？"

"麻婆豆腐。"

这是我在四十四年前听到的一个笑话。当时觉得很无聊（是在一个座谈会上听一个本地才子说的）。现在想起来觉得很亲切。因为它让我想起翠湖。

昆明和翠湖分不开，很多城市都有湖。杭州西湖、济南大明湖、扬州瘦西湖。然而这些湖和城的关系都还不是那样密切。似乎把这些湖挪开，城市也还是城市。翠湖可不能挪开。没有翠湖，昆明就不成其为昆明了。翠湖在城里，而且几乎就挨着市中心。城中有湖，这在中国，在世界上，都是不多的。说某某湖是某某城的眼睛，这是一个俗得不能再俗的比喻了。然而说到翠湖,这个比喻还是躲不开。只能说:翠湖是昆明的眼睛。有什么办法呢,因为它非常贴切。

翠湖是一片湖,同时也是一条路。城中有湖,并不妨碍交通。湖之中,有一条很整齐的贯通南北的大路。从文林街、先生坡、府甬道,到华山南路、正义路,这是一条直达的捷径。——否则就要走翠湖东路或翠湖西路,那就绕远多了。昆明人特意来游翠湖的也有,不多。多数人只是从这里穿过。翠湖中游人少而行人多。但是行人到了翠湖,也就成了游人了。从喧嚣扰攘的闹市和刻板枯燥的机关里,匆匆忙忙地走过来,一进了翠湖,即刻就会觉得浑身轻松下来;生活的重压、柴米油盐、委屈烦恼,就会冲淡一些。人们不知不觉地放慢了脚步,甚至可以停下来,在路边的石凳上坐一坐,抽一支烟,四边看看。即使仍在匆忙地赶路,人在湖光树影中,精神也很不一样了。翠湖每天每日,给了昆明人多少浮世的安慰和精神的疗养啊。因此,昆明人——包括外来的游子,对翠湖充满感激。

翠湖这个名字起得好!湖不大,也不小,正合适。小了,不够一游;太大了,游起来怪累。湖的周围和湖中都有堤。堤边密密地栽着树。树都很高大。主要的是垂柳。"秋尽江南草未凋",昆明的树好像到了冬天也还是绿的。尤其是雨季,翠湖的柳树真是绿得好像要滴下来。湖水极清。我的印象里翠湖似没有蚊子。夏天的夜晚,我们在湖中漫步或在堤边浅草中坐卧,好像都没有被蚊子咬过。湖水常年盈满。我在昆明住了七年,没有看见过翠湖干得见了底。偶尔接连下了几天大雨,湖水涨了,湖中的大路也被淹没,不能通过了。但这样的时候很少。翠湖的水不深。浅处没膝,深处也不过齐腰。因此没有人到这里来自杀。我们有一个广东籍的同学,因为失恋,曾投过翠湖。但是他下湖在水里走了一截,又爬上来了。因为他大概还不太想死,而且翠湖里也淹不死人。翠湖不种荷花,但是有许多水浮莲。肥厚碧绿的猪耳状的叶子,开着一望无际的粉紫色的蝶形的花,很热闹。我是在翠湖才认识这种水生植物的。我以后也再也没看到过这样大片大片的水浮莲。湖中多红鱼,很大,都有一尺多长。这些鱼已经习惯于人声脚步,见人不惊,整天只是安安静静地，悠然地浮沉游动着。有时夜晚从湖中大路上过，会忽然拨剌一声，从湖心跃起一条极大的大鱼，吓你一跳。湖水、柳树、粉紫色的水浮莲、红鱼，共同组成一个印象：翠。

一九三九年的夏天，我到昆明来考大学，寄住在青莲街的同济中学的宿舍里，几乎每天都要到翠湖。学校已经发了榜，还没有开学，我们除了骑马到黑龙潭、金殿，坐船到大观楼，就是到翠湖图书馆去看书。这是我这一生去过次数最多的一个图书馆，也是印象极佳的一个图书馆。图书馆不大，形制有一点像一个道观。非常安静整洁。有一个侧院，院里种了好多盆白茶花。这些白茶花有时整天没有一个人来看它，就只是安安静静地欣然地开着。图书馆的管理员是一个妙人。他没有准确的上下班时间。有时我们去得早了，他还没有来，门没有开，我们就在外面等着。他来了，谁也不理，开了门，走进阅览室，把壁上一个不走的挂钟的时针"喀拉拉"一拨，拨到八点，这就上班了，开始借书。这个图书馆的藏书室在楼上。楼板上挖出一个长方形的洞，从洞里用绳子吊下一个长方形的木盘。借书人开好借书单，——管理员把借书单叫做"飞子"，昆明人把一切不大的纸片都叫做"飞子"，——买米的发票、包裹单、汽车票，都叫"飞子"，——这位管理员看一看，放在木盘里，一拽旁边的铃铛，"哗啷啷"，木盘就从洞里吊上去了。——上面大概有个滑车。不一会，上面拽一下铃铛，木盘又系了下来，你要的书来了。这种古老而有趣的借书手续我以后再也没有见过。这个小图书馆藏书似不少，而且有些善本。我们想看的书大都能够借到。过了两三个小时，这位干瘦而沉默的有点像陈老莲画出来的古典的图书管理员站起来，把壁上不走的挂钟的时针"喀拉拉"一拨，拨到十二点：下班！我们对他这种以意为之的计时方法完全没有意见。因为我们没有一定要看完的书，到这里来只是享受一点安静。我们的看书，是没有目的的，从《南诏国志》到福尔摩斯，逮什么看什么。

翠湖图书馆现在还有么？这位图书管理员大概早已作古了。不知道为什么，我会常常想起他来，并和我所认识的几个孤独、贫穷而有点怪僻的小知识分子的印象掺和在一起，越来越鲜明。总有一天，这个人物的形象会出现在我的小说里的。

翠湖的好处是建筑物少。我最怕风景区挤满了亭台楼阁。除了翠湖图书馆,有一簇洋房,是法国人开的翠湖饭店。这所饭店似乎是终年空着的。大门虽开着,但我从未见过有人进去,不论是中国人还是法国人。此外,大路之东,有几间黑瓦朱栏的平房,狭长的,按形制似应该叫做"轩"。也许里面是有一方题作什么轩的横匾的,但是我记不得了。也许根本没有。轩里有一阵曾有人卖过面点,大概因为生意不好,停歇了。轩内空荡荡的,没有桌椅。只在廊下有一个卖"糠虾"的老婆婆。"糠虾"是只有皮壳没有肉的小虾。晒干了,卖给游人喂鱼。花极少的钱,便可从老婆婆手里买半碗,一把一把撒在水里,一尺多长的红鱼就很兴奋地游过来,抢食水面的糠虾,唼喋有声。糠虾喂完,人鱼俱散,轩中又是空荡荡的,剩下老婆婆一个人寂然地坐在那里。

路东伸进湖水,有一个半岛。半岛上有一个两层的楼阁。阁上是个茶馆。茶馆的地势很好,四面有窗,入目都是湖水。夏天,在阁子上喝茶,很凉快。这家茶馆,夏天,是到了晚上还卖茶的(昆明的茶馆都是这样,收市很晚),我们有时会一直坐到十点多钟。茶馆卖盖碗茶,还卖炒葵花子、南瓜子、花生米,都装在一个白铁敲成的方碟子里,昆明的茶馆计账的方法有点特别:瓜子、花生,都是一个价钱,按碟算。喝完了茶,"收茶钱!"堂倌走过来,数一数碟子,就报出个钱数。我们的同学有时临窗饮茶,嗑完一碟瓜子,随手把铁皮碟往外一扔,"pia——",碟子就落进了水里。堂倌算账,还是照碟算。这些堂倌们晚上清点时,自然会发现碟子少了,并且也一定会知道这些碟子上哪里去了。但是从来没有一次收茶钱时因此和顾客吵起来过;并且在提着大铜壶用"凤凰三点头"手法为客人续水时也从不拿眼睛"贼"着客人。把瓜子碟扔进水里,自然是不大道德。不过堂倌不那么斤斤计较的风度却是很可佩服的。

除了到昆明图书馆看书,喝茶,我们更多的时候是到翠湖去"穷遛"。这"穷遛"有两层意思,一是不名一钱地遛,一是无穷无尽地遛。"园日涉以成趣",我们遛翠湖没有个够的时候。尤其是晚上,踏着斑驳的月光树影,可以在湖里一遛遛好几圈。一面走,一面海阔天空,高谈阔论。我们那时都是二十岁上下的人,似乎有很多话要说,可说,我们都说了些什么呢? 我现在一句都记不得了!

我是一九四六年离开昆明的。一别翠湖,已经三十八年了,时间过得真快!

我是很想念翠湖的。

前几年,听说因为搞什么"建设",挖断了水脉,翠湖没有水了。我听了,觉得怅然,而且,愤怒了。这是怎么搞的! 谁搞的? 翠湖会成了什么样子呢? 那些树呢? 那些水浮莲呢? 那些鱼呢?

最近听说,翠湖又有水了,我高兴! 我当然会想到这是三中全会带来的好处。这是拨乱反正。

但是我又听说,翠湖现在很热闹,经常举办"蛇展"什么的,我又有点担心。这又会成了什么样子呢? 我不反对翠湖游人多,甚至可以有游艇,甚至可以设立摊篷卖破酥包子、焖鸡米线、冰激凌、雪糕,但是最好不要搞"蛇展"。我希望还我一个明爽安静的翠湖。我想这也是很多昆明人的希望。

一九八四年五月九日

**注　释**

① 本篇原载《滇池》1984 年第八期;初收《汪曾祺自选集》,漓江出版社,1987年 10 月。

# 泡 茶 馆①

——昆明忆旧之二

　　"泡茶馆"是联大学生特有的语言。本地原来似无此说法，本地人只说"坐茶馆"。"泡"是北京话，其含义很难准确地解释清楚。勉强解释，只能说是持续长久地沉浸其中，像泡泡菜似的泡在里面。"泡蘑菇"、"穷泡"，都有长久的意思。北京的学生把北京的"泡"字带到了昆明，和现实生活结合起来，便创造出一个新的语汇。"泡茶馆"，即长时间地在茶馆里坐着。本地的"坐茶馆"也含有时间较长的意思。到茶馆里去，首先是坐，其次才是喝茶（云南叫吃茶）。不过联大的学生在茶馆里坐的时间往往比本地人长，长得多，故谓之"泡"。

　　有一个姓陆的同学，是一怪人，曾经骑自行车旅行半个中国。这人真是一个泡茶馆的冠军。他有一个时期，整天在一家熟识的茶馆里泡着。他的盥洗用具就放在这家茶馆里。一起来就到茶馆里去洗脸刷牙，然后坐下来，泡一碗茶，吃两个烧饼，看书。一直到中午，起身出去吃午饭。吃了饭，又是一碗茶，直到吃晚饭。晚饭后，又是一碗，直到街上灯火阑珊，才挟着一本很厚的书回宿舍睡觉。

　　昆明的茶馆共分几类，我不知道。大别起来，只能分为两类，一类是大茶馆，一类是小茶馆。

　　正义路原先有一家很大的茶馆，楼上楼下，有几十张桌子。都是荸荠紫漆的八仙桌，很鲜亮。因为在热闹地区，坐客常满，人声嘈杂。所有的柱子上都贴着一张很醒目的字条："莫谈国事"。时常进来一个看相的术士，一手捧一个六寸来高的硬纸片，上书该术士的大名（只能叫做大名，因为往往不带姓，不能叫"姓名"；又不能叫"法名"、"艺名"，因为他并未出家，也不唱戏），一只手捏着一根纸媒子，在茶桌间绕来绕去,嘴里念说着"送看手相不要钱!""送看手相不要钱"——他手里这根媒子即是看手相时用来指示手纹的。

这种大茶馆有时唱围鼓。围鼓即由演员或票友清唱。我很喜欢"围鼓"这个词。唱围鼓的演员、票友好像是不取报酬的,只是一群有同好的闲人聚拢来唱着玩。但茶馆却可借来招揽顾客,所以茶馆里便于闹市张贴告条:"某月日围鼓"。到这样的茶馆里来一边听围鼓,一边吃茶,也就叫做"吃围鼓茶"。"围鼓"这个词大概是从四川来的,但昆明的围鼓似多唱滇剧。我在昆明七年,对滇剧始终没有入门。只记得不知什么戏里有一句唱词"孤王头上长青苔"。孤王的头上如何会长青苔呢?这个设想实在是奇绝,因此一听就永不能忘。

我要说的不是那种"大茶馆"。这类大茶馆我很少涉足,而且有些大茶馆,包括正义路那家兴隆鼎盛的大茶馆,后来大都陆续停闭了。我所说的是联大附近的茶馆。

从西南联大新校舍出来,有两条街,凤翥街和文林街,都不长。这两条街上至少有不下十家茶馆。

从联大新校舍,往东,折向南,进一座砖砌的小牌楼式的街门,便是凤翥街。街头右手第一家便是一家茶馆。这是一家小茶馆,只有三张茶桌,而且大小不等,形状不一的茶具也是比较粗糙的,随意画了几笔蓝花的盖碗。除了卖茶,檐下挂着大串大串的草鞋和地瓜(即湖南人所谓的凉薯),这也是卖的。张罗茶座的是一个女人。这女人长得很强壮,皮色也颇白净。她生了好些孩子。身边常有两个孩子围着她转,手里还抱着一个。她经常敞着怀,一边奶着那个早该断奶的孩子,一边为客人冲茶。她的丈夫,比她大得多,状如猿猴,而目光锐利如鹰。他什么事情也不管,但是每天下午却捧了一个大碗喝牛奶。这个男人是一头种畜。这情况使我们颇为不解。这个白皙强壮的妇人,只凭一天卖几碗茶,卖一点草鞋、地瓜,怎么能喂饱了这么多张嘴,还能供应一个懒惰的丈夫每天喝牛奶呢?怪事!中国的妇女似乎有一种天授的惊人的耐力,多大的负担也压不垮。

由这家往前走几步,斜对面,曾经卅过一家专门招徕大学生的新式茶馆。这家茶馆的桌椅都是新打的,涂了黑漆。堂倌系着白围裙。卖茶用细白瓷壶,不用盖碗(昆明茶馆卖茶一般都用盖碗)。除了清茶,还卖沱茶、香片、龙井。本地茶客从门外过,伸头看看这茶馆的局面,再看看里面坐得满满的大学生,就会挪步另走一家了。这家茶馆没有什么值得一记的事,而且开了不久就关了。联大学生至今还记得这家茶馆是因为隔壁有一家卖花生米的。这家似乎没有男人,站柜卖货是姑嫂两人,都还年轻,成天涂脂抹粉。尤其是那个小姑子,见人走过,辄作媚笑。联大学生叫她花生西施。这西施卖花生米是看人行事的。好看的来买,就给得多。难看的给得少。因此我们每次买花生米都推选一个挺拔英俊的"小生"去。

再往前几步,路东,是一个绍兴人开的茶馆。这位绍兴老板不知怎么会跑到昆明来,又不知为什么在这条小小的凤翥街上来开一只茶馆。他至今乡音未改。大概他有一种独在异乡为异客的情绪,所以对待从外地来的联大学生异常亲热。他这茶馆里除了卖清茶,还卖一点芙蓉糕、萨其玛、月饼、桃酥,都装一个玻璃匣子里。我们有时觉得肚子里有点缺空而又不到吃饭的时候,便到他这里一边喝茶一边吃两块点心。有一个善于吹口琴的姓王的同学经常在绍兴人茶馆喝茶。他喝茶,可以欠账。不但喝茶可以欠账,我们有时想看电影而没有钱,就由这位口琴专家出面向绍兴老板借一点。绍兴老板每次都是欣然地打开钱柜,拿出我们需要的数目。我们于是欢欣鼓舞,兴高采烈,迈开大步,直奔南屏电影院。

再往前,走过十来家店铺,便是凤翥街口,路东路西各有一家茶馆。

路东一家较小,很干净,茶桌不多。掌柜的是个瘦瘦的男人,有几个孩子。掌柜的事情多,为客人冲茶续水,大都由一个十三四岁的大儿子担任,我们称他这个儿子为"主任儿子"。街西那家又脏又乱,地面坑洼不平,一地的烟头、火柴棍、瓜子皮。茶桌也是七大八小,摇摇晃晃,但是生意却特别好。从早到晚,人坐得满满的。也许是因为风水好。这家茶馆正在凤翥街和龙翔街交接处,门面一边对着凤翥街,一边对着龙翔街,坐在茶馆两条街上的热闹都看得见。到这家吃茶的全部是本地人,本街的闲人、赶马的"马锅头",卖柴的、卖菜的。他们都抽叶子烟。要了茶以后,便从怀里掏出一个烟盒——圆形,皮制的,外面涂着一层黑漆,打开来,揭开覆盖着的菜叶,拿出剪好的金堂叶子,一枝一枝地卷起来。茶馆的墙壁上张贴、涂抹得乱七八糟。但我却于西墙上发现了一首诗,一首真正的诗:

> 记得旧时好,
> 跟随爹爹去吃茶。
> 门前磨螺壳,
> 巷口弄泥沙。

是用墨笔题写在墙上的。这使我大为惊异了。这是什么人写的呢?

每天下午,有一个盲人到这家茶馆来卖唱。他打着扬琴,说唱着。照现在的说法,这应是一种曲艺,但这种曲艺该叫什么名称,我一直没有打听着。我问过"主任儿子",他说是"唱扬琴的",我想不是。他唱的是什么? 我有一次特意站下来听了一会,是:

> ⋯⋯⋯⋯
> 良田美地卖了,
> 高楼大厦拆了,
> 娇妻美妾跑了,
> 狐皮袍子当了⋯⋯

我想了想,哦,这是一首劝戒鸦片的歌,他这唱的是鸦片烟之为害。这是什么时候传下来的呢? 说不定是林则徐时代某一忧国之士的作品。但是这个盲人只管唱他的,茶客们似乎都没有在听,他们仍然在说话,各人想自己的心事。到了天黑,这个盲人背着扬琴,点着马杆,踽踽地走回家去。我常常想:他今天能吃饱么?

进大西门,是文林街,挨着城门口就是一家茶馆。这是一家最无趣味的茶馆。茶馆墙上的镜框里装的是美国电影明星的照片,蓓蒂·黛维丝、奥丽薇·德·哈弗兰、克拉克盖博、泰伦宝华⋯⋯除了卖茶,还卖咖啡、可可。这家的特点是:进进出出的除了穿西服和麂皮夹克的比较有钱的男同学外,还有把头发卷成一根一根香肠似的女同学。有时到了星期六,还开舞会。茶馆的门关了,从里面传出《蓝色的多瑙河》和《风流寡妇》舞曲,里面正在"嚓嚓嚓"。

和这家斜对着的一家,跟这家截然不同。这家茶馆除卖茶,还卖煎血肠。这种血肠是牦牛肠子灌的,煎起来一街都闻见一种极其强烈的气味,说不清是异香还是奇臭。这种西藏食品,那些把头发卷成香肠一样的女同学是绝对不敢问津的。

由这两家茶馆,往东,不远几步,面南,便可折向钱局街。街上有一家老式的茶馆,楼上楼下,茶座不少。说这家茶馆是"老式"的,是因为茶馆备有烟筒,可以租用。一段青竹,旁安一个粗如小指半尺长的竹管,一头装一个带爪的莲蓬嘴,这便是"烟筒"。在莲蓬嘴里装了烟丝,点以纸媒,把整个嘴埋在筒口内,尽力猛吸,筒内的水咚咚作响,浓烟便直灌肺腑,顿时觉得浑身通泰。吸烟筒要有点功夫,不会吸的吸不出烟来。茶馆的烟筒比家用的粗得多,高齐桌面,吸完就靠在桌腿边,吸时尤需底气充足。这家茶馆门前,有一个小摊,卖酸角(不知什么树上结的,形状有点像皂荚,极酸,入口使人攒眉)、拐枣(也是树上结的,应该算是果子,状如鸡爪,一疙瘩一疙瘩的,有的地方即叫做鸡脚爪,味道很怪,像红糖,又有点像甘草),和泡梨(糖梨泡在盐水里。梨味本是酸甜的,昆明人却偏于盐水内泡而食之。泡梨仍有梨香,而梨肉极脆嫩)。过了春节则有人于门前卖葛根。葛根是药,我过去只在中药铺见过,切成四方的棋子块儿,是已经经过加工的了。原物是什么样子,我是在昆明才见到的。这种东西可以当零食来吃,我也是在昆明才知道。一截根,粗如手臂,横放在一块板上,外包一块湿布。给很少的钱,卖葛根的便操起有点像北京切涮羊肉的肉片用的那种薄刃长刀,切下薄薄的几片给你。雪白的。嚼起来有点像干瘪的生白薯片,而有极重的药味。据说葛根能清火。联大的同学大概很少人吃过葛根。我是什么奇奇怪怪的东西都要买一点尝一尝的。

大学二年级那一年,我和两个外文系的同学经常一早就坐到这家茶馆靠窗的一张桌边,各自看自己的书,有时整整坐一上午,彼此不交一语。我这时才开始学写作,我的最初几篇小说,即是在这家茶馆里写的。茶馆离翠湖很近,从翠湖吹来的风里,时时带有水浮莲的气味。

回到文林街。文林街中,正对府甬道,后来新开了一家茶馆。这家茶馆的特点一是卖茶用玻璃杯,不用盖碗,也不用壶。不卖清茶,卖绿茶和红茶。红茶色如玫瑰,绿茶苦如猪胆。第二是茶桌较小,且覆有玻璃桌面。在这样桌子上打桥牌实在是再合适不过了,因此到这家茶馆来喝茶的,大都是来打桥牌的,这茶馆实在是一个桥牌俱乐部。联大打桥牌之风很盛。有一个姓马的同学每天到这里打桥牌。解放后,我才知道他是老地下党员,昆明学生运动的领导人之一。学生运动搞得那样热火朝天,他每天都只是很闲在,很热衷地在打桥牌,谁也看不出他和学生运动有什么关系。

文林街的东头,有一家茶馆,是一个广东人开的,字号就叫"广发茶社",——昆明的茶馆我记得字号的只有这一家。原因之一,是我后来住在民强巷,离广发很近,经常到这家去。原因之二是——经常聚在这家茶馆里的,有几个助教、研究生和高年级的学生。这些人多多少少有一点玩世不恭。那时联大同学常组织什么学会,我们对这些俨乎其然的学会微存嘲讽之意。有一天,广发的茶友之一说:"咱们这也是一个学会,——广发学会!"这本是一句茶余的笑话。不料广发的茶友之一,解放后,在一次运动中被整得不可开交,胡乱交待问题,说他曾参加过"广发学会"。这就惹下了麻烦。几次有人,专程到北京来外调"广发学会"问题。被调查的人心里想笑,又笑不出来,因为来外调的政工人员态度非常严肃。广发茶馆代卖广东点心。所谓广东点心,其实只是包了不同味道的甜馅的小小的酥饼,面上却一律贴了几片香菜叶子。这大概是这一家饼师的特有的手艺。我在别处吃过广东点心,就没有见过面上贴有香菜叶子的——至少不是每一块都贴。

或问:泡茶馆对联大学生有些什么影响?答曰:第一,可以养其浩然之气。联大的学生自然也是贤愚不等,但多数是比较正派的。那是一个污浊而混乱的时代,学生生活又穷困得近乎潦倒,但是很多人却能自许清高,鄙视庸俗,并能保持绿意葱茏的幽默感,用来对付恶浊和穷困,并不颓丧灰心,这跟泡茶馆是有些关系的。第二,茶馆出人才。联大学生上茶馆,并不只是穷泡,除了瞎聊,大部分时间都是用来读书的。联大图书馆座位不多,宿舍里没有桌凳,看书多半在茶馆里。联大同学上茶馆很少不挟着一本乃至几本书的。不少人的论文、读书报告,都是在茶馆写的。有一年一位姓石的讲师的《哲学概论》期终考试,我就是把考卷拿到茶馆里去答好了再交上去的。联大八年,出了很多人才。研究联大校史,搞"人才学",不能不了解了解联大附近的茶馆。第三,泡茶馆可以接触社会。我对各种各样的人、各种各样的生活都发生兴趣,都想了解了解,跟泡茶馆有一定关系。如果我现在还算一个写小说的人,那么我这个小说家是在昆明的茶馆里泡出来的。

一九八四年五月十三日

**注　释**

① 本篇原载《滇池》1984 年第九期;初收《蒲桥集》,作家出版社,1989 年 3 月。

# 昆　明　的　雨①

——昆明忆旧之三

宁坤要我给他画一张画,要有昆明的特点。我想了一些时候,画了一幅:右上角画了一片倒挂着的浓绿的仙人掌,末端开出一朵金黄色的花;左下画了几朵青头菌和牛肝菌。题了这样几行字:

> 昆明人家常于门头挂仙人掌一片以辟邪,仙人掌悬空倒挂,尚能存活开花。于此可见仙人掌生命之顽强,亦可见昆明雨季空气之湿润。雨季则有青头菌、牛肝菌,味极鲜腴。

我想念昆明的雨。

我以前不知道有所谓雨季。"雨季",是到昆明以后才有了具体感受的。

我不记得昆明的雨季有多长,从几月到几月,好像是相当长的。但是并不使人厌烦。因为是下下停停、停停下下,不是连绵不断,下起来没完。而且并不使人气闷。我觉得昆明雨季气压不低,人很舒服。

昆明的雨季是明亮的、丰满的,使人动情的。城春草木深,孟夏草木长。昆明的雨季,是浓绿的。草木的枝叶里的水分都到了饱和状态,显示出过分的、近于夸张的旺盛。

我的那张画是写实的。我确实亲眼看见过倒挂着还能开花的仙人掌。旧日昆明人家门头上用以辟邪的多是这样一些东西:一面小镜子,周围画着八卦,下面便是一片仙人掌,——在仙人掌上扎一个洞,用麻线穿了,挂在钉子上。昆明仙人掌多,且极肥大。有些人家在菜园的周围种了一圈仙人掌以代替篱笆。——种了仙人掌,猪羊便不敢进园吃菜了。仙人掌有刺,猪和羊怕扎。

昆明菌子极多。雨季逛菜市场,随时可以看到各种菌子。最多,也最便宜的是牛肝菌。牛肝菌下来的时候,家家饭馆卖炒牛肝菌,连西南联大食堂的桌子上都可以有一碗。牛肝菌色如牛肝,滑,嫩,鲜,香,很好吃。炒牛肝菌须多放蒜,否则容易使人晕倒。青头菌比牛肝菌略贵。这种菌子炒熟了也还是浅绿色的,格调比牛肝菌高。菌中之王是鸡𤓋,味道鲜浓,无可方比。鸡𤓋是名贵的山珍,但并不真的贵得惊人。一盘红烧鸡𤓋的价钱和一碗黄焖鸡不相上下,因为这东西在云南并不难得。有一个笑话:有人从昆明坐火车到呈贡,在车上看到地上有一棵鸡𤓋,他跳下去把鸡𤓋捡了,紧赶两步,还能爬上火车。这笑话用意在说明昆明到呈贡的火车之慢,但也说明鸡𤓋随处可见。有一种菌子,中吃不中看,叫做干巴菌。乍一看那样子,真叫人怀疑:这种东西也能吃?!颜色深褐带绿,有点像一堆半干的牛粪或一个被踩破了的马蜂窝。里头还有许多草茎、松毛,乱七八糟!可是下点功夫,把草茎松毛择净,撕成蟹腿肉粗细的丝,和青辣椒同炒,入口便会使你张目结舌:这东西这么好吃?!还有一种菌子,中看不中吃,叫鸡油菌。都是一般大小,有一块银圆那样大,滴溜圆,颜色浅黄,恰似鸡油一样。这种菌子只能做菜时配色用,没甚味道。

雨季的果子,是杨梅。卖杨梅的都是苗族女孩子。戴一顶小花帽子,穿着扳尖的绣了满帮花的鞋,坐在人家阶石的一角,不时吆唤一声:"卖杨梅——",声音娇娇的。她们的声音使得昆明雨季的空气更加柔和了。昆明的杨梅很大,有一个乒乓球那样大,颜色黑红黑红的,叫做"火炭梅"。这个名字起得真好,真是像一球烧得炽红的火炭!一点都不酸!我吃过苏州洞庭山的杨梅、井冈山的杨梅,好像都比不上昆明的火炭梅。

雨季的花是缅桂花。缅桂花即白兰花,北京叫做"把儿兰"(这个名字真不好听)。云南把这种花叫做缅桂花,可能最初这种花是从缅甸传入的,而花的香味又有点像桂花,其实这跟桂花实在没有什么关系。——不过话又说回来,别处叫它白兰、把儿兰,它和兰花也挨不上呀,也不过是因为它很香,香得像兰花。我在家乡看到的白兰多是一人高,昆明的缅桂是大树！我在若园巷二号住过,院里有一棵大缅桂,密密的叶子,把四周房间都映绿了。缅桂盛开的时侯,房东(是一个五十多岁的寡妇)就和她的一个养女,搭了梯子上去摘,每天要摘下来好些,拿到花市上去卖。她大概是怕房客们乱摘她的花,时常给各家送去一些。有时送来一个七寸盘子,里面摆得满满的缅桂花！带着雨珠的缅桂花使我的心软软的,不是怀人,不是思乡。

　　雨,有时是会引起人一点淡淡的乡愁的。李商隐的《夜雨寄北》是为许多久客的游子而写的。我有一天在积雨少住的早晨和德熙从联大新校舍到莲花池去。看了池里的满池清水,看了作比丘尼装的陈圆圆的石像(传说陈圆圆随吴三桂到云南后出家,暮年投莲花池而死),雨又下起来了。莲花池边有一条小街,有一个小酒店,我们走进去,要了一碟猪头肉,半斤市酒(装在上了绿釉的土瓷杯里),坐了下来。雨下大了。酒店有几只鸡,都把脑袋反插在翅膀下面,一只脚着地,一动也不动地在檐下站着。酒店院子里有一架大木香花。昆明木香花很多。有的小河沿岸都是木香。但是这样大的木香却不多见。一棵木香,爬在架上,把院子遮得严严的。密匝匝的细碎的绿叶,数不清的半开的白花和饱涨的花骨朵,都被雨水淋得湿透了。我们走不了,就这样一直坐到午后。四十年后,我还忘不了那天的情味。写了一首诗:

　　　　莲花池外少行人,
　　　　野店苔痕一寸深。
　　　　浊酒一杯天过午,
　　　　木香花湿雨沉沉。

　　我想念昆明的雨。

一九八四年五月十九日

**注　释**

① 本篇原载《滇池》1984 年第十期;初收《汪曾祺自选集》,漓江出版社,1987年 10 月。

# 随 笔 两 篇<sup>①</sup>

## 水　母

在中国的北方,有一股好水的地方,往往会有一座水母宫,里面供着水母娘娘。这大概是因为北方干旱,人们对水有一种特殊的感情。为了表达这种感情,于是建了宫,并且创造出一个女性的水之神。水神之为女性,似乎是很自然的事,因为水是温柔的。虽然河伯也是水神,他是男的,但他惯会兴风作浪,时常跟人们捣乱,不是好神,可以另当别论。我在南方就很少看到过水母宫。南方多的是龙王庙。因为南方是水乡,不缺水,倒是常常要大水为灾,故多建龙王庙,让龙王来把水"治"住。

水母娘娘是一个很有特点的女神。

中国的女神的形象大都是一些贵妇人。神是人按照自己的样子创造出来的。女神该是什么样子呢? 想象不出。于是从富贵人家的宅眷中取样,这原本也是很自然的事。这些女神大都是宫样盛装,衣裙华丽,体态丰盈,皮肤细嫩。若是少女或少妇,则往往在端丽之中稍带一点妖冶。《封神榜》里的女娲圣象,"容貌端丽,瑞彩翩翩,国色天姿,宛然如生;真是蕊宫仙子临凡,月殿嫦娥下世",竟至使"纣王一见,神魂飘荡,陡起淫心",可见是并不冷若冰霜。圣象如此,也就不能单怪纣王。作者在描绘时笔下就流露出几分遐想,用语不免轻薄,很不得体的。《水浒传》里的九天玄女也差不多:"头绾九龙飞凤髻,身穿金缕绛绡衣。蓝田玉带曳长裙,白玉圭璋擎彩袖。脸如莲萼,天然眉目映云鬟;唇似樱桃,自在规模端雪体。犹如王母宴蟠桃,却似嫦娥居月殿。"

虽然作者在最后找补了两句："正大仙容描不就,威严形像画难成",也还是挽回不了妖艳的印象。——这二位长得都像嫦娥,真是不谋而合!倾慕中包藏着亵渎,这是中国的平民对于女神也即是对于大家宅眷的微妙的心理。有人见麻姑爪长,想到如果让她来搔搔背一定很舒服。这种非分的异想,是不难理解的。至于中年以上的女神,就不会引起膜拜者的隐隐约约的性冲动了。她们大都长得很富态,一脸的福相,低垂着眼皮,眼观鼻、鼻观心,毫无表情地端端正正地坐着,手里捧着"圭",圭下有一块蓝色的绸帕垫着,绸帕耷拉下来,我想是不让人看见她的胖手。这已经完全是一位命妇甚至是皇娘了。太原晋祠正殿所供的那位晋之开国的国母,就是这样。泰山的碧霞元君,朝山进香的没有知识的乡下女人称之为"泰山老奶奶",这称呼实在是非常之准确,因为她的模样就像一个呼奴使婢的很阔的老奶奶,只不过不知为什么成了神了罢了。——总而言之,这些女神的"成份"都是很高的。"文化大革命"中,有一位农民出身当了造反派的头头的干部,带头打碎了很多神像,其中包括一些女神的像。他的理由非常简单明了:"她们都是地主婆!"不能说他毫无道理。

水母娘娘异于这些女神。

水母宫一般都很小,比一般的土地祠略大一些。"宫"门也矮,身材高大一些的,要低了头才能走进去。里面塑着水母娘娘的金身,大概只有二尺来高。这位娘娘的装束,完全是一个农村小媳妇:大襟的布袄,长裤,布鞋。她的神座不是什么"八宝九龙床",却是一口水缸,上面扣着一个锅盖,她就盘了腿用北方妇女坐炕的姿势坐在锅盖上。她是半侧着身子坐的,不像一般的神座北朝南面对"观众"。她高高地举起手臂,在梳头。这"造型"是很美的。这就是在华北农村到处可以看见的一个俊俊俏俏的小媳妇,完全不是什么"神"!

她为什么会成了神?华北很多村里都流传着这样的故事:

有一家,有一个小媳妇。这地方没水。没有河,也没有井。她每天要到很远的地方去担水。一天,来了一个骑马的过路人,进门要一点水喝。小媳妇给他舀了一瓢。过路人一口气就喝掉了。他还想喝。小媳妇就由他自己用瓢舀。不想这过路人咕咚咕咚把半缸水全喝了！小媳妇想：这人大概是太渴了。她今天没水做饭了，这咋办？心里着急，脸上可没露出来。过路人喝够了水，道了谢。他倒还挺通情理，说：“你今天没水做饭了吧？”——“嗯哪！”——“你婆婆知道了，不骂你吗？”——“再说吧！”过路人说：“你这人——心好！这么着吧：我送给你一根马鞭子，你把鞭子插在水缸里。要水了，就把鞭子往上提提，缸里就有水了。要多少，提多高。要记住，不敢把马鞭子提出缸口！记住，记住，千万记住！”说完了话，这人就不见了。这是个神仙！从此往后，小媳妇就不用走老远的路去担水了。要用水，把马鞭子提一提，就有了。这可真是“美扎”啦！

一天，小媳妇住娘家去了。她婆婆做饭，要用水。她也照着样儿把马鞭子往上提。不想提过了劲，把个马鞭子一下子提出缸口了。这可了不得了，水缸里的水哗哗地往外涌，发大水了。不大会儿工夫，村子淹了！

小媳妇在娘家，早上起来，正梳着头，刚把头发打开，还没有挽上纂，听到有人报信，说她婆家村淹了，小媳妇一听：坏了！准是婆婆把马鞭子拔出缸外了！她赶忙往回奔。到了家，急中生计，抓起锅盖往缸口上一扣，自己腾地一下坐到锅盖上。嘿！水不涌了！

后来，人们就尊奉她为水母娘娘，照着她当时的样子，塑了金身：盘腿坐在扣在水缸上的锅盖上，水退了，她接着梳头。她高高举起手臂，是在挽纂儿哪！

这个小媳妇是值得被尊奉为神的。听到婆家发了大水，急忙就往回奔，何其勇也。抓起锅盖扣在缸口，自己腾地坐了上去，何其智也。水退之后，继续梳头挽纂，又何其从容不迫也。

水母的塑像，据我见到过的，有两种。一种是凤冠霞帔作命妇装束的，俨然是一位“娘娘”；一种是这种小媳妇模样的。我喜欢后一种。

这是农民自己的神，农民按照自己的模样塑造的神。这是农民心目中的女神：一个能干善良且俊俏的小媳妇。农民对这样的水母不缺乏崇敬，但是并不畏惧。农民对她可以平视，甚至可以谈谈家常。这是他们想出来的,他们要的神,——人,不是别人强加给他们头上的一种压力。

有一点是我不明白的。这小媳妇的功德应该是制服了一场洪水,但是她的"宫"却往往在一股好水的源头,似乎她是这股水的赐予者,这到底是怎么回事呢?这个故事很美,但是这个很美的故事和她被尊奉为"水母"又有什么必然的关系呢?但是农民似乎不对这些问题深究。他们觉得故事就是这样的故事,她就是水母娘娘,无需讨论。看来我只好一直糊涂下去了。

中国的百姓——主要是农民,对若干神圣都有和统治者不尽相同的看法,并且往往编出一些对诸神不大恭敬的故事,这是很有意思的事。比如灶王爷。汉朝不知道为什么把"祀灶"搞得那样乌烟瘴气,汉武帝相信方士的鬼话,相信"祀灶可以致物"(致什么"物"呢?),而且"黄金可成,不死之药可至"。这纯粹是胡说八道。后来不知道怎么一来,灶王爷又和人的生死搭上了关系,成了"东厨司命定福灶君"。但是民间的说法殊不同。在北方的农民的传说里,灶王爷是有名有姓的,他姓张,名叫张三(你听听这名字!),而且这人是没出息的,他因为做了什么见不得人的事(什么事,我忘了)钻进了灶火里,弄得一身一脸乌漆墨黑,这才成了灶王。可惜我记性不好,对这位张三灶王爷的全部事迹已经模糊了。异日有暇,当来研究研究张三兄。

或曰:研究这种题目有什么意义,这和四个现代化有何关系?有的!我们要了解我们这个民族。

一九八四年六月廿三日


## 葵·薤

小时读汉乐府《十五从军征》,非常感动。

十五从军征,八十始得归。道逢乡里人,"家中有阿谁?"——"遥望是君家,松柏冢累累。"兔从狗窦入,雉从梁上飞,中庭生旅谷,井上生旅葵。舂谷持作饭,采葵持作羹。羹饭一时熟,不知贻阿谁。出门东向望,泪落沾我衣。

诗写得平淡而真实,没有一句迸出呼天抢地的激情,但是惨切沉痛,触目惊心。词句也明白如话,不事雕饰,真不像是两千多年前的人写出的作品,一个十来岁的孩子也完全能读懂。我未从过军,接触这首诗的时候,也还没有经过长久的乱离,但是不止一次为这首诗流了泪。

然而有一句我不明白,"采葵持作羹"。葵如何可以为羹呢?我的家乡人只知道向日葵,我们那里叫做"葵花"。这东西怎么能做羹呢?用它的叶子?向日葵的叶子我是很熟悉的,很大,叶面很粗,有毛,即使是把它切碎了,加了油盐,煮熟之后也还是很难下咽的。另外有一种秋葵,开淡黄色薄瓣的大花,叶如鸡脚,又名鸡爪葵。这东西也似不能做羹。还有一种蜀葵,又名锦葵,内蒙,山西一带叫做"蜀葵"。我们那里叫做端午花,因为在端午节前后盛开。我从来也没听说过端午花能吃,——包括它的叶、茎和花。后来我在济南的山东博物馆的庭院里看到一种戎葵,样子有点像秋葵,开着耀眼的朱红的大花,红得简直吓人一跳。我想,这种葵大概也不能吃。那么,持以作羹的葵究竟是一种什么东西呢?

后来我读到吴其濬的《植物名实图考长编》和《植物名实图考》。吴其濬是个很值得叫人佩服的读书人。他是嘉庆进士,自翰林院修撰官至湖南等省巡抚。但他并没有只是做官,他留意各地物产丰瘠与民生的关系,依据耳闻目见,辑录古籍中有关植物的文献,写成了《长编》和《图考》这样两部巨著。他的著作是我国十九世纪植物学极重要的专著。直到现在,西方的植物学家还认为他绘的图十分精确。吴其濬在《图考》中把葵列为蔬类的第一品。他用很激动的语气,几乎是大声疾呼,说葵就是冬苋菜。

然而冬苋菜又是什么呢?我到了四川、江西、湖南等省,才见到。我有一回住在武昌的招待所里,几乎餐餐都有一碗绿色的叶菜做的汤。这种菜吃到嘴是滑的,有点像莼菜。但我知道这不是莼菜,因为我知道湖北不出莼菜,而且样子也不像。我问服务员:"这是什么菜?"——

"冬苋菜!"第二天我过到一个巷子,看到有一个年轻的妇女在井边洗菜。这种菜我没有见过。叶片圆如猪耳,颜色正绿,叶梗也是绿的。我走过去问她洗的这是什么菜,——"冬苋菜!"我这才明白:这就是冬苋菜,这就是葵!那么,这种菜作羹正合适,——即使是旅生的。从此,我才算把《十五从军征》真正读懂了。

吴其濬为什么那样激动呢?因为在他成书的时候,已经几乎没有人知道葵是什么了。

蔬菜的命运,也和世间一切事物一样,有其兴盛和衰微,提起来也可叫人生一点感慨。葵本来是中国的主要蔬菜。《诗·邠风·七月》:"七月烹葵及菽",可见其普遍。后魏《齐民要术》以《种葵》列为蔬菜第一篇。"采葵莫伤根","松下清斋折露葵",时时见于篇咏。元代王祯的《农书》还称葵为"百菜之主"。不知怎么一来,它就变得不行了。明代的《本草纲目》中已经将它列入草类,压根儿不承认它是菜了!葵的遭遇真够惨的!到底是什么原因呢?我想是因为后来全国普遍种植了大白菜。大白菜取代了葵。齐白石题画中曾提出"牡丹为花之王,荔枝为果之王,独不论白菜为菜中之王,何也?"其实大白菜实际上已经成"菜之王"了。

幸亏南方几省还有冬苋菜,否则吴其濬就死无对证,好像葵已经绝了种似的。吴其濬是河南固始人,他的家乡大概早已经没有葵了,都种了白菜了。他要是不到湖南当巡抚,大概也弄不清葵是啥。吴其濬那样激动,是为葵鸣不平。其意若曰:葵本是菜中之王,是很好的东西;它并没有绝种!它就是冬苋菜!您到南方来尝尝这种菜,就知道了!

北方似乎见不到葵了。不过近几年北京忽然卖起一种过去没见过的菜:木耳菜。你可以买一把来,做个汤,尝尝。葵就是那样的味道,滑的。木耳菜本名落葵,是葵之一种,只是葵叶为绿色,而木耳菜则带紫色,且叶较尖而小。

由葵我又想到薤。

我到内蒙去调查抗日战争时期游击队的材料,准备写一个戏。看了好多份资料,都提到部队当时很苦,时常没有粮食吃,吃"荄荄",下面多于括号中注明"（音'害害'）"。我想："荄荄"是什么东西？再说"荄"读gāi，也不读"害"呀！后来在草原上有人给我找了一棵实物，我一看，明白了：这是薤。薤音xiè。内蒙、山西人每把声母为X的字读成H母，又好用叠字，所以把"薤"念成了"害害"。

薤叶极细。我捏着一棵薤，不禁想到汉代的挽歌《薤露》，"薤上露，何易晞，露晞明朝还复落，人死一去何时归？"不说葱上露、韭上露，是很有道理的。薤叶上实在挂不住多少露水，太易"晞"掉了。用此来比喻人命的短促，非常贴切。同时我又想到汉代的人一定是常常食薤的，故尔能近取譬。

北方人现在极少食薤了。南方人还是常吃的。湖南、湖北、江西、云南、四川都有。这几省都把这东西的鳞茎叫做"藠头"。"藠"音"叫"。南方的年轻人现在也有很多不认识这个藠字。我在韶山参观，看到说明材料中提到当时用的一种土造的手榴弹，叫做"洋藠古"，一个讲解员就老实不客气地读成"洋晶古"。湖南等省人吃的藠头大都是腌制的，或入醋，味道酸甜；或加辣椒，则酸甜而极辣，皆极能开胃。

南方人很少知道藠头即是薤的。

北方城里人则连藠头也不认识。北京的食品商场偶尔从南方运了藠头来卖，趋之若鹜的都是南方几省的人。北京人则多用不信任的眼光端详半天，然后望望然而去之。我曾买了一些，请几位北方同志尝尝，他们闭着眼睛嚼了一口，皱着眉头说："不好吃！——这哪有糖蒜好哇！"我本想长篇大论地宣传一下藠头的妙处，只好咽回去了。

哀哉，人之成见之难于动摇也！

我写这篇随笔，用意是很清楚的。

第一，我希望年轻人多积累一点生活知识。古人说诗的作用：可以观，可以群，可以怨，还可以多识于草木虫鱼之名。这最后一点似乎和前面几点不能相提并论，其实这是很重要的。草木虫鱼，多是与人的生活密切相关。对于草木虫鱼有兴趣，说明对人也有广泛的兴趣。

第二，我劝大家口味不要太窄，什么都要尝尝，不管是古代的还是异地的食物，比如葵和薤，都吃一点。一个一年到头吃大白菜的人是没有口福的,许多大家都已经习以为常的蔬菜,比如菠菜和莴笋,其实原来都是外国菜。西红柿、洋葱,几十年前中国还没有,很多人吃不惯,现在不是也都很爱吃了么?许多东西,乍一吃,吃不惯,吃吃,就吃出味儿来了。

你当然知道,我这里说的,都是与文艺创作有点关系的问题。

一九八四年六月二十七日

**注　释**

① 本篇原载《北京文学》1984 年第十一期;初收《汪曾祺自选集》,漓江出版社,1987 年 10 月。

# 隆 中 游 记<sup>①</sup>

往桑植,途经襄樊,勾留一日,少不得到隆中去看看。

诸葛亮选的(也许是他的父亲诸葛玄选的)这块地方很好,在一个山窝窝里,三面皆山,背风而向阳。岗上高爽,可以结庐居住;山下有田,可以躬耕。草庐在哪里?半山有一砖亭,颜曰"草庐旧址",但是究竟是不是这里,谁也说不清。草庐原来是什么样子,更是想象不出了。诸葛亮住在这里时是十七岁至二十七岁,这样年轻的后生,山上山下,一天走几个来回,应该不当一回事。他所躬耕的田是哪一块呢?知不道。没有人在一块田边立一块碑:"诸葛亮躬耕处",这样倒好!另外还有"抱膝亭",当是诸葛亮抱膝而为《梁父吟》的地方了。不过诸葛亮好为"梁父吟",恐怕初无定处,山下不拘哪块石头上,他都可坐下来抱膝而吟一会的。这些"古迹"也如同大多数的古迹一样,只可作为纪念,难于坐实。

隆中的主体建筑是武侯祠。这座武侯祠和成都的不能比,只是一门庑,一享堂,一正殿,都不大。正殿塑武侯像,像太大,与殿不成比例。诸葛亮不是正襟危坐,而是曲右膝,伸左腿那样稍稍偏侧着身子。面上颧骨颇高,下巴突出,与常见诸葛亮画像的面如满月者不同。他穿了一件戏台上员外常穿的宝蓝色的"披",上面用泥金画了好些八卦。不知道从什么时候起,诸葛亮和八卦搞得难解难分,这真是令人哭笑不得,无可奈何的事!

正殿和享堂都挂了很多楹联,佳者绝少。大概诸葛亮的一生功业已经叫杜甫写尽了,后人只能在"三顾"、"两表"上做文章,翻不出新花样了。最好的一副,还是根据成都武侯祠复制的:"能攻心则反侧自消,从古知兵非好战;不审势即宽严皆误,后来治蜀要深思",不即不离，意思深远。有一副的下联是"气周瑜，辱司马，擒孟获，古今流传"，把《三国演义》上的虚构故事也写了进来，堂而皇之地挂在那里，未免笑话。郭老为武侯祠写了一幅中堂，大意说：诸葛亮和陶渊明都曾经躬耕，陶渊明成了诗人，诸葛亮成就了功业。如果诸葛亮不出山，他大概也会像陶渊明一样成为诗人的吧？联想得颇为新奇。不过诸葛亮年轻时即自比于管仲、乐毅，恐怕不会愿抛心力做诗人。

武侯祠一侧为"三义殿"，祀刘、关、张。三义殿与武侯祠相通，但本是"各自为政"，不相统属的。导游说明中说以刘、关、张"配享"诸葛亮，实是有乖君臣大体！三义殿中塑三人像，是泥胎涂金而"做旧"了的。刘备端坐。关、张一个是豹头环眼，一个是蚕眉凤目，都拿着架子，用戏台上的"子午相"坐着。老是这样拿着架子，——尤其是关羽，右手还高高地挑起他的美髯，不累得慌么？其实可以让他们松弛下来，舒舒服服地坐着，这样也比较近似真人，而不像戏曲里的角色。——中国很多神像都受了戏曲的影响。

三义殿前为"三顾堂"，楹联之外，空无一物。

隆中是值得看看的。董老为三顾堂书联，上联用杜甫句"诸葛大名垂宇宙"，下联是"隆中胜迹永清幽"。隆中景色，用"清幽"二字，足以尽之。所以使人觉得清幽，是因为隆中多树。树除松、柏、桐、乌桕外，多桂花和枇杷。枇杷晚翠，桂花不落叶。所以我们往游时，虽已近初冬，山上还是郁郁葱葱的。三顾堂前大枇杷树，树阴遮满一庭。据说花时可收干花数百斤，数百年物也。

下山，走到隆中入口处，有一石牌坊（我们上山走的是旁边的小路），牌坊背面的横额上刻了五个大字："三代下一人"，觉得这对诸葛亮的推崇未免过甚了。"三代下一人"，恐怕谁也当不起，除非孔夫子。

一九八四年十一月七日


注　释

① 本篇原载《收获》2001 年第四期。

# 跑　警　报[①]

## ——昆明忆旧之四

西南联大有一位历史系的教授，——听说是雷海宗先生，他开的一门课因为讲授多年，已经背得很熟，上课前无需准备；下课了，讲到哪里算哪里，他自己也不记得。每回上课，都要先问学生："我上次讲到哪里了？"然后就滔滔不绝地接着讲下去。班上有个女同学，笔记记得最详细，一句不落。雷先生有一次问她："我上一课最后说的是什么？"这位女同学打开笔记夹，看了看，说："您上次最后说：'现在已经有空袭警报，我们下课。'"

这个故事说明昆明警报之多。我刚到昆明的头二年，三九、四〇年，三天两头有警报。有时每天都有，甚至一天有两次。昆明那时几乎说不上有空防力量，日本飞机想什么时候来就来。有时竟至在头一天广播：明天将有二十七架飞机来昆明轰炸。日本的空军指挥部还真言而有信，说来准来！

一有警报，别无他法，大家就都往郊外跑，叫做"跑警报"。"跑"和"警报"联在一起，构成一个语词，细想一下，是有些奇特的，因为所跑的并不是警报。这不像"跑马"、"跑生意"那样通顺。但是大家就这么叫了，谁都懂，而且觉得很合适。也有叫"逃警报"或"躲警报"的，都不如"跑警报"准确。"躲"，太消极；"逃"又太狼狈。唯有这个"跑"字于紧张中透出从容，最有风度，也最能表达丰富生动的内容。

有一个姓马的同学最善于跑警报。他早起看天，只要是万里无云，不管有无警报，他就背了一壶水，带点吃的，夹着一卷温飞卿或李商隐的诗，向郊外走去。直到太阳偏西，估计日本飞机不会来了，才慢慢地回来。这样的人不多。

警报有三种。如果在四十多年前向人介绍警报有几种,会被认为有"神经病",这是谁都知道的。然而对今天的青年,却是一项新的课题。一曰"预行警报"。

联大有一个姓侯的同学,原系航校学生,因为反应迟钝,被淘汰下来,读了联大的哲学心理系。此人对于航空旧情不忘,曾用黄色的"标语纸"贴出巨幅"广告",举行学术报告,题曰《防空常识》。他不知道为什么对"警报"特别敏感。他正在听课,忽然跑了出去,站在"新校舍"的南北通道上,扯起嗓子大声喊叫:"现在有预行警报,五华山挂了三个红球!"可不!抬头望南一看,五华山果然挂起了三个很大的红球。五华山是昆明的制高点,红球挂出,全市皆见。我们一直很奇怪:他在教室里,正在听讲,怎么会"感觉"到五华山挂了红球呢?——教室的门窗并不都正对五华山。

一有预行警报,市里的人就开始向郊外移动。住在翠湖迤北的,多半出北门或大西门,出大西门的似尤多。大西门外,越过联大新校舍门前的公路,有一条由南向北的用浑圆的石块铺成的宽可五六尺的小路。这条路据说是古驿道,一直可以通到滇西。路在山沟里。平常走的人不多。常见的是驮着盐巴、碗糖或其他货物的马帮走过。赶马的马锅头侧身坐在木鞍上,从齿缝里咝咝地吹出口哨(马锅头吹口哨都是这种吹法,没有撮唇而吹的),或低声唱着呈贡"调子":

> 哥那个在至高山那个放呀放放牛,
> 妹那个在至花园那个梳那个梳梳头。
> 哥那个在至高山那个招呀招招手,
> 妹那个在至花园点那个点点头。

这些走长道的马锅头有他们的特殊装束。他们的短褂外都套了一件白色的羊皮背心,脑后挂着漆布的凉帽,脚下是一双厚牛皮底的草鞋状的凉鞋,鞋帮上大都绣了花,还钉着亮晶晶的"鬼眨眼"亮片。——这种鞋似只有马锅头穿,我没见从事别种行业的人穿过。马锅头押着马帮,从这条斜阳古道上走过,马项铃哗稜哗稜地响,很有点浪漫主义的味道,有时会引起远客的游子一点淡淡的乡愁……

有了预行警报,这条古驿道就热闹起来了。从不同方向来的人都涌向这里,形成了一条人河。走出一截,离市较远了,就分散到古道两旁的山野,各自寻找一个合适的地方呆下来,心平气和地等着,——等空袭警报。

联大的学生见到预行警报,一般是不跑的,都要等听到空袭警报:汽笛声一短一长,才动身。新校舍北边围墙上有一个后门,出了门,过铁道(这条铁道不知起讫地点,从来也没见有火车通过),就是山野了。要走,完全来得及。——所以雷先生才会说"现在已经有空袭警报"。只有预行警报,联大师生一般都是照常上课的。

跑警报大都没有准地点,漫山遍野。但人也有习惯性,跑惯了哪里,愿意上哪里。大多是找一个坟头,这样可以靠靠。昆明的坟多有碑,碑上除了刻下坟主的名讳,还刻出"×山×向",并开出坟茔的"四至"。这风俗我在别处还未见过。这大概也是一种古风。

说是漫山遍野,但也有几个比较集中的"点"。古驿道的一侧,靠近语言研究所资料馆不远,有一片马尾松林,就是一个点。这地方除了离学校近,有一片碧绿的马尾松,树下一层厚厚的干了的松毛,很软和,空气好,——马尾松挥发出很重的松脂气味,晒着从松枝间漏下的阳光,或仰面看松树上面的蓝得要滴下来的天空,都极舒适外,是因为这里还可以买到各种零吃。昆明做小买卖的,有了警报,就把担子挑到郊外来了。五味俱全,什么都有。最常见的是"丁丁糖"。"丁丁糖"即麦芽糖,也就是北京人祭灶用的关东糖,不过做成一个直径一尺多,厚可一寸许的大糖饼,放在四方的木盘上,有人掏钱要买,糖贩即用一个刨刀形的铁片楔入糖边,然后用一个小小铁锤,一击铁片,丁的一声,一块糖就震裂下来了,——所以叫做"丁丁糖",其次是炒松子。昆明松子极多,个大皮薄仁饱,很香,也很便宜。我们有时能在松树下面捡到一个很大的成熟了的生的松球,就掰开鳞瓣,一颗一颗地吃起来。——那时候,我们的牙都很好,那么硬的松子壳,一嗑就开了!

另一个集中点比较远,得沿古驿道走出四五里,驿道右侧较高的土山上有一横断的山沟(大概是哪一年地震造成的),沟深约三丈,沟口有二丈多宽,沟底也宽有六七尺。这是一个很好的天然防空沟,日本飞机若是投弹,只要不是直接命中,落在沟里,即便是在沟顶上爆炸,弹片也不易蹦进来。机枪扫射也不要紧,沟的两壁是死角。这道沟可以容数百人。有人常到这里,就利用闲空,在沟壁上修了一些私人专用的防空洞,大小不等,形式不一。这些防空洞不仅表面光洁,有的还用碎石子或破瓷片嵌出图案,缀成对联。对联大都有新意。我至今记得两副,一副是:

> 人生几何
> 恋爱三角

一副是:

> 见机而作
> 入土为安

对联的嵌缀者的闲情逸致是很可叫人佩服的。前一副也许是有感而发,后一副却是记实。

警报有三种。预行警报大概是表示日本飞机已经起飞。拉空袭警报大概是表示日本飞机进入云南省境了,但是进云南省不一定到昆明来。等到汽笛拉了紧急警报:连续短音,这才可以肯定是朝昆明来的。空袭警报到紧急警报之间,有时要间隔很长时间,所以到了这里的人都不忙下沟——沟里没有太阳,而且过早地像云冈石佛似的坐在洞里也很无聊,大都先在沟上看书、闲聊、打桥牌。很多人听到紧急警报还不动,因为紧急警报后日本飞机也不定准来,常常是折飞到别处去了。要一直等到看见飞机的影子了,这才一骨碌站起来,下沟,进洞。联大的学生,以及住在昆明的人,对跑警报太有经验了,从来不仓惶失措。

上举的前一副对联或许是一种泛泛的感慨,但也是有现实意义的。跑警报是谈恋爱的机会。联大同学跑警报时,成双作对的很多。空袭警报一响,男的就在新校舍的路边等着,有时还提着一袋点心吃食,宝珠梨、花生米……他等的女同学来了,"嗨!"于是欣然并肩走出新校舍的后门。跑警报说不上是同生死，共患难，但隐隐约约有那么一点危险感，和看电影、遛翠湖时不同。这一点危险感使两方的关系更加亲近了。女同学乐于有人伺候，男同学也正好殷勤照顾，表现一点骑士风度。正如孙悟空在高老庄所说："一来医得眼好，二来又照顾了郎中，这是凑四合六的买卖。"从这点来说，跑警报是颇为罗曼蒂克的。有恋爱，就有三角，有失恋。跑警报的"对儿"并非总是固定的，有时一方被另一方"甩"了，两人"吹"了，"对儿"就要重新组合。写（姑且叫做"写"吧）那副对联的，大概就是一位被"甩"的男同学。不过，也不一定。

警报时间有时很长，长达两三个小时，也很"腻歪"。紧急警报后，日本飞机轰炸已毕，人们就轻松下来。不一会，"解除警报"响了：汽笛拉长音，大家就起身拍拍尘土，络绎不绝地返回市里。也有时不等解除警报，很多人就往回走：天上起了乌云，要下雨了。一下雨，日本飞机不会来。在野地里被雨淋湿，可不是事！一有雨，我们有一个同学一定是一马当先往回奔，就是前面所说那位报告预行警报的姓侯的。他奔回新校舍，到各个宿舍搜罗了很多雨伞，放在新校舍的后门外，见有女同学来，就递过一把。他怕这些女同学挨淋。这位侯同学长得五大三粗，却有一副贾宝玉的心肠。大概是上了吴雨僧先生的《红楼梦》的课，受了影响。侯兄送伞，已成定例。警报下雨，一次不落。名闻全校，贵在有恒。——这些伞，等雨住后他还会到南院女生宿舍去敛回来，再归还原主的。

跑警报，大都要把一点值钱的东西带在身边。最方便的是金子，——金戒指。有一位哲学系的研究生曾经作了这样的逻辑推理：有人带金子，必有人会丢掉金子，有人丢金子，就会有人捡到金子，我是人，故我可以捡到金子。因此，他跑警报时，特别是解除警报以后，他每次都很留心地巡视路面。他当真两次捡到过金戒指！逻辑推理有此妙用，大概是教逻辑学的金岳霖先生所未料到的。

联大师生跑警报时没有什么可带，因为身无长物，一般大都是带两本书或一册论文的草稿。有一位研究印度哲学的金先生每次跑警报总

266

要提了一只很小的手提箱。箱子里不是什么别的东西,是一个女朋友写给他的信——情书。他把这些情书视如性命,有时也会拿出一两封来给别人看。没有什么不能看的,因为没有卿卿我我的肉麻的话,只是一个聪明女人对生活的感受,文字很俏皮,充满了英国式的机智,是一些很漂亮的 Essay,字也很秀气。这些信实在是可以拿来出版的。金先生辛辛苦苦地保存了多年,现在大概也不知去向了,可惜。我看过这个女人的照片,人长得就像她写的那些信。

联大同学也有不跑警报的,据我所知,就有两人。一个是女同学,姓罗。一有警报,她就洗头。别人都走了,锅炉房的热水没人用,她可以敞开来洗,要多少水有多少水!另一个是一位广东同学,姓郑。他爱吃莲子。一有警报,他就用一个大漱口缸到锅炉火口上去煮莲子。警报解除了,他的莲子也烂了。有一次日本飞机炸了联大,昆中北院、南院,都落了炸弹,这位郑老兄听着炸弹乒乒乓乓在不远的地方爆炸,依然在新校舍大图书馆旁的锅炉上神色不动地搅和他的冰糖莲子。

抗战期间,昆明有过多少次警报,日本飞机来过多少次,无法统计。自然也死了一些人,毁了一些房屋。就我的记忆,大东门外,有一次日本飞机机枪扫射,田地里死的人较多。大西门外小树林里曾炸死了好几匹驮木柴的马。此外似无较大伤亡。警报、轰炸,并没有使人产生血肉横飞,一片焦土的印象。

日本人派飞机来轰炸昆明,其实没有什么实际的军事意义,用意不过是吓唬吓唬昆明人,施加威胁,使人产生恐惧。他们不知道中国人的心理是有很大的弹性的,不那么容易被吓得魂不附体。我们这个民族,长期以来,生于忧患,已经很"皮实"了,对于任何猝然而来的灾难,都用一种"儒道互补"的精神对待之。这种"儒道互补"的真髓,即"不在乎"。这种"不在乎"精神,是永远征不服的。

为了反映"不在乎",作《跑警报》。

一九八四年十二月六日

**注　释**

① 本篇原载《滇池》1985 年第三期；初收《汪曾祺自选集》，漓江出版社，1987
年 10 月。

# 故　乡　水①

这是三年前的事了。

我坐了长途汽车回我的久别的家乡去。真是久别了啊，我离乡已经四十年了。车上的人我都不认识。他们也都不认识我。他们都很年轻。他们用我所熟悉而又十分生疏了的乡音说着话。我听着乡音，不时看看窗外。窗外的景色依然有着鲜明的苏北的特点，但于我又都是陌生的。宽阔的运河、水闸、河堤上平整的公路、新盖的民房……

快到车逻了。过了车逻，再有十五里，就是我的家乡的县城了，我有点兴奋。

在车逻，我遇见一件不愉快的事。

车逻是终点前一站，下车，上车的不少，车得停一会。一个脏乎乎的人夹在上车的旅客中间挤上来了。他一上车，就伸开手向人要钱：

"修福修寿！修儿子！修孙子！"

"修福修寿！修儿子！修孙子！"

他用了我所熟悉的乡音向人乞讨。这是我十分熟悉的乡音。四十年前，我的家乡的乞丐就是用这样的言词要钱的。真想不到，今天还有这样的乞丐，并且还用了这种的言词乞讨。我讨厌这个人，讨厌他的声音和他乞讨时的神情。他并不悲苦，只是死皮赖脸，而且有点玩世不恭。这人差不多有六十岁了，但是身体并不衰惫。他长着一张油黑色的脸，下巴翘出，像一个瓢把子。他浑身冒出泔水的气味。他的裤裆特别肥大，并且拦裆补了很大的补丁。他有小肠气，——这在我的家乡叫做"大卵泡"。

他把肮脏的右手伸向一个小青年：

"修福修寿！修儿子！修孙子！"

邻座另一个小青年说：

"人家还没有结婚！"

"——修个好老婆！"

几个青年同时哄笑起来。我不知道为什么这样一句话会使得他们这样的高兴。

车上有人给他一角钱、五分钱……

上车的客人都已坐定，车要开了，他赶快下车。不料司机一关车门，车子立刻开动，并且开得很快。

"哎！哎！我下车！我下车！"

司机扁着嘴笑着，不理他。

车开出三四里，司机才减了速，开了车门，让他下去。司机存心捉弄他，要他自己走一段路。

他下了车，用手对汽车比划着，张着嘴，大概是在咒骂。他回头向车逻方向走去，一拐一拐的，样子很难看，走得却并不慢。

车上几个小青年看着他的蹒跚的背影，又一起快活地哄笑起来。

这个人留给我的印象是：丑恶；而且，无耻！


我这次回乡，除了探望亲友，给家乡的文学青年讲讲课，主要的目的是想了解了解家乡水利治理的情况。

我的家乡苦水旱之灾久矣。我的家乡的地势是四边高，当中洼，如一个水盂。城西面的运河河底高于城中的街道，站在运河堤上可以俯瞰堤下人家的屋顶。运河经常决口。五年一小决，十年一大决。民国二十年的大水灾我是亲历的。死了几万人。离我家不远的泰山庙就捞起了一万具尸体。旱起来又旱得要命。离我家不远有一条澄子河，河里能通小轮船，可到一沟、二沟、三垛，直达邻县兴化。我在《大淖记事》时写到的就是这条河。有一年大旱，澄子河里拉了洋车！我的童年的记忆里，抹不掉水灾、旱灾的怕人景象。在外多年，见到家乡人，首先问起的也是这方面的情况。有一个在江苏省水利厅工作的我的初中同学有一次到北京开会，来看我。他告诉我我们家乡的水治好了。因为修了江都水利枢纽,筑了洪泽湖大坝,运河的水完全由人力控制了起来,随时可以调节。水大了,可以及时排出;水不足,可以把长江水调进来——家乡人现在可以吃到江水,水灾、旱灾一去不复返了!县境内河也都重新规划调整了;还修了好多渠道,已经全面实现自流灌溉,我听了,很为惊喜。因此,县里发函邀请我回去看看,我立即欣然同意。

运河的改变我在路上已经看到了,我住的招待所离运河不远,几分钟就走上河堤了。我每天起来,沿着河堤从南门走到北门,再折回来。运河拓宽了很多。我们小时候从运河东堤坐船到西堤去玩,两篙子就到了。现在坐轮渡,得一会子。河面宽处像一条江了。原来的土堤全部改为石工。堤面也很宽。堤边密密地种了两层树。在堤上走走,真是令人身心舒畅。

我翻阅了一些资料,访问了几位前后主持水利工作的同志,还参观了两个公社。

农村的变化比城里要大得多。这两个公社的村子我小时候都去过,现在简直一点都认不出了。田都改成了"方田",到处渠网纵横,照当地的说法是"田成方,渠成网"。渠道都是正南正北,左东右西。渠里悠悠地流着清水,渠旁种了高大的芦竹或是杞柳,杞柳我们那里原来都叫做"笆斗柳",是编笆斗的,大都是野生的。现在广泛种植了。我和陪同参观的同志在渠边走着,他们告诉我这条渠"一步一块钱",是说每隔一步,渠边每年可收价值一块钱的柳条。柳条编制的柳器是出口的。我走了几个大队,没有发现一挂过去农村随处可见的龙骨水车,问:

"现在还能找到一挂水车吗?"

"没有了!这东西已经成了古董。现在是,要水一扳闸,看水穿花鞋。——穿了花鞋浇水,也不会沾一点泥。"

"应当保留一挂,放在博物馆里,让后代人看看。"

"这家伙太大了!——可以搞一个模型。"

我问起县里的自流灌溉是怎么搞起来的。

陪同的同志告诉我,要了解这个,最好找一个人谈谈。全县自流灌溉首先搞起来的,是车逻。车逻的自流灌溉是这个人搞起来的。这人姓杨。他现在调到地区工作了,不过家还没有搬,他有时回县里看看。我于是请人代约,想和他见见。

不料过了两天,一大早,这位老杨就到招待所来找我了。

下面就是老杨同志和我谈话的纪要:

"我是新四军小鬼出身,没搞过水利。

"那时我还年轻,在车逻当区长。

"车逻的粮食亩产一向在全县是最高的,——当然不能和现在比。现在这个县早过了'千斤县',一般的亩产都在一千五百斤以上,有不少地方过了'吨粮'——亩产二千斤。那会,最好的田,亩产五百斤,一般的一二百斤。车逻那时的亩产就可达五百斤。但是农民并不富裕,还是很穷。为什么?因为农本高。高在哪里?车水。车逻的田都是高田。那时候,别处的田淹了,车逻是好年成。平常,每年都要车水。车逻的水车特别长!别处的,二十四轧,算是大水车了。车逻的:三十二轧,三十四轧,三十六轧!有的田得用两挂三十六轧大车接起来,才能把水车上来!车水是最重的农活。到了车栽秧水的日子,各处的人都来。本地的,兴化、泰州、甚至盐城的,都来。工钱大,吃食也好。一天吃六顿,顿顿有酒有肉。农本高,高就高在这上头。一到车水是'外头不住地敲'——车水都要敲锣鼓;'家里不住地烧'——烧吃的;'心里不住地焦'——不知道今天能不能把田里的水上满,一到太阳落山,田里有一角上不到水,这家子哭咧,——这一年都没指望了。"

我有点不明白,为什么栽秧水必须一天之内车好,第二天接着车不行吗?但是我没有来得及问。

"'外头不住地敲,家里不住地烧,心里不住地焦',真是一点都不错呀!

"大工钱不是好拿的,好茶饭不是好吃的。到车水的日子,你到车逻来看看,那真叫'紧张热烈'。到处是水车,一挂一挂的长龙。锣鼓敲得震天响。看,是很好看的:车水的都脱光了衣服,除了一个裤头子,浑身一丝不挂,腿上都绑了大红布裹腿。黑亮的皮肉,大红裹腿,对比强烈,真有点'原始'的味道。都是年青的小伙,——上岁数的干不了这个活,身体都很棒,一个赛似一个! 赛着踩。几挂大车约好,看那一班子最后下车杠。坚持不住,早下的,认输。敲着锣鼓,唱着号子。车水有车水的号子,一套一套的:'四季花'、'古人名'……看看这些小伙,好像很快活,其实是在拚命。有的当场就吐了血。吐了血,抬了就走,二话不说,绝不找主家的麻烦。这是规矩。还有的,踩着踩着,不好了:把个大卵子忑下来了!"

我的家乡把忽然漏下来叫 te,有音无字,恐怕连《康熙字典》里都查不到,我只好借用了这个"忑"字,在音义上还比较相近。我找不到别的字来代替它,用别的字都不能表达那种感觉。

我问他,我在车逻车站遇见的那个伸手要钱的人,是不是就是这样得下的病。

"就是的! 这人原来是车水的一把好手。他丧失了劳动力,什么也干,最后混成了这个样子! ——我下决心搞自流灌溉和这病有直接关系。

"那年征兵我跟着医生一同检查应征新兵的体格,——那时的区长什么事都要管。检查结果,百分之八十不合格! ——都有轻重不等的小肠气。我这个区的青年有这样多的得小肠气的,我这个区长睡不着觉了!

"我想:车逻紧挨着运河,为什么不能用上运河水,眼瞧着让运河好水白白地流掉?车逻田是高田,但是田面比运河水面低,为什么不能把运河水引过来,浇到田里?为什么要从下面的河里费那样大的劲把水车上来?把运河堤挖通,安上水泥管子,不就行了吗?

"要什么没有什么。没有经费。——我这项工程计划没有报请上级批准,我不想报。报了也不会批。我这是自作主张,私下里干的。没有经费怎么办?我开了个牛市。"

"牛市?"

"买卖耕牛。区长做买卖,谁也没听说过。没听说过没听说过吧。

我这牛市很赚钱,把牛贩子都顶了!

"有了钱,我就干起来了!我选了一个地方,筑了一圈护堤。——这一点我还知道。不筑护堤,在运河堤上挖开口子,那还得了!让河水从护堤外面走。我给运河东堤开了膛,安下管子,下了闸门,再把河堤填合,我以为这就万事大吉了。一开闸,水流过来了!水是引过来了,可是乱流一气!咳!我连要修渠都不知道!现在人家把我叫成'水利专家'。真是天晓得!我最初是什么也不懂的。

"怎么办?我就买了书来看。只要是跟水利有关的,我都看。我那阵看的书真不少!我又请教了好几位老河工。决定修渠!

"一修渠,问题就来了。为了省工、省料,用水方便,渠道要走直线,不能曲曲弯弯的。这就要占用一些私田。——那阵还没有合作化,田还是各家各户的。渠道定了,立了标竿,画了灰线,就从这里开,管他是谁家的田!农民对我那个骂呀!我前脚走,后脚就有人跳着脚骂我的祖宗八代。骂吧,我只当没听见。我随身都带着枪,——那阵区长都有枪,他们也不敢把我怎么样。

"有一家姓罗的,五口人。渠正好从他家的田中间穿过。罗老头子有一天带了一根麻绳来找我,——他要跟我捆在一起跳河。他这是找我拼命来了。这里有这么一种风俗,冤仇难解,就可以找仇人捆在一起跳河,——同归于尽。他跟我来这一套!我才不理他。我夺过他手里的麻绳,叫民兵把他捆起来,关在区政府厢屋里。直到渠修成了,才放了他。

"修渠要木料,要板子。——这一点,你这个作家大概不懂。不管它,这纯粹是技术问题。我上哪里找木料去?我想了想:有了!挖坟!我把挖出来的棺材板,能用的,都集中起来,就够用了。我可缺了大德了,挖人家的祖坟,这是最缺德的事。我这是没有办法中的办法。为了子孙,得罪祖宗,只好请多多包涵了!经我手挖的坟真不少!

"这就更不得了了!我可捅了个大马蜂窝,犯了众怒。当地人联名控告了我,说我'挖掘私坟'。县里、地区、省里,都递了状子。地委和县委组织了调查组,认为所告属实,我这是严重违法乱纪。地委发了通报。撤了我的职。党内留党察看，——我差一点把党籍搞丢了。

"'违法乱纪'，我确实是违法乱纪了。我承认。对于给我的处分我没有意见。

"不过，车逻的自流灌溉搞成了。

"就说这些吧。本来想请你上我家喝一盅酒，算了吧，——人言可畏。我今天下午走，回来见！"


对于这个人的功过我不能估量，对他的强迫命令的作风和挖掘私坟的作法也无法论其是非。不过我想，他的所为，要是在过去，会有人为之立碑以记其事的。现在不兴立碑，——"树碑立传"已经成为与本义相反用语了，不过我相信，在修县志时，在"水利"项中，他做的事会记下一笔的。县里正计划修纂新的县志。

这位老杨中等身材，面白皙，说话举止温文尔雅，像一个书生，完全不像一个办起事来那样大刀阔斧、雷厉风行的人。


我忽然好像闻到一股修车轴用的新砍的桑木的气味和涂水车龙骨用的生桐油气味。这是过去初春的时候在农村处处可以闻到的气味。

再见，水车！


**注　释**

① 本篇原载《中国》1985 年第二期；初收《汪曾祺全集》第三卷，北京师范大学出版社，1998 年 8 月。

# 1985 年

## 昆明的果品①

### ——昆明忆旧之五

### 梨

我们刚到昆明的时候，满街都是宝珠梨。宝珠梨形正圆，——"宝珠"大概即由此得名，皮色深绿，肉细嫩无渣，味甜而多汁，是梨中的上品。我吃过河北的鸭梨、山东的莱阳梨、烟台的茄梨……宝珠梨的味道和这些梨都不相似。宝珠梨有宝珠梨的特点。只是因为出在云南，不易远运，外省人知道的不多，名不甚著。

昆明卖梨的办法颇为新鲜，论"十"，不论斤，"几文一十"，一次要买就是十个；三个、五个，不卖。据说这是因为卖梨的不会算账，零买，他不知道要多少钱。恐怕也不见得，这只是一种古朴的习惯而已。宝珠梨大小都差不多，很"匀溜"，没有太大和很小的，论十要价，倒也公道。我们那时的胃口也很惊人，一次吃下十只梨不算一回事。现在这种"论十"的办法大概已经改变了，想来已经都用磅秤约斤了。

还有一种梨叫"火把梨"，即北方的红绡梨，所以名为火把，是因为皮色黄里带红，有的竟是通红的。这种梨如果挂在树上，太阳一照，就更像是一个一个点着了的小火把了。火把梨味道远不如宝珠梨，——酸！但是如果走长路，带几个在身上，到中途休憩时，嚼上两个，是很能"杀渴"的。

我曾和几个朋友骑马到金殿。下马后，买了十个火把梨。赶马的（昆明租马，马的主人大都要随在马后奔跑）也买了十个。我们买梨是自己吃。赶马的却是给马吃。他把梨托在手里，马就掀动嘴唇，把梨咬破，咯吱咯吱嚼起来。看它一边吃，一边摇脑袋，似乎觉得梨很好吃。我从来没见过马吃梨。看见过马吃梨的人大概不多。吃过梨的马大概也不多。

## 石　　榴

河南石榴，名满天下。"白马甜榴，一实值牛"，北魏以来，即有口碑。我在北京吃过河南石榴，觉得盛名之下，其实难副。粒小、色淡、味薄。比起昆明的宜良石榴差得远了。宜良石榴都很大，个个开裂，颗粒甚大，色如红宝石，——有一种名贵的红宝石即名为"石榴米"，味道很甜。苏东坡曾谓读贾岛诗如食小鱼，"所得不偿劳"，我小时吃石榴，觉得吃得一嘴籽儿，而吮不出多少味道，真是"所得不偿劳"，在昆明吃宜良石榴即无此感，觉得很满足，很值得。

昆明有石榴酒，乃以石榴米于白酒中泡成，酒色透明，略带浅红，稍有甜味，仍极香烈。

不知道为什么，昆明人把宜良叫成米良。

## 桃

昆明桃大别为离核和"面核"两种。桃甚大，一个即可吃饱。我曾在暑假中，在桃子下来的时候，买一个很大的离核黄桃当早点。一掰两半，紫核黄肉，香甜满口，至今难忘。

## 杨　　梅

昆明杨梅名火炭梅，极大极甜，颜色黑紫，止如炽炭。卖杨梅的苗族女孩常用鲜绿的树叶衬着，炎炎熠熠，数十步外，摄人眼目。

# 木　瓜

此所谓木瓜非华南的番木瓜。

《辞海》："木瓜，植物名。……亦称'楙榴'。蔷薇种。落叶灌木或小乔木。树皮常作片状剥落，痕迹鲜明。叶椭圆状卵形，有锯齿，嫩叶背面被绒毛。春末夏初开花，花淡红色。果实秋季成熟，长椭圆形，长10—15厘米，淡黄色，味酸涩，有香气。……"

木瓜我是很熟悉的，我的家乡有。每当炎暑才退，菊绽蟹肥之际，即有木瓜上市。但是在我的家乡，木瓜只是用来闻香的。或放在瓷盘里，作为书斋清供；或取其体小形正者于手中把玩，没有吃的。且不论其味酸涩，就是那皮肉也是硬得咬不动的。至于木瓜可以入药，那我是知道的。

我到昆明，才第一次知道木瓜可以吃。昆明人把木瓜切成薄片，浸泡在水里（水里不知加了什么东西），用一个桶形的玻璃罐子装着，于水果店的柜台上出卖。我吃过，微酸，不涩，香脆爽口，别有风味。

中国古代大概是吃木瓜的。唐以前我不知道。宋代人肯定是吃的。《东京梦华录·是月巷陌杂卖》有"药木瓜、水木瓜"。《梦粱录·果之品》："木瓜，青色而小，土人翦片爆熟，入香药货之；或糖煎，名爁木瓜"。《武林旧事·果子》有"爁木瓜"，《凉水》有"木瓜汁"。看来昆明市上所卖的木瓜当是"水木瓜"。浸泡木瓜的水即当是"木瓜汁"。至于"爁木瓜"则我于昆明尚未见过，这大概是以药物泡制，如广东的陈皮梅、泉州的霉姜一类的东西，木瓜的本味已经保存不多了。

我觉得昆明吃木瓜的方法可以在全国推广。吃木瓜，从某种意义上，也可以说是我们国家的一项文化遗产。

# 地　瓜

地瓜不是水果,但对吃不起水果的穷大学生来说,它也就算是水果了。

地瓜,湖南、四川叫做凉薯或良薯。它的好处是可以不用刀削皮,用手指即可沿藤茎把皮撕净,露出雪白的薯肉。甜,多水。可以解渴,也可充饥。这东西有一股土腥气。但是如果没有这点土腥气,地瓜也就不成其为地瓜了,它就会是另外一种什么东西了。正是这点土腥气让我想起地瓜,想起昆明,想起我们那一段穷日子,非常快乐的穷日子。

# 胡　萝　卜

联大的女同学吃胡萝卜成风。这是因为女同学也穷,而且馋。昆明的胡萝卜也很好吃。昆明的胡萝卜是浅黄色的,长至一尺以上,脆嫩多汁而有甜味,胡萝卜味儿也不是很重。胡萝卜有胡萝卜素,富维生素C,对身体有益,这是大家都知道的。不知道是谁提出,胡萝卜还含有微量的砒,吃了可以驻颜。这一来,女同学吃胡萝卜的就更多了。她们常常一把一把地买来吃。一把有十多根。她们一边谈着克列斯丁娜·罗赛蒂的诗、布朗底的小说,一边咯吱咯吱地咬胡萝卜。

# 核　桃　糖

昆明的核桃糖是软的,不像稻香村卖的核桃粘或椒盐胡桃。把蔗糖熬化,倾在瓷盆里,和核桃肉搅匀,反扣在木板上,就成了。卖的时候用刀沿边切块卖,就跟北京卖切糕似的。昆明核桃糖极便宜,便宜到令人不敢相信。华山南路口,青莲街拐角,直对逼死坡,有一家,高台阶门脸,卖核桃糖。我们常常从市里回联大,路过这一家,花极少的钱买一大块,边吃边走,一直走进翠湖,才能吃完。然后在湖水里洗洗手,到茶馆里喝茶。核桃在有些地方是贵重的山果,在昆明不算什么。

# 糖 炒 栗 子

昆明的糖炒栗子,天下第一。第一,栗子都很大。第二,炒得很透,颗颗裂开,轻轻一捏,外壳即破,栗肉迸出,无一颗"护皮"。第三,真是"糖炒栗子",一边炒,一边往锅里倒糖水,甜味透心。在昆明吃炒栗子,吃完了非洗手不可,——指头上粘得都是糖。

呈贡火车站附近,有一片大栗树林,方圆数里。树皆合抱,枝叶浓密,树上无虫蚁,树下无杂草,干净之极,我曾几次骑马过栗树林,如入画境。

**注 释**

① 本篇原载《滇池》1985 年第四期;初收《蒲桥集》,作家出版社,1989 年 3 月。

# 昆 明 的 花①

——昆明忆旧之六

## 茶　花

　　张岱的文章里不止一次提到"滇茶一本",云南茶花驰名久矣。茶花曾被选为云南省花。曾见过一本《云南茶花》照相画册,印制得很精美,大概就是那一年编印的。茶花品种很多,颜色、花形各异。滇茶为全国第一,在全世界也是有数的。这大概是因为云南的气候土壤都于茶花特别相宜。

　　西山某寺(偶忘寺名)有一棵很大的红茶花。一棵茶花,占了大雄宝殿前的院子的一多半,——寺庙的庭院都是很大的。花开时,至少有上百朵,花皆如汤碗口大。碧绿的厚叶子,通红的花头,使人不暇仔细观赏,只觉得烈烈轰轰的一大片,真是壮观。寺里的和尚怕树身负担不了那么多花头的重量,用杉木搭了很大的架子,支撑着四面的枝条。我一生没有看见过这样高大的茶花。

　　茶花的花期很长。我似乎没有见过一朵凋败在树上的茶花。这也是茶花的可贵处。

　　汤显祖把他的居室名为"玉茗堂"。俞平伯先生在一篇文章里说,玉茗是一种名贵的白茶花。我在《云南茶花》那本画册里好像没有发现"玉茗"这一名称。不过我相信云南是一定有玉茗的,也许叫做什么别的名字。

## 樱　花

春雨既足,风和日暖,圆通公园樱花盛开。花开时,游人很多,蜜蜂也很多。圆通公园多假山,樱花就开在假山的上上下下。樱花无姿态,花形也平常,不耐细看,但是当得一个"盛"字。那么多的花,如同明霞绛雪,真是热闹!身在耀眼的花光之中,满耳是嗡嗡的蜜蜂声音,使人觉得有点晕晕忽忽的。此时人与樱花已经融为一体。风和日暖,人在花中,不辨为人为花。

## 兰　花

曾到一位绅士家作客,——他的女儿是我们的同学。这位绅士曾经当过一任教育总长,多年闲居在家,每天除了看看报纸,研究在很远的地方进行的战争,谈谈中国的线装书和法国小说,剩下的嗜好是种兰花。他的客厅里摆着几十盆兰花。这间屋子仿佛已为兰花的香气所窨透,纱窗竹帘,无不带有淡淡的清香。屋里屋外都静极了。坐在这间客厅里,用细瓷盖碗喝着"滇绿",看看披拂的兰叶,清秀素雅的兰花箭子,闻嗅着兰花的香气,真不知身在何世。

我的一位老师曾在呈贡桃园住过几年。他的房东也是爱种兰花的。隔了差不多四十年,这位先生还健在,已经是一位老者了。经过"文化大革命",他的兰花居然能保存了下来。他的女儿要到北京来玩,劝说她父亲也到北京走走,老人不同意,他说:"我的这些兰花咋个整?"

## 缅　桂　花

昆明缅桂花多,树大,叶茂,花繁。每到雨季,一城都是缅桂花的浓香,我已于《昆明的雨》中说及,不复赘。

# 粉 团 花

粉团花即绣球。昆明人谓之"粉团",亦有理致。

云南民歌:"阿妹好像粉团花",用绣球花来比拟少女,别处的民歌里好像还未见过。于此可见云南绣球甚多,遍布城乡,所以歌手们能近取譬。

## 康乃馨·菖兰·夜来香

康乃馨昆明人谓之洋牡丹,菖兰即剑兰,夜来香在有的地方叫做晚香玉。这都是插瓶的花。康乃馨有红的、粉的、白的。菖兰的颜色更多,粉色的,白色的,黄色的,紫得发黑的。夜来香洁白如玉。昆明近日楼有一个很大的花市,卖花人把水灵灵的鲜花摊在一片芭蕉叶上卖。鲜花皆烂贱,买一大把鲜花和称二斤青菜的价钱差不多。

## 美人蕉和波斯菊

波斯菊叶子极细碎轻柔。花粉紫色,单瓣;瓣极薄。微风吹拂,花叶动摇,如梦如烟。

我原以为波斯菊只有南方有,后来在张家口坝上沽源县的街头也看见了这种花,只是塞北少雨水,花开得不如昆明滋润。在沽源看见波斯菊使我非常惊喜,因为它使我一下子想起了昆明。

波斯菊真是从波斯传来的么?那么你是一位远客了。

昆明的美人蕉皆极壮大,花也大,浓红如鲜血。红花绿叶,对比鲜明。我曾到郊区一中学去看一个朋友,未遇。学校已经放了暑假,一个人没有,安安静静的,校园的花圃里一大片美人蕉赫然地开着鲜红鲜红的大花。我感到一种特殊的,颜色强烈的寂寞。

# 叶 子 花

叶子花别处好像是叫做三角梅,昆明人就老是不客气地叫它叶子花,因为它的花瓣和叶子完全一样,只是长条的顶端的十几撮花的颜色是紫红的,而下边的叶子是深绿的。青莲街拐角有一家很大的公馆,围墙的墙头上种的都是叶子花。墙头上种花,少有!

# 报 春 花

我想查一查报春花的资料。家里只有一本《辞海》。我相信《辞海》里是不会收这一条的。报春花不是名花。但我还是抱着姑且查查看的心情翻开了《辞海》,不料竟有!

> 报春花……一年生草本。叶基生,长卵形,顶端圆钝,基部楔形或心形,边缘有不整齐缺裂,缺裂具细锯齿,上面被纤毛,下面有白粉或疏毛。秋季开花,花高脚碟状,红色或淡紫色,伞形花序2—4轮,蒴果球形。多生于荒野、田边。原产我国云南、贵州。各地栽培,供观赏。

不错,不错!就是它,就是它!难得是它把报春花描写得这样仔细。尤其使我欢喜的,是它告诉我云南是报春花的老家。

我在北京的一家花店里重遇报春花,栽在花盆里,标价一元一盆。我不禁冷笑了:这种东西也卖钱!我们在昆明市,到田边散步,一扯就是一大把!

一九八五年六月九日

注 释

① 本篇原载《滇池》1986 年第三期;初收《汪曾祺全集》第三卷,北京师范大学出版社,1998 年 8 月。

# 八　　仙[①]

　　我的老师浦江清先生（他教过我散曲）曾写过一篇《八仙考》。这是国内讲八仙的最完备的一篇文章。本文的材料都是从浦先生的文章里取来的，可以说是浦先生文章的一个缩写本。所以要缩写，是因为我对八仙一直很有兴趣，而浦先生的文章见到的人又不很多。当然也会间出己意，说一点我的看法。

　　小时候到一个亲戚家去拜寿。是这家的老太爷的整生日，很热闹，寿堂布置得很辉煌。最使我发生兴趣的是供桌上一堂"八仙人"。泥塑的头，衣服是绢制的，真是栩栩如生，好看极了。我看了又看，舍不得离开。

　　八仙的形成大概在宋元之际。最初好像出现在戏曲里。元人杂剧如马致远《吕洞宾三醉岳阳楼》、谷子敬《吕洞宾三度城南柳》、岳伯川《吕洞宾度铁拐李岳》、范子安《陈季卿误上竹叶舟》，都提到八仙，只是八仙的名单与后世稍有出入。明初的周宪王《诚斋杂剧》中《群仙庆寿蟠桃会》第四折毛女唱：

　　　　（水仙子）这个是吕洞宾手把太阿携。这个是蓝采和身穿绿
　　　　道衣。这个是汉钟离头挽双髻鬓。这个是曹国舅拿着笊篱。这个
　　　　是韩湘子将造化能移。这个是白髭髯唐张果。这个是皂罗衫铁拐
　　　　李。这个是徐神翁喜笑微微。

　　除了缺一名何仙姑（多了一位徐神翁），与今天流传的已无区别。稍后，八仙出现在绘画里。王世贞《题八仙像后》云："八仙者，钟离、李、吕、张、蓝、韩、曹、何也。不知其会所由始，亦不知其画所出始。余

所睹仙迹及图史亦详矣,凡元以前无一笔,而我明如冷起敬、吴伟、杜堇稍有名矣亦未尝及之。"更后,八仙就成为工艺美术的重要题材,凡瓷器、木雕、漆画、泥塑、面人、刺绣、剪纸,无不有八仙。不但八仙的形象为人熟悉,就是他们所持的"道具",大家也都一望就知道:汉钟离的芭蕉扇、吕洞宾的宝剑、张果老的渔鼓简板、韩湘子的笛子、蓝采和的花篮、何仙姑的荷花、铁拐李的葫芦、曹国舅的拍板。这八样东西成了八位仙人的代表。这在工艺上有个专用名称,叫做"小八仙"。"小八仙"往往用飘舞的绸带装饰,这样才好看,也才有仙意。我曾在内蒙的一个喇嘛庙的墙壁上看到堆塑出来的"小八仙",这使我很为惊奇了:八仙和喇嘛教有什么关系呢? 后来一想:大概修庙的工匠是汉人,他就不管三七二十一,把他所熟悉的装饰图样安到喇嘛庙的墙上来了。喇嘛们也不知道这是什么东西,糊里糊涂地就接受了。于此可见八仙影响之广。中国人不认得八仙的大概很少。"八仙过海,各显其能","一个人唱不了《八仙庆寿》"已经成为家喻户晓的民间俗话。如果没有八仙,中国的民间工艺就会缺了一大块,中国人的精神生活也会缺了一块。

八仙是一个仙人集体,一个八人小组。但是他们之间其实没有多大关系。他们不是一个时代,也不是一个地方的人。他们不是一同成仙得道的。他们有个别的人有师承关系,如汉钟离和吕洞宾,吕洞宾和铁拐李,大多数并没有。比如何仙姑和韩湘子,可以说毫不相干。不知道这八位是怎样凑到一起的。因此像王世贞那样有学问的人,也"不知其会所由始"。

这八位,原来都是单个的仙人。


张果老比较实在,大概曾经有过这样一个人,其人见于正史,他是唐玄宗时人,隐于中条山,应明皇诏入朝,道号通玄先生。《旧唐书》、《新唐书》皆入方士传。但是所录亦已异常。他的著名故事是骑驴。他乘一白驴,日行万里,休则折叠之,其厚如纸,置于巾箱中,乘则以水噀之,还成驴矣。这怎么可能呢? 然而它分明写在"正史"里! 大概唐玄宗好道,于是许多奇奇怪怪,不近情理的事,虽史臣也不得不相信。

这以后,张果老和驴遂分不开了。单幅的张果画像,大都骑驴。若是八仙群像,他大都也是地下走,因为画驴太占地方。别人都走着,他骑驴,也未免特殊化。单幅画张果老,往往画他倒骑毛驴。这实在是民间的一大创造。毛驴倒骑,咋走呢?这大概是有寓意的。倒骑,表示来去无定向,任凭毛驴随意地走,走到哪里算哪里,这样显出仙人的洒脱;另外,倒骑,是向后看。不看前而看后,有一点哲学的意味了。总之张果老倒骑毛驴,是可以使老百姓失笑,并且有所解悟的。至于此老何时从赵州桥上过,并在桥石上留下一串驴蹄的印迹,则不可考。"张果老骑驴桥上走",《小放牛》的歌声传唱了有多少年了?

八仙里最出风头的是吕洞宾。吕洞宾据说名巖,大概是残唐五代时的人,读过书,屡举进士不第,后来学了道。元曲里关于他的仙迹特多,大都是度人。他后来,到了元朝,被王重阳创立的全真教(全真教为道教的一派,即北京的白云观邱处机所信奉的那一派)的宗师,地位很高了。不少地方都有他的专祠。山西的永乐宫就是他的专祠之一。著名的永乐宫壁画,画的就是此公的事迹。他俨然成了八人小组的小组长。他的出名是在岳州,即今岳阳。岳阳楼挹洞庭之胜,加以范仲淹作记,名重天下。"先天下之忧而忧,后天下之乐而乐",千古名句。于是有人造出仙迹,说是吕洞宾曾在城南古寺留诗。诗共两首,被人传诵的是:

朝游鄂渚暮苍梧,
袖有青蛇胆气粗。
三醉岳阳人不识,
朗吟飞过洞庭湖。

诗写得真不赖,于仙风道骨之中含豪侠之气。但也有人怀疑这是江湖间人乘醉而作的奇纵之笔,未必真是仙迹。他的出名和汤显祖的《邯郸梦》很有关系。《三醉》一折慷慨淋漓,声容并茂,是冠生的名曲。民间流传他曾三戏白牡丹,在他的形象上加了一笔放荡的色彩。总之,他是一位风流倜傥的仙人，很有诗人气质。他的诗人气质是为老百姓所理解的，并且是欣赏的。

何仙姑一说是广州增城人，一说是永州人，总之是南方人，——她和张果老交谈大概是相当费事的。十四五岁时梦见神人教她食云母粉，一说是遇到仙人给了她枣子吃，一说是给了她桃子吃，于是"不饥无漏"。既不要吃东西，又不用解大小便，实在是省事得很。一说给她桃子吃的就是吕洞宾。她的本事只是能"言人休咎"。没有什么稀奇。她的出名和汤显祖也是有关系的。汤显祖《邯郸梦》写吕洞宾度卢生，即有名的"黄粱梦"故事。吕度卢生，事出有因。东华帝君敕修蓬莱山门，门外蟠桃一株，时有浩劫刚风，等闲吹落花片，塞碍天门。先是，吕洞宾度得何仙姑在天门扫花，后奉帝君旨，何姑证入仙班，需再找一人，接替何姑扫花之役，吕洞宾这才往赤县神州去度卢生。何仙姑扫花，纯粹是汤显祖想象出来的，以前没有人这样说过。不过《扫花》一折，词曲俱美，于是便流传开了。何仙姑送吕洞宾下凡，叮咛嘱咐，叫他早些回来，使人感到有一种说不出来的感情。"错教人遗恨碧桃花"，这说的是什么呢？腔也很软，很绵缠的。

汉钟离说不清是汉朝人还是唐朝人。一般都说他复姓钟离，名权。他是个大汉，梳着两个鬌髻，"虬髯蓬鬓，睥睨物表"，相貌长得很不错。据说他会写字，写的字当然是龙飞凤舞，飘飘然很有仙人风度。他不知怎么在全真教的系统上变为东华帝君的大弟子，纯阳吕真人之师。到元世祖至元六年封赠"正阳开悟传道真君"，元武宗至大元年加赠"正阳开悟垂教帝君"，头衔极阔。但是实际上他并无任何事迹可传。他为什么拿一把芭蕉扇？大概是因为他块儿大，怕热。

现在画里的蓝采和是个小孩子，很秀气，在戏里是用旦角扮的，以致赵瓯北竟以为他是女的，这实在是一大误会。他的事迹最早见于沈汾的《续仙传》。沈氏原传略云："蓝采和不知何许人也。常衣破蓝衫，六铧黑木腰带阔三寸余,一脚著靴,一脚跣行。夏则衫内加絮,冬则卧于雪中,气出如蒸。每行歌于城市乞索,持大拍板长三尺余。……行则振靴,言曰:'踏踏歌,蓝采和,世界能几何?红颜一春树,流年一掷梭!古人混混去不返,今人纷纷来更多。朝骑鸾凤到碧落,暮见桑田生白波。长景明晖在空际,金银宫阙高嵯峨。'……"。大概此人本是一个行歌的乞者。他用"踏踏歌,蓝采和"作为歌曲的开头,是可能的。"蓝采和"是没有意义的泛声,类似近世的"呀呼嗨"。沈汾所录歌词一看就是文人的手笔。浦先生说:"好事者目为神仙,文人足成乐府",极有见地。此人的相貌装束原本是相当邋遢的,后来不知怎么变俊了。他的大拍板也借给别人了,却给他手里塞了一个花篮。为什么派给他一个花篮,大概后人以为他姓蓝或篮,正如让何仙姑手执一朵荷花一样。

八仙里铁拐李的形象最为奇特。他架着单拐,是个跛子。他的来历有两种说法。元人杂剧以为他本姓岳,名寿,在郑州做都孔目,因忤韩魏公惊死,吕洞宾使他借李屠的尸首还了魂,度登仙箓。《东游记》则说他姓李名玄,得道以后,离魄朝山,命他的徒弟守尸,说明七天回来,而其徒守到六天,母亲病了,他要回家,就把李玄的尸首焚化了。李玄没法,只好借一饿殍还魂。总之,他原来不是这模样。现在的铁拐李具有二重性:别人的躯壳,他的灵魂。一个人借了别人的躯体而生活着,这将如何适应呢,实在是难以想象。

又有一说,他本来就跛,他姓刘。赵道一《真仙通鉴》有其传,略云:"刘跛子,青州人也,拄一拐,每一岁,必一至洛中看花。……陈莹中素爱之,作长短句赠之曰:'槁木形骸,浮云生世,一年两到京华。又还乘兴,闲看洛阳花。闻道鞓红最好,春归后,终委泥沙。忘言处,花开花谢,不似我生涯。年华,留不住,饥餐困卧,触处为家。这一轮明月,本自无瑕。随分冬裘夏葛,都不会赤火黄芽。谁知我,春风一拐,谈笑有丹砂。'"春风一拐",大是妙语!至于他怎么又姓了李呢,那就不晓得了。吁,神仙之事,难言之矣!

韩湘子是韩愈的侄子或侄孙。他的奇迹是"能开顷刻花"。他曾当着韩愈,取土以盆覆之,良久花开,乃碧花二朵,似牡丹差大,于花间拥出金字一联云:"云横秦岭家何在,雪拥蓝关马不前"。韩愈不解是什么意思。后来韩愈以谏佛骨事贬潮州,一日途中遇雪,有一人冒雪而来,乃湘子也。湘子说:"还记得花上句么,就是说的今天的事。"韩愈问这是什么地方,正是蓝关。韩文公嗟叹久之,说:"我给你把诗补全了吧!"诗曰:"一封朝奏九重天,夕贬潮阳路八千。本为圣朝除弊事,岂将衰朽惜残年?云横秦岭家何在,雪拥蓝关马不前。知汝远来应有意,好收吾骨瘴江边。"

元曲里有《蓝关记》。大概此类剧本还不少。韩文公是被韩湘子度脱的。韩愈一生辟佛,也不会信道,说他得度,实在冤枉。此类剧本,未免唐突先贤,因此臧晋叔的《元曲选》里不收。


八仙里顶不起眼的,是曹国舅。他几乎连一个名字都没有。有人查出,他大概叫曹佾。因为他是宋朝人,宋朝当国舅的只有这么一个曹佾。但是老百姓并不知道,多数老百姓连这个"佾"字也未必认识(这个字字形很怪)!他有什么事迹么?没有的。只知道"美仪度",手里拿一个笊篱,化钱度日。用笊篱化钱,不知有什么讲究。除了曹国舅,别人好像没有这样干过。笊篱这东西和仙人实在有点"不搭界",拿在手里也不大好看,南方人甚至有人不知道这是啥物事,于是便把蓝采和的大拍板借给他了,于是他便一天到晚唱曲子,蛮写意。


八仙的形象为什么流传得这样广?

八仙的形成与戏曲是有关系的。元代盛行全真教,全真教几乎成了国教。元曲里有"神仙道化"一科,这自然是受了全真教的影响。八仙和全真教的关系是密切的(吕洞宾、汉钟离都是祖师),但又不是那么十分密切。传说中的八仙故事和全真教的教义——以"澄心定意、抱元守一、存神固气"为"真功","济贫拔苦、先人后己、与物无私"为"真行",实在说不上有多少内在的联系。对八仙有感情的人未必相信

290

全真教。在全真教已经不很盛行的时候，八仙的形象也并没有失去光彩。这恐另有原因在。

原来这和祝寿是很有关系的。中国人的生活理想很重要的一条是长寿——不死。中国人是现实的，他们原来不相信天国，也不信来生，他们只愿意在现世界里多活一些时候，最好永远地活下去。理想的人物便是八仙。八仙有一个特点，即他们都是"地仙"，即活在地面上的神仙，也就是死不了的活人。他们是不死的，因此请他们来为生人祝寿，实在是最合适不过。八仙戏和庆寿关系很密切。胡应麟《少室山房笔丛》考八仙云："今所见庆寿词尚是元人旧本"。周宪王编过两本庆寿剧。其《瑶池会八仙庆寿》第四折吕洞宾唱：

（水仙子）汉钟离遥献紫琼钩。张果老高擎千岁韭。蓝采和漫舞长衫袖。捧寿面的是曹国舅。岳孔目这铁拐拄护得千秋。献牡丹的是韩湘子。进灵丹的是徐信守。贫道呵，满捧着玉液金瓯。

这唱的是给王母娘娘祝寿，实际上是给这一家办生日的"寿星"祝寿。我的那家亲戚的寿堂供桌上摆设着八仙人，其意义正是如此。

活得长久，当然很好。但如果活得很辛苦，那也没有多大意思，成了"活受"。必须活得很自在，那才好。谁最自在？神仙。"自在神仙"，"神仙"和"自在"几乎成了同义语。你瞧瞧八仙，那多自在啊！他们不用种地，不用推车挑担，也不用买卖经商，云里来，雾里去，扇扇芭蕉扇，唱唱曲子，吹吹笛子，耍耍花篮……他们不忧米盐，只要吃点鲜果，而且可以"不饥无漏"，嘿，那叫一个美，真是"神仙过的日子"！咱们凡人怎么能到得这一步呀！我简直地说：八仙是我们这个劳苦的民族对于逍遥的生活的一种缥缈的向往。我们的民族太苦了啊，你能不许他们有一点希望吗？我每当看到陕北剪纸里的吕洞宾或铁拐李，总是很感动。陕北呀，多苦呀，然而他们向往着神仙。因此，我不认为八仙在我们的民族心理上是一个消极的因素。


八仙何以是这八位？这没有什么道理可讲。中国人对数字有一种神秘观念，八是成数，即多数。以八聚人，是中国人的习惯。陶渊明《圣贤群辅录》列举了很多"八"，八这个，八那个。古代的道教里大概就有八仙。四川有"蜀八仙"。杜甫有《饮中八仙歌》。既云"饮中八仙"，当还有另外的八仙。到了元朝以后，因为已经有了这几位仙人的单独的故事流传，数一数，够八个了，便把他们组织了起来。把他们组织在一起，是为了画面的好看，王世贞《题八仙像后》云："意或庸妄画工，合委巷丛俚之谈，以是八公者，老则张，少则蓝、韩，将则钟离，书生则吕，贵则曹，病则李，妇女则何，为各据一端作滑稽观耶！""各据一端作滑稽观"，这揣测是近情理的。这八个人形象不同，放在一起，才能互相配衬，相得益彰。王世贞说这是"庸妄画工"搞出来的。"庸妄画工"，说得很不客气。但这是民间艺人的创造，则似可信。这组群像不大像是画院的待诏们的构思。也许这最初是戏曲演员弄出来的，为了找到各自不同的扮相。八仙究竟是先出现于戏曲，还是先出现于民间绘画呢？这不好说。我倾向于先出现于戏曲。不过他们后来成为工艺美术的重要题材，戏曲里反而不多见了，则是事实。

八仙在美术上的价值似不如罗汉。除了张果老、吕洞宾、铁拐李，个性都不很突出。就中最值得注意的是铁拐李。宋元人画单幅的仙人图以画铁拐李的为多，他的形象实在很奇特：浓眉，大眼，大鼻子，秃头，脑后有鬈发，下巴上长了一丛乱七八糟的连鬈胡子，驼背，赤足，架着一支拐，胳臂和腿部的肌肉都很粗壮，长了很多黑毛，手指头脚趾头都很发达。他常常背了一个大葫芦，葫芦口冒出一股白气，白气里飞着几个红蝙蝠，他便瞪大了眼睛瞧着这几个蝙蝠。他是那样丑，又那样美；那样怪，又那样有人情。中国的神、仙、佛里有几个是很丑而怪的。铁拐李和罗汉里的宾头卢尊者、钟馗以及后来的济公，属于一类。以丑为美，以怪为美，这在中国人的审美观念里是一个值得研究的现象。

一九八五年八月十八日

## 注　释

①　本篇原载《汪曾祺全集》第三卷，北京师范大学出版社，1998 年 8 月。

# 生　机①

## 芋　头

一九四六年夏天，我离开昆明，去上海，途经香港，因为等船期，滞留了几天，住在一家华侨公寓的楼上。这是一家下等公寓，已经很敝旧了，墙壁多半没有粉刷过。住客是开机帆船的水手，跑澳门做鱿鱼、蚝油生意的小商人，准备到南洋开饭馆的厨师，还有一些说不清是什么身份的角色。这里吃住都是很便宜的。住，很简单，有一条席子，随便哪里都能躺一夜。每天两顿饭，米很白。菜是一碟炒通菜，一碟在开水里焯过的墨斗鱼脚，还顿顿如此。墨斗鱼脚，我倒爱吃，因为这是海味。——我在昆明七年，很少吃到海味。只是心情很不好。我到上海，想去谋一个职业，一点着落也没有，真是前途缈茫。带来的钱，买了船票，已经所剩无几。在这里又是举目无亲，连一个可以说说话的人都没有。我整天无所事事，除了到皇后道、德铺道去瞎逛，就是趄到走廊上去看水手、小商人、厨师打麻将。真是无聊呀。

我忽然发现了一个奇迹，一棵芋头！楼上的一侧，一个很大的阳台，阳台上堆着一堆煤块，煤块里竟然长出一棵芋头！大概不知是谁把一个不中吃的芋头随手扔在煤堆里，它竟然活了。没有土壤，更没有肥料，仅仅靠了一点雨水，它，长出了几片碧绿肥厚的大叶子，在微风里高高兴兴地摇曳着。在寂寞的羁旅之中看到这几片绿叶，我心里真是说不出的喜欢。

这几片绿叶使我欣慰，并且，并不夸张地说，使我获得一点生活的勇气。

# 豆　　芽

秦老九去点豆子。所有的田埂都点到了。——豆子一般都点在田埂的两侧,叫做"豆埂",很少占用好地的。豆子不需要精心管理,任其自由生长。谚云:"懒媳妇种豆"。还剩下一把。秦老九懒得把这豆子带回去。就掀开路旁一块石头,把豆子撒到石头下面,说了一声:"去你妈的",又把石头放下了。

过了一阵,过了谷雨,立夏了,秦老九到田头去干活,路过这块石头,他的眼睛瞪得像铃铛:石头升高了！他趴下来看看！豆子发了芽,一群豆芽把石头顶起来了。

"咦!"

刹那之间,秦老九成了一个哲学家。

## 长进树皮里的铁蒺藜

玉渊潭当中有一条南北的长堤,把玉渊潭隔成了东湖和西湖。堤中间有一水闸,东西两湖之水可通。东湖挨近钓鱼台。"四人帮"横行时期,沿东湖岸边拦了铁丝网。附近的老居民把铁丝网叫做铁蒺藜。铁丝网就缠在湖边的柳树干上,绕一个圈,用钉子钉死。东湖被圈禁起来了。湖里长满了水草,有成群的野鸭凫游,没有人。湖中的堤上还可以通过,也可以散散步,但是最好不要停留太久,更不能拍照。我的孩子有一次带了一个照相机,举起来对着钓鱼台方向比了比,马上走过来一个解放军,很严肃地说:"不许拍照!"行人从堤上过,总不禁要向钓鱼台看两眼,心里想:那里头现在在干什么呢?

"四人帮"粉碎后,铁丝网拆掉了。东湖解放了。岸上有人散步,遛鸟,湖里有了游船,还有人划着轮胎内带扎成的筏子撒网捕鱼,有人弹吉他、吹口琴、唱歌。住在附近的老人每天在固定的地方聚会闲谈。他们谈柴米油盐、男婚女嫁、玉渊潭的变迁……

但是铁蒺藜并没有拆净。有一棵柳树上还留着一圈。铁蒺藜勒得紧，柳树长大了，把铁蒺藜长进树皮里去了。兜着铁蒺藜的树皮愈合了，鼓出了一圈，外面还露着一截铁的毛刺。

　　有人问："这棵树怎么啦？"

　　一个老人说："铁蒺藜勒的！"

　　这棵柳树将带着一圈长进树皮里的铁蒺藜继续往上长，长得很大，很高。

## 注　释

① 本篇原载《丑小鸭》1985 年第八期；初收《汪曾祺全集》第三卷，北京师范大学出版社，1998 年 8 月。

# 寻　根①

　　前不久,有评论家提出中国当代作家寻根的问题。提出这个问题是很有意思的,我现在就寻找一下我自己的根。

　　我是苏北高邮人。香港大概不少人知道高邮出咸鸭蛋,而且有双黄的。其实高邮不只出咸鸭蛋,还出过大词人秦少游,研究训诂学的王念孙、王引之父子,还出过一个写散曲的王西楼。我的家庭是一个"书香门第"。祖父是一个拔贡,我上小学的时候,祖父曾教过我《论语》,还开过笔——就是作文。祖父让我作的体裁叫做"义",就是把孔夫子的一句话的意思解释清楚。"义"还不是八股文,但可说是八股文的初步。小时读《论语》似懂非懂,只是感受到一种气氛。我对孔夫子产生好感是在大学的时候。我读的大学是西南联大。大一国文课本里选了几篇《论语》,我开始有点读懂了。我对孔子思想没有系统地研究过,我感兴趣的是孔子这个人。我认为孔子是个很有个性,很通人情的人,他很有点诗人气质,《论语》这部书带有很大的抒情性。——先秦诸子的著作大都带有抒情性,这是中国传统哲学著作的一个特点。孔孟之道的核心,我以为是"大人者不失其赤子之心"。有的评论家曾说我的作品受了一些老庄思想的影响,我自己觉得受儒家思想影响可能更深一点。我曾在一篇文章中称自己是一个"中国式的人道主义者",直到现在,还不想否认。

　　从小学五年级到初中三年级,我的国文老师都是一位姓高的先生。我曾写过一篇小说《徙》,写的就是这位高先生。高先生教国文,除了课本之外,还自己选了一些文章作"讲义"。他选的文章有《檀弓》的《苛政猛于虎》、柳宗元的《捕蛇者说》等等。看来他选择文章,有一个贯串性的思想,就是人道主义。他似乎特别喜欢归有光。归有光的几篇名文,如《先妣事略》、《项脊轩志》、《寒花葬志》,他都给我们讲了。归有光是明代的大古文家。他善于以清淡的文笔写平常的人事。顾炎武、姚鼐和他的对头,被他斥为"庸妄巨子"的王世贞都很佩服他。姚鼐说他能于不紧要之题,说不紧要之语,却自风致宛然。并说这种境界非于司马迁的文章深有体会的是不能理解的。顾炎武说他最善于写妇女和小孩的情态,这在中国封建社会时代是非常难得的。善写妇女、孩子,表明他对妇女和孩子是尊重的,这说明他对于生活富于一种人道主义的温情。这种温情使我从小受到深深的感染。我的小说受归有光的影响是很深的。

上初中的时候,有两个暑假我曾跟一个姓韦的老师学过桐城派古文。他每天教我一篇,要能背诵。我大概背诵过百多篇桐城派古文。桐城派在五四时期被斥为"谬种"。但这实在是集中国散文之大成的一个流派。从唐宋古文到桐城派都讲究"文气"。我以为这是比"结构"更内在更精微的美学概念。我的小说的章法受了桐城派古文的一定影响。

1939 年我到昆明读了西南联合大学,这是北大、清华、南开合成的大学,名教授很多,学术空气很自由。教我们创作的是著名作家沈从文。沈先生经常讲的一句话是:"要贴到人物来写"。这一句话使我终生受用。他的这句话,据我的理解有这样几层意思:在小说里,人物是主要的和主导的,其余部分都是次要的,派生的;其余部分,如景物描写、抒情、议论,都必需依附于人物,不能和人物游离、脱节;作家要和人物共哀乐;作家的叙述语言要和人物相协调。

大学时期,我读了不少翻译的外国作品。对我影响较深的有契诃夫、阿左林、弗·伍尔芙和纪德。有一个时期,我的小说明显地受了西方现代派影响,大量地运用了意识流,后来我转向了现实主义。西方现代派的痕迹在我现在的小说里还能找到,但是我主张把外来影响和民族传统溶合起来,纳外来于传统,我追求的是和谐。

解放以后,我当了多年编辑,编过《说说唱唱》、《民间文学》。从一九六二年以后,一直在一个京剧院编京剧剧本。中国的说唱文学、民歌和民间故事、戏曲,对我的小说产生了不小的影响。主要在语言上。

现在的青年作家和评论家提出的寻根问题我还不怎么理解,他们提出这个术语的涵义也不那么一致。据我的理解,无非是说把现代创作和传统文化接上头,一方面既从现实生活取得源头活水,另一方面又从传统文化取得滋养。如果是这样,我以为这是好的。一个中国作家应当对中国文化有广博的知识和深刻的理解,他的作品应该闪耀出中国文化的光泽。否则中国的作品和外国人写的作品有什么区别呢?鲁迅、老舍、沈从文对于中国文化的修养是很深的,我们应该向他们学习。

谢谢大家。

注　释

① 本篇是作者 1985 年 10 月随中国作家代表团访问香港时的发言,原载《汪曾祺全集》第六卷,北京师范大学出版社,1998 年 8 月。

# 香 港 的 鸟[①]

　　早晨九点钟,在跑马地一带闲走。香港人起得晚,商店要到十一点才开门,这时街上人少,车也少,比较清静。看见一个人,大概五十来岁,手里托着一只鸟笼。这只鸟笼的底盘只有一本大三十二开的书那样大,两层,做得很精致。这种双层的鸟笼,我还是头一次见到。楼上楼下,各有一只绣眼。香港的绣眼似乎比内地的更为小巧。他走得比较慢,近乎是在散步。——香港人走路都很快,总是匆匆忙忙,好像都在赶着去办一件什么事。在香港,看见这样一个遛鸟的闲人,我觉得很新鲜,至少他这会儿还是清闲的,——也许过一个小时他就要忙碌起来了。他这也算是遛鸟了,虽然在林立的高楼之间,在狭窄的人行道上遛鸟,不免有点滑稽。而且这时候遛鸟,也太晚了一点。——北京的遛鸟的这时候早遛完了,回家了。莫非香港的鸟也醒得晚?

　　在香港的街上遛鸟,大概只能用这样精致的双层小鸟笼。像徐州人那样可不行。——我忽然想起徐州人遛鸟。徐州人养百灵,笼极高大,高三四尺(笼里的"台"也比北京的高得多),无法手提,只能用一根打磨得极光滑的枣木杆子作扁担,把鸟笼担着。或两笼,或三笼、四笼。这样的遛鸟,只能在旧黄河岸,慢慢地走。如果在香港,担着这样高大的鸟笼,用这样的慢步遛鸟,是绝对不行的。

　　我告诉张辛欣,我看见一个香港遛鸟的人,她说:"你就注意这样的事情!"我也不禁自笑。

　　在隔海的大屿山,晨起,听见斑鸠叫。艾芜同志正在散步,驻足而听,说:"斑鸠。"意态悠远,似乎有所感触,又似乎没有。

　　宿大屿山,夜间听见蟋蟀叫。

　　临离香港,被一个记者拉住,问我对于香港的观感。匆促之间,不暇细谈,我只说:"眼花缭乱,应接不暇",并说我在香港听到了斑鸠和蟋蟀,觉得很亲切。她问我斑鸠是什么,我只好摹仿斑鸠的叫声,她连连点头。也许她听不懂我的普通话,也许她真的对斑鸠不大熟悉。

香港鸟很少,天空几乎见不到一只飞着的鸟,鸦鸣鹊噪都听不见。但是酒席上几乎都有焗禾花雀和焗乳鸽。香港有那么多餐馆,每天要消耗多少禾花雀和乳鸽呀?这些禾花雀和乳鸽是哪里来的呢?对于某些香港人来说,鸟是可吃的,不是看的,听的。

城市发达了,鸟就会减少。北京太庙的灰鹤和宣武门城楼的雨燕现在都没有了。但是我希望有关领导在从事城市建设时,能注意多留住一些鸟。

**注　释**

① 本篇原载 1986 年 3 月 30 日《光明日报》;初收《蒲桥集》,作家出版社,1989 年 3 月。

# 1986 年

## 沈从文先生在西南联大①

沈先生在联大开过三门课：各体文习作、创作实习和中国小说史。三门课我都选了，——各体文习作是中文系二年级必修课，其余两门是选修。西南联大的课程分必修与选修两种。中文系的语言学概论、文字学概论、文学史（分段）……是必修课，其余大都是任凭学生自选。诗经、楚辞、庄子、昭明文选、唐诗、宋诗、词选、散曲、杂剧与传奇……选什么，选哪位教授的课都成。但要凑够一定的学分（这叫"学分制"）。一学期我只选两门课，那不行。自由，也不能自由到这种地步。

创作能不能教？这是一个世界性的争论问题。很多人认为创作不能教。我们当时的系主任罗常培先生就说过：大学是不培养作家的，作家是社会培养的。这话有道理。沈先生自己就没有上过什么大学。他教的学生后来成为作家的，也极少。但是也不是绝对不能教。沈先生的学生现在能算是作家的，也还有那么几个。问题是由什么样的人来教，用什么方法教。现在的大学里很少开创作课的，原因是找不到合适的人来教。偶尔有大学开这门课的，收效甚微，原因是教得不甚得法。

教创作靠"讲"不成。如果在课堂上讲鲁迅先生所讥笑的"小说作法"之类，讲如何作人物肖像，如何描写环境，如何结构，结构有几种——攒珠式的、橘瓣式的……那是要误人子弟的。教创作主要是让学生自己"写"。沈先生把他的课叫做"习作"、"实习"，很能说明问题。如果要讲，那"讲"要在"写"之后。就学生的作业，讲他的得失。教授先讲一套，让学生照猫画虎，那是行不通的。

沈先生是不赞成命题作文的，学生想写什么就写什么。但有时在课堂上也出两个题目。沈先生出的题目都非常具体。我记得他曾给我的上一班同学出过一个题目:"我们的小庭院有什么",有几个同学就这个题目写了相当不错的散文,都发表了。他给比我低一班的同学曾出过一个题目:"记一间屋子里的空气"!我的那一班出过些什么题目,我倒不记得了。沈先生为什么出这样的题目?他认为:先得学会车零件,然后才能学组装。我觉得先作一些这样的片段的习作,是有好处的,这可以锻炼基本功。现在有些青年文学爱好者,往往一上来就写大作品,篇幅很长,而功力不够,原因就在零件车得少了。

沈先生的讲课,可以说是毫无系统。前已说过,他大都是看了学生的作业,就这些作业讲一些问题。他是经过一番思考的,但并不去翻阅很多参考书。沈先生读很多书,但从不引经据典,他总是凭自己的直觉说话,从来不说阿里斯多德怎么说、福楼拜怎么说、托尔斯泰怎么说、高尔基怎么说。他的湘西口音很重,声音又低,有些学生听了一堂课,往往觉得不知道听了一些什么。沈先生的讲课是非常谦抑,非常自制的。他不用手势,没有任何舞台道白式的腔调,没有一点哗众取宠的江湖气。他讲得很诚恳,甚至很天真。但是你要是真正听"懂"了他的话,——听"懂"了他的话里并未发挥罄尽的余意,你是会受益匪浅,而且会终生受用的。听沈先生的课,要像孔子的学生听孔子讲话一样:"举一隅而三隅反"。

沈先生讲课时所说的话我几乎全都忘了(我这人从来不记笔记)!我们有一个同学把闻一多先生讲唐诗课的笔记记得极详细,现已整理出版,书名就叫《闻一多论唐诗》,很有学术价值,就是不知道他把闻先生讲唐诗时的"神气"记下来了没有。我如果把沈先生讲课时的精辟见解记下来,也可以成为一本《沈从文论创作》。可惜我不是这样的有心人。

沈先生关于我的习作讲过的话我只记得一点了,是关于人物对话的。我写了一篇小说(内容早已忘记干净),有许多对话。我竭力把对话写得美一点,有诗意,有哲理。沈先生说:"你这不是对话,是两个聪明脑壳打架!"从此我知道对话就是人物所说的普普通通的话,要尽量写得朴素。不要哲理，不要诗意。这样才真实。

沈先生经常说的一句话是："要贴到人物来写"。很多同学不懂他的这句话是什么意思。我以为这是小说学的精髓。据我的理解，沈先生这句极其简略的话包含这样几层意思：小说里，人物是主要的，主导的；其余部分都是派生的，次要的。环境描写、作者的主观抒情、议论，都只能附着于人物，不能和人物游离，作者要和人物同呼吸、共哀乐。作者的心要随时紧贴着人物。什么时候作者的心"贴"不住人物，笔下就会浮、泛、飘、滑，花里胡哨，故弄玄虚，失去了诚意。而且，作者的叙述语言要和人物相协调。写农民，叙述语言要接近农民；写市民，叙述语言要近似市民。小说要避免"学生腔"。

我以为沈先生这些话是浸透了淳朴的现实主义精神的。

沈先生教写作，写的比说的多，他常常在学生的作业后面写很长的读后感，有时会比原作还长。这些读后感有时评析本文得失，也有时从这篇习作说开去，谈及有关创作的问题。见解精到，文笔讲究。——一个作家应该不论写什么都写得讲究。这些读后感也都没有保存下来，否则是会比《废邮存底》还有看头的。可惜！

沈先生教创作还有一种方法，我以为是行之有效的，学生写了一个作品，他除了写很长的读后感之外，还会介绍你看一些与你这个作品写法相近似的中外名家的作品看。记得我写过一篇不成熟的小说《灯下》，记一个店铺里上灯以后各色人的活动，无主要人物、主要情节，散散漫漫。沈先生就介绍我看了几篇这样的作品，包括他自己写的《腐烂》。学生看看别人是怎样写的，自己是怎样写的，对比借鉴，是会有长进的。这些书都是沈先生找来，带给学生的。因此他每次上课，走进教室里时总要夹着一大摞书。

沈先生就是这样教创作的。我不知道还有没有别的更好的方法教创作。我希望现在的大学里教创作的老师能用沈先生的方法试一试。

学生习作写得较好的，沈先生就作主寄到相熟的报刊上发表。这对学生是很大的鼓励。多年以来，沈先生就干着给别人的作品找地方发表这种事。经他的手介绍出去的稿子，可以说是不计其数了。我在一九四六年前写的作品,几乎全都是沈先生寄出去的。他这辈子为别人寄稿子用去的邮费也是一个相当可观的数目了。为了防止超重太多,节省邮费,他大都把原稿的纸边裁去,只剩下纸芯。这当然不大好看。但是抗战时期,百物昂贵,不能不打这点小算盘。

沈先生教书,但愿学生省点事,不怕自己麻烦。他讲《中国小说史》,有些资料不易找到,他就自己抄,用夺金标毛笔,筷子头大的小行书抄在云南竹纸上。这种竹纸高一尺,长四尺,并不裁断,抄得了,卷成一卷。上课时分发给学生。他上创作课夹了一摞书,上小说史时就夹了好些纸卷。沈先生做事,都是这样,一切自己动手,细心耐烦。他自己说他这种方式是"手工业方式"。他写了那么多作品,后来又写了很多大部头关于文物的著作,都是用这种手工业方式搞出来的。

沈先生对学生的影响,课外比课堂上要大得多。他后来为了躲避日本飞机空袭,全家移住到呈贡桃园,每星期上课,进城住两天。文林街二十号联大教职员宿舍有他一间屋子。他一进城,宿舍里几乎从早到晚都有客人。客人多半是同事和学生。客人来,大都是来借书,求字,看沈先生收到的宝贝,谈天。

沈先生有很多书,但他不是"藏书家",他的书,除了自己看,是借给人看的,联大文学院的同学,多数手里都有一两本沈先生的书,扉页上用淡墨签了"上官碧"的名字。谁借了什么书,什么时候借的,沈先生是从来不记得的。直到联大"复员",有些同学的行装里还带着沈先生的书,这些书也就随之而漂流到四面八方了。沈先生书多,而且很杂,除了一般的四部书、中国现代文学、外国文学的译本,社会学、人类学、黑格尔的《小逻辑》、弗洛伊德、亨利·詹姆斯、道教史、陶瓷史、《髹饰录》、《糖霜谱》……兼收并蓄,五花八门。这些书,沈先生大都认真读过。沈先生称自己的学问为"杂知识"。一个作家读书,是应该杂一点的。沈先生读过的书,往往在书后写两行题记。有的是记一个日期,那天天气如何,也有时发一点感慨。有一本书的后面写道:"某月某日,见一大胖女人从桥上过,心中十分难过。"这两句话我一直记得,可是一直不知道是什么意思。大胖女人为什么使沈先生十分难过呢?

沈先生对打扑克简直是痛恨。他认为这样地消耗时间，是不可原谅的。他曾随几位作家到井冈山住了几天。这几位作家成天在宾馆里打扑克，沈先生说起来就很气愤："在这种地方，打扑克！"沈先生小小年纪就学会掷骰子，各种赌术他也都明白，但他后来不玩这些。沈先生的娱乐，除了看看电影，就是写字。他写章草，笔稍偃侧，起笔不用隶法，收笔稍尖，自成一格。他喜欢写窄长的直幅，纸长四尺，阔只三寸。他写字不择纸笔，常用糊窗的高丽纸。他说："我的字值三分钱！"从前要求他写字的，他几乎有求必应。近年有病，不能握管，沈先生的字变得很珍贵了。

沈先生后来不写小说，搞文物研究了，国外、国内，很多人都觉得很奇怪。熟悉沈先生的历史的人，觉得并不奇怪。沈先生年轻时就对文物有极其浓厚的兴趣。他对陶瓷的研究甚深，后来又对丝绸、刺绣、木雕、漆器……都有广博的知识。沈先生研究的文物基本上是手工艺制品。他从这些工艺品看到的是劳动者的创造性。他为这些优美的造型、不可思议的色彩、神奇精巧的技艺发出的惊叹，是对人的惊叹。他热爱的不是物，而是人。他对一件工艺品的孩子气的天真激情，使人感动。我曾戏称他搞的文物研究是"抒情考古学"。他八十岁生日，我曾写过一首诗送给他，中有一联："玩物从来非丧志，著书老去为抒情"，是记实。他有一阵在昆明收集了很多耿马漆盒。这种黑红两色刮花的圆形缅漆盒，昆明多的是，而且很便宜。沈先生一进城就到处逛地摊，选买这种漆盒。他屋里装甜食点心、装文具邮票……的，都是这种盒子。有一次买得一个直径一尺五寸的大漆盒，一再抚摩，说："这可以作一期《红黑》杂志的封面！"他买到的缅漆盒，除了自用，大多数都送人了。有一回，他不知从哪里弄到很多土家族的挑花布，摆得一屋子，这间宿舍成了一个展览室。来看的人很多，沈先生于是很快乐。这些挑花图案带天真稚气而秀雅生动，确实很美。

沈先生不长于讲课，而善于谈天。谈天的范围很广，时局、物价……谈得较多的是风景和人物。他几次谈及玉龙雪山的杜鹃花有多人，某处高山绝顶上有一户人家，——就是这样一户！他谈某一位老先生养了二十只猫。谈一位研究东方哲学的先生跑警报时带了一只小皮箱，皮箱里没有金银财宝，装的是一个聪明女人写给他的信。谈徐志摩上课时带了一个很大的烟台苹果，一边吃，一边讲，还说："中国东西并不都比外国的差，烟台苹果就很好！"谈梁思成在一座塔上测绘内部结构，差一点从塔上掉下去。谈林徽因发着高烧，还躺在客厅里和客人谈文艺。他谈得最多的大概是金岳霖。金先生终生未娶，长期独身。他养了一只大斗鸡，这鸡能把脖子伸到桌上来，和金先生一起吃饭。他到处搜罗大石榴、大梨。买到大的，就拿去和同事的孩子的比，比输了，就把大梨、大石榴送给小朋友，他再去买！……沈先生谈及的这些人有共同特点。一是都对工作、对学问热爱到了痴迷的程度；二是为人天真到像一个孩子，对生活充满兴趣，不管在什么环境下永远不消沉沮丧，无机心、少俗虑。这些人的气质也正是沈先生的气质。"闻多素心人，乐与数晨夕"，沈先生谈及熟朋友时总是很有感情的。

文林街文林堂旁边有一条小巷，大概叫作金鸡巷，巷里的小院中有一座小楼。楼上住着联大的同学：王树藏、陈蕴珍（萧珊）、施载宣（萧荻）、刘北汜。当中有个小客厅。这小客厅常有熟同学来喝茶聊天，成了一个小小的沙龙。沈先生常来坐坐。有时还把他的朋友也拉来和大家谈谈。老舍先生从重庆过昆明时，沈先生曾拉他来谈过"小说和戏剧"。金岳霖先生也来过，谈的题目是"小说和哲学"。金先生是搞哲学的，主要是搞逻辑的，但是读很多小说，从普鲁斯特到《江湖奇侠传》。"小说和哲学"这题目是沈先生给他出的。不料金先生讲了半天，结论却是：小说和哲学没有关系。他说《红楼梦》里的哲学也不是哲学。他谈到兴浓处，忽然停下来，说："对不起，我这里有个小动物！"说着把右手从后脖领伸进去，捉出了一只跳蚤，甚为得意。我们问金先生为什么搞逻辑，金先生说："我觉得它很好玩"！

沈先生在生活上极不讲究。他进城没有正经吃过饭，大都是在文林街二十号对面一家小米线铺吃一碗米线。有时加一个西红柿，打一个鸡蛋。有一次我和他上街闲逛，到玉溪街，他在一个米线摊上要了一盘凉鸡，还到附近茶馆里借了一个盖碗，打了一碗酒。他用盖碗盖子喝了一点,其余的都叫我一个人喝了。

沈先生在西南联大是一九三八年到一九四六年。一晃,四十多年了!

一九八六年一月二日上午

**注 释**

① 本篇原载《人民文学》1986 年第五期;初收《汪曾祺自选集》,漓江出版社,1987 年 10 月。

# 桥 边 散 文①

## 午 门 忆 旧

北京解放前夕,一九四八年夏天到一九四九年春天,我曾到午门的历史博物馆工作过一段时间。

午门是紫禁城总体建筑的一个重要的组成部分。这是故宫的正门,是真正的"宫门"。进了天安门、端门,这只是宫廷的"前奏",进了午门,才算是进了宫。有午门,没有午门,是不大一样的。没有午门,进天安门、端门,直接看到三大殿,就太敞了,好像一件衣裳没有领子。有午门当中一隔,后面是什么,都瞧不见,这才显得宫里神秘庄严,深不可测。

午门的建筑是很特别的。下面是一个凹形的城台。城台上正面是一座九间重檐庑殿顶的城楼;左右有重檐的方亭四座。城楼和这四座正方的亭子之间,有廊庑相连属,稳重而不笨拙,玲珑而不纤巧,极有气派,俗称为"五凤楼"。在旧戏里,五凤楼成了皇宫的代称。《草桥关》里姚期唱道:"到明天陪王伴驾在那五凤楼",《珠帘寨》里程敬思唱道:"为千岁懒登五凤楼",指的就是这里。实际上姚期和程敬思都是不会登上五凤楼的。楼不但大臣上不去,就是皇帝也很少上去。

午门有什么用呢?旧戏和评书里常有一句话:"推出午门斩首!"哪能呢!这是编戏编书的人想象出来的。午门的用处大概有这么三项:一是逢什么大典时,皇上登上城楼接见外国使节。曾见过一幅紫铜的版刻,刻的就是这一盛典。外国使节、满汉官员,分班肃立,极为隆重。是哪一位皇上,庆的是何节日,已经记不清了。其次是献俘。打了胜仗（一般都是镇压了少数民族），要把俘虏（当然不是俘虏的全部，只是代表性的人物）押解到京城来。献俘本来应该在太庙。《清会典·礼部》："解送俘囚至京师，钦天监择日献俘于太庙社稷。"但据熟悉掌故的同志说，在午门。到时候皇上还要坐到城楼亲自过过目。究竟在哪里，余生也晚，未能亲历，只好存疑。第三，大概是午门最有历史意义，也最有戏剧性的故实，是在这里举行廷杖。廷杖，顾名思义，是在朝廷上受杖。不过把一位大臣按在太和殿上打屁股，也实在不大像样子，所以都在午门外举行。廷杖是对廷臣的酷刑。据朱国桢《涌幢小品》，廷杖始于唐玄宗时。但是盛行似在明代。原来不过是"意思意思"。《涌幢小品》说，"成化以前，凡廷杖者不去衣，用厚棉底衣，毛毡迭帊，示辱而已。"穿了厚棉裤，又垫着几层毡子，打起来想必不会太疼。但就这样也够呛，挨打以后，要"卧床数日，而后得愈"。"正德初年，逆瑾（刘瑾）用事，恶廷臣，始去衣。"——那就说脱了裤子，露出屁股挨打了。"遂有杖死者。"掌刑的是"厂卫"。明朝宦官掌握的特务机关有东厂、西厂，后来又有中行厂。廷杖在午门外举行，抡杖的该是中行厂的锦衣卫。五凤楼下，血肉横飞，是何景象？

　　不知从什么时候起，五凤楼就很少有人上去。"马道"的门锁着。民国以后，在这里设立了历史博物馆。据历史博物馆的老工友说，建馆后，曾经修缮过一次，从城楼的天花板上扫出了一些烧鸡骨头、荔枝壳和桂圆壳。他们说，这是"飞贼"留下来的。北京的"飞贼"做了案，就到五凤楼天花板上藏着，谁也找不着——那倒是，谁能搜到这样的地方呢？老工友们说，"飞贼"用一根麻绳，一头系一个大铁钩，一甩麻绳，把铁钩搭在城垛子上，三把两把，就"就"上来了。这种情形，他们谁也不会见过，但是言之凿凿。这种燕子李三式的人物引起老工友们美丽的向往，因为他们都已经老了，而且有的已经半身不遂。

　　"历史博物馆"名目很大，但是没有多少藏品，东边的马道里有两尊"将军炮"，是很大的铜炮，炮管有两丈多长。一尊叫做"武威将军炮"，另一尊叫什么将军炮，忘了。据说张勋复辟时曾起用过两尊将军炮，有的老工友说他还听到过军令："传武威将军炮！"传"××将军炮!"是谁传？张勋,还是张勋的对立面？说不清。马道拐角处有一架李大钊烈士就义的绞刑机。据说这架绞刑机是德国进口的,只用过一次。为什么要把这东西陈列在这里呢？我们在写说明卡片时,实在不知道如何下笔。

城楼(我们习惯叫做"正殿")里保留了皇上的宝座。两边铁架子上挂着十多件袁世凯祭孔用的礼服,黑缎的面料,白领子,式样古怪,道袍不像道袍。这一套服装为什么陈列在这里,也莫名其妙。

四个方亭子陈列的都是没有多大价值、也不值什么钱的文物:不知道来历的墓志、烧瘫在"匣"里的钧窑瓷碗、清代的"黄册"(为征派赋役编造的户口册),殿试的卷子、大臣的奏折……西北角一间亭子里陈列的东西却有点特别,是多种刑具。有两把杀人用的鬼头刀,都只有一尺多长。我这才知道,杀头不是用力把脑袋砍下来,而是用"巧劲"把脑袋"切"下来。最引人注意的是一套凌迟用的刀具,装在一个木匣里,有一二十把,大小不一。还有一把细长的锥子。据说受凌迟的人挨了很多刀,还不会死,最后要用这把锥子刺穿心脏,才会气绝。中国的剐刑搞得这样精细而科学,真是令人叹为观止。

整天和一些价值不大、不成系统的文物打交道,真正是"抱残守阙"。日子过得倒是蛮清闲的。白天检查检查仓库,更换更换说明卡片,翻翻资料,都是可做可不做的事情。下班后,到左掖门外筒子河边看看算卦的算卦,——河边有好几个卦摊;看人叉鱼,——叉鱼的沿河走,捏着鱼叉,欻地一叉下去,一条二尺来长的黑鱼就叉上来了。到了晚上,天安门、端门、左右掖门都关死了,我就到屋里看书。我住的宿舍在右掖门旁边,据说原是锦衣卫——就是执行廷杖的特务值宿的房子。四外无声,异常安静。我有时走出房门,站在午门前的石头坪场上,仰看满天星斗,觉得全世界都是凉的,就我这里一点是热的。

北平一解放,我就告别了午门,参加四野南下工作团南下了。

从此就再也没有到午门去看过,不知道午门现在是什么样子。

有一件事可以记一记。解放前一天,我们正准备迎接解放。来了一个人,说:"你们赶紧收拾收拾,我们还要办事呢!"他是想在午门上登基。这人是个疯子。

一九八六年一月九日

## 玉渊潭的传说

玉渊潭公园范围很大。东接钓鱼台,西到三环路,北靠白堆子、马神庙,南通军事博物馆。这个公园的好处是自然,到现在为止,还不大像个公园,——将来可不敢说了。没有亭台楼阁、假山花圃。就是那么一片水,好些树。绕湖中有长堤,转一圈得一个多小时。湖中有堤,贯通南北,把玉渊潭分为西湖和东湖。西湖可游泳,东湖可划船。湖边有很多人钓鱼,湖里有人坐了汽车内胎扎成的筏子兜圈。堤上有人遛鸟。有两三处是鸟友们"会鸟"的地方。画眉、百灵,叫成一片。有人打拳、做鹤翔桩、跑步。更多的人是遛弯儿的。遛弯有几条路线,所见所闻不同。常遛的人都深有体会。有一位每天来遛的常客,以为从某处经某处,然后出玉渊潭,最有意思。他说:"这个弯儿不错。"

每天遛弯儿,总可遇见几位老人。常见,面熟了,见到总要点点头:"遛遛?"——"吃啦?"——"今儿天不错——没风!"……

几位老人都已经八十上下了。他们是玉渊潭的老住户,有的已经住了几辈子。他们原来都是种地的,退休了。身子骨都挺硬朗。早晨,他们都绕长堤遛弯儿。白天,放放奶羊、莳弄莳弄巴掌大的一块菜地、摘一点喂鸡的猪儿草。晚饭后大都聚在湖北岸水闸旁边聊天。尤其是夏天,常常聊到很晚。这地方凉快。

我听他们聊,不免问问玉渊潭过去的事。

他们说玉渊潭原本是一片荒地,没有什么人来。只有每年秋天,热闹几天。城里很多人到玉渊潭来吃烤肉,——北京人不是讲究"贴秋膘"吗?各处架起烤肉炙子,烧着柴火,烤肉的香味顺风飘得老远……

秋高气爽,到野地里吃烤肉,瞧瞧湖水,闻着野花野草的清香,确实是一件乐事。我倒愿意这种风气能够恢复。不过,很难了!

老人们说:这玉渊潭原本是私人的产业,是张××的(他们把这个姓张的名字叫得很真凿,我曾经记住,后来忘了)。那会玉渊潭就是当中有一条陆地,种稻子。土肥水好,每年收成不错,玉渊潭一带的人,种的都是张家的地。

他们说:不但玉渊潭,由打阜成门,一直到现在的三环路,都是张××的,他一个人的。

(这可能么?)

这张××是怎么发的家呢?他是做"供"的。早年间北京人订供,不是一次给钱,而是分期给,按时给,从正月给到腊月,年底下就能捧回去一盘供。这张××收了很多家的钱,全花了。到了年根,要面没面,要油没油,拿什么给人家呀!他着急呀,睡不着觉。迷迷糊糊地,着了。做了一个梦。梦里听见有人跟他说:张××,哪儿哪儿有你的油,你的面,你去拉吧!他醒来,到了那儿,有一所房,里面有油,有面。他就赶着车往外拉。怎么拉也拉不完。怎么拉,也拉不完。起那儿,他就发了大财了!

这个传说当然不可信,情节也比较一般化。不过也还有点意思。从这个传说让我了解了几件事。

第一,北京人家过年,家家都要有一盘供。南方人也许不知道什么是"供"。供,就是面擀成指头粗的条,在油里炸透,蘸了蜂蜜,堆成宝塔形,供在神案上的一种甜食。这大概本来是佛教的敬奉释迦牟尼的东西,而且本来可能是庙里制做的。《红楼梦》第一回写葫芦庙中炸供,和尚不小心,油锅火逸,造成火灾,可为旁证。不过《红楼梦》写炸供是在三月十五,而北京人家摆供则在大年初一,季节不同。到后来,就不只是敬给释迦牟尼了,天上地下,各教神仙都有份。似乎一切神佛都爱吃甜东西。其实爱吃这种甜食的是孩子。北京的孩子大概都曾乘大人看不见的时候,偷偷地掰过供尖吃。到了撤供的时候,一盘供就会矮了一截。现在过年的时候,没有人家摆供了,不过点心铺里还有"蜜供"卖,只是不复堆成宝塔形,而是一疙瘩一块的。很甜,有一点蜜香。

第二,我这才知道,北京人家订供,用的是这种"分期付款"的办法。分期付款,我原以为是外国传来的,殊不知中国,北京,古已有之。

所不同的,现在的分期付款是先取了东西,再陆续付钱,订供则是先钱后货。小户人家,到年底一次拿出一笔钱来办供,有些费劲,这样零揪着按月交钱,就轻松多了;做供的呢,也可以攒了本钱,从容备料。买主卖主,两得其便。这办法不错!

第三,这几位老人对这传说毫不怀疑。他们是当真事儿说的。他们说张××实有其人,他们说他就住在三环路的南边。他们说北京人有一句话:"你有钱!——你有钱能比得了张××吗!"这几位老人都相信:人要发财,这是天意,这是命。因此,他们都顺天而知命,与世无争,不作非分之想。他们勤劳了一辈子,恬淡寡欲,心平气和。因此,他们都长寿。

一九八六年一月十三日

**注 释**

① 本篇原载《北京文学》1986 年第五期;初收《蒲桥集》,作家出版社,1989 年3 月。

# 香港的高楼和北京的大树①

香港多高楼,无大树。

中环一带,高楼林立,车如流水。楼多在五六十层以上。因为都很高,所以也显不出哪一座特别突出。建筑材料钢筋水泥已经少见了。飞机钢、合金铝、透亮的玻璃、纯黑的大理石。香港马路窄,无林荫树。寸土如金,无隙地可种树也。

这个城市,五光十色,只是缺少必要的、足够的绿。

半山有树。

山顶有树。

只是似乎没有人注意这些树,欣赏这些树。树被人忽略了。

海洋公园有树,都修剪得很整洁。这里有从世界各地移植来的植物。扶桑花皆如碗大,有深红、浅红、白色的,内地少见。但是游人极少在这些过于鲜明的花木之间留连。到这里来的目的是乘坐"疯狂飞天车"、浪船、"八脚鱼"之类的富于刺激性的、使人晕眩的游乐玩意。

我对这些玩意全都不敢领教,只是吮吸着可口可乐,看看年轻人乘坐这些玩意的兴奋紧张的神情,听他们在危险的瞬间发出的惊呼。我老了。

我坐在酒店的房间里(我在香港极少逛街,张辛欣说我从北京到香港就是换一个地方坐着),想起北京的大树,中山公园、劳动人民文化宫、天坛的柏树,北海的白皮松。

渡海到大屿岛梅窝参加大陆和香港作家的交流营,住了两天。这是香港人度假的地方,很安静。海、沙滩、礁石。错错落落,不很高的建筑。上山的小道。我现在明白了,为什么居住在高度现代化的城市的人需要度假。他们需要暂时离开紧张的生活节奏,需要安静,需要清闲。

古华看看大屿山，两次提出疑问："为什么山上没有大树？"他说："如果有十棵大松树，不要多，有十棵，就大不一样了！"山上是有树的。台湾相思树，枝叶都很美。只是大树确实是没有。

没有古华家乡的大松树。

也没有北京的大柏树、白皮松。

"所谓故国者非有乔木之谓也"。然而没有乔木，是不成其为故国的。《金瓶梅》潘金莲有言："南京的沈万山，北京的大树，人的名儿，树的影儿。"至少在明朝的时候，北京的大树就有了名了。北京有大树，北京才成其为北京。

回北京，下了飞机，坐在"的士"里，与同车作家谈起香港的速度。司机在前面搭话："北京将来也会有那样的速度的！"他的话不错。北京也是要高度现代化的，会有高速度的。现代化、高速度以后的北京会是什么样子呢？想起那些大树，我就觉得安心了。现代化之后的北京，还会是北京。

**注　释**

① 本篇原载 1986 年 2 月 23 日《光明日报》；初收《蒲桥集》，作家出版社，1989 年 3 月。

# 故乡的食物[①]

## 炒米和焦屑

小时读《板桥家书》:"天寒岁暮,穷亲戚朋友到门,先泡一大碗炒米送手中,佐以酱姜一小碟,最是××××[②](此四字失记,待查)之具",觉得很亲切。郑板桥是兴化人,我的家乡是高邮,风气相似。这样的感情,是外地人们不易领会的。炒米是各地都有的。但是很多地方都做成了炒米糖。这是很便宜的食品。孩子买了,咯咯地嚼着。四川有"炒米糖开水",车站码头都有得卖,那是泡着吃的。但四川的炒米糖似也是专业的作坊做的,不像我们那里。我们那里也有炒米糖,像别处一样,切成长方形的一块一块。也有搓成圆球的,叫做"欢喜团"。那也是作坊里做的。但通常所说的炒米,是不加糖粘结的,是"散装"的;而且不是作坊里做出来,是自己家里炒的。

说是自己家里炒,其实是请了人来炒的。炒炒米也要点手艺,并不是人人都会的。入了冬,大概是过了冬至吧,有人背了一面大筛子,手执长柄的铁铲,大街小巷地走,这就是炒炒米的。有时带一个助手,多半是个半大孩子,是帮他烧火的。请到家里来,管一顿饭,给几个钱,炒一天。或二斗,或半石;像我们家人口多,一次得炒一石糯米。炒炒米都是把一年所需一次炒齐,没有零零碎碎炒的。过了这个季节,再找炒炒米的也找不着。一炒炒米,就让人觉得,快要过年了。

装炒米的坛子是固定的,这个坛子就叫"炒米坛子",不作别的用途。舀炒米的东西也是固定的,一般人家大都是用一个香烟罐头。我的祖母用的是一个"柚子壳"。柚子,——我们那里柚子不多见,从顶上开一个洞,把里面的瓤掏出来,再塞上米糠,风干,就成了一个硬壳的钵状的东西。她用这个柚子壳用了一辈子。

我父亲有一个很怪的朋友,叫张仲陶。他很有学问,曾教我读过《项羽本纪》。他薄有田产。不治生业,整天在家研究易经,算卦。他算卦用蓍草。全城只有他一个人用蓍草算卦。据说他有几卦算得极灵。有一家,丢了一只金戒指,怀疑是女佣人偷了。这女佣人蒙了冤枉,来求张先生算一卦。张先生算了,说戒指没有丢,在你们家炒米坛盖子上。一找,果然。我小时就不大相信,算卦怎么能算得这样准,怎么能算得出在炒米坛盖子上呢?不过他的这一卦说明了一件事,即我们那里炒米坛子是几乎家家都有的。

炒米这东西实在说不上有什么好吃。家常预备,不过取其方便。用开水一泡,马上就可以吃。在没有什么东西好吃的时候,泡一碗,可代早晚茶。来了平常的客人,泡一碗,也算是点心。郑板桥说"穷亲戚朋友到门,先泡一大碗炒米送手中",也是说其省事,比下一碗挂面还要简单。炒米是吃不饱人的。一大碗,其实没有多少东西。我们那里吃泡炒米,一般是抓上一把白糖。如板桥所说"佐以酱姜一小碟",也有,少。我现在岁数大了,如有人请我吃泡炒米,我倒宁愿来一小碟酱生姜,——最好滴几滴香油,那倒是还有点意思的。另外还有一种吃法,用猪油煎两个嫩荷包蛋——我们那里叫做"蛋瘪子",抓一把炒米和在一起吃。这种食品是只有"惯宝宝"才能吃得到的。谁家要是老给孩子吃这种东西,街坊就会有议论的。

我们那里还有一种可以急就的食品,叫做"焦屑"。糊锅巴磨成碎末,就是焦屑。我们那里,餐餐吃米饭,顿顿有锅巴。把饭铲出来,锅巴用小火烘焦,起出来,卷成一卷,存着。锅巴是不会坏的,不发馊,不长霉。攒够一定的数量,就用一具小石磨磨碎,放起来。焦屑也像炒米一样。用开水冲冲,就能吃了。焦屑调匀后成糊状,有点像北方的炒面,但比炒面爽口。

我们那里的人家预备炒米和焦屑,除了方便,原来还有一层意思,是应急。在不能正常煮饭时,可以用来充饥。这很有点像古代行军用的"糒"。有一年，记不得是哪一年，总之是我还小，还在上小学，党军（国民革命军）和联军（孙传芳的军队）在我们县境内开了仗，很多人都躲进了红十字会。不知道出于一种什么信念，大家都以为红十字会是哪一方的军队都不能打进去的，进了红十字会就安全了。红十字会设在炼阳观，这是一个道士观。我们一家带了一点行李进了炼阳观。祖母指挥着，特别关照，把一坛炒米或一坛焦屑带了去。我对这种打破常规的生活极感兴趣。晚上，爬到吕祖楼上去，看双方军队枪炮的火光在东北面不知什么地方一阵一阵地亮着，觉得有点紧张，也很好玩。很多人家住在一起，不能煮饭，这一晚上，我们是冲炒米、泡焦屑度过的。没有床铺，我把几个道士诵经用的蒲团拼起来，在上面睡了一夜。这实在是我小时候度过的一个浪漫主义的夜晚。

第二天，没事了，大家就都回家了。

炒米和焦屑和我家乡的贫穷和长期的动乱是有关系的。

## 端午的鸭蛋

家乡的端午，很多风俗和外地一样。系百索子。五色的丝线拧成小绳，系在手腕上。丝线是掉色的，洗脸时沾了水，手腕上就印得红一道绿一道的。做香角子。丝线缠成小粽子，里头装了香面，一个一个串起来，挂在帐钩上。贴五毒。红纸剪成五毒，贴在门坎上。贴符。这符是城隍庙送来的。城隍庙的老道士还是我的寄名干爹。他每年端午节前就派小道士送符来，还有两把小纸扇。符送来了，就贴在堂屋的门楣上。一尺来长的黄色、蓝色的纸条，上面用朱笔画些莫名其妙的道道，这就能辟邪么？喝雄黄酒。用酒和的雄黄在孩子的额头上画一个王字，这是很多地方都有的。有一个风俗不知别处有不：放黄烟子。黄烟子是大小如北方的麻雷子的炮仗，只是里面灌的不是硝药，而是雄黄。点着后不响，只是冒出一股黄烟，能冒好一会。把点着的黄烟子丢在橱柜下面，说是可以熏五毒。小孩子点了黄烟子，常把它的一头抵在板壁上写虎字。写黄烟虎字笔划不能断，所以我们那里的孩子都会写草书的"一笔虎"。还有一个风俗,是端午节的午饭要吃"十二红",就是十二道红颜色的菜。十二红里我只记得有炒红苋菜、油爆虾、咸鸭蛋,其余的都记不清,数不出了。也许十二红只是一个名目,不一定真凑足十二样。不过午饭的菜都是红的,这一点是我没有记错的,而且,苋菜、虾、鸭蛋,一定是有的。这三样,在我的家乡,都不贵,多数人家是吃得起的。

我的家乡是水乡,出鸭。高邮大麻鸭是著名的鸭种。鸭多,鸭蛋也多。高邮人也善于腌鸭蛋。高邮咸鸭蛋于是出了名。我在苏南、浙江,每逢有人问起我的籍贯,回答之后,对方就会肃然起敬:"哦!你们那里出咸鸭蛋!"上海的卖腌腊的店铺里也卖咸鸭蛋,必用纸条特别标明:"高邮咸蛋"。高邮还出双黄鸭蛋。别处鸭蛋也偶有双黄的,但不如高邮的多,可以成批输出。双黄鸭蛋味道其实无特别处,还不就是个鸭蛋!只是切开之后,里面圆圆的两个黄,使人惊奇不已。我对异乡人称道高邮鸭蛋,是不大高兴的,好像我们那穷地方就出鸭蛋似的!不过高邮的咸鸭蛋,确实是好,我走的地方不少,所食鸭蛋多矣,但和我家乡的完全不能相比!曾经沧海难为水,他乡咸鸭蛋,我实在瞧不上。袁枚的《随园食单·小菜单》有"腌蛋"一条。袁子才这个人我不喜欢,他的《食单》好些菜的做法是听来的,他自己并不会做菜。但是"腌蛋"这一条我看后却觉得很亲切,而且"餐有荣焉"。文不长,录如下:

> 腌蛋以高邮为佳,颜色细而油多。高文端公最喜食之。席间,先夹取以敬客,放盘中。总宜切开带壳,黄白兼用;不可存黄去白,使味不全,油亦走散。

高邮咸蛋的特点是质细而油多。蛋白柔嫩,不似别处的发干、发粉,入口如嚼石灰。油多尤为别处所不及。鸭蛋的吃法,如袁子才所说,带壳切开,是一种,那是席间待客的办法。平常食用,一般都是敲破"空头",用筷子挖着吃。筷子头一扎下去,吱——红油就冒出来了。高邮咸蛋的黄是通红的。苏北有一道名菜,叫做"硃砂豆腐",就是用高邮鸭蛋黄炒的豆腐。我在北京吃的咸鸭蛋,蛋黄是浅黄色的,这叫什么咸鸭蛋呢！

端午节，我们那里的孩子兴挂"鸭蛋络子"。头一天，就由姑姑或姐姐用彩色丝线打好了络子。端午一早，鸭蛋煮熟了，由孩子自己去挑一个。鸭蛋有什么可挑的呢？有！一要挑淡青壳的。鸭蛋壳有白的和淡青的两种。二要挑形状好看的。别说鸭蛋都是一样的，细看却不同。有的样子蠢，有的秀气。挑好了，装在络子里，挂在大襟的纽扣上。这有什么好看呢？然而它是孩子心爱的饰物。鸭蛋络子挂了多半天，什么时候孩子一高兴，就把络子里的鸭蛋掏出来，吃了。端午的鸭蛋，新腌不久，只有一点淡淡的咸味，白嘴吃也可以。

孩子吃鸭蛋是很小心的，除了敲去空头，不把蛋壳碰破。蛋黄蛋白吃光了，用清水把鸭蛋里面洗净，晚上捉了萤火虫来，装在蛋壳里，空头的地方糊一层薄罗。萤火虫在鸭蛋壳里一闪一闪地亮，好看极了！

小时读囊萤映雪故事，觉得东晋的车胤用练囊盛了几十只萤火虫，照了读书，还不如用鸭蛋壳来装萤火虫。不过用萤火虫照亮来读书，而且一夜读到天亮，这能行么？车胤读的是手写的卷子；字大；若是读现在的新五号字，大概是不行的。

## 咸菜茨菰汤

一到下雪天，我们家就喝咸菜汤，不知是什么道理。是因为雪天买不到青菜？那也不见得。除非大雪三日，卖菜的出不了门，否则他们总还会上市卖菜的。这大概只是一种习惯。一早起来，看见飘雪花了，我就知道：今天中午是咸菜汤！

咸菜是青菜腌的。我们那里过去不种白菜，偶有卖的，叫做"黄芽菜"，是外地运去的，很名贵。一盘黄芽菜炒肉丝，是上等菜。平常吃的，都是青菜。青菜似油菜，但高大得多。入秋，腌菜，这时青菜正肥。把青菜成担的买来，洗净，晾去水气，下缸。一层菜，一层盐，码实，即成。随吃随取，可以一直吃到第二年春天。

腌了四五天的新咸菜很好吃，不咸，细、嫩、脆、甜，难可比拟。

咸菜汤是咸菜切碎了煮成的。到了下雪的天气,咸菜已经腌得很咸了,而且已经发酸。咸菜汤的颜色是暗绿的。没有吃惯的人,是不容易引起食欲的。

咸菜汤里有时加了茨菰片,那就是咸菜茨菰汤。或者叫茨菰咸菜汤,都可以。

我小时候对茨菰实在没有好感。这东西有一种苦味。民国二十年,我们家乡闹大水,各种作物减产,只有茨菰却丰收。那一年我吃了很多茨菰,而且是不去茨菰的嘴子的,真难吃。

我十几岁离乡,辗转漂流,三四十年没有吃到茨菰,并不想。

前好几年,春节后数日,我到沈从文老师家去拜年,他留我吃饭,师母张兆和炒了一盘茨菰肉片。沈先生吃了两片茨菰,说:"这个好!格比土豆高。"我承认他这话。吃菜讲究"格"的高低,这种语言正是沈老师的语言。他是对什么事物都讲"格"的,包括对于茨菰、土豆。

因为久违,我对茨菰有了感情。前几年,北京的菜市场在春节前后有卖茨菰的。我见到,必要买一点。回来加肉炒了。家里人都不怎么爱吃。所有的茨菰,都由我一个人"包圆儿"了。

北方人不识茨菰。我买茨菰,总要有人问我:"这是什么?"——"茨菰。"——"茨菰是什么?"这可不好回答。

北京的茨菰卖得很贵,价钱和"洞子货"(温室所产)的西红柿、野鸡脖韭菜差不多。

我很想喝一碗咸菜茨菰汤。

我想念家乡的雪。


## 虎头鲨、昂嗤鱼、砗螯、螺蛳、蚬子


苏州人特重塘鳢鱼。上海人也是,一提起塘鳢鱼,眉飞色舞。塘鳢鱼是什么鱼?我向往之久矣。到苏州,曾想尝尝塘鳢鱼,未能如愿。后来我知道:塘鳢鱼就是虎头鲨,嗐!

塘鳢鱼办称土步鱼。《随园食单》:"杭州以土步鱼为上品,而金陵人贱之,目为虎头蛇,可发一笑。"虎头蛇即虎头鲨。这种鱼样子不好看,而且有点凶恶。浑身紫褐色,有细碎黑斑,头大而多骨,鳍如蝶翅。这种鱼在我们那里也是贱鱼,是不能上席的。苏州人做塘鳢鱼有清炒、椒盐多法。我们家乡通常的吃法是氽汤,加醋、胡椒。虎头鲨氽汤,鱼肉极细嫩,松而不散,汤味极鲜,开胃。

昂嗤鱼的样子也很怪,头扁嘴阔,有点像鲇鱼,无鳞,皮色黄,有浅黑色的不规整的大斑。无背鳍,而背上有一根很硬的尖锐的骨刺。用手捏起这根骨刺,它就发出昂嗤昂嗤小小的声音。这声音是怎么发出来的,我一直没弄明白。这种鱼是由这种声音得名的。它的学名是什么,只有去问鱼类学专家了。这种鱼没有很大的,七八寸长的,就算难得的了。这种鱼也很贱,连乡下人也看不起。我的一个亲戚在农村插队,见到昂嗤鱼,买了一些,农民都笑他:"买这种鱼干什么!"昂嗤鱼其实是很好吃的。昂嗤鱼通常也是氽汤。虎头鲨是醋汤,昂嗤鱼不加醋,汤白如牛乳,是所谓"奶汤"。昂嗤也极细嫩,鳃边的两块蒜瓣肉有大拇指大,堪称至味。有一年,北京一家鱼店不知从哪里运来一些昂嗤鱼,无人问津。顾客都不识这是啥鱼。有一位卖鱼的老师傅倒知道:"这是昂嗤。"我看到,高兴极了,买了十来条。回家一做,满不是那么一回事! 昂嗤要吃活的(虎头鲨也是活杀)。长途转运,又在冷库里冰了一些日子,肉质变硬,鲜味全失,一点意思都没有!

砗螯我的家乡叫馋螯,砗螯是扬州人的叫法。我在大连见到花蛤,我以为就是砗螯。不是。形状很相似,入口全不同。花蛤肉粗而硬,咬不动。砗螯极柔软细嫩。砗螯好像是淡水里产的,但味道却似海鲜。有点像蛎黄,但比蛎黄味道清爽。比青蛤、蚶子味厚。砗螯可清炒、烧豆腐,或与咸肉同煮。砗螯烧乌青菜(江南人叫塌苦菜),风味绝佳。乌青菜如是经霜而现拔的,尤美。我不食砗螯四十五年矣。

砗螯壳稍呈三角形,质坚,白如细瓷,而有各种颜色的弧形花斑,有浅紫的,有暗红的,有赭石、墨蓝的,很好看。家里买了砗螯,挖出砗螯肉,我们就从一堆砗螯壳里去挑选,挑到好的,洗净了留起来玩。砗螯壳的铰合部有两个突出的尖嘴子,把尖嘴子在糙石上磨磨,不一会就磨出两个小圆洞,含在嘴里吹,呜呜地响,且有细细颤音,如风吹窗纸。

螺蛳处处有之。我们家乡清明吃螺蛳,谓可以明目。用五香煮熟螺蛳,分给孩子,一人半碗,由他们自己用竹签挑着吃。孩子吃了螺蛳,用小竹弓把螺蛳壳射到屋顶上,喀拉喀拉地响。夏天"检漏",瓦匠总要扫下好些螺蛳壳。这种小弓不作别的用处,就叫做螺蛳弓。我在小说《戴车匠》里对螺蛳弓有较详细的描写。

蚬子是我所见过的贝类里最小的了,只有一粒瓜子大。蚬子是剥了壳卖的。剥蚬子的人家附近堆了好多蚬子壳,像一个坟头。蚬子炒韭菜,很下饭。这种东西非常便宜,为小户人家的恩物。

有一年修运河堤。按工程规定,有一段堤面应铺碎石。包工的贪污了款子,在堤面铺了一层蚬子壳。前来验收的委员,坐在汽车里,向外一看,白花花的一片,还抽着雪茄烟,连说:"很好!很好!"

我的家乡富水产。鱼之中名贵的是鳊鱼、白鱼(尤重翘嘴白)、鳜花鱼(即鳜鱼),谓之"鳊、白、鳜"。虾有青虾、白虾。蟹极肥。以无特点,故不及。

## 野鸭、鹌鹑、斑鸠、鹨

过去我们那里野鸭子很多。水乡,野鸭子自然多。秋冬之际,天上有时"过"野鸭子,黑乎乎的一大片。在地上可以听到它们鼓翅的声音,呼呼的,好像刮大风。野鸭子是枪打的(野鸭肉里常常有很细的铁砂子,吃时要小心),但打野鸭子的人自己不进城来卖。卖野鸭子有专门的摊子。有时卖鱼的也卖野鸭子,把一个养活鱼的木盆翻过去,野鸭一对一对地摞在盆底。卖野鸭子是不用秤约的,都是一对一对地卖。野鸭子是有一定分量的。依分量大小,有一定的名称,如"对鸭"、"八鸭"。哪一种有多大分量,我现在已经记不清了。卖野鸭子都是带毛的。卖野鸭子的可以代客当场去毛。拔野鸭毛是不能用开水烫的。野鸭子皮薄,一烫,皮就破了。干拔。卖野鸭子的把一只鸭子放入一个麻袋里,一手提鸭,一手拔毛,一会儿就拔净了。——放在麻袋里拔,是防止鸭毛飞散。代客拔毛，不另收费，卖野鸭子的只要那一点鸭毛。——野鸭毛是值钱的。

野鸭的吃法通常是切块红烧。清炖大概也可以吧，我没有吃过。野鸭子肉的特点是：细、"酥"，不像家鸭每每肉老。野鸭烧咸菜是我们那里的家常菜。里面的咸菜尤其是佐粥的妙品。

现在我们那里的野鸭子很少了。前几年我回乡一次，偶有，卖得很贵。原因据说是因为县里对各乡水利作了全面综合治理，过去的水荡子、荒滩少了，野鸭子无处栖息。而且，野鸭子过去是吃收割后遗撒在田里的谷粒的，现在收割得很干净，颗粒归仓，野鸭子没有什么可吃的，不来了。

鹌鹑是网捕的。我们那里吃鹌鹑的人家少，因为这东西只有由乡下的亲戚送来，市面上没有卖的。鹌鹑大都是用五香卤了吃。也有用油炸了的。鹌鹑能斗，但我们那里无斗鹌鹑的风气。

我看见过猎人打斑鸠。我在读初中的时候。午饭后，我到学校后面的野地里去玩。野地里有小河，有野蔷薇，有金黄色的茼蒿花，有苍耳（苍耳子有小钩刺，能挂在衣裤上，我们管它叫"万把钩"），有才抽穗的芦荻。在一片树林里，我发现一个猎人。我们那里猎人很少，我从来没有见过猎人，但是我一看见他，就知道：他是一个猎人。这个猎人给我一个非常猛厉的印象。他穿了一身黑，下面却缠了鲜红的绑腿。他很瘦。他的眼睛黑，而冷。他握着枪。他在干什么？树林上面飞过一只斑鸠。他在追逐这只斑鸠。斑鸠分明已经发现猎人了。它想逃脱。斑鸠飞到北面，在树上落一落，猎人一步一步往北走。斑鸠连忙往南面飞，猎人扬头看了一眼。斑鸠落定了，猎人又一步一步往南走，非常冷静。这是一场无声的，然而非常紧张的，坚持的较量。斑鸠来回飞，猎人来回走。我很奇怪，为什么斑鸠不往树林外面飞。这样几个来回，斑鸠慌了神了，它飞得不稳了，歪歪倒倒的，失去了原来均匀的节奏。忽然，砰，——枪声一响，斑鸠应声而落。猎人走过去，拾起斑鸠，看了看，装在猎袋里。他的眼睛很黑，很冷。

我在小说《异秉》里提到王二的熏烧摊子上，春天，卖一种叫做

"鸡"的野味。鸡这种东西我在别处没看见过。"鸡"这个字很多人也不认得。多数字典里不收。《辞海》里倒有这个字，标音为（duo 又读 zhua）。zhua 与我乡读音较近，但我们那里是读入声的，这只有用国际音标才标得出来。即使用国际音标标出，在不知道"短促急收藏"的北方人也是读不出来的。《辞海》"鸡"字条下注云"见鸡鸠"，似以为"鸡"即"鸡鸠"。而在"鸡鸠"条下注云："鸟名。雉属。即'沙鸡'。"这就不对了。沙鸡我是见过的，吃过的。内蒙、张家口多出沙鸡。《尔雅·释鸟》郭璞注："出北方沙漠地"，不错。北京冬季偶尔也有卖的。沙鸡嘴短而红，腿也短。我们那里的鸡却是水鸟，嘴长，腿也长。鸡的滋味和沙鸡有天渊之别。沙鸡肉较粗，略有酸味；鸡肉极细，非常香。我一辈子没有吃过比鸡更香的野味。

## 蒌蒿、枸杞、荠菜、马齿苋

小说《大淖记事》："春初水暖，沙洲上冒出很多紫红色的芦芽和灰绿色的蒌蒿，很快就是一片翠绿了。"我在书页下方加了一条注："蒌蒿是生于水边的野草，粗如笔管，有节，生狭长的小叶，初生二寸来高，叫做'蒌蒿薹子'，加肉炒食极清香。……"蒌蒿的蒌字，我小时不知怎么写，后来偶然看了一本什么书，才知道的。这个字音"吕"。我小学有一个同班同学，姓吕，我们就给他起了个外号，叫"蒌蒿薹子"（蒌蒿薹子家开了一爿糖坊，小学毕业后未升学，我们看见他坐在糖坊里当小老板，觉得很滑稽）。但我查了几本字典，"蒌"都音"楼"，我有点恍惚了。"楼"、"吕"一声之转。许多从"娄"的字都读"吕"，如"屡"、"缕"、"褛"……这本来无所谓，读"楼"读"吕"，关系不大。但字典上都说蒌蒿是蒿之一种，即白蒿，我却有点不以为然。我小说里写的蒌蒿和蒿其实不相干。读苏东坡《惠崇春江晚景》诗："竹外桃花三两枝，春江水暖鸭先知。蒌蒿满地芦芽短，正是河豚欲上时。"此蒌蒿生于水边，与芦芽为伴，分明是我的家乡人所吃的蒌蒿，非白蒿。或者"即白蒿"的蒌蒿别是一种，未可知矣。深望懂诗、懂植物学，也懂吃的博雅君子有以教我。

我的小说注文中所说的"极清香"，很不具体。嗅觉和味觉是很难比方，无法具体的。昔人以为荔枝味似软枣，实在是风马牛不相及。我所谓"清香"，即食时如坐在河边闻到新涨的春水的气味。这是实话，并非故作玄言。

枸杞到处都有。开花后结长圆形的小浆果，即枸杞子，我们叫它"狗奶子"，形状颇像。本地产的枸杞子没有入药的，大概不如宁夏产的好。枸杞是多年生植物。春天，冒出嫩叶，即枸杞头。枸杞头是容易采到的。偶尔也有近城的乡村的女孩子采了，放在竹篮里叫卖："枸杞头来！……"枸杞头可下油盐炒食；或用开水焯了，切碎，加香油、酱油、醋，凉拌了吃。那滋味，也只能说"极清香"。春天吃枸杞头，云可以清火，如北方人吃苣荬菜一样。

"三月三，荠菜花赛牡丹"，俗谓是日以荠菜花置灶上，则蚂蚁不上锅台。

北京也偶有荠菜卖。菜市上卖的是园子里种的，茎白叶大，颜色较野生者浅淡，无香气。农贸市场间有南方的老太太挑了野生的来卖，则又过于细瘦，如一团乱发，制熟后强硬扎嘴。总不如南方野生的有味。

江南人惯用荠菜包春卷，包馄饨，甚佳。我们家乡有用来包春卷的，用来包馄饨的没有，——我们家乡没有"菜肉馄饨"。一般是凉拌。荠菜焯熟剁碎，界首茶干切细丁，入虾米，同拌。这道菜是可以上酒席作凉菜的。酒席上的凉拌荠菜都用手拃成一座尖塔，临吃推倒。

马齿苋现在很少有人吃。古代这是相当重要的菜蔬。苋分人苋、马苋。人苋即今苋菜，马苋即马齿苋。我们祖母每于夏天摘肥嫩的马齿苋晾干，过年时作馅包包子。她是吃长斋的，这种包子只有她一个人吃。我有时从她的盘子里拿一个，蘸了香油吃，挺香。马齿苋有点淡淡的酸味。

马齿苋开花，花瓣如一小囊。我们有时捉了一个哑巴知了，——知了是应该会叫的，捉住一个哑巴，多么扫兴！于是就摘了两个马齿苋的花瓣套住它的眼睛，——马齿苋花瓣套知了眼睛正合适，一撒手，这知了就拼命往高处飞,一直飞到看不见!

三年自然灾害,我在张家口沙岭子吃过不少马齿苋。那时候,这是宝物!

注　释

① 本篇原载《雨花》1986 年第五期;初收《汪曾祺自选集》,漓江出版社,1987 年 10 月。

② 这四个字是"暖老温贫",汪曾祺在 1986 年 7 月 9 日致王树兴的信中提及。

# 比罚款更好的办法<sup>①</sup>

到处都罚款。有的罚款是必要的,比如对待随地吐痰,无照设摊。但是什么都用罚款的办法来解决:乱倒垃圾,罚款;随便放车,罚款……这就不大好。罚款本来应由政府部门执行,现在任何店铺、住家,都可以作出罚款的规定,未免奇怪。至于公园里,几乎无一例外,都有牌示:"严禁攀折花木,违者罚款",这一明文似乎古已有之了。有没有更好的办法呢?

苏州沧浪亭,有一处小厅,窗外有几棵梅花,枝叶甚茂,游人伸手可以攀折。这里没有罚款的禁令,却用一个扇面形的小小木牌,写了四句诗:

> 窗外数株梅,迎寒冒雪开。
>
> 劝君多护惜,留待暗香来。

诗不是什么了不得的好诗,但比"违者罚款"更高雅一点。

多一点诗教,少一点禁令,也许我们这个民族会更文明一点。

**注　释**

① 本篇原载 1986 年 6 月 30 日《北京晚报》"桥边杂记"专栏。

# 灵 通 麻 雀<sup>①</sup>

闵兆华家有过一只很怪的麻雀。

这只麻雀跌在地上,折了一条腿(大概是小孩子拿弹弓打的),兆华的爱人捡了起来,给它上了一点消炎粉,用纱布裹巴裹巴,麻雀好了。好了,它就不走了。兆华有一顶旧棉帽子,挂在墙上,就成了它的窝。棉帽子里朝外,晚上,它钻进去,兆华的爱人把帽子翻了过来,它就在帽里睡一夜。天亮了,棉帽子往外一翻,它就忔楞楞要出来了。兆华家不给它预备鸟食。人吃什么它吃什么。吃饭的时候,它落在兆华爱人的肩上,兆华爱人随时喂它一口。它生了病——发烧,给它吃了一点四环素之类的药,也就好了。它每天就出去玩,但只要兆华爱人在窗口喊一声:"鸟——",它呼的一声就飞回来。

兆华爱人绣花。有时因事走开,麻雀就看着桌上的绣活,谁也不许动。你动一下,它就嗛你!

兆华领回了工资,放在大衣口袋里,麻雀会把钞票一张一张地叼出来,送到兆华爱人——它的女主人的面前!

我知道这只麻雀的时候,它已经活了四年多,毛色变得很深,发黑了。

有一位鸟类学专家曾特地到兆华家去看过这只麻雀。他认为有两点不可解:

一、麻雀的寿命一般是两年,这只麻雀怎么能活了四年多呢?

二、鸟类一般是没有思维的。这只麻雀能看绣活,叼钞票,这算什么呢?能够说是思维么?

天地间有许多事情需要作新的探索。

## 注　释

① 本篇原载 1986 年 7 月 28 日《北京晚报》"桥边杂记"专栏;初收《汪曾祺全集》第四卷,北京师范大学出版社,1998 年 8 月。

# 吃食和文学①（三题）

## 咸菜和文化

偶然和高晓声谈起"文化小说"，晓声说："什么叫文化？——吃东西也是文化。"我同意他的看法。这两天自己在家里腌韭菜花，想起咸菜和文化。

咸菜可以算是一种中国文化。西方似乎没有咸菜。我吃过"洋泡菜"，那不能算咸菜。日本有咸菜，但不知道有没有中国这样盛行。"文革"前《福建日报》登过一则猴子腌咸菜的新闻，一个新华社归侨记者用此材料写了一篇对外的特稿："猴子会腌咸菜吗？"被批评为"资产阶级新闻观点"。——为什么这就是资产阶级新闻观点呢？猴子腌咸菜，大概是跟人学的。于此可以证明咸菜在中国是极为常见的东西。中国不出咸菜的地方大概不多。各地的咸菜各有特点，互不雷同。北京的水疙瘩、天津的津冬菜、保定的春不老。"保定有三宝，铁球、面酱、春不老"，我吃过苏州的春不老，是用带缨子的很小的萝卜腌制的，腌成后寸把长的小缨子还是碧绿的，极嫩，微甜，好吃，名字也起得好。保定的春不老想也是这样的。周作人曾说他的家乡经常吃的是咸极了的咸鱼和咸极了的咸菜。鲁迅《风波》里写的蒸得乌黑的干菜很诱人。腌雪里蕻南北皆有。上海人爱吃咸菜肉丝面和雪笋汤。云南曲靖的韭菜花风味绝佳。曲靖韭菜花的主料其实是细切晾干的萝卜丝，与北京作为吃涮羊肉的调料的韭菜花不同。贵州有冰糖酸，乃以芥菜加醪糟、辣子腌成。四川咸菜种类极多，据说必以自流井的粗盐腌制乃佳。行销（真是"行销"）全国，远至海外（有华侨的地方）。堪称咸菜之土的，应数榨菜。朝鲜辣菜也可以算是咸菜。延边的腌蕨菜北京偶有卖的，人多不识。福建的黄萝卜很有名，可惜未曾吃过。我的家乡每到秋末冬初，多数人家都腌萝卜干。到店铺里学徒，要"吃三年萝卜干饭"，言其缺油水也。中国咸菜多矣，此不能备载。如果有人写一本《咸菜谱》，将是一本非常有意思的书。

　　咸菜起于何时，我一直没有弄清楚。古书里有一个"菹"字，我少时曾以为是咸菜。后来看《说文解字》，菹字下注云："酢菜也"，不对了。汉字凡从酉者，都和酒有点关系。酢菜现在还有。昆明的"茄子酢"、湖南乾城的"酢辣子"，都是密封在坛子里使酒化了的，吃起来都带酒香。这不能算是咸菜。有一个虀字，则确乎是咸菜了。这是切碎了腌的。这东西的颜色是发黄的，故称"黄虀"。腌制得法，"色如金钗股"云。我无端地觉得，这恐怕就是酸雪里蕻。虀似乎不是很古的东西。这个字的大量出现好像是在宋人的笔记和元人的戏曲里。这是穷秀才和和尚常吃的东西。"黄虀"成了嘲笑秀才和和尚，亦为秀才和和尚自嘲的常用的话头。中国咸菜之多，制作之精，我以为跟佛教有一点关系。佛教徒不茹荤，又不一定一年四季都能吃到新鲜蔬菜，于是就在咸菜上打主意。我的家乡腌咸菜腌得最好的是尼姑庵。尼姑到相熟的施主家去拜年，都要备几色咸菜。关于咸菜的起源，我在看杂书时还要随时留心，并希望博学而好古的馋人有以教我。

　　和咸菜相伯仲的是酱菜。中国的酱菜大别起来，可分为北味的与南味的两类。北味的以北京为代表。六必居、天源、后门的"大葫芦"都很好。——"大葫芦"门悬大葫芦为记，现在好像已经没有了。保定酱菜有名，但与北京酱菜区别实不大。南味的以扬州酱菜为代表，商标为"三和"、"四美"。北方酱菜偏咸，南则偏甜。中国好像什么东西都可以拿来酱。萝卜、瓜、莴苣、蒜苗、甘露、藕乃至花生、核桃、杏仁，无不可酱。北京酱菜里有酱银苗，我到现在还不知道究竟是什么东西。只有荸荠不能酱。我的家乡不兴到酱园里开口说买酱荸荠，那是骂人的话。

　　酱菜起于何时，我也弄不清楚。不会很早。因为制酱菜有个前提，必得先有酱，——豆制的酱。酱，——酱油，是中国一大发明。"柴米油盐酱醋茶"，酱为开门七事之一。中国菜多数要放酱油。西方没有。有一个京剧演员出国，回来总结了一条经验，告诫同行，以后若有出国机会，必须带一盒固体酱油！没有郫县豆瓣，就做不出"正宗川味"。但是中国古代的酱和现在的酱不是一回事。《说文》酱字注云从肉、从酉、爿声。这是加盐、加酒、经过发酵的肉酱。《周礼·天官·膳夫》："凡王之馈，酱用百有二十瓮"，郑玄注："酱，谓醯醢也"。醯，醢，都是肉酱。大概较早出现的是豉，其后才有现在的酱。汉代著作中提到的酱，好像已是豆制的。东汉王充《论衡》："作豆酱恶闻雷"，明确提到豆酱。《齐民要术》提到酱油，但其时已至北魏，距现在一千五百多年。——当然，这也相当古了。酱菜的起源，我现在还没有查出来，俟诸异日吧。

考查咸菜和酱菜的起源，我不反对，而且颇有兴趣。但是，也不一定非得寻出它的来由不可。

"文化小说"的概念颇含糊。小说重视民族文化，并从生活的深层追寻某种民族文化的"根"，我以为是未可厚非的。小说要有浓郁的民族色彩，不在民族文化里腌一腌、酱一酱，是不成的，但是不一定非得追寻得那么远，非得追寻到一种苍苍莽莽的古文化不可。古文化荒邈难稽（连咸菜和酱菜的来源我们还不清楚）。寻找古文化，是考古学家的事，不是作家的事。从食品角度来说，与其考察太子丹请荆轲吃的是什么，不如追寻一下"春不老"；与其查究楚辞里的"蕙肴蒸"，不如品味品味湖南豆豉；与其追溯断发文身的越人怎样吃蛤蜊，不如蒸一碗霉干菜，喝两杯黄酒。我们在小说要表现的文化，首先是现在的，活着的；其次是昨天的，消逝不久的。理由很简单，因为我们可以看得见，摸得着，尝得出，想得透。

一九八六年九月十一日

# 口味·耳音·兴趣

我有一次买牛肉。排在我前面的是一个中年妇女,看样子是个知识分子,南方人。轮到她了,她问卖牛肉的:"牛肉怎么做?"我很奇怪,问:"您没有做过牛肉?"——"没有。我们家不吃牛羊肉。"——"那您买牛肉——?"——"我的孩子大了,他们会到外地去。我让他们习惯习惯,出去了好适应。"这位做母亲的用心良苦。我于是尽了一趟义务,把她请到一边,讲了一通牛肉做法,从清炖、红烧、咖喱牛肉,直到广东的蚝油炒牛肉、四川的水煮牛肉、干煸牛肉丝……

有人不吃羊肉。我们到内蒙去体验生活。有一位女同志不吃羊肉,——闻到羊肉气味都恶心,这可苦了。她只好顿顿吃开水泡饭,吃咸菜。看见我吃手抓羊肉、羊贝子(全羊)吃得那样香,直生气!

有人不吃辣椒。我们到重庆去体验生活。有几个女演员去吃汤圆,进门就嚷嚷"不要辣椒!"卖汤圆的冷冷地说:"汤圆没有放辣椒的!"

许多东西不吃,"下去",很不方便。到一个地方,听不懂那里的话,也很麻烦。

我们到湘鄂赣去体验生活。在长沙,有一个同志的鞋坏了,去修鞋,鞋铺里不收。"为什么?"——"修鞋的不好过。"——"什么?"——"修鞋的不好过!"我只得给他翻译一下,告诉他修鞋的今天病了,他不舒服。上了井冈山,更麻烦了:井冈山说的是客家话。我们听一位队长介绍情况,他说这里没有人肯当干部,他挺身而出,他老婆反对,说是"辣子毛补,两头秀腐"——"什么什么?"我又得给他翻译:"辣椒没有营养,吃下去两头受苦"。这样一翻译可就什么味道也没有了。

我去看昆曲,"打虎游街"、"借茶活捉"……好戏。小丑的苏白尤其传神,我听得津津有味,不时发出笑声。邻座是一个唱花旦的女演员,她听不懂,直着急,老问:"他说什么?说什么?"我又不能逐句翻译,她很遗憾。

我有一次到民族饭店去找人，身后有几个少女在叽叽呱呱地说很地道的苏州话。一边的电梯来了，一个少女大声招呼她的同伴："乖面乖面"（这边这边）！我回头一看：说苏州话的是几个美国人！

我们那位唱花旦的女演员在语言能力上比这几个美国少女可差多了。

一个文艺工作者、一个作家、一个演员的口味最好杂一点，从北京的豆汁到广东的龙虱都尝尝（有些吃的我也招架不了，比如贵州的鱼腥草）；耳音要好一些，能多听懂几种方言，四川话、苏州话、扬州话（有些话我也一句不懂，比如温州话）。否则，是个损失。

口味单调一点、耳音差一点，也还不要紧，最要紧的是对生活的兴趣要广一点。

一九八六年八月十二日

## 苦瓜是瓜吗？

昨天晚上，家里吃白兰瓜。我的一个小孙女，还不到三岁，一边吃，一边说："白兰瓜、哈密瓜、黄金瓜、华莱士瓜、西瓜，这些都是瓜。"我很惊奇了：她已经能自己经过归纳，形成"瓜"的概念了（没有人教过她）。这表示她的智力已经发展到了一个重要的阶段。凭借概念，进行思维，是一切科学的基础。她奶奶问她："黄瓜呢？"她点点头。"苦瓜呢？"她摇摇头。我想：她大概认为"瓜"是可吃的，并且是好吃的（这些瓜她都吃过）。今天早起，又问她："苦瓜是不是瓜？"她还是坚决地摇了摇头，并且说明她的理由："苦瓜不像瓜。"我于是进一步想：我对她的概念的分析是不完全的。原来在她的"瓜"概念里除了好吃不好吃，还有一个像不像的问题（苦瓜的表皮疙里疙瘩的，也确实不大像瓜）。我翻了翻《辞海》，看到苦瓜属葫芦科。那么，我的孙女认为苦瓜不是瓜，是有道理的。我又翻了翻《辞海》的"黄瓜"条：黄瓜也是属葫芦科。苦瓜、黄瓜习惯上都叫做瓜；而另一种很"像"是瓜的东西，在北方却称之为"西葫芦"。瓜乎？葫芦乎？苦瓜是不是瓜呢？我倒胡涂起来了。

前天有两个同乡因事到北京，来看我。吃饭的时候，有一盘炒苦瓜。同乡之一问："这是什么？"我告诉他是苦瓜。他说："我倒要尝尝。"夹了一小片入口："乖乖！真苦啊！——这个东西能吃？为什么要吃这种东西？"我说："酸甜苦辣咸，苦也是五味之一。"他说："不错！"我告诉他们这就是癞葡萄。另一同乡说："'癞葡萄'，那我知道的。癞葡萄能这个吃法？"

"苦瓜"之名，我最初是从石涛的画上知道的。我家里有不少有正书局珂罗版印的画集，其中石涛的画不少。我从小喜欢石涛的画。石涛的别号甚多，除石涛外有释济、清湘道人、大涤子、瞎尊者和苦瓜和尚。但我不知道苦瓜为何物。到了昆明，一看：哦，原来就是癞葡萄！我的大伯父每年都要在后园里种几棵癞葡萄，不是为了吃，是为了成熟之后摘下来装在盘子里看着玩。有时也剖开一两个，挖出籽儿来尝尝。有一点甜味，并不好吃。而且颜色鲜红，如同一个一个血饼子，看起来很刺激，也使人不大敢吃它。当作菜，我没有吃过。有一个西南联大的同学，是个诗人，他整了我一下子。我曾经吹牛，说没有我不吃的东西。他请我到一个小饭馆吃饭，要了三个菜：凉拌苦瓜、炒苦瓜、苦瓜汤！我咬咬牙，全吃了。从此，我就吃苦瓜了。

苦瓜原产于印度尼西亚，中国最初种植是广东、广西。现在云南、贵州都有。据我所知，最爱吃苦瓜的似是湖南人。有一盘炒苦瓜，——加青辣椒、豆豉，少放点猪肉，湖南人可以吃三碗饭。石涛是广西全州人，他从小就是吃苦瓜的，而且一定很爱吃。"苦瓜和尚"这别号可能有一点禅机，有一点独往独来，不随流俗的傲气，正如他叫"瞎尊者"，其实并不瞎；但也可能是一句实在话。石涛中年流寓南京，晚年久住扬州。南京人、扬州人看见这个和尚拿癞葡萄来炒了吃，一定会觉得非常奇怪的。

北京人过去是不吃苦瓜的。菜市场偶尔有苦瓜卖，是从南方运来的。买的也都是南方人。近二年北京人也有吃苦瓜的了，有人还很爱吃。农贸市场卖的苦瓜都是本地的菜农种的，所以格外鲜嫩。看来人的口味是可以改变的。

由苦瓜我想到几个有关文学创作的问题：

一、应该承认苦瓜也是一道菜。谁也不能把苦从五味里开除出去。我希望评论家、作家——特别是老作家，口味要杂一点，不要偏食。不要对自己没有看惯的作品轻易地否定、排斥。不要像我的那位同乡一样，问道"这个东西能吃？为什么要吃这种东西？"提出"这样的作品能写？为什么要写这样的作品？"我希望他们能习惯类似苦瓜一样的作品，能吃出一点味道来，如现在的某些北京人。

二、《辞海》说苦瓜"未熟嫩果作蔬菜，成熟果瓤可生食"。对于苦瓜，可以各取所需，愿吃皮的吃皮，愿吃瓤的吃瓤。对于一个作品，也可以见仁见智。可以探索其哲学意蕴，也可以踪迹其美学追求。北京人吃凉拌芹菜，只取嫩茎，西餐馆做罗宋汤则专要芹菜叶。人弃人取，各随尊便。

三、一个作品算是现实主义的也可以，算是现代主义的也可以，只要它真是一个作品。作品就是作品。正如苦瓜，说它是瓜也行，说它是葫芦也行，只要它是可吃的。苦瓜就是苦瓜。——如果不是苦瓜，而是狗尾巴草，那就另当别论。截至现在为止，还没有人认为狗尾巴草很好吃。

一九八六年九月六日

**注　释**

① 本篇原载《作品》1987 年第一期；初收《蒲桥集》，作家出版社，1989 年
  3 月。

# 他 乡 寄 意①

　　抗日战争时期,昆明重庆流传一则谜语:航空信——打一地名。谜底是:高邮。这说明知道我的家乡的人还是不少的。但是多数人对我的家乡的所知,恐怕只限于我们那里出咸鸭蛋,而且有双黄的。我遇到很多外地人问过我:你们那里为什么出双黄鸭蛋?我也回答过,说这和鸭种有关;我们那里水多,小鱼小虾多,鸭吃多了小鱼小虾,爱下双黄蛋。其实这是想当然耳。直到现在,我也说不清这是什么道理。敝乡真是"小地方",经济、文化都比较落后,只落得以产双黄鸭蛋而出名,悲哉!

　　我的家乡过去是相当穷的。穷的原因是多水患。我们那里是水乡。人家多傍水而居,出门就得坐船。秦少游诗云:"菰蒲深处疑无地,忽有人家笑语声",大抵里下河一带都是如此。县城的西面是运河,运河西堤外便是高邮湖。运河河身高,几乎是一条"悬河",而县境的地势低,据说运河的河底和县城的城墙一般高。这可能有一点夸张。但我们小时候到运河堤上去玩,站在河堤上,是可以俯瞰下面人家的屋顶的。城里的孩子放风筝,风筝飘在堤上人的脚底下。这样,全县就随时处在水灾的威胁之中。民国二十年的大水我是亲历的。湖水侵入运河,运河堤破,洪水直灌而下,我家所住的东大街成了一条激流汹涌的大河。这一年水灾,毁坏田地房屋无数,死了几万人。我在外面这些年,经常关心的一件事,是我的家乡又闹水灾了没有?前几年,我的一个在江苏省水利厅当总工程师的初中同班同学到北京开会,来看我。他告诉我:高邮永远不会闹水灾了。我于是很想回去看看。我19岁离乡,在外面已40多年了。

　　苏北水灾得到根治,主要是由于修建了江都水利枢纽和苏北灌溉总渠。这是两项具有全国意义的战略性的水利工程,我的初中同班同学是参与这两项工程的主要设计者之一。我参观了江都水利枢纽,对那些现代化的机械一无所知,只觉得很壮观。但是我知道,从此以后,运河水大,可以泄出;水少,可以从长江把水调进来,不但旱涝无虞,而且使多少万人的生命得到了保障。呜呼,厥功伟矣!

我在家乡住了约一个星期。每天早起,我都要到运河堤上走一趟。运河拓宽了。小时候我们过运河去玩,由东堤到西堤,两篙子就到了。现在西门宝塔附近的河面宽得像一条江。我站在平整坚实的河堤上,看着横渡的轮船,拉着汽笛,悠然驶过,心里说不出的感动。

县境内的河也都经过统一规划,综合治理了,交通、灌溉都很方便。很多地方都实现了电力灌溉。我看了几份材料,都说现在是"要水一声喊,看水穿花鞋"。这两句话有点大跃进的味道,而且现在的妇女也很少穿花鞋的。不过过去到处可见的长到 32 轧的水车和凉亭似的牛车棚确实看不到了。我倒建议保留一架水车,放在博物馆里,否则下一辈人将不识水车为何物。

由于水利改善,粮食大幅度地增产了。过去我们那里的田,打 500斤粮食,就算了不起了;现在亩产千斤,不成问题。不少地方已达"吨粮"——亩产两千斤。因此,农民的生活大大提高了。很多人家盖起了新房子,砖墙、瓦顶、玻璃窗,门外种着西番莲、洋菊花。农村姑娘的衣着打扮也很入时,烫发、皮鞋,吓!

不过粮食增产有到头的时候。两千斤粮食又能卖多少钱呢?单靠农业,我们那个县还是富不起来的。希望还在发展工业上。我希望地方的有识之士动动脑筋。也可以把在外面工作的内行请回去出出主意。到 2000 年,我的故乡应当会真正变个样子,成为一个开放型的城市。这样,故乡人民的心胸眼界才有可能开阔起来,摆脱小家子气。

我们那个县从来很难说是人文荟萃之邦。不但和扬州、仪征不能比,比兴化、泰州也不如。宋代曾以此地为高邮军,大概繁盛过一阵,不少文人都曾在高邮湖边泊舟,宋诗里提及高邮的地方颇多。那时出过鼎鼎大名,至今为故人引为骄傲的秦少游,还有一位孙莘老。明代出过一个散曲家兼画家的王西楼（磐）。清代出过王氏父子——王念孙、王引之。还有一位古文家夏之蓉。此外，再也数不出多少名人了。而且就是这几位名人，也没有在我的家乡产生多大的影响。秦少游没有留下多少遗迹。原来的文游台下有一个秦少游读书处，后来也倒塌了。连秦少游老家在哪里，也都搞不清楚，实在有点对不起这位绝代词人。听说近年发现了秦氏宗谱，那么这个问题可能有点线索了吧。更令人遗憾的是历代研究秦少游的故乡人颇少。我上次回乡看到一部《淮海集》，是清版。我们县应该有一部版本较好的《淮海集》才好。近年有几位青年有志于研究秦少游，地方上应该予以支持。王西楼过去知道的人更少。我小时候在家乡就没有读过一首王西楼的散曲，只是现在还流传一句有地方特点的歇后语："王西楼嫁女儿——话（画）多银子少。"《王西楼乐府》最初是在高邮刻印的，最好能找到较早的版本。我希望家乡能出一两个王西楼专家。散曲的谱不是很难找到，能不能把王西楼的某些散曲，比如那首有名的《唢呐》，翻成简谱在县里唱一唱？如果能组织一场王西楼散曲演唱晚会，那是会很叫人兴奋的。王念孙父子在清代训诂学界影响很大，号称"高邮王氏之学"。但是我的很多家乡人只知道"独旗杆王家"，至于王家是怎么回事，就不大了然了。我也希望故乡有人能继承光大王氏之学。前年高邮在王氏旧宅修建了高邮王氏纪念馆，让我写字，我寄去一副对联："一代宗师，千秋绝学；二王馀韵，百里书声"，下联实是我对于乡人的期望。

以上说的是传统文化。对于现代科学，我们高邮人做出贡献的也有。比如孙云铸，是世界有名的古生物学家、地层学家。他的《中国北方寒武纪动物化石》是我国第一部古生物学专著。我初到昆明时，曾到他家去过。他家桌上、窗台上，到处都是三叶虫化石。这是一位很纯正的学者。可是故乡人知道他的不多。高邮拟修县志，我希望县志里有孙云铸的传。我也希望故乡的后辈能继承老一辈严谨的治学精神。

我们县是没有多少名胜古迹的。过去年代较久，建筑上有特点的，是几座庙：承天寺、天王寺、善因寺。现在已经拆得一点不剩了。西门宝塔还在，但只是孤伶伶的一座塔，周围是一片野树。高邮的"刮刮老叫"的古迹是文游台,这是苏东坡、秦少游等名士文酒雅集之地,我们小时候春游远足,总是上文游台。登高四望,烟树帆影、豆花芦叶,确实是可以使人胸襟一畅的。文游台在敌伪时期,由一个姓王的本地人县长重修了一次,搞得不像样子。重修后的奎楼、公园也都不理想。请恕我说一句直话:有点俗。听说文游台将重修,不修便罢,修就修好。文游台既是宋代的遗迹,建筑上要有点宋代的特点。比如:大斗拱、素朴的颜色。千万不要因陋就简,或者搞得花花绿绿的。

我离乡日久,鬓毛已衰,对于故乡一无贡献,很惭愧。《新华日报》约我为"故乡情"写稿,略抒芹意,希望我的乡人不要见怪。

一九八六年八月二十八日北京

**注　释**

① 本篇原载 1986 年 9 月 17 日《新华日报》;初收《汪曾祺全集》第四卷,北京师范大学出版社,1998 年 8 月。

# 苏 三 监 狱①

晚报载姜伟堂同志写的《"苏三监狱"纯系附会》,把玉堂春故事的来龙去脉说得很清楚。说苏三在洪洞县蹲过监狱实在是"老虎闻鼻烟"——没有那宗事儿。

一九六三年初,我曾到洪洞县去了一趟。县里有一位老先生,是苏三问题专家。他陪同我们参观了苏三的遗迹,还送了我们一本《苏三传说》的小册子。我当时在心里有点好笑:苏三成了洪洞县的乡贤了!

这位老先生陪我们参观了县大堂,指定一块方砖,说是苏三就是跪在这里受审的。我们"哦哦"。

接着就参观"苏三监狱"。这是一座很小的监狱,监门只有一般人家的独扇门那样大。门头画着一只老虎头,这就是"狴犴"了。进门,有一溜低矮的房屋,瓦顶、砖墙、砖地,这是男监。穿过一条很窄的胡同(胡同两侧的瓦檐甚低,如系江洋大盗,稍有武功,可以毫不费事地纵身越狱),便是女监。女监是一座三合院,南、北、东面都是"监号"。老先生向我们介绍:北边的监号,就是苏三住的。院子里有一口井,叫做苏三井。井栏很小,只有一个大号洗脸盆那样大,却颇高。井栏是青石的,使我们不能不感动的,是井栏内侧有很多深深的道道,这是井绳拉出来的。从明朝拉到现在,几百年了,才能拉出这样深的绳道,啊呀!我不禁想起苏三从井里汲水,在井边梳头的样子。

洪洞县街上还有一家药铺,叫做××堂,传说赵监生毒死沈燕林的砒霜(原来是想毒死玉堂春的),就是从这家药铺买的。那装砒霜的青花瓷坛还保存着,用一块红绸子衬托着,放在柜台的一端,任人观看。据说这家药铺明朝就有。赵监生(如果有这个人)从这一家、这个坛子里买了砒霜,是有可能的——砒霜是剧毒,是不能随便换坛子的。

参观了这里，使我想起一个问题。我原来觉得洪洞县的人对苏三传说如此牵强附会，言之凿凿，未免可笑。走在洪洞县的街上，我想：到底是谁可笑？是洪洞县人，还是对传说持怀疑态度的我？

**注 释**

① 本篇原载 1986 年 10 月 6 日《北京晚报》"桥边杂记"专栏；初收《汪曾祺全集》第四卷，北京师范大学出版社，1998 年 8 月。

# 云　南　茶　花[①]

很多地方在选市花,这是好事。想一想十年大乱时期,公园都成了菜园,现在真是大不相同了。选市花,说明人们有了闲情逸致。人有闲情逸致,说明国运昌隆。

有些市的市民对市花有不同意见,一时定不下来。昆明的市花是不会有争议的。如果市民投票,一定会一致通过:茶花。几十年前昆明就选过一次(那时别的市还没有选举市花之风)。现在再选,还会维持原议。

云南茶花,——滇茶,久负盛名。

张岱《陶庵梦忆·逍遥楼》云:"滇茶故不易得,亦未有老其材八十余年者。朱文懿公逍遥楼滇茶,为陈海樵先生手植,扶疏蓊翳,老而愈茂。诸文孙恐其力不胜葩,岁删其萼盈斛,然所遗落枝头,犹自燔山熠谷焉。"

鲁迅说张岱的文章每多夸张。这一篇看起来也像有些夸张,但并不,而且写得极好,得滇茶之神理。

昆明西山华亭寺有一棵大茶花。走进山门,越过站着四大金刚的门道,一抬头便看见通红的一大片。是得抬头的,因为茶花非常高大。华亭寺大雄宝殿前的石坪是很大的,这棵茶花几乎占了石坪的一小半。花皆如汤碗大,一朵一朵,像烧得炽旺的火球。张岱说滇茶"燔山熠谷",是一点不错的。据说这棵茶花每年能开三百来朵。满树黑绿肥厚的大叶子衬托着,更显得热闹非常。这才真叫做大红大绿。这样的大红大绿显出一种强壮的生命力。华贵之极,却毫不俗气。这是一个夺人眼目的大景致。如果我的同乡人来看了,一定会大叫一声"乖乖咙的咚!"我不知道寺里的和尚是不是也"岁删其萼盈斛",但是他们是怕这棵茶花负担不起这样多的大花的,便搭了一个杉木的架子,撑着四围的枝条。昆明茶花到处都有,而华亭寺的这一棵,大概要算最大的。

茶花的好处是花大,色浓,花期长,而树本极能耐久。华亭寺的茶花大概已经不止八十年了。

江西井冈山一带有一个风俗。人家生了孩子,孩子过周岁时,亲戚朋友送礼,礼物上都要放一枝带叶子的油茶。油茶常绿,越冬不凋,而且开了花就结果;茶果未摘,接着就开花。这是取一个吉兆,祝福这孩子活得像油茶一样强健。一个很美的风俗。我不知道油茶和山茶有没有亲属关系,我在思想上是把它们归为一类的。凡茶之类,都很能活。

中国是茶花的故乡。茶花分滇茶、浙茶。浙茶传到日本,又由日本传到美国。现在日本的浙茶比中国的好,美国的比日本的好。只有云南滇茶现在还是世界第一。

前几年,江西山里发现黄茶花,这是国宝。如果栽培成功,是可以换外汇的。

茶花女喜欢戴的是什么茶花? 大概不是滇茶,滇茶太大。我想是浙茶。而且无端地觉得,是白的。

一九八六年十月二十日

**注　释**

① 本篇原载《北京文学》1987 年第一期"草木闲篇"专栏;初收《蒲桥集》,作家出版社,1989 年 3 月。

# 八　仙①

　　八仙是反映中国市民的俗世思想的一组很没有道理的仙家。

　　这八位是一个杂凑起来的班子。他们不是一个时代的人。张果老是唐玄宗时的，吕洞宾据说是残唐五代时人，曹国舅只能算是宋朝人。他们也不是一个地方的。张果老隐于中条山，吕洞宾好像是山西人，何仙姑则是出荔枝的广东增城人。他们之中有几位有师承关系，但也很乱。到底是汉钟离度了吕洞宾呢，还是吕洞宾度了汉钟离？是李铁拐度了别人，还是别人度了李铁拐？搞不清楚。他们的事迹也没有多少关联。他们大都是单独行动，组织纪律性是很差的。这八位是怎么弄到一起去的呢？最初可能是出于俗工的图画。王世贞《题八仙像后》云：

　　　　八仙者，钟离、李、吕、张、蓝、韩、曹、何也。不知其会所由始，亦不知其画所由始，余所睹仙迹及图史亦详矣，凡元以前无一笔，而我明如冷起敬、吴伟、杜堇稍有名者亦未尝及之。意或庸妄画工合委巷丛俚之谈，以是八公者，老则张，少则蓝、韩，将则钟离，书生则吕，贵则曹，病则李，妇女则何，为各据一端作滑稽观耶！

　　这猜想是有道理的。把他们画在一起，只是为了互相搭配，好玩。

　　中国人为什么对八仙有那样大的兴趣呢？无非是羡慕他们的生活。

　　八仙后来被全真教和王重阳教拉进教里成了祖师爷，但他们的言行与道教的教义其实没有多大关系。他们突出的事迹是"度人"。他们度人并无深文大义，不像佛教讲精修，更没有禅宗的顿悟，只是说了些俗得不能再俗的话：看破富贵荣华，不争酒色财气……。简单说来，就是抛弃一些难于满足的欲望。另外一方面,他们又都放诞不羁,随随便便。他们不像早先的道家吸什么赤黄气,饵丹砂。他们多数并非不食人间烟火,有什么吃什么。有一位叫陈莹中的作过一首长短句赠刘跛子(即李铁拐),有句云:"年华,留不住,触处为家。这一轮明月,本自无瑕。随分冬裘夏葛,都不会赤火黄芽。谁知我,春风一拐,谈笑有丹砂。"总之是在克制欲望与满足可能的欲望之间,保持平衡,求得一点心理的稳定。达到这种稳定,就是所谓"自在"。"自在神仙",此之谓也。这是一种很便宜的,不费劲的庸俗的生活理想。

八仙又和庆寿有关。周宪王《瑶池会八仙庆寿》吕洞宾唱:

> 汉钟离遥献紫琼钩,张果老高擎千岁韭,蓝采和漫舞长衫袖,捧寿面的是曹国舅。岳孔目这铁拐挂护得千秋,献牡丹的是韩湘子,进灵丹的是徐信守。贫道啊,满捧着玉液金瓯。

八仙都来向老太爷或老太太庆寿,岂不美哉。既能自在逍遥,又且长寿不死,中国的市民要求的还有什么呢?

很多中国人家的正堂屋的香案上,常常在当中供着福禄寿三星瓷像,两旁是八仙。你是不是觉得很俗气?

八仙在中国的民族心理上,是一个消极的因素。

一九八六年十二月四日

(本文引用的材料都出自浦江清师的《八仙考》,《清华学报》,民国二十五年一月。)

**注　释**

① 本篇原载《北京文学》1987 年第三期"草木闲篇"专栏;初收《蒲桥集》,作家出版社,1989 年 3 月。

# 栈<sup>①</sup>

　　昔在张家口坝上,听人说北京东来顺涮羊肉用的羊都是从坝上赶下去的(不是用车运去的),赶到了,还要 zhan 几天,才杀,所以特别好。我不知这 zhan 字怎么写,以为是"站",而且望文生义,以为是让羊站着不动,喂几天。可笑也。后读《清异录》"玉尖面"条:

> 　　赵宗儒在翰林时,闻中便言:"今日早馔玉尖面,用消熊、栈鹿为内馅,上甚嗜之。"问其形制,盖人间出尖馒头也。又问消熊之说,曰:"熊之极肥者曰消,鹿以倍料精养者曰栈"。

　　这才恍然大悟:此字当写作"栈",是精饲料喂养的意思。
《清异录》"丑未觞"条云:

> 　　予开运中赐丑未觞,法用雍酥、栈羊筒子髓置醇酒中,暖消而后饮。

　　注云:"栈羊,圈内饲养的肥羊"。
　　这也有道理。"栈"本是养牲口的木棚或栅栏。《庄子·马蹄》:"编之以皁栈",陆德明释文引崔撰云:"皁,马闲也;栈,木棚也"。这个字更全面的解释应是:用精饲料圈养(即不是牧养)。《水浒传》里有这个字。明容与堂刻本《水浒传》第二十五回:

> 　　……郓哥见了,立住了脚,看着武大道:"这几时不见你,怎么吃得肥了?"武大歇下担儿道:"我只是这般模样,有什么吃得肥处!"郓哥道:"我前日要籴些麦稃,一地里没籴处,人都道你屋里有。"武大道:"我屋里又不养鹅鸭,哪里有这麦稃!"郓哥道:"你说没麦稃,你怎地栈得肥腾腾地,便颠倒提起你来也不妨,煮你在锅

里也没气！"武大道："含鸟猢狲,倒骂得我好！我的老婆又不偷汉子,我如何是鸭？……"

这个字先秦时就用,元明小说中还有,现代口语中也还活着,其生命可谓长矣。年轻人大概不知道了。即是东来顺的中年以下的师傅也未必知其所以然,但老师傅或者还有晓得的。听说有人要写关于东来顺的小说,那么我向您提供这个字,您也许用得着。——您的小说写成了,哪天在东来顺三楼请客的时候,可别忘了我！

有些字,要用,不知道怎么写,最好查一查,不要以为这个字大概是"有音无字",随便用一个字代替。其实这是有本字的。我写小说《王全》,有一小段：

> 这地方管缺个心眼叫"㑇",读作"俏"。王全行六,据说有点缺个心眼,故名"㑇六"。

这个"㑇"字我不知怎么写,写信问了语言学家李荣,李荣告诉了我,并告诉我字的出处,有一本书里有"傻㑇不仁"的句子(李荣的复信已失去,出处我忘了)。不错！京剧《李逵负荆》里有一句念白："众家哥弟一个个佯㑇而不睬"。"佯㑇"是装傻的意思。不过我听几个演员和票友都念成了"佯秋"！

作家和演员都要识字。

一九八六年十二月五日

**注　释**

① 本篇原载《北京文学》1987 年第四期"草木闲篇"专栏；初收《蒲桥集》,作家出版社,1989 年 3 月。

# 地灵人杰话淮安[①]

每个地方都有自己独特的标志。有的因山水而闻名,有的以楼台而著称。一座古朴的楼阁,取镇慑淮水之意,叫镇淮楼,成了淮安的标志。

历史上,淮安并不平安。自从黄河改道,夺淮入海,苏北的水患就连年不断。镇淮楼呢,也没有镇住淮水。直到解放后,修了苏北灌溉总渠,苏北的水患才得到根治。淮水到底被镇住了,淮安呢,也真的平安了。

淮安位踞大运河入淮之口,为南北交通的咽喉要地。过去,朱自清说过一个笑话:淮安人"到了南阁楼,就要修家书"。南阁楼是才出城门的一座楼,这说明淮安人家乡观念很重。其实,走南闯北的淮安人很多,就是沿着运河而高飞远举的。

这一回,我们还是沿着运河来到淮安的。

淮安有一千五百多年的历史。不过,它身边的大运河可比它的年岁要大得多。

在《话说运河》的第一回里,我们讲到了运河的历史。如果要追溯运河的历史之源,那么,春秋战国时期,吴王夫差所开凿的一段人工河流,就是运河在我们中华大地上所留下的最早的足迹。这段人工河流,从扬州的邗沟,通到这里一个叫末口的地方。在隋朝,运河从末口经过淮水、渭水和洛水,一直到当时的京都洛阳。那么,末口是在什么地方呢?末口就在我们沿着运河北上所经过的咽喉要地淮安。

离船上岸,沿着残存的古老码头走下去,我们来到了淮安城外的河下镇。

河下,河下,顾名思义,它是大运河河边下头的一个小镇。

那石板路,不宽,而且不平整。可在明代清代,它是高级路面。别看这些街道那样狭窄,当时,这可是通衢大道。别看现在的河下镇好像很沉寂,当年,那是一座不夜城。店铺营业,通宵达旦,史称"市不以夜休"。

当年留下的街巷名称,按行业命名,分布井然,可以想见这里的商业、手工业的高度发达。

为什么河下会如此繁华呢?

因为那里濒临运河,是漕运的枢纽。南方的粮食由此北运京师。

淮安昔日号称"九省咽喉"。而真正的咽喉,惟在河下一镇。今天,河下镇仍保留了古朴的繁荣。

淮安汤包,皮薄馅美。蒸熟以后馅是一包汤。不过这里普通的包子,滋味也不错。

街巷幽深处,有百年老店。铺面陈设,一如往昔。待人接物,犹存古风。

河下镇曾经是商业中心,为外籍商人荟萃之地。所以,在面积不大的镇上,设立过许多会馆。

当年,运河漕运繁忙,河下镇比较繁荣的时候,全国各地的好多省的客商,在淮安的附近建立起会馆。由于历史的原因,这些会馆先后被拆除了。现在只剩下一些遗迹。

河下镇曾经有过不少盐商。盐商大都是巨富。他们争相构筑豪华的庭院。有个庭院,墙上嵌砌方砖,刻隶书"紫藤园"三字。

一棵紫藤,干如虬龙,虽是百年风物,却生机益然。开花的时候浓紫深香,还可一任寻常百姓观赏。

庭园的主人送客出门,就留步在这门外的石鼓旁。

屋上小瓦,古朴依如当年。那承瓦的椽子不同一般。这种弧形的椽子是所谓"圆椽子",不但费工,而且需要上好的木料。

乾隆皇帝曾经给淮安漕运总督亲笔书写"上谕"。北宋时每年经运河北运的粮食近八百万担。明清时也还有四百万担。所以苏北人也称运河为"漕河"。

那么,总督衙门今何在?那里的体育场就是当年漕运总督府的遗址。

淮安因大运河而发展、繁荣。河下镇父老道出了昔日淮安的繁华盛景。

淮安吴承恩研究会的老先生说:"'身缠十万贯,骑鹤下扬州。'扬州是自古繁华之地。但是,河下镇的繁华可以和扬州比美。所以有人有这么两句诗,叫做:'扬州千年繁华景,移向西湖古渡头。'"

往事岂能成一梦,夕阳犹似旧时红。

船开过去了。船尾划破的水纹却久久未能消逝……

文通塔始建于唐代。明清两代都重修过。那是一座砖塔,无梁无柱,高"十三丈三尺",七层八角,形制古朴。

文通塔是具有佛教传统的古建筑。塔内的底层塑着四尊释迦牟尼的金身。四尊佛像的形态一模一样,它们面向东西南北,各踞一方,很是独特。

勺湖。湖的形状像一把勺子。

周恩来同志童年时代曾经在文通塔下放过风筝,在勺湖划过船。春秋丽日,湖心塔畔,游人很多。映在他们眼里的,岂止是淮安风景?人们都说,河下风光好,其实呢?淮上人才也多呀!

韩信是"汉初三杰"之一。初属项羽,后归刘邦。楚汉相争之时,他和项羽决战,十面埋伏,四面楚歌,击败项羽于垓下。

在淮安和淮阴一带,有很多跟韩信有关的遗迹和传说。

韩信年轻的时候很穷,靠钓鱼过日子。钓鱼处有一些漂絮的妇女。其中有一位老妈妈,见韩信面有饥色仍能坚持读书习武,很同情他,便将带来的饭分给韩信吃。接连数十天,天天如此。韩信深深感激。有一天,他对漂母说,以后一旦发迹,定当重重酬报。谁知漂母听后非常生气,说:"你堂堂男子汉,自己不能养活自己,我周济你,是图你日后的报答吗?"

漂母的贤良善德传为千古美谈。

韩信胯下之辱的故事也发生在这里。

有一个在屠宰市充混混儿的小伙子,寻衅韩信说:"要么你拿剑把我捅了。要不然,你从我的裆底下钻过去。"韩信没言语,趴下身子,从他的两胯之间爬了过去。韩信深知,小不忍则乱大谋。

　　很多人都知道南宋抗金名将、巾帼英雄梁红玉。可是,知道她的籍贯的人就不多了。她是淮安人,生在北辰坊。在韩世忠还只是一个普通士卒的时候,梁红玉就很赏识他的才能,以身相许。后来,她帮助韩世忠干了一番大事业。说起来,梁红玉可是中国历史上少有的自己找对象的人,可算是一个很解放的、见识不凡的女性了。

　　金兀术南侵北撤的时候,韩世忠把他诱至镇江,以八千兵力跟敌军十万决战,结果大败金兀术。梁红玉"擂鼓战金山"也成了千古传颂的壮举。

　　后来,韩世忠、梁红玉进驻淮安。那个时候条件很困难,梁红玉亲自用芦苇"织帘为屋",掘根为食。

　　淮安城外,运河两岸,有很多蒲草。梁红玉以蒲为食的传说引起人们的极大兴趣。到明清时,淮安人就以此创造了一套特殊的烩制蒲菜的烹调技艺。

　　蒲叶在水中的部分如一根纤细的玉管,把这洁白肥嫩的蒲根茎,烩制成菜,清香甘甜,酥脆可口,似有嫩笋之味。

　　关汉卿的悲剧《窦娥冤》动人心魄,那么窦娥真的从这里走过吗?当地有位搞文化工作,专门调查过这件事的同志说:"当时,关汉卿从大都坐船沿运河南下,住进淮安。当时的淮安叫淮安府。淮安府有个都察院,专门管六个府的案件。这里有许多冤案的故事。当时关汉卿住在这儿就遇到一件冤案。淮安农村有个小姑娘受冤。她的婆婆被害,实际是别人害的,但是罪加在她的身上。这个女子被判了死刑。临死的时候,从牢里出来,就走的这条巷。窦娥被判死刑以后提出了三大愿。第一大愿,要在刑场上吊三丈白绫,她的头砍下后,血要冲三丈高。第二大愿,六月要下雪,所以,关汉卿的《窦娥冤》又叫《六月雪》。第三大愿,是要山阳县干旱三年。山阳县就是现在的淮安县。她死后,这三件事都应了。群众为了同情窦娥,把这个巷子起了名字叫'窦娥巷'。"

走出窦娥巷，秋雨绵绵不绝，不禁让我们心中涌出一番感慨：六月飞雪今已已，关卿何日赋新词？

这不是水帘洞，也不是花果山。一堆顽石，倒泻的流水引我们来到了明代的大文学家吴承恩的故居。他是闻名遐迩的魔怪小说《西游记》的作者。

吴承恩的塑像是依据发掘出来的吴氏头骨复原的。这在国内还是绝无仅有的。

修复后的吴承恩故居，却似有门庭萧然之感，颇有先生"喜笑悲歌"的意境。吴承恩是淮安人。故居在河下镇的打铜巷。晚年，他隐居故里，在寂寞的角落里，于七十一岁的高龄之时，挥笔写下了近百万言的不朽巨著《西游记》。

那个简朴的书屋叫"射阳簃"。据说，《西游记》就在那古雅的书案之上跃然而诞生的。

吴承恩文勋卓著，却一生穷愁潦倒。他悄然地离开了人世。

残灯尽矣，问先生又写得几许奇文？谁曾料这一豆微光，照彻五百年神踪魔影。身后，大名远播，西国东瀛。今墓碑犹在，多少后生感钦景仰，俎豆香馨。

关天培是鸦片战争时期誓死抗英、坚守虎门的爱国将领，是林则徐的肝胆相照的至交。一八四一年，关天培壮烈殉国后，葬于县城东郊。城中建有关天培祠。林则徐撰写了一副很长的挽联，表达出他对庸臣误国的愤慨和对故友的钦仰。对联是："六载固金汤，问何时忽坏长城，孤注空教躬尽瘁；双忠同坎壈，闻异类亦钦伟节，归魂相送面如生。"

一八九八年三月五日，周恩来同志诞生在淮安驸马巷的一座普通的宅院。他的祖籍是浙江绍兴，从祖父那辈起就移居淮安。周恩来同志一直住到十二岁。他曾经说过："生于斯，长于斯，渐习为淮人。耳所闻，目所见，亦无非淮事。"

周恩来同志献身革命，四海为家。他曾改了一句唐诗，抒发自己的乡思，说："我是'少小离家老不回'呀！"

苏北人家多于庭院中种菜,雨后采摘供膳既方便,也较市上买来的更有滋味。周恩来同志幼年也曾浇园锄菜。这一片菜地,依稀还似当年,却也曾透露出他那终生耕耘的令人景仰的身影。

"无情未必真豪杰。"离乡半个世纪,周恩来同志对故乡深怀恋情。

一九六〇年,他从南方返回北京,机组同志为了安慰总理的思乡之情,在飞机经过淮安的时候,特地低空飞行,打了几个圈子,让总理俯瞰自己的家乡淮安。

离开江淮重镇淮安,我们沿着运河继续北上。

**注　释**

① 本篇原载《话说运河》,中国青年出版社,1987 年 10 月,系为 33 集电视纪录片《话说运河》"淮安"一集所撰解说稿。

# 索 溪 峪 [①]

五月二十六日,北岳通俗文学讨论会在常德召开,我应邀参加。让我发言。我是不搞通俗文学的,但觉得通俗文学不可轻视,比起雅文学(或称严肃文学)并不低人一等,雅俗之间并无绝对界限,有一天也许会合流的,于是即席诌了四句歪诗:

> 北岳谈文到南岳,
>
> 巴人也可唱阳春。
>
> 渔父屈原相视笑,
>
> 两昆仑是一昆仑。

("南岳"的"南"字应为仄声,为求意顺,宁可破格。)

二十九日,往索溪峪。住"专家村"。午饭。饭厅里挂了一幅黄永玉的泼墨大中堂,是画在一块腈纶布上的,题曰"索溪无尽山",烟云满"纸",甚佳。

下午,游黄龙洞。这是一个新发现的溶洞。同游人中,有人说比桂林的芦笛岩还好,有人说不如。因为管理处的同志事前嘱写一诗,准备刻在洞外壁上,在车中想了四句:

> 索溪峪自索溪峪,
>
> 何必津津说桂林。
>
> 谁与风光评甲乙,
>
> 黄龙石笋正生孙。

第四句是说黄龙洞的石笋有一些还正在成长,大有前途。这说的是风景,也说的是文学,是由前三天的讨论而生出的感想。

三十一日,游宝峰湖。当地农民在一很深的峡谷中砌成石坝,蓄山水成湖,原是用以发电的,没想到成了一处奇观。湖在山顶,从外面是看不见的。拾级上山,才看得到。湖是人工湖,却无一点人工痕迹。湖周山峰皆壁立。湖水极清,山峰倒影,历历分明。湖中有鸳鸯。归来,得一诗:

> 一鉴深藏锁翠微,
> 移来三峡四周围。
> 游船驶入青山影,
> 惊起鸳鸯对对飞。

三十一日,自索溪峪往游张家界。过"水绕四门"。这一"景"很奇,四面有溪,水无定向,雨从东来,则西流;从南来,则北流。传闻张良墓在此。又前,至楠木坪,夹道皆楠木,甚高大,数百年物也。这时年轻人都噔噔地奔到南面去了,我们几个年岁大些的,觉得游山不是拉练,缓步游目,山皆突兀,流水活泼,自有佳趣。至脚力稍倦,即折回。登车,大雨。抵第三招待所的山庄,雨停。群山出云,飞流弥漫,真是壮观。

管理处已经摆好了纸笔,请写字留念,把游黄龙洞和宝峰湖的两首诗写了,又用隶书写了一副大对联:

> 造化钟神秀
> 烟云起壮思

下午,回专家村。晚饭后,一所(即专家村)所长请写一副对联,好与黄永玉的画作配。写了八个大字:

> 欹枕听雨
> 开门见山

联不工稳,倒是记实("听"字从北音读平声)。

**注　释**

① 本篇原载《桃花源》1987 年第 1—2 期(总第四十一期);初收《汪曾祺全集》第四卷,北京师范大学出版社,1998 年 8 月。